Nalini Singh adore écrire. Même si elle a voyagé d'un bout à l'autre de la planète – des déserts de Chine aux temples du Japon –, c'est le voyage de l'esprit qui la fascine le plus. Elle est ravie aujourd'hui d'avoir réalisé son rêve de devenir écrivaine.

Du même auteur, chez Milady :

Psi-changeling :
1. *Esclave des sens*
2. *Visions torrides*
3. *Caresses de glace*
4. *Mienne pour toujours*

www.milady.fr

Nalini Singh

Mienne pour toujours

Psi-changeling – 4

Traduit de l'anglais (Nouvelle-Zélande) par Clémentine Curie

Milady

Milady est un label des éditions Bragelonne

Titre original : *Mine to Possess*

Suivi d'un extrait de : *Hostage to Pleasure*

ISBN : 978-2-8112-0754-0

Bragelonne – Milady
60-62, rue d'Hauteville – 75010 Paris

E-mail : info@milady.fr
Site Internet : www.milady.fr

À mon père, Vijay, merci pour tout,
mais surtout pour les rires.
Avec tout mon amour.

Les Oubliés

Lorsqu'en l'an 1969, le Conseil Psi envisagea d'instaurer Silence, un protocole destiné à priver les Psis de leurs émotions, il se heurta à un problème qui semblait insurmontable : un défaut d'uniformité au niveau des espèces.

À la différence des êtres froids et isolés qu'ils devinrent ensuite, les Psis d'alors étaient indissociablement intégrés au reste du monde. Ils rêvaient, pleuraient, aimaient. Parfois, chose bien naturelle, ceux qu'ils aimaient appartenaient à une autre espèce que la leur.

Les Psis s'unissaient à des changelings, épousaient des humains, engendraient des enfants métis. Comme il fallait s'y attendre, ces Psis de sang mêlé comptèrent parmi les détracteurs les plus virulents du protocole Silence. Ils comprenaient ce qui poussait leur peuple à répudier les émotions : la peur de la folie meurtrière, le refus de voir leurs enfants succomber à la démence qui les décimait par vagues inexorables, mais ils voyaient aussi qu'en adoptant Silence, ils perdraient tout ce qui leur était cher. Pour toujours.

En l'an 1973, les deux factions se retrouvèrent dans une impasse. Des négociations s'ensuivirent, mais aucun des deux camps ne voulant faire de compromis, les Psis se divisèrent. La majorité choisit de rester sur le PsiNet et d'abandonner leurs esprits au froid glacial et à l'absence totale d'émotions qu'était Silence.

Ce qu'il advint de la minorité, formée d'individus de sang mêlé et d'autres qui étaient en couple avec des humains ou des changelings, n'est pas aussi clair. La plupart des gens pensent qu'ils furent éliminés par les assassins du Conseil. Silence, le dernier espoir des Psis, était trop important pour laisser une poignée d'opposants freiner ses avancées.

La rumeur courait aussi que les rebelles avaient trouvé la mort dans un suicide collectif. Selon une dernière théorie, ils étaient devenus les premiers « rééduqués » forcés du Centre qui venait d'ouvrir ses portes. Leurs esprits effacés, leurs personnalités détruites. Comme les méthodes du Centre en étaient alors encore au stade expérimental, les patients survivants en seraient ressortis à l'état de légumes.

Plus de cent ans plus tard, à l'aube du printemps de l'année 2080, une évidence s'était imposée : les rebelles avaient été définitivement neutralisés.

Le Conseil Psi ne tolérait pas les dissensions.

Chapitre premier

Talin McKade songea que lorsqu'on était une femme de vingt-huit ans – et, à plus forte raison, une femme de vingt-huit ans ayant survécu aux épreuves qu'elle avait endurées –, on ne craignait pas d'affronter une situation aussi banale que de traverser la rue et d'entrer dans un bar pour aborder un homme.

Sauf que, bien entendu, il ne s'agissait pas d'un homme ordinaire. Et, d'après ce qu'elle avait appris au sujet de Clay ces deux dernières semaines, depuis qu'elle avait retrouvé sa trace, un bar était le dernier endroit où elle s'était attendue à devoir le chercher. Qu'il lui ait fallu autant de temps pour prendre son courage à deux mains et aller à sa rencontre n'augurait rien de bon. Mais elle devait en avoir le cœur net.

Elle avait découvert que le Clay qu'elle avait connu, ce grand garçon plein d'énergie et de rage, était devenu une sorte d'homme de main haut placé au service de la meute de léopards dominants de San Francisco. Avec tout le respect dont jouissait DarkRiver, le poste qu'occupait Clay était synonyme de confiance et loyauté. Ce dernier mot fut pour Talin comme une lame de couteau reçue en plein cœur.

Clay lui avait toujours été loyal. Même lorsqu'elle ne le méritait pas. Elle déglutit et chassa ces souvenirs, consciente qu'elle ne devait pas se laisser distraire. Le Clay de son enfance n'existait plus. Ce Clay-ci… elle ne le connaissait pas. Tout ce qu'elle savait, c'est qu'il n'avait pas eu d'autres démêlés avec la justice depuis sa sortie du centre de détention pour mineurs où on l'avait enfermé à l'âge de quatorze ans… pour le meurtre sanguinaire d'Orrin Henderson.

Talin serrait le volant si fort que les jointures de ses doigts blanchirent. Elle sentit le sang lui monter aux joues tandis que son cœur battait au rythme fou de sa peur renouvelée. Des morceaux d'Orrin, des… des choses molles et humides qui n'auraient jamais dû être exposées à l'air libre, avaient giclé sur elle pendant qu'elle se recroquevillait dans un coin et que Clay…

Non!

Elle refusait d'y penser, de s'engager sur cette voie-là. C'était déjà bien assez que ces images cauchemardesques – imprégnées de l'odeur écœurante de la chair en putréfaction – hantent son sommeil nuit après nuit. Elle n'allait pas en plus leur sacrifier ses journées.

Des gyrophares bleus et blancs attirèrent son attention lorsqu'un autre véhicule de la Sécurité se gara dans le petit parking devant le bar. Ce qui faisait un total de deux véhicules blindés et de quatre flics armés jusqu'aux dents; mais alors qu'ils étaient tous descendus de voiture, aucun d'eux ne se dirigea vers le bar. N'ayant aucune idée de ce qui pouvait bien se passer, Talin resta dans sa Jeep, garée de l'autre côté du boulevard.

À la vue des véhicules de police, la sueur s'était mise à couler le long de sa colonne vertébrale. Son cerveau avait appris très tôt à associer leur présence à la violence. Son instinct la pressait de s'enfuir, mais il fallait qu'elle attende, qu'elle voie. Si Clay n'avait pas changé, s'il était pire qu'avant… Retirant une main du volant, elle serra le poing sur son ventre noué par la peur. Il était son dernier espoir.

À la même seconde, la porte du bar s'ouvrit brusquement et le cœur de Talin bondit dans sa poitrine. Elle vit deux corps sortir en vol plané. À sa grande surprise, les flics se contentèrent de s'écarter du passage avant de croiser les bras et de jauger d'un air désapprobateur les deux expulsés. Les jeunes hommes, sonnés, se remirent debout en chancelant... pour s'effondrer de nouveau lorsque deux autres garçons leur atterrirent sur la tête.

C'étaient des adolescents, âgés à première vue de dix-huit ou dix-neuf ans. De toute évidence, ils étaient complètement soûls. Alors que tous les quatre restaient étendus là, probablement occupés à geindre et à souhaiter être morts, un autre homme sortit du bar, de sa propre volonté cette fois. Il était plus âgé et, même à cette distance, Talin perçut sa fureur lorsqu'il empoigna deux des garçons et les jeta dans la remorque d'un camion, ses cheveux blonds comme les blés voletant dans la brise du soir.

Il échangea quelques mots avec les agents, qui se détendirent. L'un d'eux se mit à rire. Après s'être débarrassé des deux premiers garçons, l'homme blond attrapa les deux autres par la peau du cou et les traîna jusqu'au camion, sans se soucier des graviers qui devaient leur arracher la peau.

Talin grimaça.

Ces garçons infortunés – et qui avaient dû mal se conduire – allaient comprendre leur douleur le lendemain, lorsqu'ils sentiraient leurs bleus, leurs coupures et leur mal de crâne. Puis la porte du bar claqua de nouveau et, oubliant tout et tout le monde, elle n'eut plus d'yeux que pour l'homme qui apparut, auréolé de la lumière qui s'échappait de l'établissement. Il avait jeté un garçon sur son épaule et en traînait un second comme le blond l'avait fait.

— Clay, murmura Talin malgré elle, poussée par un obscur mélange de besoin, de colère et de peur.

Il avait grandi : il devait frôler le mètre quatre-vingt-quinze. Quant à son corps… il avait largement tenu toutes ses promesses de puissance. Sur sa silhouette musclée, sa peau brune aux reflets dorés brillait d'un éclat sensuel.

Le sang d'Isla, songea Talin. Même après toutes ces années, elle n'avait pas oublié la beauté exotique de la mère égyptienne de Clay. La peau d'Isla avait eu le velouté du café noir et ses yeux la couleur du chocolat amer, mais elle n'avait contribué qu'à la moitié des gènes de Clay.

Talin ne distinguait pas ses yeux à cette distance, mais elle savait qu'ils étaient d'un vert éclatant comme ceux d'un grand félin ; l'incontestable héritage de son père changeling. Rehaussés par sa peau et ses cheveux d'un noir d'encre, c'étaient ces yeux qui avaient attiré l'attention dans le visage du garçon qu'il avait été. Quelque chose disait à Talin que c'était toujours le cas, mais d'une manière bien différente.

Chacun de ses mouvements trahissait l'assurance d'un homme endurci. Il ne paraissait même pas sentir le poids des deux garçons qu'il balança sur la pile déjà formée à l'arrière du camion. Elle imagina le jeu de ses muscles puissants, et frissonna de peur… une peur absolue, irrépressible.

La logique, la raison, le bon sens, tout cela était balayé par le flot limpide de ses souvenirs. Du sang et de la chair, des cris sans fin, des gargouillis macabres. Et elle comprit qu'elle n'y arriverait pas. Car si Clay l'avait effrayée enfant, désormais, il la terrifiait.

Elle se mordit le poing pour étouffer un cri.

Ce fut alors qu'il se figea et dressa la tête.

Après avoir jeté Cory et Jason dans le camion, Clay allait se tourner vers Dorian pour lui parler lorsqu'il perçut un bruit infime dans la brise. Sa bête s'immobilisa puis bondit à la surface, ses sens de léopard aux aguets, tandis que l'homme balayait les alentours du regard.

Il reconnaissait ce son, cette voix de femme. C'était celle d'une morte, mais il s'en moquait. Il s'était résigné à sa folie depuis longtemps. Aussi se mit-il à scruter les alentours et à la chercher.

Tally.

Il y avait trop de voitures dans le parking de l'autre côté du boulevard, trop d'endroits où le fantôme de Talin pouvait se cacher. Ça tombait bien, il s'y connaissait en matière de chasse. Il s'était avancé d'un pas dans cette direction lorsque Dorian lui donna une tape dans le dos et lui boucha la vue.

— Prêt à reprendre la route ?

Clay sentit un grondement monter dans sa gorge, une réaction assez irrationnelle pour ramener brusquement son esprit à la réalité.

— Les flics ? (Il se replaça face au parking.) Ils vont nous causer des problèmes ?

Dorian secoua la tête. Ses cheveux blonds scintillèrent à la lueur des réverbères qui commençaient à s'allumer grâce aux capteurs intégrés qui détectaient la tombée du jour.

— Comme ça ne concerne que des gosses changelings, ils nous laissent la main. Ils n'ont aucun droit de se mêler des affaires internes de la meute, de toute façon.

— Qui les a appelés ?

— Pas Joe. (Le propriétaire du bar, un autre membre de DarkRiver.) C'est nous qu'il a appelés, ce qui veut dire qu'ils ont dû chercher des noises à quelqu'un d'autre. Merde, je suis content que Kit et Cory en aient fini avec leur petit combat de coqs, mais je n'aurais jamais imaginé qu'ils deviendraient les meilleurs amis du monde et en profiteraient pour nous rendre tous fous.

— S'il n'y avait pas ces embrouilles avec le Conseil Psi qui essaie de s'en prendre à la meute, dit Clay, je ne verrais pas d'inconvénient à les laisser en taule pour la nuit.

Dorian grogna en signe d'approbation.

— Joe va nous envoyer la facture. Il sait que la meute paiera pour les dégâts.

— En mettant à contribution ces six vauriens. (D'une tape, Clay obligea Cory à se rallonger lorsque le garçon ivre et déboussolé essaya de se relever.) Ils travailleront pour payer cette dette jusqu'à la fin de leurs études.

Dorian esquissa un rictus.

— J'ai le souvenir d'avoir mis ce bar sens dessus dessous moi aussi, et de m'être fait botter les fesses par toi, justement.

Clay jeta un regard noir à la jeune sentinelle, mais ne détourna pas son attention du parking de l'autre côté de la rue. Il n'y détectait pas d'autre mouvement que celui de la poussière, mais il savait qu'une proie se cachait parfois en restant à la vue de tous. On pouvait berner un prédateur en jouant les statues. Mais Clay n'était pas une bête sans cervelle ; c'était une sentinelle de DarkRiver, un soldat expérimenté et endurci au combat.

— Tu étais pire que cette bande. Tu as essayé de me descendre avec tes conneries de ninja.

Dorian ouvrit la bouche pour répliquer, mais sa réponse échappa à Clay : une petite Jeep venait de quitter à vive allure le parking qu'il surveillait.

— Je te laisse les gosses !

Sur ces mots, il s'élança à pied aux trousses de sa proie.

S'il avait été humain, entreprendre une telle course-poursuite aurait été stupide de sa part. Même pour un léopard changeling, ça n'avait rien de très rationnel. Il courait vite, mais pas assez pour suivre ce véhicule si la conductrice – car c'était bien une femme – appuyait sur le champignon. Comme elle s'était mise à le faire.

Au lieu de se répandre en jurons, Clay se fendit d'un sourire carnassier qui découvrit toutes ses dents. Il savait une chose que la conductrice ignorait et qui donnait tout son sens à sa poursuite. Son léopard avait beau obéir à ses instincts, la part humaine de l'esprit de Clay fonctionnait à la perfection. La conductrice allait s'en apercevoir sans tarder.

La Jeep pila en crissant des pneus, évitant de peu le tas de gravats qui encombrait la route. Le glissement de terrain ne s'était produit que quarante-cinq minutes plus tôt. D'ordinaire, DarkRiver aurait déjà réglé le problème, mais comme il y avait eu un glissement similaire presque au même endroit deux jours auparavant, cette fois ils avaient tout laissé en l'état jusqu'à l'arrivée des experts. Si cette femme s'était trouvée à l'intérieur du bar, elle aurait entendu l'annonce et su qu'elle devait prendre une déviation.

Mais elle n'était pas entrée dans le bar. Elle était restée dissimulée à l'extérieur.

Le temps que Clay la rejoigne, la conductrice essaya de faire marche arrière. Mais, prise de panique, elle mettait trop de pression sur le matériel computronique qui contrôlait le véhicule et calait coup sur coup. Il sentait très nettement sa peur, mais ce fut l'odeur sous-jacente, familière et pourtant incompréhensiblement malsaine, qui ancra sa détermination à voir son visage.

À peine essoufflé, il s'immobilisa derrière elle au milieu de la route comme pour la mettre au défi de le renverser. Il n'avait pas l'intention de la laisser s'échapper. Il ignorait qui elle était, mais son odeur lui rappelait Tally de façon perturbante et il voulait savoir pourquoi.

Cinq minutes plus tard, la conductrice renonça à redémarrer le moteur. La poussière retomba, dévoilant les plaques d'immatriculation de sa voiture de location. Les oiseaux se remirent à chanter. Il attendit encore… jusqu'à ce qu'enfin, elle fasse coulisser sa portière. Il découvrit une bottine noire puis une fine jambe vêtue d'un jean bleu foncé.

La bête de Clay devint silencieuse lorsqu'une main se posa sur la portière pour la repousser davantage. Sa peau à peine bronzée était couverte de taches de rousseur. C'est une femme menue qui sortit alors lentement de la Jeep. Une fois dehors, elle resta là, lui tournant le dos pendant de longues minutes. Il ne fit rien pour l'obliger à lui faire face, n'émit aucun bruit agressif. Il en profita au contraire pour se délecter de sa vue.

Elle était indéniablement petite, sans pour autant sembler fragile ou facile à briser. Il y avait de la force dans ce dos qu'elle tenait bien droit, mais aussi une douceur propre à accueillir un corps d'homme. Cette femme avait des formes. Sensuelles et délicieuses. Moulées à la perfection dans son jean, ses fesses éveillaient les instincts les plus primitifs de l'homme et du félin. Il avait envie de mordre, de pétrir, de caresser.

Serrant les poings, il resta là où il était et s'obligea à regarder plus haut. Il songea qu'il lui serait facile de la soulever par la taille pour l'embrasser sans avoir à se tordre le cou. Et il avait bien l'intention d'embrasser cette femme qui avait l'odeur de Talin. Sa bête ne cessait de gronder qu'elle était sienne et, à cet instant-là, il ne se sentait pas assez civilisé pour la contredire. Chaque chose en son temps ; il devait d'abord découvrir la vérité au sujet de ce fantôme. En attendant, il s'immergerait dans cette vague de sexualité sauvage, dans l'odeur étrangement familière de cette femme.

Même sa chevelure, d'une couleur peu commune entre l'or et le fauve et parsemée de mèches chocolat, était identique à celle de Talin. Une crinière, comme il le disait toujours, qui rappelait les nuances incroyables de la fourrure d'un léopard. C'était un détail qui échappait souvent aux étrangers. Pour ceux de sa meute, en revanche, ces nuances crevaient les yeux. Comme les cheveux de cette femme. Beaux. Épais. Uniques.

— Talin, dit-il tout bas, se livrant corps et âme à la folie.

La colonne vertébrale de la jeune femme se raidit, mais elle finit par se retourner.

Et le monde entier s'arrêta de tourner.

Chapitre 2

— Bonjour, Clay.

Le choc lui coupa brutalement le souffle. Un grondement monta dans sa gorge, mais il ne le laissa pas s'échapper ; il sentait l'odeur âcre de la peur de Tally déferler sur lui.

Bordel ! Elle avait peur de lui. Elle aurait tout aussi bien pu lui plonger un couteau en plein cœur.

— Approche, Tally.

Elle se frotta les mains sur les cuisses, puis secoua la tête.

— Je suis venue te parler, c'est tout.

— Et c'est comme ça que tu me parles ? En t'enfuyant ?

Il se força à se calmer et à ne pas montrer les dents. C'était leur première conversation en vingt ans. Mais ils auraient pu s'être parlé la veille, tant cela lui semblait naturel et facile. Sauf qu'elle avait peur.

— Tu comptais arrêter la voiture à un moment donné ?

Elle déglutit.

— J'avais l'intention de te parler dans le bar.

Le léopard de Clay en avait assez entendu. S'avançant avec la rapidité propre à son espèce, il se retrouva à un centimètre d'elle avant qu'elle ait pu prendre son inspiration pour crier.

— On m'a dit que tu étais morte.

Il lui laissa voir sa fureur intérieure, une fureur qui avait eu vingt longues années pour fermenter. Elle s'était répandue en lui jusqu'à couler dans chacune de ses veines.

— Ils m'ont menti, ajouta-t-il.

— Oui, je sais… je savais.

Il se figea, n'en croyant pas ses oreilles.

— Tu quoi ?

Tout ce temps qu'il avait passé à chercher un fantôme, il avait eu la certitude absolue qu'on lui avait menti, et ce sans que Talin le sache. Il l'avait crue seule, à s'imaginer qu'il avait renié sa promesse de revenir auprès d'elle, et cette pensée l'avait détruit. Pas une fois il n'avait envisagé qu'elle ait pu consentir au mensonge.

Elle le dévisagea de ses yeux couleur d'orage.

— Je leur ai demandé de te dire que j'avais été tuée dans un accident de voiture.

Le couteau s'enfonça si profondément qu'il lui transperça l'âme.

— Pourquoi ?

— Tu ne voulais pas me laisser tranquille, Clay, chuchota-t-elle, son tourment pareil à une bête féroce dans ses grands yeux gris cerclés d'ambre. Ma famille d'accueil était bien, j'essayais de mener une vie normale, ou du moins aussi normale que possible, ajouta-t-elle en grimaçant. Mais je n'arrivais pas à trouver la paix. J'ai senti que tu me traquais à la seconde où tu as quitté le centre de détention. Je n'avais que douze ans, et je n'osais pas fermer les yeux de peur que tu me retrouves dans mes rêves !

Le léopard qui vivait à l'intérieur de Clay montra les crocs en grondant.

— Tu étais mienne, je devais te protéger !

— Non ! (Elle serra les poings. La tension qui s'empara de son corps traduisait son rejet.) Je n'ai jamais été à toi !

La bête et l'homme vacillèrent sous le coup brutal de son désaveu. La plupart des gens pensaient qu'il ressemblait trop à un Psi glacial, qu'il ne ressentait rien. À cet instant-là, il aurait voulu que ce soit vrai. Il n'avait jamais autant souffert – comme si des milliers de fouets cruels avaient lacéré son âme – que le jour où il était sorti du centre de détention. Son premier réflexe avait été d'appeler les services sociaux.

« Je suis désolé, Clay. Talin est morte il y a trois mois.

— *Quoi ?* (Le vide s'était fait dans son esprit tandis qu'un mur de ténèbres ensevelissait ses rêves d'avenir.) *C'est impossible.*

— *Un accident de voiture.*

— *Non !* »

Il était tombé à genoux, transpercé de part en part. Mais l'intensité de sa souffrance, cette douleur qui l'avait déchiré, n'était rien comparée à ce rejet. Et pourtant, malgré ce qu'elle venait de lui infliger, il avait toujours envie – non, besoin – de la toucher. Mais lorsqu'il tendit la main, elle tressaillit.

Rien n'aurait pu blesser davantage son cœur d'animal protecteur. Il combattit la souffrance comme à son habitude ; en barricadant la douceur et en laissant la fureur s'exprimer. Ces derniers temps, sa colère était presque constante. Mais ce jour-là, la douleur refusait de mourir. Elle se fraya un chemin en lui, menaçant de le griffer jusqu'au sang.

— Je ne t'ai jamais fait de mal, grinça-t-il entre ses dents.

— Je ne peux pas oublier le sang, Clay. (Sa voix tremblait.) Je ne peux pas oublier.

Lui aussi en était incapable.

— J'ai vu ton certificat de décès. (Passé le premier choc, il avait compris qu'il s'agissait d'un mensonge. Mais…) J'ai besoin de savoir que tu es réelle, que tu es vivante.

Lorsqu'il réitéra le geste de toucher sa joue, elle ne tressaillit pas. Mais elle ne se pressa pas non plus contre sa main comme elle l'avait toujours fait enfant. Sa peau était délicate, couleur de miel. Des taches de rousseur dansaient sur l'arête de son nez et sur ses joues.

— Tu ne t'es pas protégée du soleil.

Elle lui lança un regard surpris, puis esquissa un sourire timide qui lui coupa le souffle comme un coup de pied dans l'estomac.

— Je n'ai jamais été très douée pour ça.

Sur ce point-là au moins, elle était restée la même. Mais tant d'autres choses chez elle avaient changé. Sa Tally, qui l'avait considéré comme son protecteur et son ami, s'était jetée dans ses bras chaque jour pendant cinq des années les plus heureuses de sa vie. Et là, elle le repoussa jusqu'à ce qu'il laisse retomber sa main, et ce rappel silencieux de son rejet imprima une brûlure glacée dans son âme. Il durcit le ton.

— Si tu me détestes à ce point, pourquoi es-tu venue me trouver ?

Ne pouvait-elle pas le laisser avec ses souvenirs d'une fillette qui n'avait vu que du bon en lui ?

C'était tout ce qui lui restait dans sa lutte pour demeurer du côté de la lumière. Son cœur avait toujours renfermé des ténèbres, mais désormais celles-ci l'appelaient à chaque heure du jour, lui susurraient les promesses argentées de cette paix que lui procurerait l'absence de sentiments et de douleur. Même les puissants liens de la meute ne suffisaient plus à le retenir, pas alors que l'attrait de la violence résonnait en lui nuit et jour, heure après heure, à chaque seconde de souffrance.

Talin écarquilla les yeux.

— Je ne te hais pas. Jamais je ne pourrais te haïr.

— Réponds à ma question, Talin.

Il ne l'appellerait plus Tally. Elle n'était pas sa Tally, le seul être humain à avoir jamais aimé son âme de marginal avant qu'on l'ait forcé à rejoindre DarkRiver. Celle qu'il avait devant lui, c'était Talin, une étrangère.

— Tu veux quelque chose.

Les joues de Talin s'embrasèrent.

— J'ai besoin d'aide.

Jamais il ne pourrait lui tourner le dos, quoi qu'il arrive. Il l'écouterait, mais en restant impassible ; sa tendresse pour elle menaçait de se changer en une chose qui voulait fondre sur elle et la blesser. S'il lui laissait percevoir l'intensité de sa fureur, si à cause de lui elle s'enfuyait de nouveau en courant, il n'en faudrait peut-être pas davantage pour qu'il franchisse la dernière limite qui le condamnerait.

— Il me faut quelqu'un d'assez dangereux pour affronter un monstre.

— Tu es donc venue trouver un tueur-né.

Elle tressaillit encore, puis se tint bien droite.

— Je suis venue trouver la personne la plus forte que je connaisse.

Il grommela.

— Tu voulais parler, alors parle.

Elle regarda par-dessus son épaule.

— On ne pourrait pas faire ça dans un endroit plus isolé ? Des gens risquent de passer en voiture par ici.

— Je n'amène pas d'étrangers dans mon repaire.

Clay était énervé, et dans ces cas-là il devenait méchant.

Talin releva le menton, un geste bravache qui alluma des étincelles de souvenirs dans l'esprit de Clay.

— Très bien. On peut aller à mon appartement, à San Francisco.

— Plutôt crever.

Il lui arrivait de travailler au siège de DarkRiver, près de Chinatown, mais cet immeuble-là était conçu pour des félins. Il ne s'y sentait pas enfermé.

— Je suis resté quatre années dans une cage, continua-t-il. (Sans compter les quatorze passées dans la boîte de sardines que lui et sa mère appelaient « leur maison ».) Je ne suis pas à l'aise entre quatre murs.

La douleur déforma les traits de Talin, et le gris orageux de ses yeux s'assombrit au point d'éclipser le cercle de feu ambré.

— Je suis désolée, Clay. Tu es allé en prison à cause de moi.

— Ne te vante pas trop. Tu ne m'as pas forcé à arracher les tripes de ton père adoptif, ni à le défigurer.

Elle pressa une main sur son ventre.

— Arrête.

— Pourquoi donc ? insista-t-il, laissant un mélange acerbe de colère et de possessivité prendre le dessus sur l'instinct de protection féroce qui l'animait lorsqu'il était question de Tally.

Il dut se rappeler que cette femme n'était pas sa Tally, la fillette pour qui il se serait tailladé les veines si ça avait pu la protéger.

— J'ai tué Orrin et tu étais dans la pièce ajouta-t-il. On ne peut pas faire comme si ça n'était jamais arrivé.

— On n'est pas obligés d'en parler.

— Tu étais plus courageuse, avant.

Le rouge lui monta de nouveau aux joues, éclatant comparé à la lumière du jour qui baissait. Mais elle s'avança d'un pas, vibrante de colère.

— Ça, c'était avant que le sang d'un homme me gicle à la figure et que ma tête résonne de ses cris et des rugissements d'un léopard.

Un changeling prédateur pouvait chasser dans le silence complet – aussi bien sous sa forme humaine qu'animale –, mais une telle rage l'avait saisi ce jour-là que sa bête était entièrement remontée à la surface. Durant ces quelques minutes sanglantes, il avait été un humain fou furieux, un léopard sur deux jambes. Ils avaient été obligés de lui administrer une dose massive de tranquillisants pour animaux afin de réussir à l'arracher du corps mutilé d'Orrin.

La dernière image qu'il avait vue alors qu'il était étendu sur le sol, la tête dans une mare de sang encore tiède, avait été Tally, prostrée dans un coin, le visage moucheté de sang et d'autres choses, roses comme de la chair… et grises, des morceaux gris. Elle l'avait regardé sans le voir, avec ses taches de rousseur qui ressortaient sur sa peau, blanche comme de la craie sous les éclaboussures rouges. Le sang avait été en partie le sien. Pour l'essentiel, ça avait été celui d'Orrin.

— Tu avais plus de taches de rousseur sur les joues, avant, fit-il remarquer, happé par ses souvenirs.

Tout cela n'avait rien d'horrifiant à ses yeux. Il penchait assez du côté de l'animal pour ne pas se soucier de ceux qui n'appartenaient pas à la meute, et encore moins de ceux qui osaient s'en prendre aux siens. À l'époque, Tally et Isla avaient été les seuls membres de sa meute. Il avait toujours su qu'il tuerait pour protéger l'une ou l'autre.

— Ne change pas de sujet.

— Ce n'est pas le cas. Ton visage est la dernière image que j'ai gardée alors du monde extérieur. (Du bout du doigt, il effleura ses taches de rousseur.) Elles ont dû s'estomper ou changer quand tu as grandi.

— Pas du tout, rétorqua-t-elle sèchement et, pour la première fois, son ton lui rappela exactement la fillette qu'il avait connue. Elles se sont multipliées, j'en ai partout. Maudites taches de rousseur !

— Tu as dû t'y habituer maintenant, dit-il, amusé comme toujours par son aversion pour ces minuscules points pigmentés. Elles font partie de toi.

— Comme les crèmes ne les font pas disparaître et que je ne veux pas d'une chirurgie au laser, j'imagine que oui.

Il se détendit presque, porté par les échos d'un passé depuis longtemps révolu. Oh, ce pouvoir que Talin exerçait sur lui ! Il serait prêt à ramper à ses pieds. Se rendant compte qu'il restait vulnérable face à cette femme que dégoûtait sa nature violente, les paroles qu'il prononça ensuite furent tranchantes comme des lames de rasoir.

— Donne-moi la clé de ta voiture.

Elle recula d'un pas, méfiante.

— Elle a calé. Je peux…

— Donne-moi cette putain de clé ou trouve-toi un autre larbin.

— Tu n'étais pas comme ça, avant.

Elle le regarda de ses grands yeux tourmentés et pinça ses lèvres douces comme pour réprimer ses émotions.

— Clay ?

Il tendit la main. Au bout d'une seconde de tension, elle mit la clé computronique plate dans sa paume. La plupart des voitures se verrouillaient avec les empreintes digitales de leur propriétaire, mais les agences de location préféraient fournir une clé préprogrammée plutôt que de passer une demi-heure à créer un code pour chaque nouveau client. Un gain de temps qui permettait cependant aux voleurs de s'emparer des véhicules. C'était stupide.

— Monte.

Il contourna la Jeep sans un mot de plus et s'installa sur le siège conducteur. Le temps que Talin cesse de bouder et saute à l'intérieur du véhicule, il avait démarré le moteur. Il ne lui laissa que le temps d'attacher sa ceinture avant de faire demi-tour et de reprendre la route par laquelle elle était arrivée.

Le bar était situé à la périphérie de Napa, non loin des gigantesques forêts rattachées au territoire de DarkRiver, qui bordaient la zone. Clay roula en direction de la fraîcheur et de l'intimité de ces arbres, faisant de son mieux pour ne pas se laisser distraire par l'odeur épicée de la femme assise juste à côté de lui. Si fascinante qu'elle fût, elle avait quelque chose qui perturbait le léopard en lui. Mais à cet instant-là, il n'était pas d'humeur à analyser sa réaction. Il ne marchait plus qu'à l'adrénaline.

— Où est-ce qu'on va ? demanda-t-elle au bout de dix minutes, lorsqu'il quitta la route principale et s'engagea dans l'ombre des immenses sapins qui dominaient le paysage de la région. Clay ?

Il poussa un grondement sourd, trop énervé pour se soucier de la politesse.

Touchée par cette mise en garde primitive, Talin eut soudain la chair de poule. Clay n'avait jamais été très civilisé. Même prisonnier des limites étouffantes de l'immeuble où ils s'étaient rencontrés, et malgré son calme apparent qui cachait sa fureur animale, il avait toujours eu la démarche d'un prédateur en chasse. Personne n'avait jamais osé persécuter Clay : ni les garçons ayant le double de son âge, ni les membres de gangs agressifs dont le but dans la vie était de semer la terreur, ni même les anciens détenus.

Mais ça, c'était à l'époque… son attitude à présent n'avait rien de comparable.

—Arrête de chercher à m'effrayer.

Il fit mine de la mordre et elle sursauta sur son siège.

—Pas besoin d'essayer. Tu es déjà morte de trouille. Je sens ta peur, et c'est une putain d'insulte.

Elle avait oublié cet aspect des aptitudes changelings. Pendant plus de vingt ans, elle avait vécu parmi des humains et des changelings non prédateurs, creusant volontairement la distance entre elle et Clay. Mais qu'y avait-elle gagné ? Elle venait de revenir à la case départ… elle avait perdu tout ce qui avait jamais compté pour elle.

—C'est ce que tu as dit quand on s'est rencontrés la première fois.

C'était alors un garçon de grande taille, imposant et dangereux, et c'était peu dire qu'il l'avait terrifiée. Toute sa courte vie, les gens lui avaient fait du mal, et Clay avait eu tout l'air d'être ce genre de personne. Aussi avait-elle gardé ses distances. Mais lorsqu'elle l'avait vu tomber ce jour-là et se casser la jambe dans la cour de leur immeuble – un dépotoir qui n'avait rien d'un parc –, elle n'avait pas eu le cœur de l'abandonner à sa douleur.

Si effrayée qu'elle en claquait presque des dents, elle était entrée dans le salon et avait marché jusqu'au téléphone. Orrin avait été sur le canapé, inconscient. D'une manière ou d'une autre, elle avait réussi à braver l'interdiction de téléphoner… et à joindre les urgences. Puis, après avoir soulevé le loquet de la porte, elle avait couru s'asseoir à côté de Clay jusqu'à l'arrivée des secours. Il n'avait pas été tendre avec elle. Toute précoce et déjà capable de parler qu'elle avait été à trois ans, il en avait alors eu neuf et était déjà une créature terriblement dangereuse.

— Tu m'as craché d'aller voir ailleurs, et tu as dit que tu aimais croquer les os des petites filles.

C'était un vrai don, cette mémoire. Elle se rappelait de tout depuis l'instant de sa naissance, et parfois même avant. C'était comme ça qu'elle avait appris à parler avant les autres, à lire avant de savoir parler.

— Tu as dit que j'avais l'odeur d'une proie, douce, juteuse et délicieuse.

— C'est toujours le cas.

En dépit de sa méfiance, ce commentaire la hérissa.

— Clay, arrête ça. Tu te comportes comme un adolescent.

Il réussissait par la même occasion à accroître sa peur… savait-il seulement à quel point il était intimidant ? Imposant, incroyablement fort, et si furieux que le regard qu'il posa sur elle lui fit l'effet d'une gifle.

— Pourquoi ? Autant que ta visite me divertisse un peu. Te tourmenter fera l'affaire.

Elle se demanda si elle avait commis une erreur. Le Clay qu'elle avait connu avait été sauvage, mais gentil. Elle n'était pas si sûre de cet homme. Il lui semblait être un véritable prédateur, sans âme ni honneur. Mais son cœur trop tendre lui soufflait d'insister, qu'il y avait davantage en lui, au-delà de cette rage incandescente.

— Tu appartiens à la meute de DarkRiver.

Pas de réponse.

— De quelle meute venait ton père ?

Isla avait été humaine. C'était de son père que Clay avait hérité sa capacité à changer de forme.

— Tout ce que je sais de mon père, c'est que c'était un félin. Isla ne m'a jamais rien dit d'autre.

— J'ai pensé que peut-être…

— Quoi ? Qu'elle changerait d'avis, que, sur son lit de mort, elle retrouverait la raison ? dit-il avec un rire amer. Elle devait être unie à un félin, et il est mort. J'imagine qu'elle était déjà fragile à la base. Perdre son âme sœur l'a complètement anéantie.

— Mais je croyais que tu ne savais pas s'ils avaient été mariés.

— Unis, pas mariés. C'est une sacrée différence. (Il emprunta un chemin plongé dans l'obscurité ; les branchages leur cachaient la lumière du crépuscule.) Je ne savais rien de mon espèce, à l'époque. À moins d'une intervention médicale – et même dans ce cas, c'est comme jouer à pile ou face –, les changelings léopards ne sont pas fertiles tant qu'ils ne sont pas unis ou dans une relation sérieuse. Pas de grossesses accidentelles, pas de mariages à la sauvette.

— Oh. (Elle se mordit la lèvre inférieure.) DarkRiver t'a appris à être un léopard ?

Il lui jeta un regard en biais qui n'avait rien d'amical.

— Pourquoi ce besoin soudain de discuter ? Contente-toi de cracher le morceau. Plus vite ce sera fait, plus vite tu pourras retourner te terrer dans ce trou où tu vis depuis vingt fichues années.

— Tu sais quoi ? Je ne suis plus sûre d'être venue voir la bonne personne, riposta-t-elle, sans se laisser démonter par son agressivité.

Une menace voilée plana entre eux, changeant l'atmosphère dans l'habitacle.

— Pourquoi ? Parce que je ne suis pas aussi docile que dans tes souvenirs ? Ton léopard apprivoisé.

Elle éclata d'un rire si violent qu'elle en eut mal au ventre.

— Clay, s'il y en avait un qui suivait l'autre dans cette histoire, c'était moi. Je n'osais pas te donner d'ordres.

— Foutaises, marmonna-t-il, mais il sembla à Talin que son ton s'adoucissait. Tu m'as obligé à jouer à la dînette avec toi.

Elle se remémora sa menace la première fois : *« Si tu racontes ça à quelqu'un, je te bouffe et je me sers de tes os comme cure-dents. »*

Elle aurait dû avoir peur, mais Clay n'avait pas eu le « mal » en lui. Et même après seulement trois années d'existence, elle en savait déjà trop sur le mal, savait reconnaître les adultes chez qui il avait pris racine. Ça n'avait pas été le cas de Clay. Alors, les yeux écarquillés, elle s'était assise à côté de lui et ils avaient joué à la dînette.

— Tu étais mon meilleur ami à l'époque, plaida-t-elle tout bas. Tu ne voudrais pas l'être encore maintenant ?

— Non. (La platitude de sa réponse l'ébranla.) On est arrivés.

Elle regarda par la vitre et s'aperçut qu'ils se trouvaient dans une petite clairière.

— Où ça ?

— Tu voulais de l'intimité. Tu en auras ici.

Après avoir éteint les phares et coupé le moteur, il sortit de la voiture.

N'ayant pas d'autre choix, elle l'imita et s'arrêta au milieu de la clairière tandis qu'il allait s'adosser à un tronc d'arbre de l'autre côté, en face d'elle. Elle eut un choc à la vue de ses yeux qui étincelaient soudain comme ceux d'un félin. Dangereux, il l'était bel et bien. Mais il était beau, aussi… à l'image de ses frères sauvages.

Redoutable. Intouchable.

— Pourquoi m'avoir amenée ici ?

— On est sur le territoire de DarkRiver. C'est sans danger.

Elle resserra les bras autour d'elle. Même si la brise printanière était fraîche, ce n'était pas ce qui la poussait à chercher du réconfort. La froide distance que Clay avait mise entre eux lui disait ce qu'il pensait d'elle sans qu'il ait besoin de l'exprimer.

Elle en souffrait.

Et elle savait ne devoir s'en prendre qu'à elle-même. Mais elle ne pouvait pas fermer les yeux. Ce qu'elle avait vu Clay faire avait traumatisé son esprit de fillette de huit ans au point qu'elle s'était murée dans le silence pendant près d'un an.

— Tu étais brutal, s'entendit-elle dire au lieu de lui expliquer ce qu'elle voulait, la raison qui l'avait poussée à affronter les cruelles vérités de son passé et à retrouver sa trace.

Elle avait besoin qu'il comprenne, qu'il lui pardonne sa trahison.

— Tu étais mon seul repère, la seule personne que je pensais incapable de perdre la tête et de me blesser dans sa colère, insista-t-elle alors qu'il gardait le silence. Et malgré ça, tu t'es révélé plus violent que n'importe qui d'autre. Comment aurais-je pu ne pas me demander si tu n'allais pas t'en prendre à moi un jour ?

Le grondement qu'il émit donna à Talin la chair de poule.

Chapitre 3

Sauve-toi! lui hurlait son esprit.

Talin ne se sauva pas. Elle en avait assez de fuir. Même si son cœur battait la chamade.

— Tu as toujours su ce que j'étais, dit Clay, le ton vibrant d'une profonde colère. Tu as choisi de ne pas y penser, de faire comme si j'étais ce que tu voulais que je sois.

— Non. (Elle refusait de céder.) Tu étais vraiment différent, avant.

Avant qu'il découvre le crime d'Orrin. Avant qu'il tue pour la protéger.

— Tu étais…

— Tu te racontes des histoires. (La plus cinglante des reparties.) La seule différence, c'est que je te traitais comme une gamine. Tu n'es plus une gamine.

Et elle songea qu'il n'allait pas rentrer les griffes.

— Je me moque de ce que tu peux dire. On est toujours amis.

— Non, on n'est pas amis. Pas tant que tu trembleras comme une feuille à ma simple vue. Mes amis ne voient pas un monstre quand ils me regardent.

Elle n'avait rien à répondre à cela. C'était vrai qu'elle avait peur de lui, peut-être plus que de n'importe qui d'autre sur cette planète. Clay avait déjà failli la détruire, et il était la seule personne encore capable d'y parvenir.

— Je suis désolée.

Désolée que sa faiblesse ait fait de lui un meurtrier, désolée de ne pas être assez forte pour dépasser ce qu'elle avait vu dans cette pièce éclaboussée de sang. Désolée d'être venue.

Non.

Elle n'était pas désolée de l'avoir retrouvé.

— Tu m'as manqué.

Chaque jour qu'elle avait passé sans lui, il lui avait manqué. Et voilà qu'il était une ombre dans les ténèbres, dont elle ne distinguait nettement que les yeux de félin. Puis elle sentit qu'il bougeait et se rendit compte qu'il avait croisé les bras. Pour l'exclure.

— C'est perdu d'avance, chuchota-t-elle, consciente qu'une chose très fragile se brisait en elle. C'est ma faute, je le sais.

Si elle était venue le trouver à dix-huit ans, il lui en aurait peut-être voulu pour ce qu'elle avait fait, mais il lui aurait pardonné, aurait compris son besoin de s'endurcir pour pouvoir l'affronter. Mais elle avait attendu trop longtemps ; elle l'avait perdu.

— Je ferais mieux de rentrer.

— Dis-moi ce que tu veux, je déciderai ensuite.

Sa voix sévère passa sur elle comme une caresse, dérangeante tant elle était intime.

Elle frissonna.

— Ne me donne pas d'ordres.

Les mots lui avaient échappé avant qu'elle puisse se censurer. Elle avait appris enfant à garder pour elle ce qu'elle pensait. C'était beaucoup plus sûr. Mais il avait suffi d'une demi-heure avec Clay – ce Clay qui était presque un étranger pour elle – pour retrouver les vieilles habitudes. Il n'y avait que lui pour s'emporter si elle ne ripostait pas, plutôt que l'inverse. Avec un regain d'espoir, elle songea qu'à cet égard-là il n'avait peut-être pas changé.

— Je ne suis pas un chien qu'on mène à la baguette, ajouta-t-elle.

Il y eut un bref silence, auquel succéda un bruit de tissu froissé.

— Tu n'as toujours pas ta langue dans ta poche.

La douleur dans la poitrine de Talin s'atténua. Si Clay lui avait dit de se taire…

— Je peux te poser quelques questions ?

— Un entretien d'embauche pour ton boulot ? Désolé, Talin, c'est moi qui mène la danse ici.

Cette raillerie la blessa plus que n'importe quel coup. Ils avaient toujours été des égaux… des amis.

— Je veux réapprendre à te connaître.

— Tout ce que tu as besoin de savoir, c'est que je suis encore plus redoutable qu'avant. (Il s'éloigna assez de la zone d'ombre pour qu'elle puisse voir l'expression peu avenante de son visage.) C'est moi qui devrais poser les questions… dis-moi, où es-tu allée après qu'ils m'ont emmené ?

Ses mots débloquèrent une autre vanne de sa mémoire. Elle revit Clay sonné, les mains menottées derrière le dos, forcé à se remettre sur ses pieds par des agents de la Sécurité vêtus de noir. Il ne leur avait pas opposé de résistance, en avait été incapable à cause des drogues qu'ils lui avaient injectées.

Mais il avait refusé de fermer les yeux et n'avait pas lâché ceux de Talin un seul instant.

Vert.

C'était la couleur dont étaient imprégnés ses souvenirs de cette journée-là. Pas le rouge profond du sang, mais le feu brûlant d'un vert incandescent. Les yeux de Clay.

Elle s'était mise à gémir lorsqu'ils l'avaient emmené, mais du regard il lui avait dit de rester forte, qu'il reviendrait la chercher. Et il s'y était tenu.

C'était Talin qui avait trahi leur pacte muet, elle qui avait été trop brisée pour oser se frotter à un léopard. Cet échec la hantait chaque jour de sa vie.

—La mort d'Orrin a attiré l'attention des médias, dit-elle, s'obligeant à dépasser les regrets qui la transperçaient. Je n'en ai pas eu conscience à l'époque, mais plus tard je suis revenue et j'ai fait des recherches.

—Ils voulaient m'exécuter. Comme une bête.

—Oui. (Elle baissa les bras et serra les poings ; l'idée d'un monde sans Clay lui était insupportable.) Mais l'agence de la protection des enfants n'a pas eu d'autre choix que d'intervenir après que quelqu'un a révélé la vérité sur Orrin… et sur ce qu'il me faisait.

Un goût de bile se répandit dans sa bouche, mais elle le ravala avec la force héritée de sa traversée de l'enfer.

Elle ne pouvait pas effacer le passé – sa mémoire absolue était un véritable cauchemar –, mais elle avait appris à surmonter les ténèbres.

—C'est devenu une affaire politique mineure. Les autorités ont réduit ta peine et t'ont placé dans un centre de détention jusqu'à tes dix-huit ans.

—J'y étais. Je suis au courant de ce qui m'est arrivé, dit-il, sardonique. C'est à ton sujet que je veux en savoir plus.

—J'essaie de t'expliquer ! (Face à sa virilité dominatrice, elle rejeta les épaules en arrière.) Cesse de me harceler.

—Prends ton temps, j'ai toute la nuit devant moi. Je suis à ta disposition.

—Ça ne te va pas, le sarcasme.

Il était trop sauvage, trop brut, trop à fleur de peau.

— Tu ne me connais pas.

Non, convint-elle dans une nouvelle explosion de douleur, elle ne le connaissait pas. Elle avait renoncé à tous les droits qu'elle avait sur lui le jour où elle l'avait laissé croire qu'elle avait trouvé la mort dans un accident de voiture.

— Grâce à l'intérêt des médias, poursuivit-elle, beaucoup de gens se sont présentés pour m'adopter.

— Je sais… c'était dans les journaux.

Elle hocha la tête.

— L'assistant social qui s'était occupé de mon dossier jusque-là a été licencié après que les médias ont découvert qu'il passait l'essentiel de son temps de travail à jouer. (Avec la vie de ceux qu'il était chargé de protéger.) Le nouveau, Zeke, avait une petite fille de mon âge. Il s'est démené pour m'aider et a mené une enquête approfondie sur chaque candidat.

Clay gardait le silence mais il avait son regard de félin, menaçant à l'extrême. Et soudain, ça lui revint : c'était Zeke qui lui avait menti au sujet de sa mort.

Effrayée, abasourdie et bêtement en manque d'affection, elle soutint le regard du léopard qui se tenait en face d'elle. Parfois, il lui semblait qu'elle était née avec ce besoin qu'elle avait de Clay.

— Il m'a placée chez la famille Larkspur, dans la campagne profonde de l'Iowa. (L'espace, les champs verdoyants qui s'étendaient à l'infini, la nourriture abondante, autant de choses qui lui avaient causé un choc brutal.) Tu te plairais au Nid… c'est comme ça que les Larkspur appellent leur ferme. Il y a beaucoup d'espace pour courir et jouer.

Elle eut l'impression qu'il adoptait une posture un peu moins agressive.

— Ils te traitaient bien ?

Hochant la tête, elle se mordit la langue pour se retenir de le supplier que les choses redeviennent comme elles l'étaient avant ce jour où tout s'était effondré. Orrin lui avait ouvert la lèvre et cassé les côtes, mais c'était voir Clay traîné dehors qui l'avait anéantie.

— J'étais dans un sale état, Clay. (Impossible de le nier.) Déjà avant qu'Orrin meure. Ça, ça a juste été la goutte d'eau qui a fait déborder le vase. Mais les Larkspur m'ont accueillie sans me juger et ont essayé de m'intégrer à leur famille. Je me suis soudain retrouvée avec deux grands frères, une grande sœur et une petite sœur.

— Ça paraît beaucoup à encaisser.

— Ça n'a pas été facile, pendant un moment. (Submergée par cette famille bruyante et gaie, elle s'était beaucoup cachée dans des coins, prostrée.) Puis un jour, je me suis aperçue que j'étais là depuis un an et que personne ne m'avait fait de mal. Au moment où on t'a relâché, j'avais douze ans et je me portais plutôt bien.

Ses cauchemars ne survenaient plus qu'une ou deux fois par semaine, et elle faisait de moins en moins de crises à l'école.

— Tu as donc décidé de me reléguer au passé. (Il partit dans un rire amer.) Ben ouais, pourquoi pas ?

— Non, ça ne s'est pas passé comme ça. (Elle tendit la main vers lui, mais voyant qu'il reculait davantage dans les ténèbres, elle suspendit son geste.) C'est juste que je…

Comment lui expliquer l'état de confusion mentale qui avait motivé sa décision ? Elle avait su qu'elle n'était pas encore assez forte pour affronter Clay et les horreurs du passé, mais elle s'était aussi inquiétée pour lui.

— Je t'ai volé quatre années de liberté. J'avais résolu de ne plus être un poids pour toi le reste de ta vie.

(À douze ans à peine, elle avait compris qu'il renoncerait à tout pour la protéger.) Je ne voulais pas t'enchaîner, t'obliger à prendre soin de moi parce que j'étais trop faible pour y arriver seule. Tu avais déjà passé l'essentiel de ta vie à t'occuper d'Isla.

Cet étrange rapport entre l'enfant, devenu aide-soignant, et la mère, devenue patiente, avait faussé les relations entre ces deux-là. Talin avait été tourmentée à l'idée que Clay puisse la mettre dans la même catégorie. Et ça la tourmentait encore.

—Ne me mens pas, l'avertit-il, menaçant. Tu avais peur et tu t'es enfuie.

—Je te dis la vérité. (Elle déglutit.) Mais j'étais effrayée aussi, oui. Tu n'as pas vu ce que j'ai vu, Clay. Ce jour-là dans la chambre d'Orrin, tu es devenu quelqu'un que je ne connaissais pas, plus cruel que n'importe qui d'autre.

Elle s'attendait à ce qu'il dise qu'il avait agi pour elle, mais il n'en fit rien. Son sentiment de culpabilité s'intensifia.

—Pourquoi ne rejettes-tu pas la faute sur moi ? continua-t-elle. Ça rendrait les choses tellement plus faciles. Accuse-moi, crie-moi dessus, bon sang !

—Et pourquoi, Talin ? De quoi tu es coupable au juste ? Tu as été mon amie. C'est ton seul crime. (Il restait immobile, si bien intégré à la forêt qu'elle avait du mal à distinguer la limite entre les ombres et la nuit.) Ces Larkspur... pourquoi ce n'est pas à eux que tu demandes de l'aide ?

—J'ai apporté les ténèbres dans leur famille, je ne veux pas y apporter le mal.

—Ils sont ta meute, ils t'épauleraient.

L'emploi de ce terme la déconcerta.

— Ma meute ? Non, je ne pense pas. Je… j'étais une invitée. J'ai agi comme telle en quittant leur famille à l'âge de seize ans, quand j'ai obtenu une pension complète et une bourse d'études.

Jusqu'à leur nom qu'elle n'avait emprunté que jusqu'à l'âge adulte… assez longtemps pour brouiller les pistes et décourager les recherches que Clay aurait pu entreprendre.

— Je ne leur ai jamais ouvert mon cœur.

— Pourquoi ça ?

— Tu laisses ta meute accéder à ton âme, toi ? demanda-t-elle, avec un besoin désespéré d'en apprendre davantage sur sa nouvelle vie, son nouvel univers, à cet instant où se cristallisaient tant d'années de manque.

— Les félins de DarkRiver ont l'art de t'adopter même si tu n'as pas spécialement envie de l'être, grogna-t-il. Si je saigne, ils viendront à mon secours. Ils seraient prêts à tuer pour moi.

La brutalité de sa déclaration arracha un frisson à Talin. Mais cette forme de loyauté avait aussi quelque chose de séduisant. Elle en vint à s'interroger sur des liens d'une tout autre nature.

— Tu… tu as quelqu'un dans ta meute ?

Il se figea.

— Je ne sens pas l'odeur d'un compagnon sur toi.

— Moi ? dit-elle d'une voix haut perchée qui trahissait sa surprise. Non. Je… non.

Il garda le silence.

Elle toussa.

— Je ne voudrais pas me mettre en travers d'une relation en t'impliquant dans mes problèmes.

— Ne t'inquiète pas pour mes relations.

L'estomac de Talin se noua.

— Très bien.

Clay attendit la suite. Il avait vécu l'enfer au centre de détention, mais il y avait également appris à garder ses émotions pour lui, à contenir sa colère le temps nécessaire… pour s'en servir ensuite comme d'une arme. Sans le vouloir, les scientifiques Psis venus observer le « comportement des animaux en captivité » avaient joué le rôle de professeurs.

À l'époque, il avait été le seul changeling prédateur à purger une peine de prison aussi longue ; les meutes de changelings s'occupaient en général du cas de leurs membres sans que la Sécurité s'en mêle. Or non seulement Clay n'avait pas eu de meute, mais il avait en plus franchi un interdit. Orrin avait été humain.

Pourtant, au lieu de l'étudier et d'en apprendre le plus possible sur lui – ce qui aurait pu donner l'avantage au Conseil Psi dans la guerre froide qu'ils livraient aux changelings –, les Psis l'avaient traité comme une curiosité, un animal derrière des barreaux. C'était l'animal qui avait observé et appris. Tout comme il observait Talin trépigner puis s'enserrer de nouveau de ses bras.

— Je travaille avec des enfants à San Francisco, dit-elle soudain. C'est ce que je fais depuis que j'ai terminé mes études. Mais pas ici. Jusqu'au début de l'année, j'étais à New York.

— L'un d'eux est en danger ?

En apprenant qu'elle se trouvait sur son territoire depuis près de trois mois, il sentit le feu qui couvait sous les cendres de sa fureur s'embraser de plus belle. Toutes ces fois où il avait cru déceler son odeur dans Chinatown ou sur le Quai des pêcheurs pour ensuite s'apercevoir qu'il filait une étrangère, il y avait vu le signe que la folie le gagnait.

— Je ne veux pas que ça se passe comme ça. (Elle baissa les bras et le regarda dans les yeux ; ils luisaient comme ceux d'un félin.) Clay, s'il te plaît. Arrête avec ce truc de léopard et sors de là que je puisse voir ton visage.

— Non. (Il n'était pas prêt à lui révéler quoi que ce soit.) Tu savais que j'étais en ville ?

— Pas au début. Je n'avais aucun moyen de retrouver ta trace après que tu as quitté le centre de détention. (Elle donna un coup de pied dans l'herbe.) Puis un jour, il y a quelques semaines, il m'a semblé te voir. Ça m'a rendue folle… j'ai cru à une hallucination, que j'avais inventé de toutes pièces une version de toi adulte.

Même si les dires de Talin reflétaient presque à l'identique ses propres pensées, il ne répondit rien.

Elle relâcha son souffle.

— Je te jure que… (Elle grinça des dents.) Je suis revenue à l'endroit où j'avais cru te voir, et quand je me suis aperçue qu'il s'agissait du siège social de DarkRiver, je suis allée me renseigner sur Internet. J'avais toujours des doutes… il n'y avait pas de photo, et tu as changé ton nom de famille pour Bennett.

Cela lui avait permis de disparaître de la circulation et de détourner l'attention des médias. Mais au fil des années, il avait définitivement adopté ce nom.

— On parlera de ta petite enquête plus tard, dit-il, l'estomac rongé par un feu glacial. Dis-moi d'abord pourquoi tu as besoin de mon aide.

— Si tu cherches à m'effrayer, c'est réussi. Mais je ne vais pas déguerpir pour autant.

Derrière cette provocation, il reconnut de nouveau brièvement la fillette qu'elle avait été. Le jour de leur rencontre, elle était restée assise à côté de lui, les yeux écarquillés, trop têtue malgré sa terreur pour s'en aller avant l'arrivée de l'ambulance.

— Pourquoi pas ? dit-il, sa colère se muant en sarcasme. Tu es plutôt douée pour ça.

Elle leva la tête vers les branchages et prit une profonde inspiration, comme pour tenter de maîtriser son exaspération. Il se demanda si elle allait y parvenir. Sa Tally avait toujours été très silencieuse… sauf avec lui. Lui seul avait su qu'elle n'était ni timide, ni spécialement calme. Cette fille-là avait un tempérament de feu. Elle s'emportait facilement, mais sa colère retombait tout aussi vite.

— Des enfants disparaissent, pas seulement ici mais dans tout le pays, dit-elle enfin.

Elle brûlait de colère, mais ce n'était plus à cause de Clay.

— On a parlé de fugues au début, mais je connaissais certains d'entre eux. Ce n'était pas leur genre. (Elle redressa les épaules.) J'ai maintenant la preuve que j'avais raison, et chaque nuit je souhaite m'être trompée.

Sa voix se brisa.

— Raconte-moi.

Il n'avait jamais aimé la voir souffrir, et il n'y avait pas de raison que ça change. Cette étrangère si familière, cette femme qui voyait en lui un monstre était aussi sa plus grande faiblesse et il détestait ça.

— Ils ont retrouvé le corps de Mickey il y a deux semaines. (Une larme roula sur sa joue. Elle l'essuya rageusement.) Il avait onze ans. Il était d'une intelligence rare, se rappelait tout ce qu'il lisait.

— Comme toi.

— Ouais. Sauf qu'au lieu d'avoir été abandonné bébé, il a eu la malchance de vivre avec une mère qui choisissait toujours des hommes violents. (Elle lui adressa un sourire sans joie.) Il était sous ma responsabilité, Clay. Je lui avais promis la sécurité, et en échange il allait à l'école tous les jours.

Elle fut secouée de tremblements et serra les poings à en faire blanchir les jointures.

— On l'a battu à mort. Tous ses os étaient brisés. Ces enfoirés lui ont pulvérisé le visage… comme s'ils voulaient l'anéantir !

La colère se répandit dans les veines de Clay. Il songea aux enfants de la meute, à ce qu'il infligerait à quiconque oserait poser la main sur eux.

— Un amant de la mère ?

— C'est ce que j'aurais pu penser, mais Mickey se trouvait dans un camp de vacances hors de l'État quand il a été enlevé. Et ce n'est pas le seul que nous ayons perdu. (Sa respiration rauque trahissait une véritable souffrance.) Ils ont retrouvé deux autres corps cette semaine. Il reste encore au moins un gosse porté disparu.

La moitié léopard de l'âme de Clay – furieuse, meurtrie, et toujours sous le choc du retour de Talin – avait envie d'aller la rejoindre. De la prendre dans ses bras. Les changelings recouraient au contact physique et à l'affection pour guérir ; c'était ce qu'il avait appris en intégrant DarkRiver. Mais Talin avait peur de lui, elle le lui avait dit sans détour. Il en souffrait autant que si un poignard avait été fiché dans son cœur. L'homme n'était pas sûr de vouloir risquer un nouveau rejet. Muselant les instincts de son animal, il se décida enfin à sortir de l'ombre.

— Tu veux venir dans mes bras, Talin ?

À sa question abrupte, elle écarquilla ses yeux humides puis hocha vivement la tête. Quelque chose à l'intérieur de Clay se tut et attendit.

— Viens là, alors.

Un instant, la forêt entière parut se figer, comme si les créatures de la nuit prenaient conscience de la tension vigilante du léopard.

— Oh mon Dieu, Clay.

Soudain, elle l'enlaça, la joue collée contre son tee-shirt de coton blanc.

Osant à peine respirer, il accueillit dans ses bras sa chaleur féminine, sensible au moindre centimètre carré de peau qu'elle pressait contre lui, à chaque larme qui traversait son tee-shirt.

Elle était si menue et si douce, si humaine aussi avec sa peau délicate et son ossature fine. Même si les Psis étaient fragiles comparés aux changelings, ils compensaient leur faiblesse par les pouvoirs de leur esprit. Les humains se caractérisaient par cette même fragilité, les aptitudes psychiques en moins. Une vague d'instinct protecteur déferla sur Clay.

— Chut, Tally.

Il employait son surnom car à cet instant-là, il la reconnaissait. Elle avait toujours eu un cœur trop grand pour son corps, un cœur qui compatissait à la douleur des autres sans écouter sa propre souffrance.

— Je retrouverai ton petit disparu.

Elle secoua la tête.

— C'est trop tard. Il y a déjà trois corps. Jonquil est sûrement mort, lui aussi.

— Alors je trouverai celui qui leur a fait ça et je l'empêcherai de recommencer.

Elle cessa de bouger.

— Je ne suis pas venue pour refaire de toi un meurtrier.

Chapitre 4

— Je suis un meurtrier, dit-il, peu disposé à la laisser se voiler la face. Je suis un changeling léopard et là d'où je viens, tuer pour protéger la meute est une chose comprise et acceptée.

— Je n'appartiens pas à ta meute.

— Non.

Pourquoi lui venir en aide, en ce cas ? D'autant plus qu'elle n'avait pas fait mystère de l'opinion qu'elle avait de lui.

— Aucun enfant ne mérite de mourir comme ça, ajouta-t-il.

Il y eut un court silence.

— Merci. (Elle ne le relâcha pas.) Tu es devenu tellement fort.

— J'ai toujours été fort, comparé à toi.

Il aurait pu la casser en deux sans même y penser. À cause de cette différence de force physique, il avait toujours évité les humaines. Ses rares amantes avaient toutes été des changelings. Il ne pouvait pas changer ce qu'il était… et la douceur n'était pas dans sa nature.

— Sauf si tu as pris du muscle et que ça ne se voit pas…

Elle éclata d'un rire chaleureux et féminin.

— Je suis toujours une crevette, mais toi… tu es devenu un léopard.

Il comprenait ce qu'elle voulait dire. Elle l'avait connu alors qu'il était un garçon en révolte, piégé entre les quatre murs de leur immeuble. Le manque d'air pur avait étouffé et blessé son léopard à un niveau fondamental. Il lui avait même été impossible de se métamorphoser sans que quelqu'un appelle les flics pour signaler un animal sauvage en liberté. Et puis il y avait eu Isla, incapable de supporter la vue de son fils sous sa forme de léopard.

— Tu es heureux avec DarkRiver ? demanda alors Talin.

— Ils sont ma famille, mes amis.

Pour Clay, cette loyauté valait tout l'or du monde. Ils l'acceptaient tel qu'il était, se fichaient qu'il préfère le plus souvent s'isoler, et n'hésitaient jamais à l'inviter chez eux.

— C'était qui, le blond avec toi ?

Il se raidit.

— Dorian, une sentinelle lui aussi.

Et joli garçon, de l'avis de la plupart des femmes.

— Vous n'étiez pas très tendres avec ces adolescents.

— Ils l'avaient cherché. Ils se sont soûlés et ont démoli le bar.

— Vous êtes donc venus les ramener à la maison. (Il perçut la chaleur dans sa voix.) Vous veillez les uns sur les autres. Entre membres de la meute, je veux dire.

— Je vais leur botter les fesses en bonne et due forme dès qu'ils auront dessoûlé. Ce n'est pas la petite maison dans la prairie, ici.

Ils ne pouvaient pas se le permettre, surtout depuis que le Conseil Psi tentait d'éliminer les seuls groupes de changelings – DarkRiver et les SnowDancer – qui osaient contester son autorité absolue.

Un gargouillis s'éleva.

— Tu as faim, Tally ?

Elle hocha la tête, mais resta pressée tout contre lui.

— J'étais si anxieuse à l'idée de te voir que je n'ai pas mangé de la journée.

— Si tu ne veux pas que je sois sur les nerfs, lâcha-t-il sèchement, arrête de me dire à quel point je te fais peur.

— Ça ne changera rien à la vérité.

Talin sut qu'elle l'avait surpris. Il contracta les muscles, puis poussa un grondement qui parcourut la colonne vertébrale de la jeune femme comme des milliers de minuscules aiguilles.

— Cesse de tressaillir ou je vais te mordre et tu auras une raison valable d'être inquiète.

Elle cligna des yeux.

— Tu ne me mordrais pas.

Si ?

— On parie ?

Comme elle se sentait au chaud et à l'abri, protégée par ses muscles puissants, elle décida de ne pas insister. Pour l'instant.

— Tu vas m'aider ?

Il lui souffla la réponse à l'oreille.

— Continue à poser des questions idiotes et tu verras où ça te mène.

Elle prit ça pour un « oui », et même si son cœur menaçait de bondir hors de sa poitrine, elle resta collée contre lui. Et se mit à prier. Prier qu'elle réussirait à aller jusqu'au bout, sans révéler le secret pour lequel Clay la haïrait réellement.

Vingt minutes plus tard, elle se retrouvait assise dans le bar que les jeunes léopards avaient démoli.

— Ça n'a pas l'air trop grave.

D'un geste de la tête, elle indiqua les murs relativement peu endommagés.

— Le proprio sait construire du solide. Joe est un membre de la meute.

— Oh.

Elle se tut lorsqu'une blonde plantureuse à l'air revêche posa le plat de Talin devant elle avant de se tourner vers Clay.

— J'espère que Cory, Kit, Jase et le reste de cette bande d'ivrognes auront droit à la même punition que moi. Joe trouve ça à mourir de rire de m'obliger à porter ce fichu déguisement, dit-elle avec humeur, indiquant son débardeur rose et sa minijupe noire.

Complétée par des bottes montantes, sa tenue la rendait particulièrement séduisante. Mais quelque chose disait à Talin que si un homme était assez stupide pour lui faire des avances, il ne tarderait pas à se retrouver avec le bras en miettes.

Clay prit sa bière et but à longs traits.

— Tu aurais dû penser à ça avant de mettre sa serveuse au tapis, Rina. Jusqu'à ce que son nez guérisse, tu es Opale.

Rina tapa du pied.

— Le nez d'Opale n'a rien ! Je lui ai donné à peine un petit coup !

— Tu es un soldat de DarkRiver. Tu n'as pas à passer tes humeurs à droite et à gauche.

De renfrognée, l'expression de Rina se fit sensuelle.

— Clay, s'il te plaît.

— N'y pense même pas, minette, dit-il, une étincelle amusée dans les yeux, ce qui donna la nausée à Talin comme si on l'avait frappée en pleine poitrine. Où est mon hamburger ?

Rina se mit à siffler et toute trace de séduction disparut de son visage.

— Tu sais quel est ton problème ? Tu as besoin de tirer un coup !

Talin se raidit, prête à voir Clay exploser tel un volcan sorti de son sommeil, mais il se contenta de poser sa bière et d'inviter la blonde à se rapprocher d'un geste du doigt. Lorsque la jeune femme agacée se pencha, il lui murmura quelque chose à l'oreille qui la fit devenir rouge comme une pivoine. Elle se redressa et alla droit à la cuisine.

— Qu'est-ce que tu lui as dit ?

Talin constata, choquée, que la jalousie la lacérait de part en part.

— Rina est jeune. Elle avait juste besoin qu'on l'apaise un peu. (Avec une intensité troublante, il la regarda jouer avec sa nourriture.) Mange.

Elle n'y arrivait pas ; elle avait l'estomac retourné rien qu'en s'imaginant de quelle manière il avait « apaisé » cette sensuelle jeune femme. Mais elle prit une bouchée pour éviter de riposter.

Toujours rougissante, Rina apporta le plat de Clay quelques secondes plus tard. La jeune femme hésita un peu, puis se pencha pour déposer un rapide baiser sur sa joue avant de repartir, très féminine avec ses longs cheveux blonds.

Talin dut se forcer à avaler sa bouchée. Ce baiser… il avait été familier, affectueux. Ça ne collait pas avec l'image qu'elle s'était faite de Clay au cours de la dernière heure.

— Elle est très jolie.

Quelle idiote ! songea-t-elle en fourrant son hamburger dans sa bouche.

Clay haussa un sourcil.

— Je ne baise pas les petites filles.

Elle manqua de s'étouffer et dut boire une longue gorgée d'eau pour faire passer la nourriture.

— Ce n'est pas ce que je sous-entendais.

— Tu as toujours été une petite créature possessive. (Il prit une bouchée de son propre hamburger, qu'il arrosa d'un peu de bière.) Bon, à qui as-tu parlé de ces meurtres ?

Le brusque changement de sujet la dérouta, mais seulement un instant.

— À la Sécurité, quand Mickey a disparu. Ils n'ont pas pris ça au sérieux.

Elle posa sa moitié de hamburger restante.

— Et après que les corps ont été retrouvés ?

— Ils ont ouvert une enquête, dit-elle. L'un des détectives, Max Shannon, semble réellement préoccupé. C'est lui qui m'a parlé des disparitions survenues ailleurs dans le pays.

— Mais ?

— Mais je ne pense pas qu'il s'agisse d'une simple affaire de meurtrier qui s'en prend à des fugueurs. J'ai un mauvais pressentiment, Clay.

— Encore tes intuitions, hein ?

Elle haussa les épaules ; le sujet la mettait mal à l'aise.

— Elles ne valent rien. J'ai juste le sentiment que quelque chose cloche. L'intuition féminine, quoi. À quoi ça nous avance ?

Elle avait eu le même pressentiment au sujet d'Orrin, cet homme censé être un père adoptif exemplaire. Elle avait commis l'erreur d'en parler à son assistant social de l'époque, ce qui lui avait valu une gifle.

« Tu devrais t'estimer chanceuse que lui et sa femme veuillent bien d'une vermine comme toi. Si j'étais à leur place, je t'aurais laissée croupir à l'orphelinat. »

Adulte, elle savait que cet assistant social avait largement dépassé les bornes et qu'on n'aurait jamais dû le laisser approcher les enfants dont il avait la charge. Mais la fillette qui allait avoir trois ans cinq semaines plus tard l'avait cru. Elle n'avait pas eu d'autre endroit où aller, personne vers qui se tourner. Elle avait donc appris à ne pas parler de ses pressentiments… ni de tout ce qui était arrivé ensuite.

N'ayant aucune envie de revivre les cauchemars de son passé, elle se concentra sur l'instant présent en comptant les perles de condensation qui se formaient sur la bouteille de bière de Clay.

— Tu as dit que tu le retrouverais… l'homme qui fait ça.

— Oui.

Elle s'immergea dans le vert indescriptible de ses yeux. Des forêts, songea-t-elle, elle avait toujours vu des forêts dans le regard de Clay, un symbole de liberté qui était comme un cadeau de sa part.

— Pourquoi est-ce que tout le monde part du principe que seuls les hommes sont capables de commettre des horreurs ? Les femmes peuvent être tout aussi mauvaises et perverses.

— Delia est toujours en prison. (Il referma la main sur la bouteille.) Peu après mon incarcération, ils ont retrouvé les corps qu'elle et Orrin avaient enterrés dans le dépotoir. Les médecins légistes ont découvert tellement de preuves de sa culpabilité qu'elle va croupir en prison jusqu'à ce qu'elle en sorte les pieds devant.

— Je sais.

Après avoir été placée dans le Nid des Larkspur, elle avait été assaillie de cauchemars dans lesquels Delia venait la chercher pour la ramener à Orrin. Il l'attendait, assis sur le lit, des vers s'échappant de chaque orifice de son corps en décomposition. Ces rêves avaient duré jusqu'à ce que m'man Larkspur entre dans la salle de bains une nuit et trouve Talin prostrée dans la baignoire. M'man Larkspur était aussitôt allée sur Internet pour télécharger une vidéo de Delia que l'on embarquait dans un fourgon blindé. Talin s'était passé ce film en boucle pendant un mois.

— Tu savais qu'ils ont trouvé des enregistrements vidéo des meurtres ? demanda-t-elle.

— Mon avocat me l'a dit. (Il soutint son regard. C'était un prédateur calme et posé mais au cœur brûlant.) Ils te terrorisaient avec ça ?

Elle secoua la tête.

— Ça, c'était leur petit plaisir… je les entendais regarder ces vidéos tard dans la nuit.

Pendant ce temps, elle avait été enfermée dans sa chambre. Ils préféraient de loin la mettre dans un placard spécialement destiné à la punir, mais ils n'avaient pas tardé à comprendre que sa terreur était d'autant plus grande s'ils la laissaient libre de ses mouvements pendant quelques semaines ; parce qu'elle ne savait jamais quand ils la jetteraient de nouveau dans ce cagibi sans air ni lumière, la torture avait pris pour elle une tout autre dimension.

— Personne ne peut dire avec certitude combien de gosses ils ont assassinés, dit-elle, refermant la porte de ce sinistre souvenir. Ils étaient malins. Ils n'ont tué que quelques-uns de leurs enfants adoptifs. Les autres étaient tous des fugueurs. (Soudain, le barrage céda.) Tu n'aurais jamais dû aller en prison ! Tu as rendu service à tout le monde en éliminant Orrin !

Clay haussa les épaules.

— Le juge White m'a laissé le choix entre le centre pour jeunes délinquants, où j'ai eu des cours de gestion de la colère et un emploi du temps scolaire normal, et un internement en centre psychiatrique.

— Psychiatrique ? Pourquoi ?

— Il a vu que j'avais un problème avec la colère, et comme c'était un type bien, il a voulu m'aider à m'en sortir avant que je déraille complètement. (Il termina sa bière.) Je savais que s'ils m'enfermaient dans une petite chambre blanche, je deviendrais fou. Au moins, le centre pour jeunes où j'ai purgé ma peine était situé à l'extérieur de la ville et conçu pour des garçons. On avait de l'espace pour courir, se défouler.

— Mais il y avait des grillages, murmura-t-elle.

Il la scruta.

— Tu dis ça comme si tu étais venue me rendre visite.

Elle entreprit de déchiqueter consciencieusement un bout de salade tombé de son hamburger.

— Comme je ne parlais toujours pas, même longtemps après la mort d'Orrin, Zeke a commencé à désespérer. Il s'est dit que te voir m'aiderait peut-être.

— Raconte.

— On est restés dans le parking qui surplombait l'un des terrains d'entraînement. (Elle allait avoir neuf ans à l'époque. Muette, brisée, perdue.) Il s'était arrangé avec un membre de l'administration pour qu'on te fasse sortir d'une manière ou d'une autre. Tu portais un pantalon de survêtement gris et un tee-shirt sans manches de la même couleur. Je t'ai regardé faire le tour du circuit en courant.

Clay connaissait la date et l'heure exactes de cette visite. Sa bête était devenue folle ce jour-là, tant l'odeur de Talin lui manquait... à tel point qu'il s'était imaginé la sentir dans la brise.

— J'ai couru pendant des heures.

— Je sais. Je suis restée là jusqu'à ce que tu retournes à l'intérieur. (Elle lui adressa un sourire hésitant.) Je savais que tu devais détester les grillages, mais malgré ça tu tenais le coup. Je me suis dit que si tu arrivais à faire ça pour moi, je pouvais le faire aussi… pour toi.

Clay serra les poings. *Merde.* C'était beaucoup plus facile pour lui de se raccrocher à sa colère quand Talin ne lui rappelait pas la fillette qu'elle avait été.

— Comment tu y es parvenue ? demanda-t-il, cédant à l'envie de tout savoir sur elle.

Elle prit son inspiration et s'apprêtait à répondre lorsque quelqu'un décida de monter le volume du juke-box. Une musique bruyante se déversa dans la pièce. Quoique réglée pour ne pas endommager l'ouïe fine des changelings, elle ne favorisait pas vraiment les discussions.

Clay passa sa carte de crédit sur le lecteur encastré dans la table et se leva.

— Allons-y.

Hochant la tête, elle prit une rapide gorgée d'eau et lui emboîta le pas. Dehors, ils tombèrent sur Dorian alors que la sentinelle aux cheveux blonds descendait de sa moto noire et élégante.

— C'est elle, ton lapin ?

Accrochant son casque à sa moto, il décocha à Talin un sourire ravageur, un soupçon sauvage. Clay avait vu des femmes se jeter dans les bras de Dorian rien qu'après un tel sourire.

— Tu ne vas en faire qu'une bouchée de celle-là. Pourquoi tu ne me la donnerais pas ?

Clay guetta la réaction de Talin, sachant pertinemment que l'autre sentinelle ne faisait que s'amuser avec elle. Selon la loi de la meute, Talin était à Clay parce qu'elle était venue à lui. Jusqu'à ce qu'elle se lasse – Clay serra de nouveau les poings –, pas un membre de la meute ne se permettrait de la toucher.

— Qu'est-ce que tu en dis, petit lapin ?

— Je suis désolée, répliqua Talin, mielleuse. Je ne suis pas portée sur les jolis garçons. À vrai dire, je ne suis pas portée sur les garçons du tout.

Dorian manqua de s'étrangler de rire, puis observa l'expression choquée de Clay.

— Merde alors. Je te la laisse, mon pote.

Clay poussa Talin jusqu'à sa Jeep et la plaqua contre la portière côté passager, une main de chaque côté d'elle. La peur de la jeune femme prenait corps entre eux, une intruse envahissante qui n'avait rien à faire là. Il lutta pour contenir la rage qu'elle déclenchait chez son léopard, et constata au regard de Talin qu'il n'y parvenait qu'à moitié.

— Tu aimes les filles ? demanda-t-il tout bas.

Elle secoua la tête, les yeux comme des soucoupes.

— Je sais encore voir quand tu mens, et tu ne mentais pas à Dorian.

— Non, je ne mentais pas. (Elle se mordit la lèvre inférieure.) C'était juste pour répondre à ses taquineries. J'ai dit que je n'aimais pas les garçons.

Le léopard de Clay était trop remonté pour saisir la logique.

— Et qu'est-ce que tu aimes ?

— Les hommes.

Le temps suspendit son cours tandis qu'il essayait de digérer ce qu'il lisait dans son regard.

— Tu as été avec des hommes.

Il avait l'impression qu'elle venait de lui couper les jambes, ce qui n'avait rien de normal. Les changelings léopards étaient des créatures sensuelles ; avoir des relations sexuelles régulières était considéré comme sain et naturel.

Jamais auparavant il n'avait jugé une femme d'après le nombre de ses amants.

— Oui. (Elle blêmit.) Beaucoup d'hommes. Tellement que je n'arrive pas à me rappeler leurs visages, encore moins leurs noms. Même ma mémoire ne peut pas gérer autant.

Cherchait-elle à le blesser exprès ? Qu'elle détienne un tel pouvoir rendait le léopard de Clay fou de rage. Ce ne fut que grâce à des années de pratique qu'il parvint à refouler sa colère et à s'écarter de la voiture.

— Pourquoi ? Tu n'étais pas comme ça.

— Tu m'as connue avant que j'atteigne la puberté, dit-elle, son ton empreint d'amertume. On peut y aller maintenant, ou tu veux un compte-rendu détaillé ?

— Monte dans cette putain de voiture !

Talin s'exécuta, prise d'un profond dégoût d'elle-même. Elle n'avait jamais eu l'intention de révéler à Clay qu'elle était tombée si bas, mais ça avait été comme si quelqu'un d'autre avait pris le contrôle de sa bouche, comme si une part rebelle d'elle-même avait voulu qu'il sache. C'était désormais le cas. Et s'il y avait eu la moindre chance de recoller les morceaux entre eux, elle venait de la perdre.

Talin ne pouvait pas lui reprocher sa réaction. Lorsqu'elle avait commencé à travailler pour Shine, la psychologue qu'elle s'était enfin décidée à consulter pendant quelque temps lui avait assuré que son attitude d'adolescente et de jeune adulte était compréhensible, et que c'était fréquent chez les personnes qui avaient subi des violences durant l'enfance. La femme l'avait définie comme une forme d'automutilation et avait dit à Talin qu'elle n'avait aucune raison d'en éprouver de la honte. Mais même après huit ans de célibat, si elle exceptait…

Non, elle ne voulait pas penser à cette époque-là. Ses poings serrés blanchirent. Huit années s'étaient écoulées depuis la dernière séance de thérapie ; huit années depuis qu'elle avait commencé à essayer de traiter son corps comme quelque chose de beau, qui méritait d'être respecté, huit années ! Et pourtant, Talin n'était toujours pas certaine de croire la psychologue.

Peut-être était-elle bien la traînée qu'Orrin avait voulu faire d'elle. Peut-être que cette tare était inscrite dans ses gènes. Après tout, la clinique où elle avait été abandonnée bébé avait été gratuite et n'accueillait presque que des prostituées. Orrin la traitait de fille de pute. Telle mère, telle fille.

— Où est ton appartement ?

À cette question glaciale, elle se redressa aussitôt et se rendit compte qu'ils avaient atteint la périphérie de San Francisco. Les lèvres sèches et la bouche pâteuse, elle le dirigea jusqu'à la petite tour où se trouvait l'appartement que lui louait Shine.

— Merci, dit-elle lorsqu'il gara la voiture devant l'immeuble.

— Tiens.

Il lui lança la clé. La seconde suivante, il ouvrait la portière et disparaissait, ombre menaçante et invisible dans la brume qui montait. Les yeux lui piquaient mais elle s'installa à la place du conducteur et roula jusqu'au parking souterrain.

Elle avait dégoûté Clay.

Alors qu'elle s'attardait dans le parking faiblement éclairé, un sanglot monta dans sa gorge. Même lorsque Clay avait découvert le sinistre secret de son enfance – quelques secondes à peine avant de tuer Orrin –, jamais il n'avait posé sur elle un regard accusateur. Au contraire, il lui avait écrit des lettres du centre de détention, lui disant qu'elle était toujours sa Tally, la meilleure chose qui lui soit arrivée. Clay ne s'imaginait pas à quel point Talin s'était raccrochée à ces lettres toutes ces années.

Mais à présent… il lui reprochait ce qu'elle était devenue. Comment aurait-il pu en être autrement ? Il avait passé quatre années dans une cage pour lui éviter de vivre un cauchemar, et qu'avait-elle fait pour le remercier ? Elle avait craché sur son cadeau, l'avait dépouillé de sa valeur. Rien d'étonnant à ce qu'il la haïsse.

Qu'elle ait frôlé la folie au cours de ces années d'égarement et de tourments ne semblait pas vraiment constituer une excuse valable.

S'abandonnant à sa douleur, elle appuya le front contre le volant et se mit à pleurer.

Chapitre 5

Ashaya Aleine était une M-Psi de rang 9,9. Ce dernier point la rendait particulière. La plupart des Psis de sa puissance tendaient à franchir le cap des 0,1 et à détenir le statut de cardinal. On n'attribuait pas de rang aux cardinaux. Certains étaient plus puissants que d'autres, mais tous possédaient les mêmes yeux : un fond de velours noir piqueté d'étoiles blanches.

Un signe distinctif. Mémorable.

Ashaya n'avait rien de tel. Ses yeux étaient d'un bleu-gris banal, ses cheveux simplement noirs. Ils bouclaient, mais comme elle les attachait en chignon serré, ils passaient inaperçus. Sa peau brune ne détonnait pas davantage au sein de la population métissée des Psis. Mais ceux-ci n'étaient pas les seuls dont elle devait tenir compte. Pour assurer le succès de son plan, elle devait apprendre à se fondre parmi les humains et les changelings, une tâche autrement plus ardue.

La surface transparente de son écran d'ordinateur clignota pour annoncer un appel entrant. Elle y répondit et se retrouva face à une femme aux yeux en amande et aux cheveux noirs raides comme des baguettes.

— Bonjour, Conseillère Duncan. Que puis-je faire pour vous ?

Nikita Duncan posa ce qui ressemblait à un stylo bille électronique.

— J'aimerais un compte-rendu de vos progrès. Où en êtes-vous ?

Son visage était lisse comme un miroir, parfaitement soumis à Silence.

— Revenue à la case départ. (Elle restait aussi immobile que la Conseillère.) L'attentat du précédent labo a détruit l'essentiel de mes recherches.

Et la petite modification qu'elle avait appliquée à la programmation des prototypes d'implants avait réglé le problème des quelques sujets relâchés du laboratoire sans son accord.

— Quelque chose est récupérable ?

— Ce n'est pas impossible, admit-elle. Mais il serait à mon avis plus efficace de tout reprendre du début. Je n'arrivais pas à mettre le doigt sur certaines failles que présentaient les premiers prototypes. Si je reprends mes recherches en gardant ces erreurs à l'esprit, je parviendrai peut-être à les éviter.

— Bien entendu.

Les yeux sombres de Nikita ne cillaient pas. Comme ceux d'un serpent. Une comparaison vraiment appropriée, vu la réputation qu'avait Nikita de détenir l'aptitude mortelle de contaminer les esprits avec des virus mentaux ; un excellent moyen de se débarrasser de ses concurrents sans laisser de trace.

— Quand le Conseil peut-il s'attendre à recevoir une mise à jour complète ?

— J'en enverrai une cette semaine, mais il s'agira simplement d'une redite détaillée de ce que j'ai déjà rapporté.

— Très bien. J'attends ce compte-rendu.

Nikita coupa la communication.

Ashaya ne s'étonnait pas d'avoir si facilement obtenu l'approbation de la Conseillère. En tant que M-Psi en chef de l'équipe qui consacrait ses efforts à l'instauration du protocole I – connu aussi sous le nom de protocole Implant –, Ashaya disposait d'une autonomie complète sur le plan de la recherche et du développement.

Leur objectif était simple : mettre au point un implant adapté au cerveau de tous les Psis – mais surtout à celui des nouveau-nés –, afin de créer une société totalement unifiée. Autrement dit, un esprit collectif.

Chapitre 6

Lorsque Talin regagna enfin son appartement, sans la moindre notion du temps qu'elle avait passé dans la Jeep, elle avait les yeux gonflés et injectés de sang. Un goût de sel sur les lèvres, elle posa la main à plat sur le scanner à côté de sa porte et attendit que le verrou se débloque pour entrer. Les lumières s'allumèrent automatiquement ; elle détestait être dans le noir entre quatre murs. Se retrouver dehors la nuit ne l'effrayait pas. C'était l'impression d'être enfermée qui l'angoissait… et elle n'avait pas besoin d'un diplôme en psychologie pour comprendre pourquoi.

Refermant la porte derrière elle, elle s'avança d'un pas dans la pièce. Et se figea. Elle ne saisit pas tout de suite ce qu'elle avait sous les yeux. Puis, comme si elle venait d'encaisser un coup, son estomac se retourna et elle fut assaillie par un kaléidoscope de couleurs et de destruction au-dessus duquel flottait l'odeur de la mort.

À l'évidence, les intrus étaient partis. Mais ils avaient laissé des traces de leur passage. Elle se laissa glisser contre la porte et s'assit, effondrée, incapable de détacher le regard du message encore frais, barbouillé sur le mur en face d'elle… en lettres de sang, comme l'indiquaient la couleur rouge sombre et les relents de fer.

« *Renonce. Ou c'est toi la prochaine.* »

Quel message stupide, songea-t-elle, enfantin dans la simplicité de sa menace. Mais il eut l'effet escompté.

Un frisson de peur viscérale traversa son corps et, se refermant sur sa gorge, lui donna un haut-le-cœur. Malgré tout, elle refusait de ciller, de détourner les yeux.

Comment osaient-ils ? Comment osaient-ils !

Elle se moquait de l'infraction et du désordre. Ce genre de choses avait peu d'importance pour une femme qui ne s'était jamais sentie chez elle nulle part. Mais ce qu'ils avaient fait aux photos des enfants…

Ils ne s'étaient pas contentés de fracasser les cadres numériques sur le tapis. Les photographies papier avaient été déchiquetées, les morceaux collés sur le sang qui dégoulinait le long du mur. Elle ne pouvait pas pardonner ce sacrilège. Ça lui donnait envie de hurler, de pleurer et de ramper jusqu'aux morceaux pour les rassembler.

Mais elle n'était pas idiote. Même si l'angoisse et une profonde colère la prenaient aux tripes, elle ne tenta pas de récupérer ces petites choses qui avaient tant de valeur à ses yeux. C'était ce qu'ils voulaient, le ou les monstres qui avaient enlevé et assassiné les enfants dont elle avait la charge. Ils cherchaient à détruire sa crédibilité, à la pousser à devenir une folle que personne ne croirait.

Ils pouvaient aller se faire foutre.

Se saisissant de son téléphone portable, elle se mit à presser les touches du clavier. Ce ne fut qu'à la dernière seconde qu'elle se rendit compte qu'elle composait le numéro du bureau de Clay. Le goût de bile dans sa bouche était cette fois-là d'une tout autre nature.

Répugnant à respirer l'air vicié de son appartement, elle n'en prit que quelques petites bouffées ; puis elle secoua la tête, effaça le numéro et en composa un autre bien plus familier.

Après avoir quitté Talin, Clay retourna au bar et entreprit de se soûler. Il vit Dorian s'asseoir à côté de lui, Rina couler des regards inquiets dans sa direction et Joe s'approcher plusieurs fois, mais il ne leur prêta aucune attention ; il ne pensait qu'à effacer l'image de Tally, de sa Tally, avec d'autres hommes.

— Ça suffit.

Dorian lui prit la bouteille des mains.

Clay frappa l'autre sentinelle au visage et en profita pour récupérer sa bouteille.

— Bon sang ! (Dorian se releva en se frottant la mâchoire.) Je ne te laisserai pas t'évanouir ici.

— Dégage.

Clay avait bien l'intention de s'abrutir d'alcool jusqu'à l'inconscience.

Dorian jura, puis reprit son calme en apercevant Nathan.

— Ouf, Dieu merci. Tu arriveras peut-être à le raisonner.

Clay ne dit pas un mot lorsque Nate s'installa sur la banquette en face de lui. Le vétéran des sentinelles de DarkRiver croisa les bras et se cala contre le dossier en similicuir grenat.

— Laisse-nous une minute, Dorian. Demande à Rina de mettre de la glace sur ta joue.

— Appelle-moi si tu as besoin d'un coup de main pour le traîner dehors.

Clay s'attendait à ce que Nate lui tombe dessus, mais l'autre homme se contenta de le fixer de ses yeux bleu foncé, aussi calme qu'à l'accoutumée.

— Quoi ? dit-il sur un ton inexpressif.

D'autres léopards auraient peut-être grondé ou montré les dents, mais Clay savait que s'il laissait sa rage remonter à la surface ce soir-là, les choses se termineraient dans le sang.

— La seule fois que je t'ai vu ivre, répliqua Nate, c'est lorsque je t'ai botté les fesses hors de ce bar à New York.

Clay grogna, bien conscient que Nate lui avait sauvé la vie cette nuit-là. Il sortait à peine du centre de détention et on venait de lui annoncer que Talin était morte ; il avait été en bonne voie de s'autodétruire. Aveuglé par sa douleur, il avait provoqué Nate et ils s'étaient battus. Son aîné de plus de dix ans et combattant endurci, Nate lui avait mis la raclée de sa vie.

Mais au lieu de l'abandonner aux malfrats, la sentinelle avait traîné Clay jusqu'à sa chambre d'hôtel. Tamsyn, la compagne de Nathan, lui avait jeté un coup d'œil avant de déclarer : « Seigneur, je ne pensais pas qu'il y avait de grands félins à New York ! » Ça avait été la première fois de sa vie que Clay se retrouvait en compagnie de léopards comme lui.

— À l'époque, fit remarquer Nate, c'était à cause d'une fille. Tu avais perdu ta Talin.

— Je n'aurais jamais dû te parler d'elle.

— Tu étais jeune. (Nate haussa les épaules.) Rina a dit que tu es venu avec une femme un peu plus tôt.

— Rina ne sait pas tenir sa langue.

Nate esquissa un rictus.

— C'est la loi de la meute. Se mêler des affaires des autres membres est une obligation. Alors, tu vas cracher le morceau ?

— Non.

— À ta guise. (L'autre homme se leva.) Quand tu auras fini de te détruire, ça te reviendra peut-être que Lucas et Sascha ont rendez-vous avec Nikita Duncan demain matin. Tu es censé assurer la protection de notre couple dominant.

— Merde !

Clay reposa la bouteille ; la bulle noire de sa colère venait d'être crevée par un retour brutal à la réalité. Nikita était la mère de Sascha et membre du puissant Conseil Psi. C'était aussi une meurtrière vicieuse.

— J'y serai.

— Non. (Le regard de Nate devint glacial.) Tu n'es pas en état. Je prends la relève.

Rien n'aurait pu atteindre Clay davantage. C'était la loyauté qu'il vouait à DarkRiver qui l'empêchait de basculer du mauvais côté. Si on le privait de ça, il ne resterait de lui qu'un tueur insensible. Surtout depuis que Talin lui avait arraché le cœur.

— Message reçu.

— Quoi qu'il en soit, tu n'y vas pas demain. (Nate lui tendit la main.) Allez, viens.

Après un instant d'hésitation trouble durant lequel son léopard se dressa, aux aguets et assoiffé de violence, Clay s'inclina et laissa l'un des rares hommes qu'il considérait comme son ami l'aider à se lever. Le sol se mit à tourner.

— Merde. Je suis bourré.

Il s'appuya d'un bras sur les épaules de Nate.

— Non, sans blague ? (Dorian s'approcha pour le soutenir de l'autre côté.) Mince, ça a dû t'anéantir que cette nana n'aime que les filles.

— Hein ?

Nate trébucha et faillit les entraîner dans sa chute.

Clay montra les dents.

— Ce qu'elle aime, ce sont les hommes, lâcha-t-il dans un nouvel accès de rage, pas les jolis garçons comme toi.

Dorian grimaça.

— Elle se croit maligne. Elle ne perd rien pour attendre.

Alors que Clay s'apprêtait à répliquer, l'alcool fort eut raison de lui et son corps de changeling décida qu'il serait plus sage de dormir pour dessoûler.

Max débarqua avec une équipe de la criminelle une demi-heure après l'appel de Talin. Entre-temps, elle en avait profité pour sécher ses larmes, et avait eu la présence d'esprit d'aller acheter des bouteilles d'eau fraîche au distributeur du rez-de-chaussée plutôt que de se servir de son évier.

— Tu n'as touché à rien ? demanda Max après avoir observé la scène.

Ses yeux bridés et son teint olivâtre donnaient à son visage un aspect exotique.

Secouant la tête, elle se surprit à penser que la peau de Clay était plus foncée que celle de Max.

— Non, à part la porte et l'extrémité du tapis.

— Bien.

Il adressa un hochement de tête aux agents de la criminelle.

Talin regarda d'un air détaché les hommes et les femmes vêtus de blanc entrer dans son appartement, des chaussons de protection aux pieds, les cheveux et les vêtements couverts pour limiter les risques de contamination.

— Ils ne trouveront rien. Ça a beau ressembler à une mauvaise blague d'adolescent, c'est une opération habilement menée.

Max l'entraîna à l'écart de la porte ouverte de son appartement.

—Tu as probablement raison. Mais c'est grave, Talin. L'un de mes hommes est changeling… son odorat lui dit qu'il s'agit de sang humain.

Elle replia les doigts comme des griffes.

—Ça doit être celui d'un des enfants.

Ces monstres violents et sans scrupules jouaient avec ses nerfs. Elle était écœurée.

Max ne chercha pas à réfuter son assertion.

—Ce qui me dérange, c'est qu'ils savent à quel point tu t'es impliquée dans l'enquête.

—La Sécurité est une vraie passoire, marmonna-t-elle.

—Ouais. (Un regard amer qui ne lui ressemblait pas assombrit son expression.) Si je n'étais pas né avec des boucliers mentaux hermétiques, je serais probablement commissaire à l'heure qu'il est.

Elle se passa une main sur le visage.

—Les espions Psis n'arrivent pas à lire dans tes pensées ?

—Non. Mais ici, ça ne change rien. (Il se mit les mains sur les hanches, en dessous de son trench-coat.) Les taupes du Conseil sont simplement les plus faciles à repérer. On en a d'autres qui n'hésitent pas à vendre des informations pour de l'argent.

Elle laissa retomber sa main et secoua la tête.

—Pourquoi rester dans un système aussi corrompu ?

—Parce qu'on fait plus de bien que de mal, dit-il, visiblement dévoué à son travail. Les Psis n'interviennent pas dans la plupart des enquêtes, surtout quand elles impliquent les autres espèces.

—Peut-être, admit-elle, mais ils traitent tout de même les humains comme une espèce inférieure. Je me demande même pourquoi ils nous laissent vivre.

—Toute société a besoin de ses abeilles ouvrières. (L'humour pince-sans-rire de Max n'enlevait rien à la véracité de ses propos.) On se charge de tous les boulots auxquels ils ne veulent pas s'abaisser. Mais dans le cas présent, on ne peut pas reprocher aux Psis leur manque de soutien. C'est à cause de tous ces vieux préjugés humains. Les gens voient les victimes, leur mode de vie, et ils émettent des jugements.

—À quoi sert la Sécurité si elle se détourne de ceux qui ont le plus besoin d'elle ? (Elle savait que Max ne méritait pas sa colère, mais elle était furieuse.) C'est d'enfants dont il est question, et la plupart d'entre eux n'ont personne d'autre pour les défendre.

Max crispa les mâchoires.

—Parfois, je préfère la façon de procéder des changelings, dit-il à sa grande surprise. Tu t'attaques à l'un des leurs, ils te tuent. Affaire réglée.

L'estomac de Talin se noua.

—Qui s'occupe des exécutions ?

—Les types haut placés dans les meutes de prédateurs.

Des types haut placés comme Clay. Talin n'allait pas se mentir – elle voulait tuer ces enfoirés, elle aussi –, mais ce rappel de la violence qui sous-tendait le monde de Clay lui donnait des sueurs froides.

« Tu as toujours su ce que j'étais. Tu as choisi de ne pas y penser, de faire comme si j'étais ce que tu voulais que je sois. »

Elle avait rejeté sa déclaration, mais elle commençait à se demander s'il n'avait pas eu raison. Avait-elle fait semblant d'accepter son léopard, tout en attendant de lui qu'il se comporte en humain… exactement comme sa mère ? Cette prise de conscience acheva de fissurer les fondations déjà instables de son équilibre émotionnel. Repoussant les cheveux qui lui barraient le visage, elle s'obligea à contenir sa confusion et se concentra sur un sujet plus pragmatique.

— Quand est-ce que je pourrai récupérer mon appartement ?

Max secoua la tête.

— Tu ne peux pas rester ici, tu le sais. Tu dois être placée sous protection.

— Non.

La dernière fois qu'elle avait pris la fuite, elle avait renoncé au seul homme à avoir jamais vu du bon en elle.

— Talin, ne sois pas stupide. Si ces gens-là trouvent que tu t'approches d'un peu trop près, ajouta-t-il en indiquant son appartement d'un geste de la tête, ils ne se contenteront pas d'une mise en garde.

— Je sais. (Elle lui rendit son regard.) Ne t'en fais pas pour moi. Je suis capable de m'en sortir seule.

Fini de se cacher, de rester prostrée dans un coin pendant qu'un autre se battait pour elle.

Max leva les mains au ciel ; pour avoir eu plus d'une prise de bec avec elle, il avait déjà compris la leçon.

— Trouve-toi au moins un endroit plus sûr où rester. Cet appartement n'est pas assez sécurisé pour dissuader les intrus. Tu as quelque part où aller ?

Clay. La réponse lui brûlait les lèvres ; elle se mordit la langue avant qu'elle ne lui échappe. Elle en eut les larmes aux yeux, mais la douleur réussit à balayer sa confusion et à imposer la dure vérité : Clay n'était plus à elle, et ce depuis vingt longues années. L'admettre lui fit l'effet d'une musique discordante dans sa tête, abrasive comme du papier de verre.

— Oui, mentit-elle. J'ai un ami qui peut m'héberger.

Elle n'avait pas d'amis, avait passé sa vie entière à éviter de s'engager dans des relations. Même les Larkspur n'étaient pas parvenus à percer sa carapace. À vrai dire, elle ne se fiait à personne. Même pas à elle-même. Surtout pas à elle-même.

Clay, lui souffla de nouveau son esprit. *Appelle-le. Tu as toujours confiance en lui.*

C'est faux, protesta-t-elle. Oui, elle avait accordé sa confiance au garçon qu'il avait été, mais elle ne connaissait pas l'homme qu'il était devenu. Et il la haïssait, avec raison d'ailleurs. Quand elle pensait à ce qu'elle avait infligé à son corps et son âme, elle se haïssait aussi.

— Je demanderai à l'un de mes officiers de te déposer.

Elle sursauta au son de la voix de Max.

— Non. Je vais attendre que vous ayez fini, et je prendrai quelques affaires avant de partir.

— Il fera jour d'ici là. Si c'est d'une fuite que tu as peur, rassure-toi. L'homme auquel je pensais est un changeling. Il n'y a pas plus étanche. (Il se tapota la tempe comme pour lui rappeler que l'autre espèce possédait des boucliers naturels supérieurs aux leurs.) Et le plus important, c'est que je lui fais confiance.

— Je ne pars pas sans mes affaires.

Une excuse. Qui allait lui permettre de gagner du temps et lui donnerait une chance de trouver un endroit où aller.

Il soupira.

— Comme tu voudras. Installe-toi ici jusqu'à ce qu'on ait terminé et je te conduirai chez ton ami moi-même.

— Super.

Merde.

Clay se réveilla, lucide, avec la certitude qu'il ne se trouvait pas dans son repaire. Les changelings évacuaient l'alcool bien plus vite que les humains, et il avait cessé de boire juste à temps pour éviter la gueule de bois. Ce qui ne l'empêchait pas d'avoir l'impression qu'une petite bestiole poilue était entrée dans sa bouche pour y mourir, ni d'être dégoûté de son comportement de la veille ; mais physiquement parlant il allait bien.

Il perçut de légers grattements sur le sol à côté de son lit. C'étaient ces bruits qui l'avaient réveillé alors qu'il faisait encore nuit dehors. Tendant la main sans regarder, il saisit un petit léopard par la peau du cou et l'attira sur le lit, rattrapant le second lorsqu'il essaya de s'enfuir.

— Vous êtes censés être couchés, tous les deux, gronda-t-il.

Les deux petits léopards échangèrent un regard, puis se jetèrent sur lui. Il les tint à distance sans trop de mal, amusé. C'était bien la dernière émotion qu'il s'attendait à ressentir au réveil, mais avec ces deux-là il pouvait difficilement en être autrement.

— Stop, dit-il au bout de quelques minutes.

Les petits obéirent aussitôt, conscients qu'il les dominait. Ils semblaient même tout à coup sages comme des images. Suspicieux, Clay tendit l'oreille et reconnut la voix de Tamsyn, leur mère, qui les cherchait.

— Vous avez l'ouïe fine, marmonna-t-il sans se donner la peine de se lever lorsque Tamsyn frappa un coup léger à la porte.

— Ils sont ici.

Il avait l'impression qu'on avait tapissé sa gorge de grains de sable.

Elle ouvrit la porte.

— Oh, ils t'ont réveillé ?

Alors qu'elle approchait pour les prendre dans ses bras, les petits se métamorphosèrent dans une explosion d'étincelles colorées. Nus, ils déguerpirent de la pièce en riant.

Tamsyn sourit et secoua la tête.

— Beaucoup d'énergie, peu de jugeote.

Il grogna.

— Quelle heure ?

— Cinq heures. (Elle s'assit sur le lit pour le regarder, ses cheveux tombant sur son épaule.) Tu te sens bien ?

— Une douche et ça ira mieux.

Il évita exprès le véritable sens de sa question. Devenue très jeune la guérisseuse de DarkRiver, Tamsyn avait la capacité dérangeante de se glisser dans la peau des gens.

Elle soupira.

— Tu es exactement comme mes garçons… pas un poil de jugeote. Je t'aime, idiot. Dis-moi ce qui ne va pas.

Il ne se sentait pas prêt à parler du fantôme qui était revenu dans sa vie.

— Laisse tomber, Tammy.

Elle secoua la tête.

— Seigneur, vous les hommes, vous me rendez folle. Vous ne jurez que par votre testostérone et votre fierté. En tout cas, tu sais où me trouver. Je vais aller te chercher des vêtements propres. (Elle se pencha et écarta les cheveux de son visage avec douceur.) On est une meute, Clay. Souviens-t'en.

Il attendit qu'elle parte pour rejeter la couverture et se rendre à la salle de bains. « *Une meute.* » Oui, ils étaient une meute, qui fonctionnait bien et sur des bases saines. Il n'avait rien connu de tel avant que Nate l'intègre de force à DarkRiver.

Sa mère, Isla, avait volontairement choisi de vivre à l'écart des régions contrôlées par des léopards et avait caché son fils au milieu des humains et des changelings non prédateurs. Comme personne n'avait jamais essayé de les retrouver, Clay en déduisait que la meute de son père – et celle d'Isla, par extension – n'avait pas été ou n'était toujours pas aussi forte et saine que DarkRiver. Elle ne l'avait ni protégé ni accueilli, et encore moins guéri.

Lorsque Nate avait proposé à Clay de plaider en sa faveur auprès de DarkRiver, il avait surtout accepté parce qu'il se moquait d'aller à un endroit plutôt qu'à un autre. Il s'était imaginé pouvoir prendre le large si ça ne lui plaisait pas. Il lui avait suffi de quelques jours pour comprendre qu'il en allait tout autrement. Quand on appartenait à DarkRiver, il n'était pas envisageable de choisir l'isolement. Les solitaires étaient acceptés, mais pas oubliés. Et si un membre s'égarait, la meute le ramenait sur le droit chemin de gré ou de force.

Il sortit de la douche et enfila les vêtements qu'il avait entendu Tamsyn lui apporter quelques minutes plus tôt. C'étaient les siens ; Tamsyn étant leur guérisseuse, les membres de la meute arrivaient souvent chez elle couverts de sang ou pire encore, et avec des vêtements irrécupérables. C'était logique d'en avoir de rechange là. Alors qu'il s'habillait, il l'entendait discuter avec Nate au rez-de-chaussée ; leurs murmures se mêlaient aux voix haut perchées des jumeaux.

Une meute saine. Une famille saine. Deux leçons que DarkRiver lui avait apprises. Pourquoi la famille adoptive de Talin ne lui avait-elle pas enseigné la même chose ? Elle n'avait pas menti en lui disant qu'ils étaient des gens bien. Il aurait repéré les signes d'un mensonge : accélération du rythme cardiaque, transpiration, léger changement d'odeur. Tous les léopards ne possédaient pas ce talent, mais Clay avait toujours été doué pour ça, surtout avec Talin.

« Beaucoup d'hommes. »

Elle n'avait pas non plus menti à ce sujet-là. La pensée de sa Talin avec d'autres hommes attisait toujours le feu obscur qui le dévorait, mais ce matin-là il parvenait au moins à la reléguer au second plan. Il descendit les escaliers, attrapa une tasse de café et un petit pain, puis partit avant que Nate ou Tamsyn aient pu lui poser des questions embarrassantes.

Il n'avait pas de temps à perdre. Il était en chasse.

Talin rêvait si elle s'imaginait pouvoir s'enfuir une seconde fois.

Chapitre 7

Il y avait un véhicule de la Sécurité devant l'appartement de Talin. Le cœur de Clay fit un bond dans sa poitrine.

Il l'avait laissée seule dans le noir. Tally avait peur du noir.

Écœuré de son comportement, il s'apprêtait à descendre de sa voiture et à partir à sa recherche lorsqu'elle sortit de l'immeuble, un petit sac en toile à la main. Une vague de soulagement le submergea, suivie aussitôt d'un mélange inégal de colère et de possessivité auquel se surimposait un violent élan de tendresse. Comment osait-elle se mettre en danger ? Et comment avait-elle osé ne pas l'appeler à la seconde où elle avait su que quelque chose n'allait pas ?

C'était un autre homme qui marchait à ses côtés, le petit blason doré de détective de la Sécurité accroché à son col. Alors que Clay les regardait de l'autre côté de la rue, le détective posa la main dans le creux des reins de Talin et la poussa vers le véhicule. Clay le remarqua aussitôt. Elle lui résista légèrement, mais ne s'écarta pas. Le détective retira la main d'un air agacé qui fit comprendre à Clay que Talin se montrait têtue.

Ce qui ne voulait pas dire que cet homme n'était pas l'un de ses amants.

Lorsque son léopard gronda, le son faillit remonter jusqu'aux cordes vocales de Clay et emplir l'habitacle de la voiture. Il fut tenté de ne pas l'empêcher de sortir, même s'il savait pertinemment qu'il se comportait comme un malotru. Il n'avait aucun droit de juger Talin. Mais c'était la partie détachée, rationnelle et humaine de son esprit qui parlait ; lorsqu'il était question de Talin, il basculait du côté du félin possessif et despotique.

Il fit coulisser la portière, sortit de la voiture et traversa la rue.

Comme si elle avait senti la terre vibrer, Talin releva la tête à peine eut-il posé le pied au sol. Un tumulte d'émotions passa sur son visage en vagues de feu liquide : soulagement, surprise, douleur. Et cette sempiternelle peur.

Parvenu à sa hauteur, il la vit prononcer son nom du bout des lèvres et l'attira à lui d'un bras passé autour de son cou. Elle tressaillit à son geste brutal, mais il n'y prêta pas attention.

— Qu'est-ce qui s'est passé ? demanda-t-il au flic d'un air de défi.

L'homme regarda Talin.

— C'est l'ami que tu disais avoir appelé ?

Talin hocha la tête.

— Oui.

Clay ne releva pas le mensonge. Ils en parleraient plus tard.

— Mon nom est Clay.

— Max.

Lorsqu'ils échangèrent une poignée de main, Clay constata que l'homme l'étudiait en détail, depuis son jean jusqu'à son sweat-shirt, en passant par le fait qu'il avait besoin d'une nouvelle coupe.

— Prends soin d'elle, dit le détective en s'écartant.

À cette déclaration, la colère de Clay s'atténua et il braqua sur l'homme un regard scrutateur.

— De quoi dois-je la protéger ?

Max semblait être le dernier flic encore sur les lieux ; quoi qu'il ait pu se produire, l'incident avait dû être mineur, sauf s'il s'était écoulé assez de temps depuis pour que le personnel médico-légal soit reparti. Ce qui signifiait que Talin aurait dû l'avoir appelé depuis plusieurs heures.

Son désir furieux de la protéger se déchaîna de plus belle lorsque Max énonça les faits.

— À moins que ce soit juste quelqu'un qui prend son pied à la terroriser, Talin fait plus de dégâts qu'elle ne le pense.

— J'ai besoin de savoir ce que vous avez découvert pour m'assurer que ces enfoirés ne l'approchent pas.

Clay sentait le cœur de Talin battre aussi follement que celui d'un oiseau paniqué. Mais il ne la relâcha pas, et elle ne se débattit pas pour partir. Son léopard se calma.

Max hésita.

— Officiellement, je ne peux rien te donner. Mais tu es l'un des meilleurs hommes de Lucas, n'est-ce pas ?

Clay ne s'étonna pas que le flic ait deviné son identité. DarkRiver était une puissance à San Francisco et la Sécurité se devait de le savoir. D'abord parce qu'elle était à la botte des Psis, mais parfois pour d'autres raisons ; comme veiller à ce que justice soit faite en dépit de l'intervention des Psis.

Il prit note dans un coin de sa tête de se renseigner auprès de ses contacts au sujet de Max, mais son instinct lui disait que l'homme était dans le bon camp.

— Oui. Je suis de DarkRiver, répondit-il.

Comme s'il prenait une décision, le détective hocha la tête.

— En ce cas, il faut qu'on ait une petite discussion quand je sortirai du travail. Tu connais un endroit à l'abri des regards et des oreilles indiscrètes ?

— Le bar de Joe. (Isolé à la frontière du territoire de DarkRiver et fréquenté exclusivement par des félins, des loups et leurs invités, rien n'en sortait jamais.) Tu sais où c'est ?

Lorsque Max répondit par l'affirmative, Clay ajouta :

— Laisse ton dictaphone chez toi.

— C'est drôle, j'ai la réputation de le perdre, répliqua-t-il, impassible. Je vous retrouve vers 20 heures. Talin… en cas de besoin, tu m'appelles.

— Elle n'aura pas besoin de toi.

Clay resserra le bras autour de Talin et il la sentit paniquer ; mais il ne contrôlait pas les pulsions primaires de son animal.

— On se voit au bar, lança-t-il au détective.

Talin attendit que la voiture de Max se soit éloignée pour tirer sur le bras de Clay.

— Lâche-moi.

Il se pencha jusqu'à effleurer son oreille de ses lèvres.

— Je t'ai dit d'arrêter de tressaillir.

Puis il la mordit. Ça n'avait été qu'un petit coup de dents indolore, mais un coup de dents tout de même.

Sous le choc, elle resta muette près d'une minute et le laissa l'entraîner de l'autre côté de la rue puis dans son grand véhicule tout-terrain. Il avait pour surnom « le Tank », même s'il était beaucoup plus élégant et rapide que cette machine de guerre dépassée.

Elle retrouva enfin l'usage de la parole après qu'il eut jeté son sac sur la banquette arrière et se fut glissé sur le siège conducteur.

— Tu m'as mordue !

Il la fusilla du regard.

— Je t'avais suffisamment prévenue. Mets ta ceinture.

Elle était déjà en train de le faire ; par habitude, pas parce qu'il le lui avait ordonné.

— Tu ne peux pas mordre les gens comme ça !

Il engagea la voiture sur la route. Talin ne s'étonna pas le moins du monde qu'il continue à se servir des commandes manuelles alors qu'ils empruntaient une voie équipée de puces computroniques qui permettaient la conduite automatique. Mais il activa tout de même le mode lévitation ; les roues se rétractèrent et ils purent survoler sans bruit les rues noyées dans le brouillard.

— Clay ? hasarda-t-elle, voyant qu'il semblait l'ignorer.

— Comment sont-ils entrés dans ton appartement ?

Connaissant son caractère protecteur, le changement de sujet n'avait pas de quoi la surprendre.

— Je ne sais pas. L'immeuble est dans la moyenne en termes de sécurité, mais j'ai installé un dispositif haut de gamme sur ma porte.

Même avec ça, elle réussissait rarement à dormir une nuit entière sans se réveiller.

— Seulement sur la porte ?

— Oui. Pourquoi… Oh, les fenêtres. J'estimais que je ne risquais rien au huitième étage.

— Pas avec des Tk-Psis.

— Des Psis ? (Elle se mit à rire.) Pour autant que je sache, la téléportation est une aptitude majeure. J'imagine mal les Psis gaspiller une ressource pareille pour le plaisir de terroriser une humaine ordinaire.

— Tout sauf ordinaire, marmonna-t-il. Mais il existe d'autres moyens de passer par une fenêtre. N'importe quel changeling doué pour l'escalade, ou avec des ailes, aurait pu y arriver.

Elle n'y avait pas pensé, et y vit soudain une négligence flagrante de sa part.

— Le sang coulait encore sur le mur quand je suis arrivée.

Elle frissonna et s'entoura de ses bras.

— Il était chaud ?

— Quoi donc ?

— Le sang.

Elle faillit vomir.

— Ça sort d'où, cette question ?

— S'ils ont utilisé du sang frais…

— Arrête ! l'interrompit-elle. Arrête la voiture !

Il freina abruptement.

Elle fit coulisser la portière, se pencha à l'extérieur et eut un haut-le-cœur. Comme elle n'avait rien mangé depuis vingt-quatre heures à part son hamburger avec Clay, elle n'avait pas grand-chose à vomir. Mais son estomac n'avait pas l'air de le savoir. Elle fut secouée de spasmes pendant ce qui lui parut être des heures, le goût répugnant de la bile se répandant dans sa bouche tandis que ses entrailles se déchiraient.

Lorsque le calvaire cessa enfin, elle s'aperçut que Clay se trouvait à côté d'elle, une main dans ses cheveux, l'autre tenant une bouteille d'eau.

— Bois.

Sa gorge lui donnait l'impression d'avoir été cisaillée ; elle ne risquait pas de refuser son offre. L'eau s'avéra glacée.

— Où ? dit-elle d'une voix rauque.

Il comprit sa question.

— Des bouteilles congelées. On en a tous sur nous… les soldats changelings brûlent beaucoup d'énergie. L'eau est enrichie en minéraux, et autres trucs.

Elle hocha la tête et but une nouvelle gorgée du breuvage délicieux.

— Ça a bon goût.

De la main qu'il avait passée dans ses cheveux, il ramena sa tête en arrière.

— Mais bon sang, qu'est-ce qui t'est arrivé ?

Elle n'avait pas le courage de lui révéler l'entière vérité, mais elle se força à en dire une partie. Elle n'avait pas besoin de lui confier son terrible secret. Pas encore. Peut-être jamais.

— Je te l'ai dit, je déteste la violence, lui rappela-t-elle. Tu es allé trop loin avec cette histoire de sang chaud.

Il serra sa chevelure dans son poing avant de la relâcher, le regard pénétrant.

— Ça ne t'a pas gênée de parler de ces garçons morts.

Elle étreignit son ventre.

— C'est psychologique. (Elle tint bon, sachant que si elle lui cédait un centimètre, Clay prendrait tout le reste.) On peut y aller ? Il y a…

Elle indiqua de la tête des gens qui les observaient par les fenêtres d'un immeuble voisin.

Il n'écouta pas sa requête.

— Pourquoi les Larkspur ne t'ont pas emmenée voir quelqu'un qui aurait pu t'aider à gérer ça ?

— C'est ce qu'ils ont fait.

Elle rentra les jambes à l'intérieur de la voiture et, fermant les yeux, elle appuya sa tête contre le siège.

— Je suis trop bousillée pour qu'on me répare.

Clay referma la portière passager et une seconde plus tard, elle le sentit se réinstaller sur le siège conducteur.

— C'est un tissu de conneries, dit-il une fois qu'ils furent repartis. Tu as toujours eu du mal avec le sang. Tu as failli t'évanouir la fois où je me suis coupé le genou sur un grillage.

Même ce souvenir inoffensif lui souleva l'estomac. Elle but une autre gorgée d'eau et se concentra sur les étincelles de lumière vive qui explosaient derrière ses paupières.

— Ça a empiré. Après.

Un silence.

— Après moi… ou après lui ? dit-il enfin.

— Quelle importance ?

Elle s'aperçut qu'elle avait vidé la bouteille d'eau.

— Aucune, j'imagine. Tu es paumée, de toute façon.

Sa réponse la blessa.

— Ouais.

Il lâcha un juron.

— Bon sang, Talin. Où est passé ton courage ?

Elle ouvrit brusquement les yeux.

— Tu m'insultes pour m'obliger à réagir ? C'est comme ça que tu t'occupes de quelqu'un qui est malade, toi ? (Outrée, elle jeta la bouteille vide sur la banquette arrière immaculée.) J'ai failli vomir mes tripes, et toi…

— Depuis quand tu es une petite souris terrifiée ?

Son ton était dur, ses yeux rivés sur la route.

— Ça s'appelle un traumatisme, Clay ! J'ai été traumatisée. Ça a eu des conséquences.

— Moi aussi, je l'ai été, dit-il, impitoyable. Je n'ai pas fait l'autruche pour autant.

Elle sut aussitôt qu'il ne parlait pas du meurtre.

— Tu m'as sauvée.

Il éclata d'un rire brutal.

— Des années trop tard.

— Non. (Elle devait réussir à l'atteindre, à lui montrer la réalité.) Orrin n'avait jamais essayé de m'étrangler avant.

Il avait voulu voir l'étincelle de vie quitter son regard, comme avec ces autres fillettes qu'il avait enterrées.

— Il a abusé de toi, Talin. Il t'a fait du mal, il t'a touchée, il t'a infligé des choses qu'aucune petite fille ne devrait avoir à endurer. Qu'est-ce que ça change qu'il ait attendu ton huitième anniversaire pour essayer de te tuer ! J'aurais dû l'arrêter bien avant, merde !

— Je ne t'en ai jamais parlé, s'écria-t-elle. Et tu étais un enfant, toi aussi.

— J'aurais dû savoir. Je suis un félin… je sentais son odeur sur toi.

— Il était mon père adoptif. Je me rappelle que tu m'avais dit sentir l'odeur de leurs parents sur tous les gosses.

Il ne répondit pas. Elle fixa la barbe naissante sur sa mâchoire, ses cheveux soyeux couleur ébène. Il était si près d'elle, et pourtant elle n'osait pas le toucher.

— Clay ?

Elle voulait le supplier de lui répondre. Il s'était toujours confié à elle, même s'il ne parlait à personne d'autre.

Il crispa les doigts sur le volant.

— Raconte-moi ta vie chez les Larkspur.

Soulagée, elle prit en tremblant une profonde inspiration.

— Ce sont des fermiers, tous. Enfin, pas Dixie, mais elle est femme de fermier. Elle a déjà deux bébés. C'est ce qu'elle voulait.

— Tu aimes bien Dixie.

— Oui. (Elle sourit.) C'est le bébé de la famille, et elle est si douce, si gentille. Elle me suivait partout et me faisait des câlins tous les jours, comme si… J'aime bien Dixie.

— Et les autres ?

— Tanner et Sam s'occupent de différentes sections de la ferme. C'est toute une organisation. Samara, la jumelle de Sam et son aînée d'une minute, gère la comptabilité. M'man et p'pa Larkspur supervisent tout le monde.

— Ils ont l'air d'une famille heureuse. (Il avait ses yeux luisants de félin lorsqu'il lui jeta un regard en biais.) Alors comment ça se fait que tu sois toujours bloquée dans cette chambre, à me voir mettre Orrin en pièces ?

Elle aurait dû savoir qu'il ne lui serait pas si facile d'échapper au passé.

— J'ai essayé d'aller mieux. J'ai fait comme si c'était le cas. Mais je n'y suis jamais parvenue, et je ne sais pas pourquoi. (Même si après la récente batterie d'examens médicaux, elle le devinait en partie.) Où tu m'emmènes ?

— En lieu sûr.

Elle regarda la ville s'éloigner derrière eux.

— Où ? insista-t-elle.

— Mon repaire.

Son cœur cessa de battre.

— Je croyais que tu n'y amenais pas d'étrangers.

— Je fais une exception.

Ça lui redonna presque le sourire. Sauf que…

— Non. Ces gens qui en ont après moi, ce sont sûrement ceux qui enlèvent les gosses. Ils pourraient nous suivre et s'en prendre à toi et à ta meute.

Il éclata de rire ; un son grave et masculin qu'elle ressentit au plus profond de son être, un endroit que personne n'avait jamais atteint.

— On n'est pas une espèce de meute mineure qui se fond dans le décor. DarkRiver contrôle San Francisco et les régions environnantes. On est aussi alliés avec les loups. Personne n'entre dans nos forêts sans qu'on le sache.

— Ces gens sont malins.

— Tu insinues que nous les animaux ne le sommes pas ?

— Ne me cherche pas avec ces conneries racistes, dit-elle en grimaçant. Sinon je vais te dire ce que je pense vraiment des gros félins qui aiment gronder et mordre.

Malgré lui, Clay esquissa un sourire.

— Miaou.

À sa grande surprise, Talin laissa échapper quelque chose qui ressemblait presque à un gloussement.

— Espèce d'idiot.

Et tout d'un coup, elle redevint sa Tally. Douce, drôle, et forte. Tellement forte. Le seul être humain à avoir jamais réussi à lui tenir tête.

— Qu'est-ce qui t'est arrivé, Tally ?

Le rire de la jeune femme se dissipa.

— Je me suis brisée.

Talin remarqua les fleurs à la seconde où elle entra dans l'aire construite à basse altitude que Clay appelait « son repaire ». De l'extérieur, on aurait simplement dit une cabane abandonnée, perdue dans les ramifications d'un arbre au feuillage touffu. À l'intérieur, elle se révélait spacieuse et propre, pourvue d'une échelle rétractable qui menait à un deuxième niveau invisible du dehors.

— Il y a un troisième niveau, aussi. (La voix de Clay ne trahissait rien de ses pensées.) Je l'ai conçue de manière qu'elle puisse être isolée du sol en quelques secondes. Tu dormiras là-haut.

— Oh. (Elle n'arrivait pas à se détacher des magnifiques arrangements floraux… magnifiques, et féminins.) Jolies fleurs.

L'expression de Clay lui parut s'adoucir un peu lorsqu'il suivit son regard.

— Ce sont celles de Faith. D'après elle, cet endroit manquait un peu de couleur.

Talin se laboura les paumes des ongles en l'entendant nommer la femme qu'il avait laissée s'introduire dans son repaire… le repaire d'un homme qui, lorsqu'elle l'avait connu plus jeune, permettait rarement qu'on l'approche. D'ailleurs, ces fleurs mises à part, l'endroit était sans conteste masculin. Tout le mobilier se déclinait en nuances de brun, avec ici et là seulement des touches de vert forêt et de blanc, depuis le tapis au sol jusqu'aux coussins plats qui semblaient tenir lieu chez Clay de sofas. *Logique*, songea-t-elle. Son léopard préférait probablement de loin se rouler en boule là-dessus.

Cette vision de lui sous sa forme de félin ressuscita un souvenir sensoriel qui lui donna des picotements dans les doigts.

— Tu as souvent de la visite ?

— Non.

Ainsi, cette Faith était spéciale. Elle croisa les bras et le regarda déplier l'échelle, monter sur le premier barreau et jeter son sac au deuxième niveau. Lorsqu'il redescendit, il affichait un air de détermination sinistre.

— Et maintenant, dis-moi la vérité.

Le ventre de Talin se noua brusquement.

— La vérité ?

Les yeux de l'homme léopard s'obscurcirent au point d'être presque noirs.

— Au début, j'ai pensé que c'était parce que tu avais grandi, mais ce n'est pas ça.

Elle déglutit.

— Hein ?

Il ne peut pas savoir. Comment pourrait-il savoir ?

— Ton odeur.

Il parcourut la distance qui les séparait, gracieux et dangereux prédateur à l'esprit comme une lame. Acéré.

— Ton odeur n'est pas normale, Talin.

— Comment mon odeur peut-elle être anormale ? (Son angoisse se mua en sincère incompréhension.) C'est mon odeur.

Il la contourna et se plaça derrière elle. Alors même que sa peur irrationnelle s'emparait de nouveau d'elle, elle ne bougea pas. Des souvenirs de sang et de…

— Aïe ! (Elle l'empêcha de tirer plus longtemps sur ses cheveux.) Qu'est-ce que tu fabriques, au juste ?

— Ce n'est pas agréable, mais au moins tu ne penses plus à ta peur.

La réponse de Talin resta coincée dans sa gorge lorsqu'elle sentit son souffle chaud caresser la ligne de son cou. Il avait cessé de la toucher, mais elle était comme paralysée. Son corps se souvenait du sien. Il avait été le seul à lui témoigner de l'affection avant les Larkspur. Mais sa famille adoptive occupait une place bien différente dans son cœur. Clay était indissociable d'elle, une part de son être qu'elle craignait autant qu'elle lui était nécessaire.

— Je sens chez toi une odeur de femme, de peur, ton odeur, mais il y a quelque chose de laid sous la surface, de mauvais.

L'âme de Talin se replia sur elle-même pour se protéger.

— Je te dégoûte.

— Non, pas mauvais dans ce sens-là. Ce n'est juste pas normal, ça ne devrait pas être là.

Il posa les mains sur sa taille. Elles étaient grandes. Lourdes.

— Tu as peur, Tally ?

Elle se retint de frissonner.

— Tu sais bien que oui.

Même si son corps se rappelait sa chaleur protectrice, il le savait aussi capable des actes de violence les plus sanglants.

Il resserra à peine son étreinte avant de la relâcher. Elle attendit qu'il revienne face à elle. Lorsqu'il le fit, le regard qu'elle croisa n'était plus celui vert foncé de l'homme, mais celui plus pâle, vert et or, du léopard.

Prise de court par ce changement, elle recula en trébuchant. Ses paumes touchèrent le mur.

— Pourquoi cette odeur anormale, Talin ?

— Je ne sais pas.

— Mais encore ?

Alors qu'elle s'apprêtait à répéter la même chose, elle se rendit compte que ce serait un mensonge. Elle referma la bouche.

— Tant que tu peux vivre avec, qu'est-ce que ça peut faire ?

— Dis-moi.

Il formait comme un barrage devant elle, une masse de muscles infranchissable. Au lieu d'accroître sa peur, cet étalage de domination pure attisa sa colère.

— Non, dit-elle. Arrête de jouer les brutes.

Le visage de Clay reflétait sa surprise.

— Mauvaise réponse.

Il se rapprocha.

Elle voulut se courber pour l'éviter mais il l'avait déjà piégée contre le mur, les mains plaquées de chaque côté de son corps.

— Ce n'est pas par l'intimidation que tu vas me rendre plus disposée à parler.

Il se pencha jusqu'à ce que son visage obstrue son champ de vision. Il y eut un long moment de silence.

— Bouh ! murmura-t-il d'une voix rauque.

Elle sursauta et s'en voulut aussitôt de sa réaction.

— Ce n'est pas gentil.

— À t'entendre, je suis un monstre déchaîné.

— Non, je n'ai jamais… (Elle secoua la tête.) Je ne peux rien contre ce qu'éprouve mon esprit, Clay.

— Pourquoi ?

— Pourquoi pas ? répliqua-t-elle sèchement. C'est ma façon de gérer les choses. Fais-toi une raison.

— Des conneries. (Lorsqu'il se rapprocha davantage, sa chaleur fit à Talin l'effet d'une caresse.) En plus, bébé, si toi tu gères, moi je suis Mère Teresa. Bon, qu'est-ce qui cloche chez toi, bordel ?

— Je suis malade ! hurla-t-elle. Mourante ! Là, tu es content maintenant ?

Chapitre 8

Clay devint si immobile qu'elle ne l'entendait même plus respirer. Sa colère et sa frustration se volatilisèrent pour céder peu à peu le pas à un sentiment d'horreur. Elle n'avait pas eu l'intention de lui dire, ne voulait pas que ses actes soient dictés par la pitié.

—Oublie ça. Ça n'a d'incidence sur rien.

Il gronda de nouveau, et cette fois-ci il ne plaisantait pas ; le roulement sourd dans sa gorge la fit s'agripper au mur, alors même qu'une chose enfouie depuis longtemps en elle s'éveillait, partagée entre l'intérêt et la méfiance.

—Arrête, dit-elle en le repoussant.

Autant essayer de déplacer un mur d'acier. Il était dur, chaud… superbe.

—Clay.

—Que j'oublie ça ? (Sa voix n'était plus tout à fait humaine.) Que j'oublie ça ?

Prise de la folle idée que ça l'apaiserait, elle eut envie de le caresser. Baissant les mains, elle les appuya de nouveau contre le mur.

—Tu ne peux rien y faire, déclara-t-elle pour contrer son agressivité. Tu te rappelles les fois où j'étais malade, gamine ?

Le visage de Clay s'assombrit.

—Je me rappelle.

— Pas malade comme ça, ajouta-t-elle vivement. (Elle savait qu'il pensait aux secrets qu'elle avait gardés, dans un effort enfantin pour lui épargner sa honte.) Il m'arrivait de m'évanouir, et parfois j'avais d'étranges trous de mémoire, alors que d'habitude je me souviens de tout.

Il hocha la tête.

— Mais les choses te revenaient toujours au bout de quelques jours.

— Ça ne s'est jamais arrangé.

Elle se référait au diagnostic du docteur débordé qui s'était occupé de ses bilans de santé obligatoires lorsqu'elle était enfant.

— Ça a empiré d'année en année. Quand je perds connaissance, je reste inconsciente plus longtemps. Parfois, les souvenirs ne reviennent jamais.

Les yeux de Clay luisaient toujours plus.

— Qui t'a dit que tu étais mourante ?

— Trois spécialistes différents.

Elle était allée les voir quatre mois plus tôt, après avoir passé presque une journée entière dans un état d'amnésie. Par la suite, les choses n'avaient fait que se dégrader. Au point qu'elle comptait démissionner de chez Shine dès qu'elle aurait retrouvé Jonquil.

— Ils s'accordent tous pour dire que mon cerveau ne fonctionne pas correctement. C'est comme si quelque chose rongeait mes cellules.

— Tu as vu un M-Psi ? (Elle secoua la tête.) Pourquoi pas ? Ce ne sont pas des humanistes, mais les M-Psis savent émettre des diagnostics largement plus précis que ceux des docteurs normaux.

— Je ne voulais pas… ils me mettent mal à l'aise. (Se retrouver à proximité d'un M-Psi lui donnait la chair de poule.) Les autres docteurs étaient certains que les Psis ne pourraient probablement pas m'aider, de toute façon.

— On verra ça.

Elle ne prit pas la peine de le contredire ; elle arrivait presque à sentir son cerveau mourir un peu plus à chaque pas. Personne ne pouvait y changer quoi que ce soit.

— On doit d'abord retrouver Jon, dit-elle. (Sur ce point-là, elle ne ferait pas de compromis.) Je peux attendre.

Il crispa les mâchoires et sa peau blanchit.

— Combien de temps avant le stade critique ?

— Difficile à prévoir.

Ce n'était pas un mensonge, techniquement. Les estimations des docteurs allaient de six à huit mois. Tous lui avaient livré un diagnostic similaire : « *Tumeur neurale maligne d'origine inconnue ayant le potentiel d'entraîner la mort des cellules. Probabilité d'un infarctus fatal : cent pour cent.* »

— Quand bien même je connaîtrais le jour de ma mort, Jon passe en premier.

Même Clay ne parviendrait pas à la détourner de cet objectif.

Il se détacha du mur, sa colère transparaissait clairement à travers la tension de ses membres.

— Va t'installer au troisième.

Elle ne bougea pas.

— J'ai l'air d'un chien ? « Va t'installer au troisième », le singea-t-elle, consciente du danger qu'il y avait à provoquer ce léopard.

— Tu as l'air d'une femme épuisée et stupide, assena-t-il sèchement. Tu préférerais que je passe la prochaine heure à te hurler dessus comme j'en ai envie ?

— Pourquoi hurlerais-tu ?

— Tu aurais dû revenir il y a des années. (Il se détourna d'elle, poings serrés, et elle sut qu'il n'était plus question de la maladie qui la rongeait de l'intérieur.) J'aurais peut-être réussi à pardonner à la gamine de s'être enfuie.

Mais il n'arrivait pas à pardonner à la femme.

— Et les hommes ? dit-elle, consciente qu'elle sonnait le glas de ses espoirs d'une amitié renouvelée entre eux. Tu peux me pardonner pour ça ?

Il garda le silence. Une réponse claire comme de l'eau de roche. Mais au lieu d'en éprouver de la tristesse, elle fut aveuglée par la colère. C'était la dernière chose à laquelle elle s'attendait… quel droit avait-elle d'être en colère contre lui ? Et pourtant, elle l'était. Tellement en colère qu'elle quitta la pièce, redoutant ce qu'elle risquait de dire.

Chapitre 9

Son nom était Jonquil Duchslaya, mais la plupart de ses amis l'appelaient Jon. Il arrivait à Talin de le surnommer Johnny. Mais la dernière fois qu'il s'était attiré des ennuis et qu'elle avait dû le tirer d'affaire, elle l'avait appelé Jonquil Alexi Duchslaya.

— Si tu recommences encore une fois, c'est terminé.

Le regard dont elle l'avait fusillé alors qu'ils se trouvaient à l'extérieur du bureau de justice avait été froid comme de la glace.

— Je ne paierai pas l'amende dont tu as écopé pour ce vol à l'étalage, et ne compte pas sur moi pour me porter témoin de moralité et convaincre le juge de t'accorder la mise en liberté surveillée au lieu de te condamner à une peine de prison.

Il lui avait décoché un sourire éclatant, certain qu'elle ne faisait que se passer les nerfs.

— Rho, allez…

— Ferme-la ! (Jamais elle ne lui avait parlé sur ce ton. Choqué, il avait obéi.) Je te laisse trois chances, Jonquil, c'est tout. Je n'ai rien de plus à te donner. Je n'ai pas de temps à perdre avec des voleurs et des fainéants…

— Hé !

— … qui se moquent de respecter les règles, acheva-t-elle. (Elle n'avait plus rien de la douce et encourageante Talin qu'il avait connue jusque-là.) Encore une fois et c'est fini. Tu peux commencer à collectionner les tatouages de prison.

Il avait tressailli à cet impitoyable rappel de ce qu'était devenu le reste de sa famille. Chaque membre jusqu'au dernier, hommes et femmes confondus, avait fini derrière les barreaux. Et depuis, ils étaient tous morts.

— Tu es censée être gentille avec nous. C'est ton boulot.

Elle travaillait pour une organisation réputée, bien propre sur elle.

— Non. Mon boulot, c'est d'être ton amie.

Une émotion était passée dans son regard ; une émotion qu'il n'avait jamais vu personne éprouver pour lui auparavant.

— Je ne suis ni ta nounou, ni ta bonne. J'ai veillé à ce que tu aies un endroit sûr où vivre et étudier. J'ai veillé à ce que ton gang ne puisse plus t'atteindre. J'ai fait mon boulot. Tu as les cartes en main, maintenant.

— Je suis pas obligé d'accepter toutes ces conneries, avait-il dit. Je peux me débrouiller seul.

Il était resté dans la rue des années avant qu'elle débarque dans sa vie.

— Je t'aime, Johnny. J'ai envie que tu t'en sortes.

Embarrassé par les émotions que suscitaient chez lui ses paroles, il avait ricané.

— Alors c'est ça. Tu veux de la chair fraîche. Pourquoi pas… t'es pas si mal pour une vieille carcasse.

— Je t'aime, répéta-t-elle sur le même ton à la fois ferme et doux. Tu es sous ma protection. Je me battrai pour toi. Mais toi aussi, tu dois te battre.

Il avait failli craquer.

— Je veux pas et j'ai pas besoin de ton amour ! Tu peux te le mettre où je pense.

Il n'avait pas revu Talin depuis. « Ils » l'avaient emmené une semaine après qu'il s'était enfui de la maison qu'elle lui avait trouvée. Il ne savait même pas ce qui lui avait pris. Cette famille adoptive le traitait bien. Personne n'avait essayé de lui voler ses affaires ni de le toucher, personne ne s'était défoulé sur lui. Mais, aveuglé par sa stupide fierté, il s'était enfui.

Et il s'était retrouvé dans cette cage privée de lumière d'où lui parvenaient les cris d'autres enfants. Ils n'étaient pas encore venus le chercher, mais ça finirait par arriver. Et malgré tout ce qu'il avait pu se répéter durant ces interminables heures de captivité, il savait qu'il allait crier.

Il avait quatorze ans, et il avait dit à la seule personne à l'avoir jamais aimé qu'il ne voulait pas et n'avait pas besoin d'elle. Une larme roula sur son visage aux traits anguleux, à peine encore celui d'un homme.

— Je t'en prie, Talin, chuchota-t-il. Je t'en prie, retrouve-moi.

Chapitre 10

Talin s'éveilla en sursaut de sa sieste imprévue, le cœur battant trois fois plus vite qu'à l'ordinaire. Après avoir failli se déchaîner sur Clay dans un incompréhensible accès de rage, elle était montée déposer ses affaires puis s'était effondrée sur le lit pour tenter de reprendre quelque peu le contrôle de ses émotions. Elle ne se rappelait plus rien après ça.

Inquiète que sa maladie ait encore frappé, elle jeta un coup d'œil à l'horloge. À son grand soulagement, elle constata n'avoir perdu connaissance que dix minutes au plus. Une simple sieste. Elle se leva et se dirigea d'un pas mal assuré vers la salle de bains où elle s'aspergea le visage d'eau froide.

Son reflet dans le miroir au-dessus du lavabo lui renvoya un regard tourmenté et meurtri. Elle se prit à souhaiter détenir le pouvoir magique de débarrasser le monde du mal, de tout remettre en ordre. C'était un rêve stupide. Mais ça ne l'empêchait pas pour autant d'espérer. Sa détermination se renforça. À compter de ce jour-là, elle agirait en gardant la certitude absolue que Jonquil était encore en vie.

— Je vais te ramener à la maison, Johnny. Tiens le coup pour moi.

Elle s'activa aussitôt sa décision prise, consciente que si elle tardait trop Clay viendrait la chercher. Et même si sa violente montée de colère était retombée, les émotions qu'elle éprouvait pour lui restaient confuses. Malgré cela, un quart d'heure plus tard elle avait rangé ses affaires puis pris une douche, et attachait ses cheveux humides en queue-de-cheval tout en admirant la vue matinale qu'elle avait de la forêt depuis son balcon du troisième niveau.

L'heure était venue.

S'essuyant les mains sur son jean, elle alla soulever la trappe. Au passage, son regard s'arrêta sur le grand lit et elle se pencha pour lisser les draps qu'elle avait froissés durant sa sieste. Elle ne retira pas les doigts tout de suite ; même si elle était humaine et que ses sens étaient bien moins développés que ceux de Clay, elle percevait son odeur sensuelle et masculine dans cette chambre, dans ce lit. Avec une facilité effrayante, elle l'imagina délassant son corps musclé sur les draps blancs, sûr de lui-même et de son droit à dominer ce territoire intime.

Cette vision déclencha une étrange sensation au creux de son ventre. Elle cligna des yeux, clouée sous le choc. Ce lent déploiement de désir était totalement inédit. Ses précédents partenaires sexuels avaient été… insignifiants. Des corps sans visage, sans nom. Aucun n'avait su éveiller d'émotions en elle, sans parler de lui donner du plaisir.

Lorsqu'elle avait confessé ses relations sans âme à sa psychologue de l'époque, elle s'était attendue à des critiques, mais l'autre femme avait simplement hoché la tête.

« Vous vous punissez, avait-elle dit. Une punition, c'est censé faire mal. Et ça fait mal, n'est-ce pas ? »

La psychologue avait vu juste, et même si Talin n'avait pas su lui accorder assez de sa confiance pour nouer des rapports durables, cette femme l'avait aidée à sortir de ce bourbier de douleur. Elle ne se sentait jamais – ou ne s'était jamais sentie – si seule et si froide que lorsqu'elle couchait avec quelqu'un. Pas un seul instant elle n'avait connu de sensation semblable à cette chaleur qui se diffusait en elle en ce moment.

Son visage s'empourpra et sa honte balaya temporairement tout le reste. Elle se rendit compte que ses seins gonflaient, que son sang refluait à des endroits qu'il ne caressait pas d'habitude avec autant d'ardeur.

— Non.

Elle ne pouvait pas céder à l'appel du désir. Pas avec Clay.

Elle le révulsait.

Ce rappel jeta de l'eau glacée sur le feu de ses sentiments naissants. Elle s'en réjouit. Penser à Clay de cette façon l'effrayait. Malgré toutes ces années de séparation, malgré la colère qu'elle avait déclenchée chez lui – et même malgré sa propre inexplicable fureur –, elle le considérait comme son ami, le seul en qui elle plaçait sa confiance sans réserve. Elle ne voulait pas détruire leur précieuse relation. Et quand le sexe s'en mêlait, il avait l'art de détruire tout et tout le monde.

Elle était prête à reconnaître qu'elle avait une vision biaisée du sexe, déformée par ce qu'elle avait subi pendant son enfance. Il n'en restait pas moins une vérité indéniable : la passion ne durait pas. Ça se finissait invariablement par : « Adieu, j'espère ne plus jamais te revoir. » Les rares relations à survivre s'apparentaient à celle du couple Larkspur : tendre, stable, amicale, libérée du joug accablant du désir. Mais ce n'était pas une option viable pour elle et Clay.

Il était trop extrême, trop passionné. La femme qui se frotterait à lui allait devoir être courageuse et posséder une volonté de fer pour réussir à supporter sa nature tyrannique, en plus d'un cœur assez grand pour l'aimer malgré la noirceur de ses rêves. Elle serra les poings si fort qu'elle sentit ses ongles entamer la peau. La pensée de Clay avec une autre femme…

Ravalant un juron, elle souleva la trappe et descendit.

Clay était au deuxième niveau, dans la petite cuisine sur la gauche.

— Mange.

Il poussa une assiette de nourriture vers elle et l'invita à s'installer à la table voisine.

Une seconde plus tôt, elle aurait juré avoir l'estomac trop noué pour manger, mais il s'était mis à gargouiller. Elle s'assit.

— Merci.

Il lui avait préparé du pain grillé et des œufs ; rien de bien compliqué. À l'exception du muffin qui les accompagnait. Elle perdit de son appétit.

— Faith ?

Elle saisit le gâteau qui l'offusquait, à peine capable de se retenir de le broyer dans sa main.

Clay posa sa propre assiette sur la table et prit place en face d'elle.

— Tamsyn, dit-il. (Il la fixa de ses yeux perçants de félin.) Elle vient ici en douce et laisse des choses dans le réfrigérateur.

Le suspense était insoutenable. *Stupide muffin !*

— Qui est-ce ?

— La compagne de Nate.

Sa jalousie bouillonnante fut brusquement coupée dans son élan.

— Et Faith ?

Au sourire qu'il esquissa, une sensation de chaleur l'envahit.

—Attention, Tally. Je vois tes griffes.

—Je suis humaine, rétorqua-t-elle, consciente qu'elle n'aurait pas dû être si heureuse que l'humeur de Clay se soit adoucie. Au mieux, je peux me laisser pousser les ongles. (Elle regarda ses ongles rongés.) Et je ne suis pas vraiment douée pour ça.

Il risquait d'attendre longtemps s'il s'imaginait qu'elle allait reposer sa question au sujet de Faith. Elle fourra un peu d'œuf dans sa bouche.

Clay avait déjà fini son pain grillé et prit une gorgée de café.

—Faith est la compagne de Vaughn, dit-il, l'observant par-dessus sa tasse. Du café ?

Embarrassée, elle le laissa lui en verser.

—Nathan et Vaughn sont tes amis ?

—Oui. Ainsi que Faith et Tammy.

Elle en eut un coup au cœur. Le Clay qu'elle avait connu avait été son seul ami, et lui n'avait pas eu d'autre amie qu'elle. Mais, depuis, il avait rejoint une meute à laquelle elle était étrangère.

—Je suis contente pour toi, murmura-t-elle, reprise d'un vilain sursaut de possessivité. Ça doit être sympa.

Il lui répondit par un grondement.

—Mange.

Elle obéit et vida son assiette bien plus vite qu'elle ne l'aurait cru possible en arrivant. Le muffin s'avéra délicieux.

—Tamsyn est une bonne cuisinière.

—Et toi ?

Surprise par sa question, elle lui répondit avec sincérité.

—Bizarrement, j'aime cuisiner. Je le faisais avec p'pa Larkspur.

—P'pa Larkspur ?

Elle sourit.

— Ne sois pas si macho. C'est le meilleur cuisinier de la région. Ses paniers-repas rapportent plus d'argent que tous les autres aux enchères des pique-niques.

— Mince alors ! Des paniers-repas ? Des pique-niques ? C'est la cambrousse, ce Nid ?

— Ça oui. (Elle rit à son expression horrifiée.) Clay, tu vis dans un arbre. Tu es mal placé pour jeter la pierre à qui que ce soit.

— On doit pouvoir se cacher dans un champ de maïs, j'imagine, marmonna-t-il. Nulle part où grimper ou installer un repaire, par contre. Sauf si on construit une maison.

Il réprima un frisson.

Talin n'avait jamais considéré la ferme du point de vue d'un prédateur.

— Ben, ouais. Mais il y a tout de même une chose qui te plairait peut-être. (Il haussa un sourcil.) Il y a des grottes.

Elle y avait passé beaucoup de temps adolescente, repoussant l'amour que les Larkspur essayaient de lui donner. Elle ne leur avait jamais mal parlé ni causé de soucis. Elle disparaissait simplement là où ils ne pouvaient pas la trouver, et où elle ne pouvait pas les blesser.

— Elles sont assez souterraines pour ne pas gêner les activités de la ferme, mais la région en est criblée.

Une lueur d'intérêt s'alluma dans les yeux vert foncé de Clay.

— Elles ont été cartographiées ?

— Je n'ai pas trouvé de registres quand j'ai fait des recherches à ce sujet pour un projet scolaire, dit-elle, mais il existe forcément des cartes.

Il étendit le bras sur la table.

— Pourquoi ça ? demanda-t-il.

Elle se pencha vers lui.

— Parce que… je suis sûre que ces grottes ont été créées par l'homme. Par endroits, elles ressemblent presque à des tunnels.

Clay passa d'intéressé à intrigué et l'éclat de son regard vert forêt s'intensifia.

— Ta ville héberge une importante population de changelings ?

Comprenant où il voulait en venir, elle secoua la tête.

— Un petit clan de chevaux, un autre de hiboux… des prédateurs, mais pas vraiment dominants. Ils me désignaient toujours comme capitaine lorsqu'on nous divisait en deux équipes pendant le cours de sport.

Et elle n'avait rien d'une athlète.

— Tu as du caractère, dit-il à sa grande surprise. La plupart des non-prédateurs te considéreront d'office comme dominante ; quant aux changelings prédateurs, leur jugement diffère selon l'individu. Tes camarades hiboux ont dû comprendre que tu étais plus endurcie qu'eux.

— Bof. (Mais c'était cohérent. Contrairement à elle, ces hiboux avaient été des élèves de bonne famille.) En tout cas, les chevaux et les hiboux n'ont pas pu creuser ces grottes. Ils détestent être enfermés.

— Il n'y avait qu'eux ?

— Ouais.

— Pas de serpents ?

Elle faillit asperger la table de café.

— Ça existe ça, des changelings serpents ?

— Pourquoi ça n'existerait pas ? (Il lui resservit du café.) Ils sont rares, mais il y en a.

— Tu penses qu'une bande de serpents a créé ces grottes ?

Elle frissonna au souvenir de toutes ces fois où elle s'était retrouvée seule à l'intérieur.

— Des changelings serpents, Talin, la réprimanda-t-il. Ni plus ni moins des animaux que moi.

Elle se mordit la lèvre inférieure et eut l'impression d'avoir cinq ans. Mais puisque c'était de Clay qu'il s'agissait, elle lui avoua la vérité.

— Je n'y peux rien. Les léopards sont beaux et dangereux. Les serpents donnent la chair de poule.

— Ça m'étonnerait que les changelings serpents soient de cet avis.

Il se renversa sur sa chaise, prédateur à l'aise sur son territoire.

Elle le sentit toucher du pied le barreau de sa chaise et y reconnut un geste possessif. Mais elle s'amusait trop pour lui en faire la remarque.

— Est-ce qu'ils sont aussi humains que vous ? (Elle fronça les sourcils à sa grimace.) Tu as compris ce que je voulais dire. Ta démarche à toi est pleine de grâce féline. Qu'est-ce qu'ils gardent de leur animal ?

Les lèvres pleines et tentantes de Clay s'étirèrent de nouveau en un sourire.

— Tu dis que je suis gracieux, Tally ?

— Dans une minute, je vais dire que tu es vaniteux.

Mais il était réellement gracieux… et dangereux.

Entre-temps, il avait posé les deux pieds sur sa chaise.

— Les serpents sont très… différents. Ils ont tendance à effrayer les gens, même sous leur forme humaine. C'est viscéral. Mais ils n'en sont pas moins humains pour autant.

— Non, reconnut-elle, se remémorant comment le reste du monde jugeait ses enfants.

— Il y a longtemps, j'en ai vu une après sa métamorphose. Elle avait des écailles noires en forme de diamants qui luisaient comme une mare d'huile sous la pluie… pleines de reflets arc-en-ciel.

L'image était frappante de beauté.

— S'ils étaient là, sous la ferme, pourquoi seraient-ils partis ? demanda-t-elle.

— Pour des centaines de raisons… la colonie a pu se diviser, ou décider de migrer ailleurs. (Il haussa les épaules.) Bon, parle-moi des enfants morts.

Cette simple phrase mit fin à leur petit interlude. Il ne serait plus question de mystérieux changelings serpents et de la beauté pittoresque de la campagne et de ses champs de maïs. Mais Clay ne retira pas les pieds du barreau de sa chaise. Rassurée, elle prit son courage à deux mains et reprit son récit du début.

— J'ai quitté les Larkspur à seize ans pour m'inscrire à un programme d'études de l'université de New York.

Elle avait eu la surprise de constater que lorsqu'on lui donnait sa chance, elle pouvait être brillante, tellement même qu'elle avait quitté ce purgatoire qu'était le lycée avec deux ans d'avance.

Clay restait si immobile qu'elle ne le voyait même pas respirer.

— Tu n'as jamais recontacté les Larkspur, pas vrai ?

— Non. (Une vérité des plus simples et des plus douloureuses.) La bourse d'études a été fournie par la fondation Shine.

Elle le regarda pour voir si le nom lui évoquait quelque chose.

— Une organisation humaine, dit-il. Financée par les dons de riches philanthropes.

— Son but, poursuivit-elle, est d'apporter son aide à des enfants brillants mais démunis, qui sinon n'auraient peut-être jamais eu la chance de prouver leur valeur. C'est ce que dit leur brochure, et je crois qu'ils la respectent vraiment à la lettre. Tous les gosses dont je m'occupe sont défavorisés d'une manière ou d'une autre.

— Qu'est-ce que tu as étudié ?

Elle croisa les bras.

— La psychologie de l'enfant et l'assistanat.

— Tu détestais les assistants sociaux.

— Ironique, hein ? (Elle afficha un air triste.) Je me croyais capable de faire un meilleur boulot qu'eux. Mais je n'ai jamais intégré le système. J'ai eu mon diplôme à vingt et un ans et on m'a proposé un poste à la fondation.

Il ne la pressait pas d'en venir au but, ce dont elle lui était reconnaissante. Elle devait appréhender l'horreur de façon déviée ; elle n'était pas certaine d'y survivre si elle l'affrontait directement.

— On aide les gosses à sortir de la rue et à aller à l'école ou en formation. Devraj, le directeur, veille à ce qu'il n'y ait ni corruption ni favoritisme.

— Tout ça m'a l'air très noble.

La remarque de Clay était ouvertement cynique.

Elle se mit sur la défensive.

— Ça l'est ! La fondation accomplit tant de choses, aide tant de personnes. (Il n'avait aucun droit de tourner ça en dérision.) Je m'occupe des onze-seize ans.

— Pas les plus faciles.

— Ne m'en parle pas. (Leur fierté les rendait peu disposés à accepter la main qu'elle leur tendait.) J'en vois de toutes les couleurs. Des fugueurs, des gosses gentils mais pauvres, des membres de gangs qui essaient d'en sortir.

— C'est quoi ton taux de réussite ?

— Environ soixante-dix pour cent.

Quant aux trente autres – les causes perdues –, même s'ils lui brisaient le cœur, elle devait aller de l'avant. Elle ne pouvait pas faire autrement si elle ne voulait pas que ceux qu'elle était capable d'aider en pâtissent.

— Tu disais que Mickey était sous ta responsabilité.

Elle hocha la tête d'un geste gauche.

— Ainsi que Diana. On l'a retrouvée cette semaine, à peu près au même moment que Iain. Lui était à la charge d'un de mes collègues de San Francisco. Treize ans et déjà capable de parler sept langues… tu imagines ce qu'il aurait pu devenir ?

— Trois gosses de Shine ? Intéressant comme coïncidence.

— Pas vraiment. Les tueurs et la fondation s'intéressent au même groupe d'individus : les enfants marginalisés et vulnérables.

Il hocha la tête.

— Pas faux.

— Et les sept autres dont Max m'a parlé étaient dispersés dans tout le pays. Aucun d'eux n'était élève de Shine.

— Il n'y a donc pas particulièrement de lien avec San Francisco. Pourquoi être venue ici ?

— Pour y installer Jonquil. Quatorze ans, ex-membre d'un gang. Ça devait être un nouveau départ pour lui.

L'émotion l'empêcha de poursuivre.

Clay se leva pour contourner la table et la força à se lever. Ce simple contact menaça son équilibre en même temps qu'il lui donnait du courage.

— Clay.

— Qu'est-ce qu'il y a eu qui t'a contrainte à venir me trouver ?

Le bouillonnement de sa colère renouvelée dressait un mur entre eux.

— J'ai eu la confirmation que tu habitais bien ici il y a deux semaines, mais… (*Non*, songea-t-elle. *Assez.* Clay méritait qu'elle soit honnête avec lui, même si elle allait devoir pour ça rouvrir toutes ses blessures.) Jon a disparu.

Et, depuis, elle avait été obsédée par son besoin de Clay, par cette pensée qu'elle avait déjà eue des milliers de fois auparavant. Sauf que là, il s'était trouvé à sa portée.

Il posa la main sur son épaule.

— Comment peux-tu être certaine que ces tueurs le détiennent ? Un de tes pressentiments, Tally ?

Cette manière qu'il avait de la comprendre sans paroles lui noua la gorge. Personne d'autre n'y était jamais parvenu.

— Ouais.

Au lieu de s'indigner de la possessivité éhontée de son contact, elle s'aperçut qu'elle l'encourageait et puisait en lui un peu de sa chaleur et de sa force.

— On s'est disputés avant qu'il ne s'enfuie. Je me suis emportée, Clay. (Elle venait d'avoir un nouveau signe de la dégradation de son état de santé et avait redouté de manquer de temps pour aider ce garçon brillant et meurtri.) J'ai déchargé ma frustration sur lui.

— Les adolescents sont doués pour pousser les autres à bout. (Pragmatique. Étrangement réconfortant.) Et donc, il était furieux contre toi ?

— Oui, mais mon instinct me dit qu'il m'aurait contactée depuis s'il avait été en mesure de le faire…

même simplement pour me faire un doigt d'honneur. Ce n'était pas un ange, mais il était à ma charge.

Tout ce à quoi ce garçon avait survécu, tout ce qu'il avait enduré sans pour autant devenir fou, c'était pour elle une vraie leçon d'humilité.

Clay resserra son étreinte sur sa nuque, sa main chaude, puissante… et soudain inquiétante.

—Quand est-ce que ce garçon a disparu ?

Elle ne bougea pas, même si elle se trouvait en position de vulnérabilité face à ce prédateur et que son esprit voulait céder à la panique.

—Il y a de ça entre quatre et sept jours, dit-elle en essayant de se concentrer. J'ai suivi sa trace après que sa famille adoptive a signalé sa disparition, et au cours des trois jours suivants j'ai reçu des témoignages fiables de son passage, puis plus rien. C'est comme s'il s'était volatilisé.

Sans crier gare, Clay dressa la tête.

—On a de la visite.

Une curieuse forme de peur comprima la poitrine de Talin et elle sentit son rythme cardiaque s'accélérer.

—Ta meute ?

Des gens qui comptaient pour lui, mais qui ne l'aimeraient pas forcément, elle. Il était même probable que ça serait le cas.

—Oui. (Clay la relâcha.) Attends ici. Et Tally, évite de faire une crise d'angoisse.

En un clin d'œil, il disparut derrière la trappe, se mouvant à une vitesse inhumaine ; rien d'étonnant, puisqu'il n'était pas humain mais changeling. Il avait entendu le cœur de Talin battre la chamade, senti la sueur perler le long de sa colonne vertébrale. Elle songea que parfois, c'était une plaie d'être humaine.

Incapable de tenir en place, elle débarrassa la table et s'apprêtait à l'essuyer lorsque Clay l'appela. Elle prit une profonde inspiration et, se sentant très fragile, elle descendit et ne leva les yeux que lorsqu'elle eut rejoint Clay. Sur le coup, elle n'aurait su dire lequel des deux étrangers la déstabilisa le plus.

Chapitre 11

Même immobile, adossé au mur, il émanait de l'homme – grand, la mine sombre et d'une beauté frappante – une aura de danger. Ajoutée aux lacérations qui barraient le côté droit de son visage, elle poussait Talin à reculer d'un pas et à se cacher derrière Clay. Sauf que quelque chose lui disait que son ami d'antan représentait une menace autrement plus grande pour elle que cet étranger attentif, aux yeux verts, plus clairs que ceux de Clay.

Toujours tremblante, elle reporta son attention sur la femme que l'homme tenait entre ses bras. Des cheveux noirs tressés en natte, la peau couleur miel, et des yeux de firmament piquetés de points blancs.

— Tu es une Psi.

Et pas n'importe quelle Psi. Une cardinale. Ces yeux…

— Je m'appelle Sascha, dit-elle, avec une certaine réserve. (Elle se retourna légèrement.) Mon compagnon, Lucas.

Les deux noms lui étaient familiers. Lucas Hunter était le chef de DarkRiver, Sascha Duncan la fille de la Conseillère Nikita Duncan. Talin avait eu vent de la désertion de Sascha du PsiNet, mais elle n'y avait pas cru.

— Enchantée, dit-elle enfin, parfaitement consciente que ni Sascha ni Lucas ne se montraient amicaux.

Clay se déplaça pour poser la main sur sa colonne vertébrale. Sans le vouloir, elle se raidit et sut que tout le monde l'avait remarqué. Mais il ne retira pas la main, ce dont elle lui fut reconnaissante. De toute évidence, les siens n'approuvaient pas sa présence. En temps normal, elle ne se serait pas formalisée de leur réaction, mais cette fois-là elle le prenait à cœur. Parce que ces gens comptaient pour Clay.

— On a dit à Talin qu'elle était malade, dit-il à Sascha. Tu peux l'examiner ?

Sascha ouvrit de grands yeux. Talin fut décontenancée de lire une émotion aussi franche sur le visage d'une Psi, mais elle le fut davantage lorsque celle-ci prit la parole et qu'elle entendit sa voix empreinte de chaleur et d'affection.

— Clay, je ne suis pas une M-Psi. Je ne suis pas certaine…

— Essaie.

Lucas haussa un sourcil.

— Elle devient hargneuse quand on lui donne des ordres.

Même si l'amusement perçait dans le ton de sa voix, il ne quittait pas Talin des yeux.

Elle s'appuya davantage contre la main de Clay.

— S'il te plaît, insista-t-il.

Talin essayait toujours d'encaisser le choc que lui avaient causé ces mots dans la bouche de Clay lorsque Sascha quitta les bras de son compagnon.

— Dehors. Tous les deux, dit-elle, impérieuse et visiblement sûre de sa puissance. J'ai besoin d'être seule avec Talin.

Lucas déposa un baiser dans le cou de sa compagne, un geste qui trahissait une intimité profonde et sincère. Talin se demanda ce qu'elle ressentirait si Clay posait les lèvres sur son cou à elle. Elle déglutit et ses muscles se crispèrent. Ce fut alors que Lucas releva la tête et brisa le charme.

— Viens, dit-il à Clay. J'ai à te parler, de toute manière.

Clay fusilla Talin du regard avant de partir.

— Coopère.

— J'en déduis que tu n'approuves pas qu'une Psi étrangère te sonde ?

Le ton de Sascha était plein d'humour, mais Talin ne baissa pas sa garde. Aucune loyauté ne la rattachait à cette femme.

— Non.

— Tu veux bien me dire ce qui le préoccupe ?

Puisque Clay était déjà au courant, elle ne voyait pas de mal à divulguer cette information.

— Je souffre d'une maladie inconnue qui tue peut-être les cellules de mon cerveau. Ce diagnostic m'a été confirmé trois fois.

L'expression de la cardinale devint pensive.

— Tu m'autorises à voir si je peux faire quelque chose ?

— Il te fait confiance.

Nouvelle bouffée de jalousie. Elle se sentait mesquine, mais elle n'y pouvait rien ; elle ne savait pas se comporter de manière rationnelle lorsqu'il était question de Clay.

— Tu appartiens à sa meute.

Sascha percevait l'ambivalence de Talin, et elle la comprenait.

— Oui, admit Sascha.

Même dans le cercle restreint des sentinelles, Clay était un léopard qui préférait rester dans l'ombre, mais en définitive ils étaient tous liés par une indéfectible loyauté.

— Oui, répéta-t-elle.

La jeune femme pulpeuse en face d'elle inclina la tête d'un geste prudent.

— D'accord.

Mais Sascha eut beau essayer de sonder l'esprit de Talin, elle s'aperçut qu'elle n'arrivait à rien.

— Tu as un bouclier.

— Hein ? (Talin fronça les sourcils.) Mais je suis humaine.

— C'est vrai.

Parce qu'elle ne possédait que des défenses rudimentaires, l'espèce humaine était la plus faible des trois. Cette pensée à l'esprit, Sascha tenta une nouvelle incursion.

— Or non seulement tu as des boucliers, dit-elle après avoir été violemment repoussée, mais en plus ils sont hermétiques.

— Je ne vois pas du tout comment expliquer ça.

Sascha leva une main.

— Si ça ne te dérange pas…

L'autre femme ne se déroba pas lorsque Sascha lui toucha la joue. Avec les changelings, le contact physique s'avérait souvent efficace. Mais pas avec Talin. Sentant que la jeune femme n'aimait pas qu'on l'approche de trop près, Sascha retira la main et se recula. Elle semblait pourtant avoir déjà accordé à Clay le privilège du contact rapproché. Intéressant.

— Je ne suis pas experte des processus mentaux humains, dit-elle, mais tes boucliers sont sans conteste inhabituels. Pour une raison que j'ignore, ton esprit a appris à se protéger.

Son cœur s'emballa alors qu'elle réfléchissait à ses propres paroles. Elle avait déjà entendu parler de ce genre de boucliers. Ils avaient été évoqués dans les notes d'un vieil article du *Psi-Med Journal*.

« Conclusion : faible incidence au sein de la population humaine. Pas de composante génétique. »

Ce dernier point expliquait probablement pourquoi le Conseil n'avait pas entrepris d'éliminer les possesseurs de tels boucliers. Sans compter qu'indépendamment de ce que faisaient ou ne faisaient pas les Psis, ces boucliers-là se retrouveraient toujours dans un certain pourcentage de la population humaine.

— Tes boucliers sont si résistants, poursuivit-elle d'une voix toujours très douce, que tu as dû commencer à les construire durant ton enfance.

— Pourquoi…

Talin se figea.

Sascha ne pouvait pas davantage passer à côté des vagues d'émotion que diffusait la jeune femme qu'arrêter de respirer. En sa qualité d'E-Psi, elle était capable de percevoir et de neutraliser les émotions destructrices. Ce qui signifiait également qu'elle ne pouvait pas se contenter de rester passive lorsqu'elle voyait quelqu'un souffrir autant. Aussi rassembla-t-elle la haine de soi, la révulsion et la colère de Talin – une incroyable colère ! – dans ses bras psychiques pour les absorber. Elle avait le don de rendre ces émotions destructrices inoffensives, mais ce n'était pas sans souffrance pour elle-même.

Quelques secondes plus tard, Talin lui lança un regard de surprise.

— Qu'est-ce que tu es ?

Ce n'était pas une accusation, mais le genre de question innocente qu'un enfant aurait pu poser.

Vu ce qu'elle soupçonnait cette femme d'avoir enduré, sa réaction étonna Sascha.

— Une empathe. (Elle lui expliqua de quoi il s'agissait.) Je suis désolée si j'ai dépassé les limites… j'oublie parfois de demander la permission.

Son aptitude était trop puissante, trop instinctive.

— Quel don sublime ! (Une expression proche de l'émerveillement passa sur le visage de Talin.) Tu es donc incapable de faire du mal ?

— Je suis tout aussi sujette aux émotions négatives que les autres, avoua Sascha, mais mon empathie les empêche de prendre racine.

— Comme dans mon cas ? dit Talin en soutenant son regard. Tu ne m'aimes pas beaucoup, n'est-ce pas ?

Sascha fut un moment déconcertée par sa question directe. Un sentiment de honte ne tarda pas à l'envahir ; après tout ce qu'elle avait appris en un an, c'était criminel de sa part d'assimiler automatiquement « humain » à « faible ». Talin était loin de manquer de force.

— Ce n'est pas que je ne t'aime pas. Je ne te connais pas… comment pourrais-je te juger ?

— Mais ? insista Talin, adoptant une posture qui évoqua à Sascha la frêle fierté des jeunes hommes de la meute.

Sauf que Talin n'était pas une enfant ; ses émotions avaient mûri avec le temps.

— Clay est l'un des miens. (Sascha elle-même fut surprise par son ton protecteur, un écho de ce qu'elle entendait si souvent dans la voix de Lucas lorsqu'il parlait de la meute.) Il choisit de plus en plus souvent de faire cavalier seul, et ça m'inquiète. J'espérais que l'amitié qu'il a nouée avec Faith changerait la donne et nous le ramènerait.

Talin déglutit ; elle en voulut aussitôt à Sascha de ce droit qu'elle avait de se soucier de Clay, tout en éprouvant une joie presque violente à la pensée qu'il avait des amis qui l'aimaient avec une détermination aussi féroce.

—Et moi, je le tire vers le bas.

—Clay est un meneur, il est rare qu'on l'influence. (Malgré ces paroles légères, le regard de la cardinale était solennel.) Mais quoi que tu représentes pour lui, quels que soient les démons que tu éveilles, ils noircissent déjà ses émotions.

Talin voulut se défendre, mais elle savait que Sascha avait raison ; c'était précisément ces choses que Clay avait laissées dans le passé qu'elle avait ramenées avec elle.

—Je suis désolée.

—Non, tu ne l'es pas.

Sascha la transperçait du regard.

Talin crispa les mâchoires.

—N'espionne pas mes émotions.

—Pas la peine. (L'autre femme pencha la tête de côté.) Si tu voyais comment tu le regardes ! Que de désir, Talin.

Le rouge menaçait de lui monter aux joues.

—Ce qu'il y a entre nous, ça nous regarde. Tu n'as pas à t'en mêler.

Au lieu de s'emporter, Sascha se fendit d'un sourire qui trahissait son envie d'éclater de rire.

—La meute est unité. La meute est notre famille. C'est naturel pour nous d'interférer dans les affaires des autres. Fais-toi une raison.

La colère de Talin se mua en culpabilité.

—Je suis vraiment désolée, dit-elle en se voûtant. J'aurais dû garder mes distances. (Clay s'en était sorti, pas elle. Point final.) Je n'avais aucun droit de revenir dans sa vie.

—Peut-être, peut-être pas, lui répondit Sascha, énigmatique. Mais pour en revenir à tes boucliers, Talin…

ils sont du genre de ceux que développent les enfants traumatisés.

Talin recula d'un pas pour s'éloigner de cette voix si douce, une voix qui lui donnait envie de pleurer, de crier… une voix qui inspirait confiance.

— N'essaie pas de me manipuler.

— Ce n'est pas le cas. (Ses étranges yeux de firmament brillaient de sincérité.) Je suis une guérisseuse d'âmes. Le jour où tu décideras que tu mérites d'être pardonnée pour ce que tu penses avoir fait, je serai là pour toi.

— C'est inutile, dit-elle d'une voix monocorde. Je suis mourante.

Et le temps passait plus vite à chaque seconde.

Comme un reproche muet, la cardinale secoua la tête.

— Certaines blessures devraient être refermées, peu importe combien de temps s'est écoulé ou combien il en reste.

Talin regarda le sol, presque aveuglée par le tourbillon obscur de ses souvenirs, de sa douleur et de ce besoin violent qui menaçait de détruire son existence.

— Après, chuchota-t-elle sans même savoir pourquoi elle capitulait. Après. (Après avoir retrouvé Jonquil.) Peut-être.

Clay suivit Lucas assez loin pour accorder aux femmes une certaine intimité, sans laisser son repaire sortir de leur champ de vision.

— Merci d'être venus si vite.

Il avait passé le coup de téléphone aussitôt après avoir envoyé Talin dans sa chambre.

— Tu aurais fait de même.

Lucas s'assit sur le sol de la forêt et s'adossa à un tronc d'arbre.

Clay adopta la même position quarante-cinq degrés plus à gauche, afin de pouvoir garder un œil sur le repaire pendant qu'ils parleraient. Mais il s'écoula plusieurs minutes sans que ni l'un ni l'autre ne prononce une parole. Les feuilles bruissaient, de petits animaux vaquaient à leurs occupations, le ciel voilé par la grisaille perçait à travers le vert de la forêt.

— C'est elle, dit Lucas dans le silence.

— Tu vois l'avenir, maintenant ? Tu comptes me dire ensuite qu'elle est l'amour de ma vie ?

Une remarque désinvolte mais coupante comme du verre.

Lucas gloussa.

— Non. Je voulais dire que c'est d'elle dont tu disais qu'elle ressemblait à Faith, quand vous vous êtes rencontrés tous les deux. J'ai raison, pas vrai ?

Clay avait montré les dents à Faith ce jour-là, ce qui avait failli lui attirer les foudres de Vaughn.

— Ouais. À part la taille, il n'y a guère de ressemblance.

Faith était rousse et Psi, Talin brune et humaine.

— Mais elles sont toutes les deux obstinées et… (Clay secoua la tête.) Elles n'ont rien en commun. J'ai peut-être simplement vu ce que j'avais envie de voir.

— Possible, concéda Lucas. Ça fait un moment que tu es obsédé par cette Talin. C'est le genre de chose qui peut rendre un homme un peu cinglé.

Clay n'avait jamais parlé de Talin à Lucas. Là encore, il garda le silence.

Lucas étira une jambe et entoura l'autre du bras.

— Elle, je ne la connais pas, mais toi si. Et je sais voir quand un homme est harcelé par ses démons.

Clay attendit la suite.

— Tu plais aux femmes de la meute, elles recherchent ta compagnie. Je ne sais pas pourquoi elles se donnent cette peine. (Il esquissa un rictus.) Ce n'est pas comme si tu étais mignon comme Dorian.

Clay gronda mais son humeur s'améliora. Se moquer de Dorian et de ses airs de surfeur était l'un de leurs passe-temps favoris.

— Où veux-tu en venir ?

— Tu n'as pas eu une seule relation stable.

— Luc, tu es une putain de commère.

L'autre homme lui répondit par un éclat de rire.

— Je serais un piètre chef de meute si je n'avais pas remarqué qu'un de mes meilleurs hommes, une de mes sentinelles, ne s'était jamais montré possessif avec une femme, ne serait-ce qu'un peu.

— Toi non plus, jusqu'à ce que tu rencontres Sascha.

— Exactement. (Le ton de Lucas ne cachait rien de ce qu'il éprouvait pour sa compagne.) Tu ne jurais que par Talin.

— Ce qu'il y a entre nous n'a rien de simple.

Un passé trop lourd, trop de souffrance, trop de secrets. *« Comme je ne parlais toujours pas, Zeke a commencé à désespérer… »* Il était prêt à parier que Zeke n'avait jamais compris la véritable raison du mutisme de Talin. Clay la connaissait, lui. Et ça le déchirait toujours autant qu'avant.

— Elle me chamboule complètement.

— Les femmes qui comptent sont douées pour ça. (Lucas grimaça.) On croirait entendre deux bonnes femmes, à parler de sentiments. Je crois que Sascha a une mauvaise influence sur moi.

— C'est toi qui as commencé.

Mais cette conversation lui avait accordé le répit nécessaire pour chasser les pensées qui encombraient son esprit.

— Elle m'a demandé de l'aider, ajouta-t-il. (Il exposa les faits concernant les disparitions.) Je vais devoir prendre du temps sur mes tâches habituelles.

Il ne lui demandait pas la permission : ce n'était pas dans le fonctionnement de la meute. Lucas avait choisi ses sentinelles pour leur force. Ils étaient tous parfaitement capables de prendre la relève si les choses tournaient mal.

Que pas un de ces autres félins dominants ne l'ait jamais défié en disait long sur Lucas. Clay ne l'envisageait même pas ; il avait trop l'habitude d'agir en solitaire, et un chef se devait d'être le centre physique et émotionnel de sa meute.

— Tu veux que je voie avec Cian au sujet du tableau de service ? proposa Clay.

— Je m'occupe d'organiser ça, proposa Lucas. Kit peut se charger des tâches faciles… c'est bon pour sa formation. (Il se référait au jeune léopard, grand et aux cheveux auburn, qui avait l'étoffe d'un futur chef.) Je lui donnerais bien Rina pour coéquipière, mais il risque de s'imaginer qu'on n'a pas confiance en lui si on lui impose sa grande sœur.

Clay y réfléchit un moment.

— Si tu modifies mon parcours de garde en attribuant le territoire extérieur aux soldats expérimentés, Cian pourrait courir avec Kit et lui montrer les ficelles du métier. (L'homme plus âgé était à la fois fort et patient.) Il serait encore sentinelle s'il n'avait pas décidé qu'il préférait être formateur et conseiller.

Lucas manifesta son approbation.

— Ça devrait marcher. Comme Kit sait que Cian a été mon formateur, il ne risque pas de se plaindre qu'on lui colle un baby-sitter. (Il y eut un autre silence durant lequel ils écoutèrent la forêt respirer, à la satisfaction de leur moitié animale.) Ta Talin, c'est une humaine. Elle est fragile.

Et Clay, malgré sa maîtrise de lui-même – une maîtrise telle qu'elle était tout ce que la plupart des gens percevaient de lui –, restait un être brutal, même pour un changeling.

— Je ne lui ferai pas de mal.

— Elle croit que si.

Il ne s'étonna pas que Lucas ait remarqué la nervosité de Talin.

— Je ne suis pas un prince charmant. Elle le sait mieux que quiconque. (Vingt années de séparation n'avaient pas affaibli le lien sanglant qui les unissait, même s'il s'était dénaturé.) Elle s'en remettra.

Il ne lui laissait pas d'autre option.

— Nos animaux dépérissent sans contact physique, Clay. (Par le ton de sa voix, Lucas lui rappelait les conséquences d'une telle privation.) Ce n'est pas sain pour toi de t'engager avec une femme qui refuse de t'en apporter. Demande à Vaughn si tu veux savoir à quel point ça peut foutre un homme en l'air.

— Toi et Vaughn, vous avez courtisé des Psis, dit-il. Tally n'essaie pas de cacher ses émotions, au moins. (Elle avait beau le mettre hors de lui, il ne doutait pas un seul instant que ses sentiments pour lui étaient aussi forts que les siens.) Alors lâche l'affaire.

— Bien vu. (Lucas haussa les épaules.) C'est ta femme, à toi de voir.

Oui, Tally était sienne. C'était à lui qu'il revenait de la protéger. De la posséder. La certitude de son léopard à ce sujet était aussi inébranlable qu'elle l'avait été le jour de leur rencontre. Ce qui ne lui faisait pas pour autant perdre de vue la seconde cruelle vérité : elle l'avait fui pour se jeter dans les bras d'autres hommes.

Elle était sienne. Mais Clay n'était pas certain de réussir à lui pardonner un jour.

Talin regardait Clay par-dessus sa tasse de café. Même s'ils étaient revenus au bar de Joe, Clay s'en tenait au même breuvage qu'elle en attendant l'arrivée de Max.

— Depuis quand tu connais Max ? demanda-t-il.

Sa question ressemblait à toutes celles qu'il lui avait posées depuis que Sascha et Lucas avaient quitté son repaire plus tôt ce jour-là. Concises, dénuées d'émotions, directes. Et même lorsqu'il l'avait conduite d'un bout à l'autre de la ville – dans un véhicule impossible à filer – après qu'elle lui avait dit vouloir prendre des nouvelles de plusieurs enfants de Shine, son attitude n'avait pas changé.

Puisqu'elle avait progressivement allégé sa charge de travail en prévision de sa démission, aucun de ces enfants n'était sous sa responsabilité directe. Jon avait été le dernier pour qui elle avait eu à trouver une situation stable. C'était Rangi qui occupait le poste de tuteur de Shine à San Francisco, mais à cause d'une urgence familiale majeure dans sa Nouvelle-Zélande natale, il avait dû abandonner ses charges et les confier à Talin ainsi que la tâche de traquer le meurtrier des enfants. Elle l'avait expliqué à Clay durant le trajet, mais les réponses du changeling s'étaient limitées à des monosyllabes… quand il avait bien voulu lui en donner. Elle supportait mieux cette froide mise à distance que son tempérament de feu, mais elle se sentait exclue.

Si elle avait été désintéressée, elle n'aurait pas insisté. Clay vivrait beaucoup mieux son décès s'il la haïssait. Mais Talin s'apercevait qu'elle n'était pas si généreuse. Elle était même terriblement égoïste lorsqu'il s'agissait de Clay.

— Qu'est-ce qui te met de si mauvais poil ? dit-elle au lieu de répondre à sa question.

Il posa sur elle ses magnifiques yeux couleur de forêt ombragée, son regard fixe comme celui d'un prédateur.

— Attention, Talin. Tu ne voudrais pas réveiller le léopard qui dort.

— Peut-être bien que si. (Elle repoussa sa tasse de café et l'adrénaline fusa dans ses veines.) Peut-être que j'ai envie de voir le vrai Clay.

Il partit dans un rire moqueur.

— Tu l'as déjà vu, tu te rappelles ? La vision de mes griffes et du sang t'a fait fuir.

— J'étais une enfant, dit-elle, peu disposée à ce qu'il la réduise de nouveau au silence. J'avais huit ans et des morceaux de cervelle de mon père adoptif sur le visage. Sans compter ce qu'il m'avait infligé avant. Alors excuse-moi si tout ça m'a laissé quelques cicatrices.

Il cligna des yeux ; un geste nonchalant et typiquement félin.

— D'où te vient ce courage, tout d'un coup ?

— Qu'est-ce que tu m'énerves ! (Elle souffla, frustrée.) J'aimerais bien avoir des griffes. Je m'en servirais pour t'arracher les yeux.

Pas une fois au cours de toutes ces années elle n'avait été si près de céder à la violence.

Clay se leva.

Le cœur de la jeune femme s'emballa.

Avec un sourire inquiétant qui disait qu'il savait parfaitement ce qu'elle ressentait, il contourna la table et s'installa sur sa banquette pour la piéger entre le mur et son corps musclé, dur comme un roc.

— Continue, la défia-t-il.

La peur de Talin manqua de l'engloutir, surtout lorsqu'il glissa une main derrière elle et la referma sur sa nuque.

— Tu as perdu ta langue, Tally ?

La raillerie dissipa le brouillard cruel de ses souvenirs. Elle posa la main sur la cuisse de Clay et y enfonça les ongles. Elle avait eu l'intention de lui apprendre à ne pas la provoquer. Sauf que ses muscles s'avérèrent aussi malléables que de la pierre.

— Merde.

— En voilà un langage. (Il l'accula davantage, grand, dangereux et passablement énervé.) Mais continue donc à me caresser et je te laisserai peut-être te servir de tes petites griffes humaines sur d'autres parties de mon anatomie.

Les joues de Talin s'empourprèrent et elle arracha sa main à la chaleur de sa cuisse.

— Arrête. (Il resserra son étreinte sur sa nuque, un acte si possessif et territorial que son esprit de femme indépendante se rebella.) Tu n'as pas envie de moi. J'ai déjà servi, tu te rappelles ?

Chapitre 12

Clay s'immobilisa tout à fait et, à la stupéfaction de Talin, il adopta, sous ses yeux, le regard de son félin. Sauvage. Bestial. Inhumain. Comme il l'avait été dans la chambre d'Orrin. Les souvenirs du massacre – d'une parfaite netteté – se déversèrent dans son esprit et elle redevint soudain cette fillette pétrifiée de terreur, horrifiée à l'idée que son meilleur ami puisse se retourner contre elle, se servir de ses griffes et de ses crocs pour la mettre en pièces.

—C… Clay. (Elle se maudit d'avoir balbutié.) Clay.

Il la relâcha sans crier gare.

—Ne t'inquiète pas, petit oiseau. Baiser une femme qui me considère comme un monstre ne figure pas en tête de mes priorités. (Des paroles dures pour un ton qui l'était plus encore.) Tu veux que je me comporte en humain, alors n'essaie pas de changer le statut de cette relation.

Par cet impitoyable rejet, il lui rappelait ce que sa mère avait exigé de lui.

—Tu es venue me trouver parce que tu avais besoin de mon aide. Si je te l'apporte, c'est bien pour la gamine que j'ai connue. Ça ne va pas plus loin.

Talin comprit qu'elle venait d'échouer à un test essentiel. À peine quelques heures plus tôt, cette découverte l'aurait laissée sans voix et profondément peinée. Mais voilà qu'une fureur latente s'éveillait en elle.

— Ce n'est pas juste, murmura-t-elle. Je ne suis peut-être pas celle que tu voulais que je sois, et j'ai pu commettre des erreurs, mais qui t'a dit que tu étais Dieu, toi ? Tu n'as aucun droit de me juger. Mon Clay, ce garçon qui était mon meilleur ami, ne se le serait jamais permis.

— Hé !

Clay perdit le fil de la conversation en entendant l'interjection de Max qui se tenait près de la porte. Ce fut du moins ce qu'elle crut jusqu'à ce que Clay se penche vers elle, son souffle chaud dans son oreille.

— On parlera de ça plus tard. Quand on sera seuls.

Elle comprit alors qu'elle était bel et bien parvenue à réveiller le léopard endormi. Et son audace mise à part, elle n'avait aucune idée de la manière de lui tenir tête.

— Sympa comme endroit. (Max serra la main de Clay puis s'installa sur la banquette en face d'eux.) J'imagine qu'on m'aurait gentiment raccompagné dehors si tu ne m'avais pas invité ?

— Ça n'aurait rien eu de gentil.

Malgré la fatigue qui tirait ses traits, Max se fendit d'un large sourire.

— Tout ce que j'aime.

Un jeune homme mince aux muscles à peine ébauchés s'arrêta à côté de la table et posa une bière devant Max. Si son visage attirait l'attention, avec ses lèvres pleines et son ossature méditerranéenne, c'étaient ses cheveux noirs aux reflets bleutés qu'on remarquait le plus. Ses joues perdirent de leur couleur lorsqu'il croisa le regard de Clay.

— Je suis dans les emmerdes jusqu'au cou ?

Talin reconnut soudain cette chevelure noire. Ce garçon s'était trouvé au nombre des adolescents à avoir été expulsés du bar l'avant-veille.

— On verra ça plus tard.

Clay renvoya le garçon, qui tressaillit mais s'éloigna sans plus de cérémonie.

— Est-ce qu'être obligé de s'occuper du service ici n'est pas déjà une punition ? demanda Talin, sans écouter la part d'elle-même qui l'avertissait qu'elle serait bien avisée de se faire oublier de Clay après la façon dont elle l'avait provoqué ; les poules auraient des dents avant qu'elle le laisse la réduire au silence par l'intimidation.

— Je suis le formateur de Nico.

Cette réponse ne réussit qu'à la dérouter, mais Max hocha la tête.

— Il y a une différence entre une punition et se faire remonter les bretelles par son supérieur. (Après s'être débarrassé de son manteau, il but une longue gorgée du liquide ambré devant lui.) Bon sang, ça fait du bien. La seule chose qui surpasserait ça serait de pouvoir passer les vingt-quatre prochaines heures dans mon lit.

— Max a suivi l'enquête depuis New York, expliqua Talin au léopard à ses côtés.

— Comment as-tu obtenu l'autorisation ?

Il y avait dans le ton de Clay un sombre accent de possessivité, qu'elle savait destiné à elle seule.

Max se cala contre le siège en similicuir avec un sourire narquois.

— J'ai des amis. Des gens bien. Mais tu le sais déjà… tu t'es renseigné sur moi.

— Je devais être sûr.

— Ça se comprend.

— Les Psis sont intervenus dans l'enquête ?

Clay colla sa cuisse contre celle de Talin, qui dut retenir un cri de surprise. Chacun de ses gestes lui rappelait sa force et sa nature de prédateur. Mais surtout, son contact éveillait en elle des choses qu'elle avait cherché à réprimer et créait un désir qui menaçait de détruire l'équilibre déjà précaire de leur nouvelle relation.

— Non.

La voix de Max interrompit le fil de ses pensées.

— Ils ne se donnent en général pas cette peine, à moins qu'ils n'aient un bénéfice à en retirer. (Il prit une autre gorgée de bière.) Mais quelqu'un surveille mes avancées en secret.

— Comment le sais-tu ? demanda Talin alors qu'elle luttait contre les réactions de son corps, suscitées par cet homme brutal et viril qui s'imposait à elle comme si c'était son droit le plus strict d'envahir son espace vital.

— Le logiciel de sécurité perfectionné que j'ai installé pour protéger mes fichiers a détecté un accès non autorisé. Comme je garde les vrais fichiers ailleurs, ça n'a pas eu de conséquences.

— Ton patron ? demanda Clay.

— Non. Il a le droit d'accès. (Le détective termina sa bière et reposa la bouteille sur un dessous-de-verre qui vantait les mers chaudes du Vanuatu.) Pour être honnête, personne ne manifeste un grand intérêt pour cette affaire. Mais ce piratage, c'est du travail d'expert. Je n'aurais rien remarqué s'il n'y avait pas eu le logiciel.

— Qui te l'a fourni ?

Les yeux de Max étincelèrent.

— C'est assez amusant… la fondation Shine.

— Quoi ! s'écria Talin. (Rougissante, elle baissa le ton, même si curieusement aucun des clients ne s'était retourné vers elle.) Quand ça ?

— Il y a environ huit mois. (Max remonta ses manches.) C'est grâce à leur intervention que j'ai obtenu cette enquête. Suite à quelques coups de téléphone de leur part, j'ai été assigné à ce poste.

Clay jeta à Talin un regard sardonique.

— Shinc n'est peut-être pas aussi immaculé que tu le crois.

— Ils n'ont rien fait de mal, rétorqua-t-elle, même si la révélation de Max la perturbait assez pour émousser sa perception acérée de l'humeur agressive de Clay. Ils t'ont demandé quelque chose en échange ?

— De les tenir informés. (Max haussa les épaules.) Mais c'est comme ça que je procède avec toutes les familles de victimes, et pour Mickey, Iain, Diana et Jon, c'est la fondation qui tient ce rôle. Je ne leur donne rien de plus.

À cette nouvelle, Talin se sentit un peu mieux.

— Ce que tu vas nous apprendre ce soir…

— Des informations confidentielles. (Il balaya du regard le bar bondé.) Il y a beaucoup de changelings à l'ouïe fine, ici.

Clay secoua la tête.

— Personne ne peut surprendre notre conversation. Des haut-parleurs encastrés dans les banquettes émettent un bourdonnement à basse fréquence, destiné à brouiller les sons. Ils peuvent entrer dans cet espace mais pas en sortir.

— Impressionnant. (Max haussa un sourcil.) Et cette fréquence, tu l'entends ?

Talin était curieuse de le savoir, elle aussi. Enfant, les aptitudes de Clay l'avaient enchantée. Plus d'une fois, il s'était transformé en léopard simplement parce qu'elle avait voulu le caresser ; ce qui, quand elle y repensait, avait constitué une incroyable preuve de tolérance de la part du changeling. Elle se demanda si l'occasion de le caresser se représenterait jamais. En un éclair, le désir qui sommeillait dans son ventre revint à la vie, un désir sexuel mais aussi chargé d'émotion. Elle se moquait d'être égoïste : elle voulait retrouver son Clay.

— Non, répondit Clay. La fréquence est réglée de manière à ne pas être audible, mais ça marche. C'est pour ça que personne ne s'est retourné quand tu as hurlé.

Sa dernière phrase s'adressait à Talin.

— C'était sous le coup de la surprise.

Elle distinguait les braises dans son regard ; il n'avait pas oublié sa récente provocation et même si c'était insensé, elle s'en réjouissait. Endurer son humeur maussade valait bien mieux qu'être ignorée.

Non sans avoir frotté son bras contre le sien, il détourna le regard et adressa à Max un hochement de tête.

— Et l'appartement de Talin ? Du nouveau ?

— Le sang… Je suis désolé, Talin. C'était celui de Mickey.

Alors que l'estomac de Talin menaçait de se soulever, Clay referma la main sur sa cuisse. Il serra assez fort pour chasser sa nausée et reporter son attention sur la chaleur de sa présence. Son sentiment d'amour pour lui renforcé, elle posa la main sur la sienne. Sa peau brûlante dissipa le froid qui l'avait envahie.

— Continue, dit-il à Max. Tally va tenir le coup.

Le regard marqué par la cruauté dont il avait été témoin, Max observa la jeune femme.

— C'est sûr ? Ça ne va pas être agréable à entendre.

Elle serra la main de Clay. Sans un bruit, il se dégagea et leva le bras pour en entourer ses épaules. Un geste tout simple, mais qu'elle n'avait jamais toléré de la part d'aucun autre homme. Elle avait eu l'impression d'être emprisonnée… et pourtant, aucun de ces hommes n'aurait été capable de lui briser la nuque d'un coup sec. Mais à cet instant-là, le souvenir de la sécurité que lui avaient toujours procurée les bras de Clay était plus fort que celui de la chair déchiquetée et des cris perçants d'un monstre. Elle se laissa pénétrer par son odeur jusque dans son sang, dans ses propres cellules.

—Je suis prête.

Max ne reposa plus la question.

—Il n'y avait pas grand-chose de plus chez toi. Les preuves que nous avons proviennent directement des gosses. (Il s'interrompit et se passa la main sur le visage avant de reprendre.) Jusqu'à Diana et Iain, il semblait que la constante était un meurtre toutes les trois semaines.

—Tu n'es plus de cet avis ? demanda Clay.

—Je ne suis pas certain que nous ayons toutes les victimes, dit Max. Le fait qu'on ait retrouvé Mickey, Iain et Diana à seulement deux semaines d'intervalle les uns des autres tend à appuyer ma théorie.

—Une constante géographique, alors ? demanda Clay avec l'intelligence acérée du prédateur.

Le grondement de sa voix grave vibra dans les os de Talin, la réconfortant tout en l'avertissant qu'il était un être différent d'elle, aussi dangereux que beau.

—Non, répondit Max. Je ne suis à San Francisco que parce que c'est ici que les derniers corps ont été abandonnés. Diana a été enlevée à New York, mais on l'a retrouvée ici avec Iain. C'était la dernière enfant à ta charge à New York, n'est-ce pas Talin ?

—Après qu'ils ont emmené Mickey, oui. (Seigneur, comme elle souffrait à la pensée de ces gosses, brisés et couverts de sang.) Officiellement, Di n'avait plus besoin d'un tuteur depuis son admission à l'internat.

Mais elle avait continué à l'appeler de temps à autre pour discuter, elle était restée la gamine de Talin.

—Elle adorait être dans l'équipe d'athlétisme.

Alors que le rire de Diana résonnait dans sa tête, Talin ferma le poing sur le torse puissant de Clay. Le changeling ne dit rien, mais il s'avança pour caresser du pouce la peau sensible de son cou.

— Quatre gosses de Shine en comptant Jon, murmura-t-il. Je ne suis pas convaincu par ton argument du « terrain de chasse commun », Tally.

Sa loyauté à Shine la poussait à protester, mais elle prit le parti de la logique.

— Il y en a eu sept autres sans lien avec la fondation, lui rappela-t-elle.

— C'est de ça que je dois vous parler, dit Max.

Lente et insidieuse, l'horreur se déploya au creux de son ventre. Si Shine était malfaisant, qu'en était-il d'elle ? Avait-elle mené les enfants qu'elle aimait à la mort ?

Max attrapa la soucoupe de cacahouètes de l'autre côté de la table.

— Je peux ? (À leur signe d'approbation, il se mit à prendre des cacahouètes et à les disposer sur la table.) Nous avons quinze décès confirmés.

— Quinze ? (La main de Talin fut agitée d'un spasme et elle agrippa le tee-shirt de Clay.) Tant que ça ?

— Je soupçonne qu'il y en a davantage. (Après avoir compté quinze cacahouètes, il repoussa la soucoupe et plaça la salière au centre de la table.) Je n'ai trouvé ces quinze-là qu'en creusant. En général, quand des gosses comme eux disparaissent, personne ne le signale. Le temps qu'on les retrouve, les lésions des tissus mous ne sont souvent plus visibles.

— Les tissus mous, c'est ça ton lien ? demanda Clay, formulant la question que Talin ne parvenait pas à poser.

— Ouais, répondit Max, mais ne brûlons pas les étapes. Ça, ajouta-t-il en prenant une cacahouète, c'est notre première victime confirmée. Harish, huit ans. Mort il y a un an… ça dure donc depuis plus longtemps que ce qu'on croyait au départ. L'équipe médico-légale a trouvé la carte de visite d'un tuteur de la fondation Shine cachée dans l'une de ses chaussures. Le tuteur a confirmé avoir parlé au garçon deux jours avant son enlèvement.

Max posa la cacahouète à cinq centimètres de la salière.

L'horreur de Talin fut multipliée par mille.

— Deuxième victime confirmée : Miu Lee, treize ans, décédée il y a onze mois. Elle s'était rendue sans convocation au centre Shine d'Oklahoma. Elle a passé quelques tests, a été enregistrée dans leur système de suivi, puis a disparu. (Il plaça cette cacahouète-là plus près de la salière.) Victime numéro trois : Hana Takuya, quatorze ans, dans sa première année d'une formation accélérée financée par la Fondation des Veuves de la guerre Japon-Corée. Shine en est le principal donateur.

» Victimes quatre et cinq, Depe Lacroix, dix ans, et Zoe Charles, quatorze ans… eux m'ont dérouté car ils semblaient n'avoir aucun lien avec Shine. Jusqu'à ce que, ajouta-t-il, lèvres pincées, je retrouve leurs familles et découvre qu'ils avaient tous deux des frères et sœurs plus jeunes reliés à la fondation. On peut logiquement penser que Shine a dû essayer d'aborder les gosses plus âgés aussi, mais sans succès.

Max poursuivit sa démonstration jusqu'à avoir établi une connexion entre Shine et les quinze victimes.

— Mon Dieu. (Le cerveau de Talin refusait d'y croire.) Mais Shine est une organisation honnête… ils aident les gosses. Ils m'ont aidée, moi.

Elle qui accordait rarement sa confiance, elle leur en avait donné une petite part.

— Elle est peut-être honnête malgré tout, dit Clay à sa grande surprise. J'imagine que tu as envisagé la possibilité d'une taupe au sein de la fondation.

Max hocha la tête.

— Soit ça, soit Shine n'est qu'une habile façade qui cache une bien triste réalité. Mais j'en doute. Si tu cherches à enlever des gosses, il existe des façons bien moins coûteuses de s'y prendre que de monter une fondation qui brasse des millions de dollars. Quoi qu'il en soit, c'est notre meilleure piste.

— Tu ne peux pas attaquer de front. (Talin se pencha vers lui, désespérée.) Si tu te rapproches un peu trop à leur goût, ils pourraient tuer Jon.

Garde espoir, songea-t-elle. Jonquil était toujours en vie.

— Je sais. (Max tapota la salière.) C'est là que tu étais censée intervenir. Tu as déjà tes entrées à Shine. J'allais te demander d'y être mes yeux et mes oreilles.

— Mais à présent qu'elle a reçu cet avertissement, c'est trop dangereux.

Clay glissa son bras autour de la taille de Talin et referma la main sur sa hanche, un geste ouvertement possessif.

— Il est hors de question qu'elle aille là-bas, ajouta-t-il.

Elle se hérissa.

— Attends une minute. Tu n'as pas à me dicter…

— Il a raison, l'interrompit Max. Si toute la fondation n'est pas corrompue et que c'est bien à une taupe que l'on a affaire, elle doit être plutôt haut placée. De toute évidence, cet enfoiré a accès aux rapports préliminaires des contacts de tout le pays. Il ou elle va donc s'assurer que tu ne découvres rien d'utile, ou te faire taire pour de bon.

— Les hommes, marmonna-t-elle.

Même si elle était d'accord avec eux, elle répugnait à le montrer après la déclaration arrogante de Clay.

— Bon, continua-t-elle, même si je n'y vais pas, on doit obtenir des informations de l'intérieur d'une façon ou d'une autre.

— Tu te fies à quelqu'un de la fondation ?

— Dev. Devraj Santos, dit-elle sans hésiter. (Clay raffermit son étreinte sur sa hanche. Elle réagit par une grimace.) C'est un type bien.

— C'est aussi le directeur.

Max avait la mine sombre.

— Non, il nous aidera. (Elle se tourna vers Clay.) Tu sais ce que je veux dire. Explique-lui.

Après une seconde de tension, il acquiesça.

— Les intuitions de Talin au sujet des gens valent de l'or.

Son soutien lui fit chaud au cœur, alors même qu'elle constatait qu'il recommençait à l'appeler Talin. Ils ne s'étaient retrouvés que depuis un jour, mais déjà elle savait que ça n'augurait rien de bon. Une curieuse excitation au ventre, elle reporta son attention sur Max.

— Il y a autre chose, n'est-ce pas ?

Max hocha la tête.

— D'abord… à part moi, le médecin légiste et quelques détectives en qui j'ai confiance, il n'y a absolument personne qui soit au courant. Il manquait des organes à tous les corps.

C'en était trop pour elle. Son cœur sembla geler dans sa poitrine.

— Quels organes ? (Clay lui caressa la hanche d'une main, la tirant de son état de choc pour la ramener au moment présent.) Ça serait une affaire de marché noir ?

Talin voyait où il voulait en venir. Même si d'immenses progrès avaient été accomplis dans le domaine des organes artificiels et clonés, certaines parties du corps humain défiaient encore la science médicale et ses efforts pour créer des répliques parfaites. Sans compter qu'une petite frange de la société optait plutôt pour des organes de donneurs que pour des organes clonés.

— Ils ont pris les yeux ou le cœur ?

Impossible d'oublier les yeux rieurs et brillants d'espoir de ces enfants.

Max hocha la tête.

— Mais je pense que ces mutilations ne sont qu'une façade qui cache leur but réel, une fausse piste pour détourner notre attention.

— Je ne comprends pas. (Talin fronça les sourcils.) Le cœur est l'organe le plus coûteux et difficile à cloner, et les yeux le sont presque autant.

Clay adopta soudain l'immobilité du prédateur.

— Il y a un autre organe très complexe que tu n'as pas encore mentionné.

Talin observa les deux hommes se regarder dans les yeux et sentit la sinistre vérité passer entre eux. Mais son esprit refusait de faire le lien.

— Quoi ? demanda-t-elle, frustrée.

— Le cerveau, Talin. (Le ton de Max trahissait son chagrin contenu.) Toutes les victimes qu'on a retrouvées assez tôt pour procéder à une analyse des tissus mous n'avaient plus leur cerveau.

Clay perçut le choc de Talin, sa douleur lancinante. Celle-ci faillit lui arracher le cœur.

— L'opération chirurgicale était soignée ? demanda-t-il en la serrant davantage.

— Irréprochable. Ce n'est pas l'œuvre d'un cinglé solitaire mais une opération rodée, surtout si l'on considère la dispersion géographique des victimes, les dates où ils se sont débarrassés des corps, et le manque de preuves… À l'exception d'une seule fibre, les gosses n'avaient littéralement pas une marque sur tout le corps.

— Ça aide à réduire les pistes ?

— Pas à un lieu spécifique, mais ils se servent de matériel utilisé dans les labos chirurgicaux les plus sophistiqués. (Max se passa une main dans les cheveux.) Les victimes ont été emmenées dans une sorte de centre médical, et comme je parie qu'il s'agit du même chaque fois, ça signifie qu'elles ont été transportées d'un État à un autre sans éveiller de soupçons. Une sacrée organisation.

— On les a torturées ? demanda Talin d'une voix éraillée comme si elle avait crié en silence.

Le léopard de Clay sortit les griffes ; l'odeur de son angoisse ne lui plaisait pas.

— C'est bon, Talin. Tu n'as pas besoin de savoir ça.

— Si. (Elle déglutit, et lorsqu'elle releva la tête, il s'aperçut que ses yeux avaient viré au gris terne et que leur cercle de feu avait adopté une couleur plus pâle, proche du bronze.) Ça expliquerait peut-être pourquoi ce sont ces gosses-là qu'ils ont enlevés, et nous dirait quel genre de perversion anime les meurtriers. Si on le savait, on pourrait réduire la liste des enfants qui courent un danger.

— Et puis merde. Je t'enverrai tout ce que j'ai. (Le poing serré, Max repoussa les cacahouètes qu'il avait disposées sur la table.) Tu connais ces gosses, tu sais comment ils fonctionnent… tu remarqueras peut-être quelque chose qui m'a échappé.

— Et Jon alors ? (Même si ça lui brisait le cœur, Di, Mickey et les autres étaient déjà morts. Pour eux, la justice pouvait attendre.) Il doit passer en premier.

Clay lui effleura les cheveux des lèvres.

— Je m'occupe de Jon, promit-il. Je n'ai pas franchement envie que tu regardes les dossiers de Max vu ce qui a été infligé aux victimes, avoua-t-il d'une voix rauque, mais c'est un mal obligatoire. Ça nous aidera peut-être à localiser le gamin.

Alors qu'elle ne se fiait pas assez à Max pour croire qu'il se battrait pour Jon, elle retrouvait avec une facilité effrayante ses vieilles habitudes avec Clay.

— D'accord.

Il ne permettrait jamais qu'il arrive malheur à un enfant.

— Ça me laisse donc libre de suivre la piste de Shine. (Max se frotta les yeux.) Je prie seulement qu'ils n'attrapent pas d'autres gosses avant qu'on trouve la clé de l'énigme.

À cette pensée, l'estomac de Talin se noua.

— Merci de nous avoir fait part de tout ça, Max.

— Qu'est-ce qui t'y a poussé ? demanda Clay, le regard vigilant. (Il tenait Talin avec une telle possessivité que ses instincts féminins lui lancèrent des signaux d'alarme.) Ce sont des informations confidentielles.

— Je me suis renseigné sur cette ville avant de venir. (Max avait beau être humain, il soutenait le regard de Clay avec une solide assurance.) Si l'on excepte la présence évidente des Psis, ce sont DarkRiver et les SnowDancer qui contrôlent San Francisco. Et la question s'est récemment posée de savoir si les Psis continuent réellement à exercer plus d'influence que les félins et les loups, ajouta-t-il sur un ton plus tranchant.

Chapitre 13

La bouche de Talin devint sèche. Les Psis veillaient à rester le seul pouvoir en place dans toutes les grandes métropoles et éliminaient sans pitié leurs adversaires. Mais si Max avait raison, ce n'était pas auprès d'un ami qu'elle était venue quémander de l'aide mais d'un homme doté d'un puissant réseau de relations influentes. Elle en fut ébranlée. Et si Clay s'imaginait qu'elle n'était venue le trouver que pour profiter de son lien avec DarkRiver ?

— Dès le départ, tu avais l'intention de nous impliquer dans cette affaire, répondit Clay en lui caressant la hanche.

Elle aurait protesté si elle n'avait pas eu l'intuition qu'il s'agissait d'un geste inconscient. Et même s'il perturbait ses sens, elle le trouvait agréable.

— Je voulais rencontrer un vétéran de la meute d'abord. Les changelings aident les leurs… je n'étais pas certain que vous vous donneriez cette peine s'agissant d'enfants humains disparus, déclara Max avec franchise.

— Ça ne répond toujours pas à ma question.

— J'ai besoin de soutien. (Max fit la moue.) Comme je le disais, la Sécurité ne considère pas cette affaire comme une priorité.

La colère de Talin monta en flèche, mais elle garda le silence. Rien de tout cela n'était la faute de Max.

— Tu veux dire que tu travailles seul là-dessus ? demanda Clay, faisant descendre et remonter sa main en une caresse qui faillit arracher un frisson à la jeune femme.

Elle changea de position, mais cela n'incita le léopard qu'à l'attirer plus près de lui ; la chaleur de son corps était autant un avertissement qu'une sorte de réconfort séduisant.

— J'ai des amis dans cette ville qui interviendront si besoin, répondit Max, mais ouais. En général, les meurtres inhabituels suscitent l'intérêt des médecins légistes, et c'est bien de ça dont il est question avec cette histoire d'ablation d'organes… mais je n'ai obtenu cette fois-ci que des rapports formatés. Quelqu'un fait pression, même si je serais bien incapable de dire qui. Surtout si Shine n'a rien à se reprocher.

Il tapota sa bouteille de bière.

— Et puis, poursuivit-il, en ce qui concerne les cerveaux de ces enfants, on ignore ce qui les différencie des autres. J'ai réussi à mettre la main sur des scans médicaux effectués avant la mort… En général, ils sont inclus dans les tests de Shine. Tu repéreras peut-être un détail qui a échappé aux légistes. Ça ne sera pas difficile. Je ne suis même pas sûr qu'ils aient cherché. (Il afficha un sourire cynique.) La Sécurité, grande protectrice des citoyens.

— Je n'ai pas de formation médicale.

Frustrée, elle serra de nouveau le tee-shirt de Clay dans son poing.

— Je connais quelqu'un, dit-il.

Clay cessa de bouger les doigts, puis étreignit sa hanche avec audace. L'estomac noué, elle lâcha son tee-shirt mais resta blottie contre lui ; son besoin de lui surpassait sa peur de cette chose qui grandissait entre eux.

— Ça te pose un problème que je transmette les dossiers à des tiers ? demanda-t-elle.

— Je t'ai demandé ton aide. Je dois te faire confiance. (L'expression de Max devint songeuse.) Tu sais ce que j'ai toujours admiré chez les Psis ?

Prise de court par la tournure que prenait soudain la conversation, Talin demanda :

— Quoi donc ?

— Ça a beau être une race d'enfoirés froids comme la glace, ils ne maltraitent pas leurs gosses. Je n'ai jamais entendu parler d'abus sexuels ou de violences au sein d'un foyer Psi. Pour tomber aussi bas il faut être d'une espèce animale comme les nôtres.

— Ne sois pas impressionné. (La voix de Clay vibrait d'une colère intérieure.) Chez eux, la maltraitance commence à la naissance. Les Psis ne naissent pas sans émotions, ils sont conditionnés à ne plus en avoir. Leurs enfants n'ont pas d'autre choix que celui d'obéir… tout refus mène à la rééducation.

Max fronça les sourcils.

— La rééducation ?

— Un processus qui efface les souvenirs, détruit les capacités mentales, en bref les transforme en légumes ambulants.

— Seigneur. (Max secoua la tête.) Mais même avec ça, je ne suis pas convaincu que leur choix n'ait pas été le meilleur. Ce ne sont pas leurs enfants qui sont battus à mort.

Talin ressassait encore ce que Max leur avait confié lorsqu'ils arrivèrent au repaire de Clay tard cette nuit-là. Il enclencha une commande sur le tableau de bord du Tank.

— J'ai désactivé l'alarme. Va poser tes fesses à l'intérieur avant de te mettre à ronfler sur place.

— Ce n'est pas moi qui ronfle, marmonna-t-elle en sortant du véhicule.

À l'intérieur du repaire, il faisait noir, un noir absolu.

— Lumière. (Sous l'effet de la panique, sa respiration devenait saccadée.) Puissance maximale.

Rien ne se produisit.

L'étau de la peur menaçait de se refermer sur sa gorge alors qu'elle tâtonnait contre le mur à la recherche du tableau computronique. Elle était certaine de l'avoir vu plus tôt dans la journée. Seigneur, il fallait qu'elle le trouve. Les ténèbres se refermaient sur elle. Elle suffoquait…

— Talin, respire.

Elle fit volte-face et sursauta en le voyant. Ses yeux étincelaient d'un inquiétant vert argenté qui avait tout du félin.

— Tu vois dans le noir ! s'exclama-t-elle.

— Bien sûr, lâcha-t-il comme s'il n'y avait rien de plus banal. Le tableau se trouve à cinq centimètres sur ta gauche. La section du milieu.

Elle s'efforça de feindre le calme jusqu'à ce qu'elle le trouve, puis appuya sur le commutateur central. La lumière jaillit d'un dispositif fixé au plafond.

— Tu n'as pas de système à commande vocale.

Il grogna.

— Ça a l'air d'un palace, ici ? (Il marqua une pause.) Je demanderai à l'un des techniciens d'installer ça demain.

— Non, tu n'as pas à…

— J'ai dit que je m'en occuperai.

Elle sut au ton de sa voix qu'il cherchait la bagarre. Elle décida plutôt de faire preuve de savoir-vivre.

— Merci.

L'air maussade, il se mit à déboutonner sa chemise.

Le rythme cardiaque à peine régulier de Talin s'emballa de nouveau.

— Qu'est-ce que tu fais ?

— Je ne vais pas t'attaquer. (Il se retourna et jeta la chemise sur l'un des grands coussins qui lui servaient de sofas.) Je pars courir. J'aime autant que mes vêtements ne se désintègrent pas au moment de la métamorphose.

— Oh.

Elle ne parvenait pas à détacher le regard des muscles saillants de son dos. Clay avait toujours été fort, mais là… il aurait pu la briser comme une vulgaire brindille. Mais même cette pensée ne suffisait pas à occulter sa beauté. Le bout de ses doigts la démangeait et elle serra les cuisses. Elle aurait voulu s'avancer et suivre les contours de ce tatouage qu'il avait à l'épaule gauche, goûter…

— Merde.

Il porta les mains à sa braguette.

Elle sursauta, et son cœur se mit à battre la chamade pour une toute nouvelle raison.

— Il faut qu'on parle, lui dit-elle.

— Il faut que tu dormes.

Il s'avança vers elle, lui présentant son torse musclé. Signe de sa virilité, une toison brune recouvrait sa peau délicieuse et rayonnante.

— Monte.

Il crispait les mâchoires et ses yeux étincelaient de colère.

Elle en resta bouche bée.

— Tu es toujours fâché contre moi. Bon sang, qu'est-ce que tu es buté !

— Je suis drôlement plus que fâché. (Lui tournant le dos, il retira ses chaussures d'un coup de pied et entreprit de retirer son jean.) Je n'ai plus rien à te dire. Va-t'en, à moins que tu aies envie d'un striptease.

Elle sentit ses joues s'embraser.

—Je ne t'aime pas beaucoup, là tout de suite.

—Ça tombe bien, c'est réciproque.

Il fit mine de baisser son jean.

Elle se précipita vers l'échelle, suivie par le regard moqueur de Clay. D'un côté, elle brûlait de contempler sa métamorphose, de faire l'expérience des éblouissantes étincelles de lumière et de couleur qui jailliraient lorsqu'il changerait de forme et d'éprouver l'ivresse de se retrouver nez à nez avec un léopard ; mais une autre part d'elle-même était frustrée à en hurler. Il était clair que le Clay qu'elle avait connu n'avait pas changé, sur un point crucial du moins. Il laissait rarement éclater sa fureur, mais qu'est-ce qu'il était doué pour ruminer !

—Et si quelqu'un entrait ? demanda-t-elle lorsqu'elle fut en sécurité à l'étage.

—Ça n'arrivera pas.

Par son ton, il la mettait au défi de le contredire.

—Mais si…

—Relève la trappe du troisième niveau et active le piège. Le tableau est dissimulé à côté. Ça te protégera du croque-mitaine.

Elle étrécit les yeux.

—Très bien. Bonne nuit. (Pas de réponse.) J'espère que tu te feras manger par un ours.

Un grondement monta jusqu'à elle.

Un sourire de satisfaction aux lèvres, elle se rendit au troisième niveau. Le tableau se trouvait exactement à l'endroit indiqué. Elle l'ouvrit et l'inspecta, puis écarquilla les yeux. Ce n'était pas une blague, ce système de sécurité. Une fois activé, l'aire entière se retrouverait encerclée de lasers. Quiconque tenterait de franchir cette limite sans le code d'accès recevrait un seul avertissement. Si l'intrus ne battait pas en retraite, il se retrouverait découpé en jolis petits cubes de chair et de sang.

Horrifiant.

Mais elle se sentit protégée.

Rapide et puissant sous sa forme de léopard, Clay aurait voulu courir éternellement ; pourtant, il ne s'éloigna guère de chez lui. Ce domaine était le sien, il connaissait chaque mouvement de l'air, chaque animal qui y vivait, chaque odeur. Il serait rentré avant que qui que ce soit réussisse à atteindre Talin.

Pour l'heure, c'était lui la réelle menace.

Lorsque le léopard poussa un rugissement bref et morose, les créatures de la forêt se figèrent. Mais il en voulait trop à Talin pour être d'humeur à chasser ce soir-là. Même si elle l'avait laissé la toucher au bar, il avait perçu son anxiété… comme si elle s'était attendue à une réaction violente. Sa méfiance à son égard était une insulte permanente qui le rendait furieux. Il parvenait encore à contenir sa colère, mais elle menaçait de s'exprimer en une rage qui risquait de faire de lui le monstre qu'elle l'accusait d'être.

Le danger existait bel et bien… il n'était pas comme les autres membres de sa meute.

Ce n'était pas dû à sa moitié humaine ; il y avait d'autres métis à DarkRiver. Non, c'était à cause de l'environnement dans lequel il avait grandi, terriblement castrateur pour une âme de prédateur. Toutes ces années passées entre les murs de cet immeuble étouffant pesaient sur lui. Son animal voulait sortir et prendre le contrôle. Comble de l'ironie, il savait se comporter en humain mieux que n'importe quel membre de la meute, dissimulant son léopard sous un vernis de calme et de silence.

Isla avait pleuré à la vue de sa bête, et parce qu'il avait aimé sa mère malgré ses défauts, il avait enterré son léopard et s'était amputé d'une partie de lui-même. Les changelings n'étaient ni des humains, ni des animaux. Ils étaient les deux ; ils devaient être les deux. Être l'un sans l'autre revenait à se priver d'un membre. Et pourtant, il avait feint l'humanité totale pendant l'essentiel de son enfance.

Ces dix dernières années cependant, sa moitié léopard avait rattrapé le temps perdu. Il pouvait encore faire semblant d'être humain, mais sa soif de sang et sa sauvagerie animale coulaient dans ses veines à chaque seconde du jour et de la nuit. Fidèle au prédateur qu'il était, le léopard ne trouvait rien de répréhensible à la froide logique de la loi du plus fort. Il tuerait sans aucun scrupule. Et Clay n'avait pas franchement envie de faire disparaître cet aspect de sa personnalité.

C'était ça, le vrai danger.

Lucas n'en avait jamais parlé. Nate non plus. Mais tous deux savaient bien que même si le caractère sauvage de Vaughn était plus spectaculaire que le sien, c'était Clay qui courait le plus grand risque de devenir un renégat… de ne plus jamais retrouver son humanité.

Secouant la tête en poussant un grondement furibond, il escalada un arbre avec la grâce dangereuse propre à son espèce et s'installa sur une branche du haut de laquelle il pouvait apercevoir la lumière de la chambre de Talin. S'il devenait un renégat, il n'aurait plus le droit de la toucher. Les renégats s'abandonnaient corps et âme à leur animal, au point d'en oublier leur part humaine. Mais même s'il ne subsistait rien dans leur esprit de la personne qu'ils avaient été, ils conservaient malgré tout une étincelle de conscience. Lorsqu'un renégat passait à l'attaque, il s'en prenait systématiquement à ceux ayant appartenu à sa meute.

Clay luttait contre sa bête depuis des années. Lorsque à l'âge de quatorze ans, il s'était violemment affranchi du contrôle inhumain qu'avait exercé sur lui l'esprit fragile d'Isla, il en était sorti transformé. Il avait compris ce qu'il était et ce dont il était capable, découvert le goût du sang et de la peur. Et il s'était rendu compte qu'une part de lui-même aimait ça. Qu'elle trouvait ça jouissif.

Ses quatre années de confinement n'avaient servi qu'à accroître la fureur de son animal. Le jour où il était sorti du centre de détention, il s'était lancé dans une traque sanglante. Il avait abattu trois cerfs, et ne devait qu'à la chance d'être tombé sur de véritables animaux plutôt que sur des changelings. À l'époque, le jeune homme perdu qui ignorait le sens de son héritage n'aurait pas su différencier les deux. Et surtout, il avait été trop aveuglé par dix-huit années passées à contenir sa soif de sang pour s'en soucier.

Au fil du temps, il avait appris à mieux la contrôler. Son statut de sentinelle de DarkRiver en disait assez à ce sujet. Mais ce besoin impulsif existait toujours. Il savait que Talin était son talon d'Achille, le catalyseur qui pourrait le faire basculer. Tout ce qu'il éprouvait pour elle – instinct de protection, rage, affection – se fondait en un mélange corrosif. Mais ce jour-là elle s'était blottie contre lui, et ce geste avait eu un effet encore plus imprévisible.

Il avait déclenché un désir sexuel extrême, aveuglant… violent.

Elle lui avait plu – comme une femme peut plaire à un homme – dès l'instant où elle était revenue dans sa vie ; mais avec cette petite marque de confiance de sa part, cette attirance s'était muée en un désir impérieux qui lui griffait les entrailles et le poussait à la posséder, la marquer. Mais il connaissait Tally. Les personnes censées la protéger l'avaient trahie en abusant d'elle. Pour elle, la confiance et le sexe étaient deux choses incompatibles. S'il l'entraînait sur ce chemin-là, elle risquait de ne pas le supporter.

Et puis, il y avait les autres hommes. Si nombreux qu'elle ne se rappelait même pas leurs noms.

Il lâcha un rugissement mauvais.

Pourquoi ? Pourquoi Tally avait-elle consenti à s'avilir de cette façon ?

Perdue dans les méandres du sommeil, Talin fronça les sourcils et se retourna dans son lit, puis reprit sa position initiale. Quelques minutes plus tard, elle s'agita de nouveau, puis recommença.

La peur lui déformait le visage, agitait son corps de frissons, la prenait à la gorge. Suffoquant, elle se redressa. Elle ne cria pas ; elle n'avait jamais crié. Même lorsqu'elle n'avait été qu'une enfant.

Durant cinq longues minutes, elle resta assise là, sous le coup de l'adrénaline, à examiner chaque recoin de sa chambre bien éclairée. Ce ne fut que lorsqu'elle eut la certitude que personne n'avait ouvert la trappe pour entrer pendant qu'elle dormait qu'elle put sortir du lit et enfiler un gilet par-dessus son débardeur et son pantalon de survêtement.

Elle entra dans la salle de bains attenante à la chambre, s'aspergea le visage d'eau et ramena ses cheveux derrière ses oreilles avant de ressortir. Le réveil sur sa table de chevet indiquait 4 heures. L'heure des cauchemars. L'heure de la nuit où la porte de la chambre d'une enfant terrifiée s'était ouverte en grinçant pendant de si nombreuses années.

Secouant la tête pour chasser ces souvenirs ignobles, elle alla au tableau de sécurité et désactiva les lasers. Elle avait envie d'une tasse de chocolat chaud. Même si les Larkspur n'étaient pas parvenus à bannir ses démons et qu'elle ne les avait peut-être pas laissés l'aimer comme ils l'auraient voulu, ils l'avaient parfois aidée. M'man Larkspur avait le sommeil léger ; Talin avait beau marcher sans faire plus de bruit qu'une petite souris, elle l'entendait. Ces nuits qu'elle avait passées assise dans la cuisine à boire du chocolat chaud comptaient parmi les meilleurs souvenirs de sa vie après Clay. Jusque-là, il avait été la seule chose positive, merveilleuse même, de son existence.

Elle souleva la trappe et jeta un coup d'œil en bas. Clay avait laissé une lumière allumée, mais elle ne le voyait pas de là où elle se trouvait. Elle descendit l'échelle à pas feutrés. Touchant le sol, elle balaya la pièce du regard. À l'exception des quelques coussins en face d'elle, sous la fenêtre, la pièce était vide. Comprenant que Clay avait dû s'installer plus bas, elle fronça les sourcils. Même si les coussins du premier niveau étaient gigantesques, ils ne convenaient pas à un homme de sa corpulence. Il n'aurait pas pu y dormir à l'aise. Peut-être avait-il un clic-clac.

Poussée par la curiosité, elle faillit presque soulever la seconde trappe, mais retint son geste. Elle augmenta la luminosité avant de se diriger vers le coin cuisine pour se mettre en quête des ingrédients qu'il lui fallait. Elle trouva du lait et du sucre, mais pas de chocolat.

— Idiote, marmonna-t-elle tout bas.

Clay n'avait jamais aimé les sucreries. Pour son onzième anniversaire, Isla lui avait offert une boîte de chocolats bon marché. Il les avait tous donnés à Talin.

Elle s'était empiffrée à s'en rendre malade. Mais c'était tellement bon qu'elle n'avait rien regretté.

Elle regarda le lait et envisagea de s'en faire simplement chauffer un verre. Mais elle voulait du chocolat chaud ! Les larmes lui montèrent aux yeux. C'était stupide, stupide ! Malgré elle, sa réaction émotionnelle la prenait de vitesse. Elle se trouvait dans une maison inconnue, avec un Clay qui était presque un étranger pour elle, on avait détruit ses photos adorées et éclaboussé de sang les murs de son appartement, et ses petits protégés mouraient l'un après l'autre. Elle ne demandait qu'un moment de répit.

Percevant un mouvement au niveau inférieur, elle cessa de s'apitoyer sur elle-même.

Elle se frotta les yeux et attendit, dos au plan de travail, que Clay ait fini de monter. Il avait les cheveux ébouriffés et ne semblait pas de très bonne humeur. Il avait enfilé son jean avant de monter, mais les premiers boutons étaient défaits et le pantalon descendait dangereusement sur ses hanches. Ça aussi, c'était déroutant… cette subite attirance sexuelle qu'elle ressentait pour Clay.

À un niveau intellectuel, elle pouvait le comprendre. Il était l'exemple parfait d'un bel homme. Les femmes devaient probablement le supplier de les laisser se frotter contre lui. Sans oublier cette sensualité provocante qui se dégageait de lui… rien d'étonnant à ce que son corps y soit réceptif. Mais… c'était de Clay qu'il s'agissait. Son ami. Quand il n'était pas furieux contre elle, du moins. Elle serra les poings, terrifiée de constater que s'il se mettait à lui crier dessus, elle risquait bien de fondre en larmes.

— Excuse-moi si je t'ai réveillé.

Il se passa une main dans les cheveux et bâilla, un geste empli de grâce et de nonchalance félines qui hypnotisa Talin.

— Tu marches comme un léopard. J'étais déjà réveillé.

— Oh. (Elle se mordit la lèvre inférieure pour l'empêcher de trembler.) Tu n'as pas de chocolat.

— Seigneur, tu es toujours aussi accro au sucre ?

Elle hocha la tête, encore un peu fragile.

Il parcourut la distance qui les séparait en trois grandes enjambées.

— Pousse-toi.

Les yeux écarquillés, elle se mit sur le côté alors qu'il se dressait pour ouvrir un placard en hauteur qu'elle n'avait pas réussi à atteindre. Son regard tomba sur son biceps droit et le tatouage qu'il arborait : trois marques de griffures qui lui rappelèrent les cicatrices sur le visage de Lucas Hunter.

— Quand est-ce que tu t'es fait tatouer ?

Elle n'obtint qu'un grognement en guise de réponse. Intriguée, elle scruta son dos à la recherche du tatouage qu'elle avait repéré plus tôt. Elle le retrouva sur son épaule gauche : un léopard dessiné avec minutie, qui dormait roulé en boule. *À la fois animal et homme*, songea-t-elle, comprenant ce besoin qu'avait Clay d'affirmer l'existence de son léopard puisqu'il n'avait jamais eu le droit de le faire, enfant.

— Le félin me plaît, dit-elle en le regardant fermer le premier placard et ouvrir celui d'à côté. Qui est l'artiste ?

— Un type que j'ai rencontré au centre de détention… il est devenu un as du tatouage, marmonna-t-il. Où est-ce que je l'ai mis, bon sang ?

Reprenant espoir, elle se dressa sur la pointe des pieds à côté de lui pour essayer de voir à l'intérieur du placard.

— Du chocolat ?

Il alla chercher tout au fond.

— Du chocolat.

Il sortit une barre de savoureux chocolat noir et la posa dans le creux de sa main.

Malgré son air grognon, elle faillit l'embrasser.

— Tu aimes le chocolat, maintenant ?

— Sûrement pas. Je ne supporte pas ça. (Il referma le placard et s'appuya contre le plan de travail.) Sascha en revanche fait une fixation dessus. C'est elle qui me l'a donné.

Sa voix trahissait sa perplexité.

— Peut-être parce qu'elle t'aime bien ? suggéra Talin.

Elle mit le lait à chauffer sur le petit dispositif de cuisson qu'elle devinait être alimenté par un générateur respectueux de l'environnement. Tout chez Clay semblait avoir été conçu en tenant compte du fragile écosystème de la forêt.

— Elle voulait te faire plaisir et s'est sans doute dit que tout le monde aimait le chocolat.

— J'imagine. (Sans s'éloigner d'elle, il bâilla de nouveau, prodigieusement beau dans sa sombre virilité.) Tu fais ça souvent ?

— La plupart des nuits, avoua-t-elle. Je ne dors pas beaucoup.

— Je vais devoir me procurer plus de chocolat, en ce cas.

— Non. (Alors qu'elle retirait l'emballage de la barre, elle leva les yeux vers lui.) Je ne peux pas rester ici.

Les yeux de Clay se mirent à luire.

— Pourquoi pas ? Tu as peur que je te morde ?

— Tu m'as déjà mordue, lui rappela-t-elle en grimaçant.

— Tu y as survécu.

À cet instant-là, il ressemblait beaucoup à un félin.

— Tu sais pourquoi je ne peux pas rester. On n'arrête pas de se provoquer l'un l'autre. Ce n'est pas vraiment ce qu'on peut appeler un environnement paisible.

— Depuis quand tu tiens tant à la paix ? (Il indiqua le lait d'un geste de la tête.) Mets le chocolat.

— Hein ? Oh. (Elle cassa plusieurs morceaux qu'elle laissa tomber dans la casserole.) Avec celui-là, on obtient du bon chocolat chaud. Il y en a certains qui donnent un goût bizarre.

Il farfouilla dans un tiroir en face de lui et lui tendit une cuillère en bois. Elle se mit à touiller, emplissant ses poumons de l'odeur délicieuse avec un soupir de plaisir.

— Le paradis.

Constatant que Clay ne disait rien, elle le regarda. Il la jaugeait d'un air approbateur… et franchement sensuel. Le cœur battant, elle détourna les yeux et repoussa les cheveux qui glissaient de derrière ses oreilles.

— Arrête ça, le prévint-elle.

Sa posture perdit soudain de sa nonchalance, comme si en le rejetant elle avait déclenché une de ses fichues réactions masculines.

— Pourquoi ?

L'arrogance de sa question la poussa à rétorquer.

— Parce que !

— Tu es une femme sensuelle, c'est évident. Je suis un homme. Tu me désires. Je te désire. Où est le problème ?

Sa main tremblait lorsqu'elle éteignit le dispositif de cuisson.

— Qui t'a dit que je te désirais ?

Elle pointa la cuillère dégoulinante de chocolat sur lui.

Il tressaillit lorsqu'une goutte de liquide chaud tomba sur son torse, mais ne bougea pas.

— Je sens ton excitation, Talin. Tu t'enflammes chaque fois que tu me vois à moitié nu.

Au frisson érotique qui parcourut son corps, elle crut mourir de honte. Ce qui pouvait expliquer la stupidité des paroles qu'elle prononça ensuite.

— Peut-être que tous les hommes à moitié nus me font cet effet-là.

Il devint si immobile qu'elle eut l'impression d'être une minuscule créature de la forêt confrontée à une bête féroce.

— Tu ne verras donc pas d'inconvénient à écarter les cuisses pour moi ?

Chapitre 14

Après avoir reposé avec précaution la cuillère sur le plan de travail, Talin prit une tasse sur l'égouttoir.

— Va-t'en.

Clay s'était attendu à de la colère. Son calme distant le prit au dépourvu. Sa voix était si posée et maîtrisée qu'elle aurait pu aussi bien être Psi.

— Talin, regarde-moi.

Elle prit la casserole sur le fourneau et versa le breuvage dans sa tasse. Il attendit qu'elle ait posé l'ustensile chaud dans l'évier pour lui saisir le poignet. Sa peau était moite, froide.

— Talin ?

— Quoi ?

Elle le regarda, son expression sereine comme elle ne l'avait jamais été. Tally avait trop d'énergie, était trop émotive pour pouvoir rester si tranquille.

La bête de Clay la renifla et lui trouva quelque chose d'affreusement anormal.

— Talin, qui je suis ?

— Clay, dit-elle.

Mais elle ne chercha pas à dégager sa main, ne manifesta aucune des réactions auxquelles il avait appris à s'attendre de sa part. Ce calme inquiétant n'avait rien de naturel.

— Je peux y aller, maintenant ?

Sa question enfantine lui fit froncer les sourcils. Le ton de sa voix avait changé, tout comme le rythme de ses paroles. On aurait dit une version d'elle âgée de six ans.

— Tally, mon cœur, tu es là ?

— Bien sûr que oui, idiot.

Elle le gratifia d'un sourire, le sourire doux et innocent de Tally. Celui qui avait déserté son visage depuis très longtemps.

— Je veux mon chocolat chaud, réclama-t-elle.

— Va t'asseoir sur ces coussins. Je te l'apporte.

Elle suivit son regard dirigé vers l'autre bout de la pièce.

— C'est ton foyer d'étudiants ?

— Ouais. (Une peur glacée lui étreignait le cœur.) Vas-y, bébé.

Rayonnante d'une confiance absolue, elle alla s'installer sur l'un des coussins, une jambe repliée sous elle. Il prit sa tasse et la lui porta. Elle l'accepta joyeusement.

— Miam ! T'as appris à faire du choco, Clay ?

L'esprit rationnel du changeling remarqua que sa diction et sa syntaxe régressaient elles aussi, mais Clay ne voyait que la lueur dans ses yeux. Ce regard, il le connaissait. C'était Tally telle qu'elle l'avait été plus de vingt ans auparavant. Saisi de terreur pure, son léopard courait en cercles désordonnés dans son esprit.

— C'est toi qui l'as préparé, Tally, dit-il, rassemblant toute la tendresse dont il était capable afin de la traiter avec douceur. Tu ne te rappelles pas ?

Elle fronça les sourcils.

— Non, idiot ! J'ai pas le droit…

Son regard se voila. Elle but une gorgée de chocolat chaud, puis… rien. Elle ne bougeait plus. S'il n'avait pas perçu sa respiration, il n'aurait pas su dire si elle était vivante.

— Tally ?

Il lui toucha la joue. Pas de réponse. Désespéré, il prit son visage dans sa main alors que son léopard commençait à paniquer.

—Tally, réveille-toi!

Il prononça ce dernier mot dans un grondement.

Elle cligna des yeux. Puis encore, comme si ça lui coûtait un immense effort. Ses mains se mirent à trembler. S'emparant de la tasse avant qu'elle la lâche, il la mit de côté.

—Tally, bon sang, reviens-moi tout de suite.

Des rides creusèrent le front de Talin.

—Ne me... donne... pas d'ordres. (Elle secoua la tête, à la manière d'un chaton qui s'ébrouait.) Clay?

—Je suis là. (Il avait envie de la prendre dans ses bras, mais redoutait trop sa réaction.) Je suis juste là.

Elle lui adressa un regard effrayé.

—Comment je suis arrivée ici? J'étais au bar...

Ses paroles empreintes de panique lacéraient la peau de Clay comme des échardes.

—Il s'est passé un truc.

Il changea de position et s'assit devant elle, enserrant la jeune femme prostrée.

—Une crise?

Elle leva la main comme pour repousser une mèche de cheveux, puis suspendit son geste, serra le poing et le pressa contre son ventre.

—Qu'est-ce que j'ai fait?

—Tu te rappelles de quoi on parlait?

Il y eut un silence, puis le rouge lui monta aux joues.

—On n'a pas..., commença-t-elle d'une voix haut perchée.

— Non ! dit-il aussitôt. Non, bébé. Il ne s'est écoulé que deux ou trois minutes, maximum. Regarde, ton chocolat est encore chaud.

Il lui mit la tasse dans les mains, pris du besoin d'agir pour effacer cette expression angoissée de son visage.

Elle referma ses doigts sur la tasse et poussa un soupir de soulagement.

— Parfois, je fais des choses quand je suis… (Une souffrance intense déforma ses traits.) Il m'arrive de me réveiller dans des endroits inconnus. Je dois ensuite aller à la clinique pour vérifier que tous mes vaccins sont à jour, et les docteurs me regardent comme si j'étais une traînée.

Le dernier mot lui échappa dans un murmure brisé.

La fureur protectrice de Clay lui raclait les cordes vocales. Il refoula son rugissement en se concentrant sur Tally.

— Tu es à l'abri, ici. De ce genre d'abus, en tout cas.

Son regard perdu et blessé lui déchirait le cœur, et le léopard frissonnait de douleur tandis que l'homme luttait pour puiser en lui la tendresse dont elle avait besoin.

— Dis-moi que tu le sais ça, bébé.

Elle hocha la tête, tremblante.

— C'est juste que j'ai tellement peur de me réveiller avec un trou noir à la place de mes souvenirs. S'il te plaît… dis-moi ce que j'ai fait, que je n'aie pas à l'imaginer.

— Rien de bien grave. Tu t'es mise à parler comme une gamine.

Elle parut surprise.

— Hein ?

— On aurait dit que tu avais six ans.

— Il s'est passé quelque chose de grave cette année-là.

Sa voix s'était réduite à un murmure.

Clay ravala le cri de rage de son léopard ; si Tally avait réussi à survivre, il pouvait bien l'écouter. Parce que quoi qu'elle puisse en dire, il l'avait abandonnée.

— Ce genre de retour en enfance, ça t'est déjà arrivé ?

Elle secoua la tête.

— Pas que je sache. Un des spécialistes m'a demandé de garder un émetteur sur moi quand les crises ont commencé à empirer. La plupart du temps… (elle déglutit et but un peu de chocolat) c'est sexuel. La plupart du temps c'est sexuel. Ça n'implique pas forcément du sexe mais je me fais remarquer, en me comportant ou m'habillant différemment.

Les griffes de Clay transpercèrent lentement sa peau. Il dut les rétracter de force.

— C'est pour ça, tous ces hommes ?

Talin le regarda d'un air triste.

— N'essaie pas de me rendre mon innocence. Je n'en ai pas. Je n'en ai jamais eu.

— Tu étais une enfant à l'époque. Tu n'étais pas responsable.

— Mais je suis responsable de mes actes d'adulte. Et j'ai bel et bien couché à droite et à gauche. Tu ne peux pas effacer ça ! s'écria-t-elle. Ces crises ne sont vraiment devenues sérieuses qu'il y a un an et demi. Les docteurs parlent d'état dissociatif. Il y a tout un jargon psychologique pour décrire ce qui vient de se passer, mais la plupart des gens appellent ça une « amnésie d'identité ».

Clay ne connaissait rien au sujet et avait l'impression d'avancer à l'aveuglette. Pour ne rien arranger, à son besoin de la protéger se mêlait une fureur atroce et cruelle. Seigneur, qu'est-ce qu'il lui en voulait de s'être traitée de cette manière ! Ne savait-elle donc pas que personne – pas même elle – n'avait le droit de faire du mal à ce qui était sien ? Et Talin était sienne, depuis ce jour, vingt-cinq ans plus tôt, où elle avait osé pour la première fois se frotter à un léopard blessé.

— Parle-moi de ces amnésies, dit-il entre ses dents. Que je puisse comprendre.

— Je ne suis pas certaine de comprendre moi-même.

Elle lui tendit la tasse pour qu'il la repose.

Il se retint de justesse de la réduire en miettes.

— Commence par ce que tu sais.

— D'accord. (Elle prit une inspiration pour se donner de l'assurance.) Une personne qui fait une amnésie d'identité est en pilotage automatique, c'est comme ça que les docteurs me l'ont expliqué. Elle peut marcher, parler, et même effectuer des choses complexes comme conduire, mais sans contrôle conscient.

Clay mourait d'envie de la prendre dans ses bras, mais il garda ses distances.

— Qu'est-ce qui déclenche une amnésie ?

Elle haussa les épaules.

— Personne ne le sait vraiment. Pour certains, c'est un trouble du cerveau… hormonal, biologique, une tumeur. Pour d'autres, c'est apparemment lié au stress.

— Et dans ton cas ?

— Je ne sais pas. Mais comme ça empire avec la progression de la maladie, c'est sûrement biologique.

— On a eu une sérieuse dispute, Tally.

Il était écœuré de la façon dont il avait attisé la tension sexuelle entre eux alors qu'il savait pertinemment que c'était plus qu'elle ne pouvait en supporter. Mais à l'instant où elle lui avait ordonné de s'éloigner, son léopard avait pris le dessus, plein de rage et si possessif qu'il lui avait été impossible de le combattre. Il se rapprochait trop de l'abîme et devenait dangereux. Tellement dangereux.

— De quoi stresser n'importe qui.

— Oui. (Elle déglutit, puis prit une nouvelle inspiration.) Les docteurs disent que ça pourrait même être une combinaison de plusieurs choses. Mes problèmes biologiques me prédisposent à en développer d'autres psychologiques… comme mon cerveau est déjà endommagé, il suffit de peu de pression pour déclencher une amnésie.

Elle essayait de rester rationnelle.

— Tu as réussi à identifier des éléments déclencheurs quand tu avais les émetteurs sur toi ?

— Pas vraiment.

Elle replia les jambes et posa le menton sur ses genoux, ce qui lui donna un air étrangement enfantin. C'était perturbant, après la régression dont Clay venait d'être témoin à peine quelques minutes plus tôt.

— Parfois, ce n'est rien du tout. Ou du moins, c'est l'impression que j'ai. Il m'est arrivé d'avoir une amnésie dans un train aérien bondé. Je suis allée faire des emplettes comme si de rien n'était, puis je suis restée assise à Central Park pendant une heure.

— C'est tout ?

— Ouais. Bizarre, hein ? (Elle secoua la tête.) J'aimerais bien que toutes mes crises se passent comme ça. Mais je suppose que tu sais que ce n'est pas le cas. Une fois, je me suis réveillée dans un bar à Harlem alors que j'allais monter dans un taxi avec deux inconnus.

Le voile rouge qui brouillait la vue de Clay commençait à le brûler, mais il savait que s'il abandonnait Talin cette nuit-là, il briserait quelque chose de très fragile.

— Continue.

— Des lits, parfois je me réveille dans des lits. À côté d'hommes que je ne connais pas. (Des larmes ruisselaient sur ses joues.) Je déteste ça ! Je me déteste ! Mais je ne peux pas l'arrêter !

— Chut.

Il passa une main dans ses cheveux, tremblant d'envie de rendre la pareille à ce qui lui avait fait du mal. Mais cette maladie le narguait en se cachant dans le corps de cette femme sur laquelle jamais il ne lèverait la main.

— Les pertes de mémoire se prolongent parfois une demi-journée. À ma connaissance, la plus longue a duré seize heures.

Elle s'était mise à pleurer pour de bon, secouée de sanglots qui le faisaient saigner de l'intérieur.

— Viens là, Tally. (Il essaya d'adopter un ton plus doux, mais ça ne lui ressemblait pas. La voix rauque qui sortit de sa gorge était presque un grondement.) Allez viens, bébé.

Elle se rapprocha un peu. Il réduisit avec précaution l'écart entre leurs corps, caressant les cheveux de Talin d'une main tout en serrant l'autre si fort qu'il s'entailla la paume lorsque ses griffes sortirent.

Depuis qu'il avait rejoint DarkRiver, on lui avait appris à prendre soin de la meute et à protéger. Il s'était attelé à cette tâche comme si elle lui était naturelle ; en lui permettant d'évacuer sa colère et sa rage, elle l'avait aidé à se forger une meilleure estime de lui-même. Ses compagnons de meute avaient beau voir en lui un solitaire, aucun d'eux n'hésiterait à venir le trouver en cas de besoin. Mais cette nuit-là, il ne pouvait rien pour la personne qui comptait le plus à ses yeux. Malgré leurs violentes disputes et la colère qu'elle provoquait chez lui, elle était sienne et il devait la protéger.

— Bébé, il faut que je t'aide.

— Non, murmura-t-elle, ne me traite pas comme une convalescente.

Comme Isla.

Il entendit ces mots qu'elle ne prononcerait jamais.

— Tu as bien trop de repartie pour être une convalescente. Tu es Tally. (Celle aux côtés de qui il devait se battre, sur laquelle il devait veiller.) Tu veux que j'appelle Sascha ?

Il n'était pas fier au point de refuser de demander de l'aide à la meute, pas si ça pouvait amoindrir la souffrance de Tally.

— Elle est douée pour ce genre de choses, ajouta-t-il.

Talin mordit de nouveau sa lèvre inférieure déjà gonflée. Clay eut envie d'embrasser cette blessure, de passer la langue dessus. Son léopard ne comprenait pas ce qui le retenait.

— J'ai envie de te répondre non, dit Talin alors qu'il menait cette lutte intérieure. Je ne la connais pas. C'est une étrangère et… eh bien, je ne suis pas sûre de ses sentiments à mon égard.

Conscient qu'elle détesterait qu'il lui serve des lieux communs, il opta pour la vérité.

— Je n'ai pas senti d'animosité chez elle, et je suis drôlement doué pour détecter les odeurs.

— Ça ne veut pas dire qu'elle m'aime bien.

Talin prit une profonde inspiration et se redressa.

— Je doute que qui que ce soit de ta meute finisse par m'apprécier. Regarde ce que je te fais. (Elle lui effleura la main.) Tu saignes.

Il desserra le poing et étira les doigts, savourant la chaleur de son contact.

— Ce n'est pas la première fois, et ça ne sera pas la dernière. Ne t'inquiète pas.

— Ta meute s'inquiète pour toi, insista-t-elle. On ne peut pas dire que je te fasse voir la vie en rose.

Il lui adressa un sourire crispé.

— Je ne suis pas sûr de tellement aimer cette couleur, de toute manière. (S'abandonnant aux pulsions de son léopard, il prit la joue de Talin dans sa main indemne.) Je suis ce que je suis. Ils le savent. S'ils s'inquiètent, c'est au sujet de choses sur lesquelles tu n'as aucun contrôle.

Elle leva la main et la posa, douce et fragile, sur la sienne.

— Mais tu es celui que tu es en partie à cause de moi et de ce que tu as fait pour moi.

— Ça marche dans les deux sens : tu es celle que tu es en partie à cause de ce que j'ai fait.

Et à cause de ce que je n'ai pas fait, pensa-t-il. Il ne bougea pas lorsqu'elle serra sa main dans la sienne et que son regard s'assombrit ; le mince anneau de bronze paraissait presque étincelant comparé au gris de ses yeux.

— Tu crois qu'on réussira un jour à dépasser ça ? demanda-t-elle.

Il haussa les épaules ; son léopard puisait des forces dans le féroce désir sexuel qui se déployait dans son corps, engendré par la délicatesse du contact de Talin et par son odeur douce et chaude. Son léopard avait besoin de la marquer, de se convaincre qu'elle allait bien.

— Qui a dit qu'il le fallait ?

Elle fronça les sourcils.

— C'est comme un fardeau inutile que l'on porte, Clay.

— Non. (Il retira la main de sa joue et la referma sur son cou. *Doucement*, songea-t-il, *surveille ta force*.) Il faudrait pour ça qu'on n'en ait pas conscience. Ce qui n'est certainement pas le cas.

Elle se mit à grimacer.

— Tu veux dire que tu en as marre qu'on en parle ?

— Parler ne résout jamais rien.

Il sentait le pouls de Talin marteler un rythme désordonné. Paniqué ? Il avait la certitude que ce n'était pas ça ; à cet instant-là, elle n'avait pas peur de lui.

— J'ignore totalement pourquoi ça plaît tant aux femmes.

— C'est une bonne chose que je t'oblige à parler… livré à toi-même, tu perdrais l'usage de la parole, dit Talin pour le taquiner. Je parlerai aussi à ta Sascha. (Elle ne serait utile à personne tant qu'elle continuerait à perdre le contrôle de son esprit.) Mais pas maintenant.

Pas alors qu'elle se trouvait à ce point à son désavantage. La Psi cardinale était si posée, si élégante et belle, qu'à côté d'elle Talin avait l'impression d'être un vilain petit canard.

Les yeux de Clay s'attardèrent sur ses lèvres et elle se rappela soudain comment ils en étaient arrivés là. Ses paumes devinrent moites.

— Je t'ai dit de ne pas me regarder comme ça.

Il cligna des yeux, mais c'était le geste lent et paresseux du prédateur sûr de capturer sa proie.

— Pourquoi ça te dérange autant ?

— Parce que même quand tu me touches, tu me détestes.

Elle lisait la vérité dans le vert profond et sensuel de son regard.

— Reconnais-le…, insista-t-elle, tu me détestes pour ce que j'ai fait.

— Pourquoi ? demanda-t-il avec sévérité. (Il avait toujours la main serrée sur son cou.) Pourquoi avoir renoncé à ce que tu aurais dû protéger ?

À cette question, il sembla à Talin que ses émotions se logeaient dans sa gorge comme une pierre.

— Tu vas me lâcher ? (En guise de réponse, il caressa sa peau du pouce.) Clay !

Lorsqu'il posa le regard sur elle, elle inspira une goulée d'air. De toute évidence, le félin avait pris les rênes. Elle sentit une peur irrationnelle l'étreindre, mais elle refusait de s'y plier de nouveau.

— L'intimidation, ça n'a jamais marché avec moi.

Un grondement sourd roula dans la gorge de Clay.

— Réponds à ma putain de question.

— Je l'ai fait pour ressentir quelque chose, lâcha-t-elle sèchement, prise de l'envie de gronder à son tour. Je traversais l'existence sans rien ressentir. J'étais incapable d'aimer les Larkspur, incapable de me faire des amis, incapable de ne pas porter de masques !

— Et tu as atteint ton but ?

Il resserra son étreinte sur son cou.

Une sueur froide l'inonda, mais elle resta là où elle était.

— Non. Je ne me suis jamais sentie aussi morte que dans ces lits. Je me repliais dans mon esprit comme j'avais l'habitude de le faire enfant… pour ne pas être présente quand on se servirait de mon corps.

Comme si elle l'avait pris au dépourvu, les yeux de Clay redevinrent humains.

— Pourquoi avoir continué, en ce cas ?

— Parce que je croyais n'être bonne qu'à ça. (Une réponse abrupte, qui était la pure vérité.) J'étais dans un sale état, Clay. Ce qu'Orrin m'a infligé… ça m'a rongée de l'intérieur. Je n'arrivais pas à me débarrasser de tout ce venin qu'il m'avait mis dans la tête. Je n'ai cessé de l'entendre me dire que je n'étais qu'une traînée.

— Je suis content de l'avoir tué, dit Clay d'une voix si calme qu'elle en était tranchante. Je regrette seulement de ne pas avoir été plus patient. J'aurais d'abord dû lui arracher la queue et la lui faire bouffer.

Elle eut un haut-le-cœur, mais elle était lasse de fuir et de décevoir Clay. Elle était peut-être faible, brisée… humaine, mais elle n'était pas lâche. Plus maintenant. Elle tenta une approche en posant la main sur son genou. À ce contact, il parut lui revenir.

— Laisse ça dans le passé, murmura-t-elle tandis qu'elle détaillait du regard les traits durs et virils de son visage. Ne le laisse pas t'empoisonner, toi aussi. Je me suis enfin libérée de son emprise.

— Vraiment ?

— Ça fait huit ans que je ne me suis pas retrouvée au lit avec un homme, consciemment. C'est pour ça que je souffre tant des amnésies, avoua-t-elle. (L'heure n'était plus aux mensonges.) Je sais maintenant que je vaux mieux que ça. La thérapeute que je suis allée voir pendant un temps m'a aidée à m'en rendre compte. Mais ce sont les gamins de Shine qui m'ont vraiment sauvée… c'est grâce à eux que j'ai décidé que je ne pouvais pas continuer comme ça.

Clay l'observait, prédateur froid et dangereux que sa rage enveloppait comme un bouclier en apparence infranchissable.

— Il y en a tant qui reviennent d'aussi loin que nous ou de plus loin encore, continua-t-elle, et ils tiennent bon, ils continuent à se battre. Comment aurais-je pu me croire capable de les aider et de les guider si je n'étais pas assez forte pour m'aider moi-même ? (Elle déglutit.) Ils ont du courage et du cœur, et ce sont mes enfants. Je ne peux pas en laisser mourir d'autres, Clay. Je ne peux pas.

— Je te l'ai dit… je retrouverai ce garçon, Jon, pour toi.

— Je sais.

La confiance qu'elle lui accordait n'était pas seulement enracinée dans ses souvenirs d'enfance, mais dans sa découverte progressive de l'homme qu'il était devenu. Fort. Protecteur. Beau. Et intensément sauvage.

— J'ai confiance en toi.

Cette confession lui avait demandé plus de courage qu'elle ne croyait en avoir.

Des flammes s'allumèrent dans les profondeurs des yeux de Clay.

— Tu retournes au lit ?

— Non.

Elle se raidit et se demanda à quoi tout cela allait la mener. Elle avait beau ne pas être changeling, elle savait reconnaître le désir dans le regard d'un homme.

Comme s'il avait entendu sa peur muette, il se leva et lui tendit la main.

— Viens, alors. Je vais te montrer un peu de ma forêt. Il faut que je sorte d'ici.

Elle sourit intérieurement ; envers et contre tout, l'espoir envahit son âme tel un incendie que rien ne pouvait arrêter.

— Ça me plairait vraiment.

Chapitre 15

Ashaya regarda la carte holographique projetée au-dessus de son bureau. Elle indiquait l'emplacement de son laboratoire par rapport aux villes et fermes voisines.

— Vous êtes certain que le labo ne sera pas découvert ? demanda-t-elle à l'homme de l'autre côté du mur de particules lumineuses transparent.

Le Conseiller Ming LeBon hocha la tête.

— Tout autour de vous s'étendent plusieurs hectares de champs de maïs et il n'existe qu'une seule voie d'accès, apparemment inutilisée. Vu du ciel, ce labo ressemble à une ferme délabrée.

— Pardonnez-moi si mon assurance ne reflète pas la vôtre. (Elle éteignit le projecteur.) Vous m'aviez certifié que le labo précédent était sûr. Or les saboteurs n'ont eu aucun mal à y entrer, déclencher leurs bombes et détruire le prototype original. Sans compter cette attaque psychique ciblée qui a tué plusieurs de mes meilleurs scientifiques.

— C'était une regrettable erreur de ma part, reconnut Ming avec l'aplomb dénué d'émotion d'un homme si meurtrier que la plupart des gens osaient à peine murmurer son nom.

Les Psis ne ressentaient certes rien, songea Ashaya, mais même les individus de cette espèce aseptisée tenaient à la vie.

— Cette erreur, poursuivit Ming, ne se reproduira pas.

Il avait les yeux d'un cardinal, qui se distinguaient néanmoins par un nombre d'étoiles blanches inférieur à la norme. Son regard d'un noir d'encre n'était troublé que par une ou deux étincelles de lumière.

Peu de gens connaissaient le caractère unique de ses yeux ; la plupart n'avaient pas la moindre idée de l'apparence physique de Ming. Il était une véritable ombre sur le PsiNet. Ashaya avait bien conscience que s'il lui permettait de le voir, c'était uniquement parce qu'il savait que le Conseil exerçait un contrôle absolu sur elle.

Un humain ou un changeling aurait pu s'indigner d'être manipulé de la sorte. Ashaya n'était ni l'un ni l'autre. Elle n'éprouvait ni peur, ni colère, ni émotion négative. Ce qui ne voulait pas dire qu'elle était d'accord avec le Conseiller.

— Expliquez-moi le système de sécurité, dit-elle.

— Votre travail se passe à l'intérieur. Mes officiers veilleront à la sécurité.

— Avec tout le respect que je vous dois, je ne partage pas cet avis. (Si elle capitulait maintenant, c'en serait fini.) J'ai besoin de savoir quels choix s'offrent à moi en situation d'urgence… vous n'avez aucun moyen de prendre en compte avec précision les variables avec lesquelles je vais travailler pour assurer un transport sûr des prototypes. Les mesures prises ne seraient pas les mêmes en cas d'incendie qu'en cas de tremblement de terre.

Ming l'observa sans ciller. Il avait beau ne pas être corpulent, il emplissait la pièce de sa présence. « Ramassé », c'était le mot qui venait à l'esprit pour le qualifier. Ramassé et mince, à l'image de l'assassin qu'il avait été avant de rejoindre le Conseil.

— Vous vous intéressez beaucoup à la sécurité, tout à coup.

— Question de survie. (Elle ne détourna pas le regard.) L'attaque du précédent labo m'a enseigné que je suis la seule personne qui puisse assurer ma propre sécurité.

— Vous êtes certaine que vous n'envisagez pas de vous enfuir ?

Ashaya n'aurait pas progressé si loin dans les rouages impitoyables du monde Psi si elle avait été du genre à se laisser facilement démonter.

— Vous ne pouvez pas voir là de réelle menace… vous vous êtes assuré ma coopération.

— C'est vrai. Et à moins que vous ne vous soyez affranchie de Silence, vous n'êtes pas femme à commettre des erreurs stupides… dictées par des émotions.

Elle savait qu'il avait sciemment insisté sur ce dernier mot.

— Je vous assure que mon conditionnement est intact.

Plus encore que le jour où elle avait officiellement intégré le protocole. Elle ne ressentait rien. Là où il y aurait eu un cœur chez une femme humaine ou changeling, elle n'avait que de la glace.

— J'ai pris mes décisions et je compte m'y tenir.

Il hocha la tête une fois et la lumière accrocha ses cheveux d'un blanc immaculé. Ashaya avait entendu dire qu'il était né avec ces cheveux et cette peau. Cette absence de pigmentation expliquait probablement le peu d'étincelles dans ses yeux, mais Ming n'était pas albinos dans le vrai sens du terme. Non, il se trouvait à la curieuse limite entre l'incolore et le trop-plein de couleur. Alors que ses cheveux et sa peau étaient blancs, le côté gauche de son visage présentait une large tache de naissance de la couleur du sang frais.

— Mon imperfection physique vous intrigue, dit-il de sa voix à l'accent étrange qui rendait impossible de déterminer précisément ses origines.

— D'un point de vue purement scientifique. (Une affirmation véridique.) Pourquoi n'y avez-vous pas remédié ? La procédure serait simple.

Même si les Psis se préoccupaient peu de leur apparence, les imperfections flagrantes étaient inacceptables. C'était une réalité qu'elle ne connaissait que trop bien. Seuls ceux nés avec des pouvoirs psychiques de haut rang pouvaient se dérober à cette règle, mais ce privilège aussi avait ses limites. Il n'existait pas chez les Psis d'enfants atteints de maladies chroniques ou de victimes infortunées de mutations spontanées. Ce qui fit s'interroger Ashaya sur le choix de Ming d'exhiber ses défauts génétiques.

— C'est une question de pouvoir, répondit-il alors qu'elle s'attendait à son silence. La différence entre ce que perçoivent les gens et la réalité.

La menaçait-il ?

— Je vois.

— Non, vous ne voyez pas, dit-il sans changer de ton. Ce que je vois, en revanche, c'est que vous persistez à vous opposer au protocole I.

— Je n'ai jamais caché mon point de vue.

L'idée de fondre toutes les individualités en une seule entité qui ne serait contrôlée que par une poignée de privilégiés ne recueillait nullement son approbation.

— J'ai été très claire quant à ma position lorsqu'on m'a demandé de diriger ce projet.

— Vous avez toujours été la meilleure M-Psi pour ce travail.

Le Conseil s'était donc assuré qu'elle ne puisse pas décliner leur offre.

— C'est un paradoxe intéressant, mais qui confirme ce que je disais… la fuite n'est pas une possibilité.

— Non.

L'aplomb de Ming était justifié. Après tout, en retenant Keenan, le Conseil s'assurait la coopération d'Ashaya sur le long terme.

Ils avaient son fils.

Chapitre 16

Talin rayonnait encore au souvenir des heures merveilleuses qu'elle avait passées cette nuit-là avec Clay lorsqu'il lui dit de monter dans le Tank.

—Où est-ce qu'on va ? demanda-t-elle en rangeant les dernières assiettes du petit déjeuner. Je dois parcourir ces dossiers.

Max avait tenu parole. Une heure plus tôt, les informations de la Sécurité leur étaient parvenues.

—Voir quelqu'un qui a une formation médicale et qui pourra regarder les rapports des autopsies à ta place.

Il se mit à rassembler les documents qu'elle avait imprimés.

—Tu as raison. (Elle regroupa le reste de ses affaires.) Comme ça, je peux me concentrer sur la recherche de points communs entre les enfants.

Elle songea que ça aurait son utilité, qu'elle ne resterait pas à se tourner les pouces pendant qu'on torturait Jon.

—Clay, j'ai peur.

—N'aie pas peur. On va le retrouver.

Il la conduisit au véhicule et posa les dossiers sur la banquette arrière. Il arborait une mine sérieuse ; il ne restait plus trace de l'homme qui lui avait conté au creux de l'oreille la magie d'une clairière baignée de clarté lunaire où dormait un troupeau de cerfs.

— Tamsyn est la guérisseuse de la meute, mais elle a aussi un diplôme de médecine.

Marchant d'un pas léger, Talin hocha la tête. Outre leur escapade à travers bois, la nuit dernière les avait secoués tous les deux.

Lorsqu'ils furent en chemin, Clay lui jeta un regard scrutateur.

— Arrête de garder tes pensées pour toi, Talin. Ça ne te va pas.

Elle redevenait donc Talin le jour ?

— J'essayais de te ménager.

— C'est ce que je disais, ça ne te va pas.

Il engagea son véhicule sur un chemin forestier différent de celui qu'ils avaient emprunté pour venir à son repaire.

— Comment tu te sens ? demanda-t-il.

— Je croyais que tu n'aimais pas parler de sentiments.

Il lui montra les dents.

Elle sourit, heureuse depuis qu'elle avait eu un aperçu de son monde.

— Ça va. Je me remets assez vite de mes crises, en général.

Elle n'avait guère le choix ; sinon il lui aurait fallu renoncer à vivre. Et même si elle n'avait pas chéri son corps autant qu'elle l'aurait dû, elle chérissait la vie que Clay s'était battu pour lui donner. S'il n'avait pas tué Orrin, celui-ci aurait abusé d'elle de la plus ignoble des manières avant de l'enterrer dans le cimetière avec ses autres « fiancées ».

— Talin ?

Elle s'arracha à ses souvenirs en frissonnant.

— Désolée, je rêvassais. Merci de m'avoir emmenée avec toi la nuit dernière. Ça m'a vraiment aidée.

Elle n'avait jamais soupçonné que la nuit puisse être si vivante, si belle.

— Ce n'est pas à ça que tu pensais juste avant. C'était au dépotoir, pas vrai ?

Elle n'eut pas besoin de lui demander comment il avait deviné.

— C'est notre cauchemar, hein ? (Personne d'autre n'aurait pu comprendre.) Après qu'ils ont retrouvé les corps, j'ai souvent repensé à toutes les fois où on a joué là-bas. Sur leurs tombes.

— Ouais, dit-il, pragmatique. Mais tu y as apporté du bon. Peut-être qu'elles l'ont senti et que ça les a aidées à reposer en paix.

C'était bien la dernière réflexion à laquelle elle se serait attendue de sa part.

— Je n'avais jamais envisagé les choses sous cet angle. Tu le penses vraiment ?

— Pourquoi pas ?

Oui, songea-t-elle, *pourquoi pas ?*

— Est-ce qu'ils ont fini par identifier les corps ? demanda-t-elle.

P'pa Larkspur lui avait interdit de suivre l'affaire lorsque celle-ci avait commencé à l'obséder. Bien lui en avait pris ; un peu plus et elle aurait de nouveau basculé dans le gouffre.

— Oui. (Clay resserra les mains sur le volant.) Elles avaient toutes eu leur ADN relevé à la naissance.

— Tant mieux. Je suis allée me recueillir sur deux de leurs tombes, lui confia-t-elle.

— Moi aussi. (Son ton s'était durci.) Après qu'on m'a annoncé que tu étais morte.

Supportable jusque-là, la tension entre eux devint désagréable.

— Je croyais qu'on avait dépassé ça. (La nuit précédente n'avait-elle rien signifié pour lui ?) Combien de fois veux-tu que je te présente mes excuses ?

Le sentiment de culpabilité de Talin faisait peine à voir.

— Je ne veux pas d'excuses. Je n'en ai jamais voulu.

Clay bifurqua sur une piste relativement dégagée. Façon de parler : chaque côté de la route était bordé de grands arbres au tronc épais qui les isolaient dans un tunnel de verdure.

— Ce que je veux, c'est une explication.

— Je te l'ai dit, marmonna-t-elle en serrant les dents, je traversais une mauvaise passe. Il me fallait de l'air. Tu es si autoritaire que tu envahis tout, et j'avais besoin d'exister par moi-même.

Il lui jeta un nouveau regard.

— Il y a peut-être une part de vérité là-dedans, mais ce n'est pas toute l'histoire. Pourquoi, Tally ? Pourquoi m'avoir fait croire que tu étais morte ?

— Clay…

— Pourquoi ?

— Je n'ai pas envie de…

— POURQUOI ?

— Parce que tu m'as abandonnée ! hurla-t-elle, poussée à bout. Tu m'as abandonnée !

Sans un mot, Clay mit brutalement le Tank au point mort, le cerveau pétrifié.

— Tu m'avais promis que tu serais toujours là pour moi, chuchota-t-elle en s'enserrant de ses bras. Puis tu es parti. (Elle secoua la tête et déglutit.) Je sais que tu n'avais pas le choix. On t'avait arrêté. Mais ça n'avait pas d'importance. Tu étais la seule personne à qui j'aie jamais accordé ma confiance, tu le sais ça, Clay ? La seule. Puis tu as disparu et je me suis de nouveau retrouvée seule avec des étrangers. Je t'en ai tellement voulu !

Tout ce temps, il s'était imaginé qu'elle le détestait pour la manière dont il avait tué Orrin, qu'elle détestait sa nature violente.

—Je t'ai abandonnée, dit-il, plaidant coupable.

—Non, chuchota-t-elle. Ne sois pas si gentil. Je me sens encore plus mal.

—« Gentil », ce n'est pas un terme qui s'applique à moi. (Il laissait son léopard s'exprimer à travers sa voix.) Bon, tu m'en voulais à mort… pourquoi ne pas m'avoir simplement dit d'aller voir ailleurs ? Pourquoi être allée aussi loin ?

—Ne me pose pas cette question.

Elle regarda par la vitre.

Il tendit la main et la referma sur sa nuque.

—Regarde-moi.

—Non.

—Tally, le moment est mal choisi pour me taper sur les nerfs.

—Tes ordres, tu peux te les mettre…

Ravalant un grondement, il se pencha par-dessus la banquette entre eux pour l'acculer et plaqua la paume de sa main libre sur la vitre à côté de sa tête.

—Tu veux bien répéter ce que tu viens de dire ?

Talin leva vers lui ses grands yeux, à nuls autres pareils. En plein soleil, les cercles d'ambre semblaient presque disparaître, mais dans la pénombre de la forêt ils s'embrasaient.

—J'étais en train de t'insulter, dit-elle, des échos de la fillette qu'il avait connue dans les étincelles de ses yeux de feu et d'aube. Et on dirait que je m'y prends plutôt bien si je t'ai fait perdre le contrôle.

Il sentait sa peur, mais elle n'avait pas bougé.

— Pourquoi tu me crains ? Tu sais que jamais je ne te maltraiterais.

Il marqua une pause puis, décidant de se fier à la force d'esprit que renfermait le petit corps de Talin, il insista :

— Enfin, peut-être que si, dans un certain contexte.

— Hein ? (Elle cligna des yeux.) Jamais tu ne me ferais de mal.

— Je n'ai pas dit ça. J'ai dit que je pourrais te maltraiter.

Il se pencha et mordilla sa bouche douce aux lèvres pleines, puis s'écarta avant qu'elle puisse faire autre chose que hoqueter de surprise.

— Je risque de mordre pendant le sexe, ajouta-t-il.

Lorsqu'il ne détecta pas de rejet dans son odeur, l'estomac de Clay se dénoua. Il avait pris un risque, fondé sur leur nouvelle et fragile relation de confiance et le désir impétueux de son léopard.

— Je n'aurai pas de relations sexuelles avec toi, chuchota-t-elle. Pas question. Jamais.

— Pourquoi pas ? (Il eut envie de la mordre de nouveau.) C'est quoi le problème avec moi ?

— Je n'aime pas les hommes basanés.

Cette déclaration le coupa dans son élan. Jusqu'à ce qu'il sente la supercherie dans l'air.

— C'est un péché de mentir, Tally chérie.

Son léopard se détendit, apaisé de constater qu'il ne la laissait pas de marbre.

— Tu es vaniteux, agressif, et tu fais trop ta mauvaise tête.

Il resserra légèrement son étreinte sur sa nuque. Puis il inclina la tête et lécha la courbe pleine et douce de sa lèvre inférieure. Talin frissonna et le repoussa.

— Pas la langue. Certainement pas la langue.

— Pourquoi pas ? (Il aurait juré voir des flammes danser dans le cercle d'ambre autour de ses iris gris.) Je suis un félin. J'aime lécher… toutes sortes d'endroits.

Les joues de Talin s'empourprèrent.

— Tu ne me veux pas de cette manière.

— C'est-à-dire ?

— Sexuellement. (Prononcer ce mot semblait lui coûter un effort.) Tu me détestes pour ce que j'ai fait avec ces autres hommes, tu te rappelles ?

L'homme et le félin étaient toujours aux prises avec le tranchant acéré de la jalousie et la colère, mais…

— Comment pourrais-je te détester après ce que tu m'as dit hier ? J'apprends à faire avec.

Talin en resta bouche bée, puis elle se ressaisit.

— Ouais, c'est ça.

— Hé. (Il se pencha plus près, jusqu'à ne plus sentir que son odeur.) J'essaie. Tu pourrais être un peu plus encourageante.

— Pourquoi ? (Elle pinça les lèvres, sévère.) Pour que tu puisses jouer les léopards magnanimes et que je me jette à tes pieds ? Ne va pas me dire que tu es vierge !

— Tu commences à me pousser à bout, dit-il, menaçant.

La sensation de vitalité qui l'envahissait lui procurait une véritable ivresse. Se disputer avec Tally, c'était plus amusant que de se livrer à une quelconque activité avec n'importe quelle autre femme.

— Ça n'a rien à voir avec le sexe, ajouta-t-il.

— Ben voyons.

— Tu t'es fait du mal, Tally. Bordel, tu t'es infligé toi-même ce que… (Refusant de ramener Orrin d'outre-tombe, il ravala ses paroles.) C'est ça qui me met vraiment hors de moi. Et ouais, peut-être que je me montre trop possessif avec toi, mais on s'en fout. Tu étais bien prête à arracher les yeux de Faith pour quelques fleurs.

Remontée, elle garda le silence.

— Pour ce qui est de pardonner, je dirais qu'on est à égalité.

Elle le regarda, les yeux étrécis.

— Comment ça ?

— J'essaie d'oublier les relations que tu as eues avec ces hommes, et toi tu essaies de me pardonner de ne pas t'avoir sauvée d'Orrin quand il a abusé de toi il y a des années.

Le silence retomba dans la voiture. Si profond, si douloureux.

— Comment tu sais ? chuchota-t-elle. (Son visage exprimait une telle vulnérabilité que le léopard de Clay frissonna sur le coup.) Je l'ignorais moi-même jusqu'à ce que tu le dises.

— Parce que je n'arrive pas à me pardonner non plus. (Il l'embrassa, un baiser doux comme un murmure.) Je suis désolé, Tally. Je suis désolé.

Le cœur de Talin se brisa en mille morceaux. Dans un brusque élan, elle jeta les bras autour du corps imposant de cet homme qu'elle adorait plus que de raison. Elle s'accrocha à son dos et, le visage collé contre son torse, elle entendit les battements puissants de son cœur tout près de son oreille.

— Je ne t'ai jamais rien reproché, chuchota-t-elle. Pas de manière consciente, en tout cas.

Il se cala dans son siège et, toujours dans ses bras, Talin se retrouva presque sur ses genoux.

— Tu as toutes les raisons de m'en vouloir.

— Non, Clay. Nous étions des enfants.

— Dis-moi la vérité maintenant, bébé. Il n'y a que moi et la forêt qui t'écoutons.

Elle resta de longues minutes sans rien dire, jusqu'à ce que la quiétude des arbres les enveloppe. Depuis de si nombreuses années, elle gardait ce nœud de colère et de douleur en elle et l'avait laissé s'envenimer sans en parler à personne. Et tout ce temps elle s'était répété qu'elle allait bien, qu'elle s'en sortirait. Mais comment aurait-elle pu ?

— J'ai crié ton nom, chuchota-t-elle, ouvrant une plaie si sensible qu'elle ne l'avait jamais jusque-là exposée au grand jour. Quand ça a commencé, je n'avais personne que je pouvais appeler à mon secours. Mais la première fois que ça s'est produit après notre rencontre, j'ai crié ton nom.

Au risque de lui couper la respiration, Clay la serra plus fort, mais elle ne protesta pas.

— Je t'en ai peut-être voulu, avoua-t-elle à l'agonie, consciente de la douleur que devaient lui infliger ses paroles. Mais ce n'était pas si simple. Tu étais ce qui comptait le plus dans ma vie. Je voulais te protéger, toi aussi. C'est pour ça que je ne t'ai jamais dit la vérité. (Tant de souffrances accumulées.) Et toi, tu me reproches mon silence.

— Je ne te reproche pas ce qui s'est passé, Tally. Jamais.

Mais elle savait qu'il lui en voulait de l'avoir privé de la possibilité de lui venir en aide.

— Si c'était à refaire, ma décision serait la même. (L'heure était à la sincérité.) Orrin t'aurait tué si je t'avais raconté et que tu étais allé le trouver. Tu étais trop jeune quand on s'est rencontrés.

À neuf ans, il n'avait eu que la peau sur les os, comme si ce qu'il mangeait ne suffisait jamais à satisfaire les besoins de son corps en pleine croissance. Certes, il n'avait pas été faible ; mais Orrin était un meurtrier.

— Je suis un léopard, dit-il. Nos femmes sont tout pour nous. Je préférerais mourir que te voir souffrir. Ne t'avise plus jamais d'essayer de me protéger.

— Je ne peux pas te promettre ça.

Il était sa vie, ni plus ni moins.

— C'est toi la femme. (Il lui érafla l'oreille des dents.) Tu dois être soumise.

Elle fut tentée de le mordiller à son tour pour se venger.

— Ça marche vraiment, ça ?

— Ça marchait quand tu avais cinq ans.

Elle éclata de rire, et même si c'était douloureux, ça lui faisait aussi du bien ; en acceptant cette vérité qui n'était pas celle d'une femme mais d'une enfant, elle s'était libérée des chaînes de son passé. Mais tout en riant, elle se demandait avec inquiétude quel impact ses paroles avaient eu sur Clay. Il était protecteur et loyal, presque à l'excès. Il était également capable de ruminer pendant des heures, des jours, parfois des semaines avant d'exploser. Si son mauvais caractère se retournait contre lui… *Non !*

Elle crispa les mâchoires. Elle ne permettrait pas qu'une telle chose arrive à son beau, son merveilleux Clay. Cette maudite maladie pouvait toujours essayer de la tuer. Elle ne la laisserait pas gagner, pas tant qu'elle n'aurait pas rallumé l'éclat dans les yeux de Clay.

Chapitre 17

Seule avec Clay dans la sécurité de sa voiture, elle n'avait eu aucun mal à promettre qu'elle l'aiderait. Mais lorsque Talin se retrouva en présence de ses compagnons de meute, elle se demanda d'où lui était venue une telle arrogance. De toute évidence, il était un membre très aimé et respecté de DarkRiver. Qu'est-ce qui avait pu lui faire croire qu'il ait le moindre besoin de son intervention ?

Il lui jeta alors un coup d'œil de là où il se tenait avec Nathan et sa panique s'amenuisa. Même s'il appartenait à cette meute de léopards, il était avant tout à elle.

— Je ne l'ai jamais vu regarder une femme comme ça.

Surprise, elle se retourna vers la grande brune qui était venue se placer à ses côtés. Clay la lui avait présentée : Tamsyn, la guérisseuse de la meute, la compagne de Nathan.

— Ne te sens pas obligée de dire ça, commença-t-elle en s'appuyant contre le plan de travail de la cuisine.

— Ne t'inquiète pas. (Tamsyn secoua la tête.) J'ai beau être guérisseuse, je ne suis pas une bonne pâte. Demande à Kit et Cory.

Elle indiqua la fenêtre d'un geste de la tête ; dehors, les deux adolescents semblaient occupés à surveiller ses fils jumeaux.

— S'ils veulent des cookies aux pépites de chocolat, ils doivent jouer les baby-sitters, ajouta-t-elle en souriant.

Talin se surprit à lui rendre son sourire.

— Excellent marché.

— Je trouve aussi. (Les yeux de Tamsyn étaient d'une couleur inhabituelle, plus proche du caramel que du marron.) Et ce que j'ai dit tout à l'heure, ce n'était pas pour être gentille. Si tu avais représenté une menace pour Clay, je me serais chargée de t'expulser du territoire de DarkRiver à coups de pied.

— Tu aurais pu essayer.

Personne ne la séparerait de Clay.

— Bien parlé. (Le sourire de Tamsyn s'agrandit.) Sascha a dit que tu avais du cran. Elle t'aime bien.

Talin ne baissa pas sa garde, même si la fillette abandonnée en elle se sentait fondre à ce petit signe d'acceptation de la part de la nouvelle famille de Clay.

— Et toi ? Tu ne penses pas que je ne suis pas assez bien pour lui ?

— Mmm, eh bien pour l'instant, tu ne l'es peut-être pas.

Ce n'était pas ce que Talin aurait voulu entendre, même si elle savait que c'était la vérité.

— Mais, poursuivit la guérisseuse, Sascha n'était pas franchement ce qu'il fallait à Lucas non plus, au début de leur relation. Son béguin pour une Psi a donné lieu à des discussions plutôt houleuses.

Ces léopards n'en finissaient pas de surprendre Talin.

— Vraiment ?

Tamsyn hocha la tête.

— Au final, ce que les autres peuvent penser n'y change rien. Les hommes de DarkRiver prennent leurs décisions seuls. (L'expression de la guérisseuse devint pensive.) Ce qui ne veut pas dire que je ne vais pas fourrer le nez dans leurs affaires. Tu devrais le savoir… avec les nôtres, on est protecteurs à outrance.

La porte de derrière s'ouvrit en claquant et l'un des adolescents passa la tête à l'intérieur.

— Du jus de fruits ? demanda-t-il d'un ton plaintif.

Tamsyn s'avança vers le réfrigérateur en agitant un doigt.

— Tu accumules les dettes, Cory.

— Tu nous as bien roulés avec tes cookies… Julian et Roman sont de vrais démons shootés au crack. Ils s'arrêtent, des fois ?

Le sourire du garçon prit Talin de court ; franc, éclatant, ouvertement affectueux. Les adolescents qu'elle connaissait ne souriaient jamais avec une confiance aussi absolue.

Tamsyn le rejoignit et lui mit un pichet rempli d'un breuvage froid et presque incolore dans la main, en profitant pour lui ébouriffer les cheveux.

— Tu étais exactement pareil.

— Rho, allez Tammy. Ne raconte pas des histoires de quand j'étais bébé devant une jolie fille.

Talin allait se retourner pour chercher la fille en question lorsqu'elle s'aperçut que c'était elle qu'il regardait. Il était impossible de ne pas sourire à son expression pleine de charme et d'impudence. Tout comme avec Jon. Le sourire de Talin s'évanouit.

— Tu es beaucoup trop jeune pour elle, dit Clay d'une voix détendue. (Il vint se placer à côté d'elle.) Va jouer avec des filles de ton âge.

Cory prit les verres que Tamsyn lui tendait.

— Ha ! J'avais bien dit à Kit que tu en pinçais pour elle !

L'air joyeux, il sortit à reculons et retourna auprès des autres en trottinant.

À la déclaration du garçon au sujet des sentiments de Clay, Talin sentit le rouge lui monter aux joues et ne sut plus que dire ni où regarder. Tant qu'il n'avait vu en elle qu'une… traînée, s'obligea-t-elle à penser, ça avait été facile de ne pas analyser ses propres réactions trop en détail. À quoi bon se torturer au sujet de choses qu'elle ne pouvait pas avoir ?

Or après l'écrasante sincérité de leur échange dans la voiture, elle avait commencé à se demander s'il y avait de l'espoir. Clay avait exprimé sans détour son envie de l'embrasser ; mais elle, en dehors de ce besoin qui la déroutait, que voulait-elle au juste ? Elle ne ressentait pas de peur lorsqu'elle était au lit avec un homme. Pire, ses émotions étaient inexistantes. Mais avec Clay… les sentiments se bousculaient, c'était le chaos dans sa tête et dans son cœur.

Éprouverait-elle quelque chose s'il la touchait ? Et dans le cas contraire ? Un froid envahit son esprit. Il était hors de question qu'elle laisse cette hideuse impression de solitude qui l'étreignait pendant le sexe entacher leur nouvelle relation. S'ils couchaient ensemble et qu'elle se repliait dans ce recoin glacé de son âme, elle ne le supporterait pas. Et Clay le saurait, et en souffrirait. Elle ne pouvait pas lui faire ça.

Non, Clay devait rester son ami. Rien de sexuel. Rien qui compromette cette sécurité. Jamais.

—Hé.

Il lui effleura le creux des reins et elle sursauta.

Se tournant vivement, elle lui fit face.

— On devrait montrer à Tamsyn les rapports des autopsies tant que les gamins sont dehors et qu'on peut discuter sans être dérangés, dit-elle à Clay.

Vert comme une forêt traversée d'ombres, le regard de celui-ci se durcit.

— C'est ce que je viens de dire.

— Oh.

— Qu'est-ce qui se passe dans ta petite tête ? Ton odeur est bizarre.

C'était déconcertant pour elle de côtoyer des gens capables de sentir sa transpiration, sa peur, sa terreur absolue à l'idée de gâcher cette relation.

— Elle est déjà bizarre à la base, tu te rappelles ?

Au moins, songea-t-elle avec une pointe d'humour noir, cette maladie insidieuse qui rongeait son esprit lui fournissait une bonne excuse.

Des rides creusèrent le front de Clay.

— Là, c'est différent.

— Les rapports.

— Je les lui ai déjà donnés.

Il lui indiqua d'un geste de la tête la gigantesque table de cuisine derrière elle.

Elle se tourna et vit que Tamsyn feuilletait les documents. Nate se tenait près d'elle et agrippait le dossier de sa chaise.

— Tammy ne voit rien qui saute aux yeux, dit-il en les regardant, mais ça aiderait peut-être si Talin parcourait les rapports avec elle.

— Bien sûr. J'arriverai au moins à distinguer les blessures récentes d'autres plus anciennes.

Ça allait lui déchirer le cœur, mais il le fallait ; pour Jon, et peut-être pour d'autres enfants disparus dont ils n'avaient pas encore connaissance.

— Pendant ce temps, lui dit Clay, les yeux rivés de façon dérangeante sur son visage, on va voir si on peut retrouver la piste de Jon. On va partir de là où tu as perdu sa trace.

Comme elle lui avait déjà indiqué le lieu en question, elle se contenta d'acquiescer.

— Merci.

C'était tout ce qu'elle pouvait se permettre de répondre sans trahir l'agitation qui menaçait de la terrasser. Après une pause lourde de sens, elle alla à la table et s'assit en face de Tamsyn.

La guérisseuse inclina la tête pour embrasser son compagnon et Talin détourna le regard, honteuse d'être témoin d'une chose aussi belle. On l'avait aimée autrefois, elle le savait. Clay l'avait aimée. Et voilà ce qu'elle avait fait.

Elle sentit soudain une main d'homme se poser derrière sa tête et elle leva les yeux, surprise. Le baiser dont il effleura ses lèvres lui coupa le souffle et réduisit son trouble en lambeaux. La peau de Clay était un peu rêche, sa bouche exigeante… et son baiser si naturel qu'il la bouleversa. Une seconde plus tard, il était déjà dehors. Elle porta ses doigts tremblants à ses lèvres, passablement effrayée par la force des sentiments qu'il avait éveillés.

— Tu veux en parler ?

La voix de Tamsyn était douce, mais elle rompit le charme.

Talin laissa retomber sa main, prise de l'envie de cacher ce souvenir là où personne ne pourrait venir le lui voler.

— Parler de quoi ?

La guérisseuse secoua la tête.

— Quand tu seras prête, je serai là. Bon, dis-m'en plus sur ce garçon.

Talin regarda les éléments du dossier que Tamsyn avait disposés au centre de la table. C'était celui de Mickey. Une vague de fureur s'abattit violemment sur elle et elle dut fermer les yeux pendant de longues secondes pour reprendre contenance. Lorsqu'elle les rouvrit, elle vit Tamsyn poser une tasse de chocolat chaud devant elle.

Reconnaissante, elle la prit entre ses mains tandis que l'autre femme se rasseyait.

— Tu t'occupes toujours des gens comme ça ?

— J'ai ça en moi, répondit-elle simplement. Tu aimerais plus de temps ?

— Non. (Si les kidnappeurs conservaient leurs habitudes, il en restait très peu à Jon.) Tu peux traduire le jargon médical ?

— Oui.

Durant les cinq minutes suivantes, elle écouta Tamsyn décrire les blessures de Mickey. À sa grande surprise, il avait apparemment été battu après sa mort.

— Pour cacher autre chose, peut-être, dit Tamsyn. Mais si c'est ça, ils sont vraiment allés loin.

L'estomac de Talin s'embrasa à ce rappel de la façon dont ils avaient réduit en bouillie le visage de Mickey.

— Tu penses qu'il est mort des suites de l'ablation de ses organes ?

— C'est probable. (La colère déformait les traits de la guérisseuse.) Je voudrais pouvoir te dire qu'il n'a pas souffert, mais ce que je peux affirmer c'est que sa mort a été indolore. Il aura été anesthésié le temps de l'opération, ne serait-ce que pour l'empêcher de bouger. Ce beau garçon s'est endormi et ne s'est jamais réveillé.

Talin ne pleura pas. Elle n'en avait pas le droit. Pas tant que le ou les monstres responsables de ces crimes seraient en liberté.

—Et l'ablation des organes ?

—Même ce passage à tabac ne pouvait pas dissimuler les cicatrices de cette chirurgie de haut niveau, répondit Tamsyn aussitôt. On a peut-être affaire à un trafic.

—Max pense que c'est une fausse piste.

Tamsyn haussa les sourcils.

—Max ?

—Le détective chargé de l'enquête.

—Oh, d'accord. Pendant un moment, j'ai eu peur. Clay n'est pas partageur.

Le brasier de colère et d'horreur au creux de son ventre faillit se changer en glace. Non, Clay n'était pas partageur. Et même si elle essayait de toutes ses forces d'oublier, elle s'attendait au fond d'elle-même à ce qu'il l'abandonne de nouveau. Mais rien de tout cela n'avait d'importance en cet instant.

—Clay et Max pensent que c'est le cerveau qui les intéresse.

Tamsyn prit les photos du visage défiguré et du corps meurtri de Mickey.

—Mmm. Tu sais quoi, ces photos ont quelque chose de bizarre ; je n'arrive pas à mettre le doigt dessus… les médecins légistes de la Sécurité les ont regardées ?

—Ils n'y ont pas consacré beaucoup de temps. C'est juste de la vermine, tu comprends.

Les yeux de Tamsyn se mirent à luire comme ceux d'un léopard, un rappel que sous cette peau chaude d'humaine se cachait un cœur de prédatrice.

—Je me ferais bien les griffes sur ceux qui osent traiter ces enfants de vermine.

—Moi aussi. (Talin replia les doigts.) Je n'ai peut-être pas de griffes, mais je sais me servir d'un couteau.

Les yeux de Tamsyn redevinrent humains en un éclair.

— Tu sembles très sûre de toi.

— Un de mes frères adoptifs, Tanner, m'a appris à me servir de couteaux quand, arrivée à la puberté, il trouvait que les hommes me regardaient bizarrement.

— Ah, les frères.

Ce simple mot débordait d'affection.

Talin n'avait jamais vraiment réfléchi à ce que l'initiative de Tanner avait signifié pour elle, mais elle se prit à sourire.

— Tu en as ?

— Pas la peine. J'ai toute la meute qui veille sur moi.

Elle reposa les photos, puis se leva.

— J'ai besoin de réfléchir.

À la grande surprise de Talin, elle alla au plan de travail et se mit à sortir les ingrédients pour un gâteau.

— Je réfléchis mieux comme ça, dit-elle en remarquant l'expression de Talin. Ce genre de rituel à la mère poule, ça marche pour moi.

Même si elle l'avait dit sur un ton d'autodérision, le rôle de Tamsyn la comblait clairement. Talin rêvait d'accéder au même genre de paix et d'accord avec elle-même.

— J'aime cuisiner, moi aussi, se surprit-elle à dire alors qu'elle avait l'habitude de ne rien partager. Je le faisais avec mon père adoptif.

— Tu veux m'aider ? (Les yeux de Tamsyn se mirent à pétiller.) J'adorerais avoir une aide-cuisinière. Et si tu t'occupes des cookies, je pourrai terminer ma fournée de muffins. Je crois que Kit et Cory méritent un petit supplément.

Talin hésita.

— Je dois essayer de trouver pourquoi ces enfants-là en particulier ont été pris pour cible.

— Tu peux faire ça tout aussi bien debout, en touillant… ou en coupant du chocolat, ajouta-t-elle en portant une tablette de chocolat noir à son visage et en inspirant son odeur.

— Tu me prends par les sentiments.

Reculant sa chaise, Talin la rejoignit. Oui, elle pouvait penser aux gosses tout en cuisinant. Ce n'était pas un problème de penser à eux. Ils hantaient son esprit jour et nuit, chuchotaient dans sa tête, la suppliaient.

On attrapera ces enfoirés, leur promit-elle, incluant inconsciemment Clay dans son serment. *Et on viendra te chercher, Johnny. Accroche-toi juste encore un peu.*

Chapitre 18

Jonquil entendait les bruits de leurs pas dans le couloir. Il avait toujours eu l'ouïe fine. Et pas qu'un peu. Elle lui avait sauvé la vie plus d'une fois, lui avait permis d'éviter de se faire rouer de coups plus souvent encore. Mais ce jour-là, il savait que le danger se rapprochait et qu'il n'avait nulle part où s'enfuir.

« Tu as toutes les raisons d'être fier. Tiens-toi droit. »

La voix de Talin claqua comme un fouet dans sa tête. Elle lui avait dit ça le jour où il avait été désigné pour recevoir une stupide médaille d'honneur. Il n'avait fait que tirer un gosse effrayé d'un immeuble en flammes. Les brûlures légères qu'il en avait gardées n'avaient même pas été vraiment douloureuses, mais ils avaient tenu à lui donner une récompense. Il avait eu l'intention de se défiler – comme si ça aurait intéressé sa clique qu'il ait une médaille –, jusqu'à ce que Talin débarque, l'oblige à enfiler un costume ridicule et lui brosse les cheveux.

C'était à ce moment-là qu'elle lui avait dit d'arrêter de se tenir voûté et d'être fier. Quelle idée d'être monté sur cette estrade pour aller prendre ce bout de ferraille sans valeur que lui tendait ce fichu maire ! C'était stupide. Sauf qu'il n'avait jamais jeté la médaille, l'avait même cachée dans sa planque d'affaires importantes. Il espérait les retrouver là où il les avait laissées quand il sortirait de cet enfer. Et il allait en sortir… il fallait qu'il présente ses excuses à Talin.

Les bruits de pas se rapprochaient. De plus en plus près… puis s'arrêtèrent devant sa porte.

La peur lui comprimait la gorge mais il se força à se redresser, dos droit et tête haute. Ils pouvaient lui faire du mal, mais il ne les laisserait pas le briser.

La porte coulissa et révéla deux silhouettes. Pendant une seconde, le temps que ses yeux s'habituent à la lumière, il crut qu'elles étaient peintes en blanc. Puis il distingua les éléments qui constituaient le tout. Elles avaient les mains gantées, le visage couvert d'un masque chirurgical, et elles portaient des charlottes blanches comme il en avait déjà vu une fois à la clinique.

Seuls leurs yeux, leur peau et leurs cheveux apportaient une touche de couleur. La plus grande, à gauche, avait la peau foncée, un peu comme cette variété de caramel mou qui collait aux dents. Elle avait un bel éclat lumineux, et il aurait trouvé ça joli s'il n'avait pas su qu'elle était là pour le torturer. Ses yeux étaient d'un étrange bleu-gris pâle – *comme ceux d'un loup*, pensa-t-il –, et ses cheveux bruns étaient si foncés qu'ils semblaient noirs. Il décida de l'appeler Bleue.

Celle à droite avait des cheveux blond foncé, des yeux noisette, et le genre de peau dorée qu'il avait déjà vu chez des minettes riches et bronzées, mais jamais chez une femme qui avait une tête à s'asperger les mains d'antiseptique après avoir serré celle de quelqu'un d'autre.

— Par ici.

C'était la Blonde qui avait parlé, mais alors que Jon sortait sans protester – inutile d'opposer de résistance avant de savoir ce qui l'attendait –, il fut certain que c'était Bleue qui commandait. Cette femme avait de sacrées hanches et des courbes qui avaient tout pour plaire, mais il trouva quelque chose d'anormal à sa démarche et à sa façon de le regarder.

À vrai dire, ces deux femmes avaient l'air bizarre. Avant qu'ils s'engagent dans le couloir, il les avait dévisagées et aurait pu jurer que rien ne lui avait rendu son regard. *Ces yeux…* Des yeux morts, voilà ce qu'ils étaient. Ils lui rappelaient ceux de certaines filles qui faisaient le trottoir, et dont l'âme semblait déjà avoir déserté le corps.

Mais ça n'avait pas de sens. Ces femmes portaient des tenues de scientifiques, pas de prostituées.

Puis ils tournèrent à un angle et il entendit des cris.

— Bon sang, chuchota-t-il. C'est une petite fille.

Pas de réponse.

— Quel genre de monstres vous êtes ?

Il avait eu l'intention de rester calme, mais… merde, il y avait des choses qu'on ne faisait pas quand on était humain.

Bleue lui jeta un coup d'œil par-dessus son épaule et il comprit qu'elle n'était pas humaine, loin de là.

— Le genre de monstres auquel tu dois tes cauchemars. (Puis elle ouvrit une porte.) Entre.

Chapitre 19

Clay salua le commerçant d'un signe de tête et revint en trottinant auprès de Nate qui l'attendait à côté d'un réverbère.

— Tally a fait du bon boulot. Ce type confirme avoir vu Jon. Il se souvient du gosse.

— Comment l'oublier ?

Nate regarda la diapositive holographique que Talin était parvenue à récupérer dans son appartement, intacte à l'exception d'une déchirure sur un côté.

— Il est encore plus joli garçon que Dorian, ajouta-t-il.

C'était vrai. Jonquil était indéniablement de sexe masculin, mais il avait aussi un minois digne d'un défilé de mode.

— Un gamin comme ça, à la rue… (L'estomac noué, Clay se passa une main dans les cheveux.) On suit peut-être la mauvaise piste.

— Ouais, comme c'est aussi ce que j'ai pensé, je me suis renseigné sur le tatouage de son gang. (Nate indiqua du doigt le motif en forme de toile d'araignée dans le cou du garçon, à moitié caché par ses longs cheveux blond platine.) Les Crawlers, ce n'est pas un gang de petites frappes. Si le gosse a survécu là-dedans, c'est qu'il a de la jugeote et des couilles. Je le vois bien se lancer dans une carrière de braqueur de banque, mais pas vendre son corps.

Le dégoût et la colère qu'éprouvait Clay se reflétaient sur le visage de Nate. Pour ceux de DarkRiver, les enfants étaient tout. Ils se battraient jusqu'à la mort pour protéger leurs petits, même si aucun des deux hommes n'était un romantique. Clay savait par expérience que les changelings non plus ne se montraient pas toujours à la hauteur. Idem pour les humains. L'ironie voulait que, comme l'avait dit Max, c'étaient les froids et impitoyables Psis qui semblaient s'occuper le mieux de leurs enfants… sauf en ce qui concernait leur assujettissement à Silence. Il n'y avait pas de gamins Psis à la rue, pas d'orphelins Psis, pas d'enfants Psis prostitués.

Clay balaya la rue du regard et s'arrêta sur des adolescents qui traînaient à l'angle, sourires satisfaits aux lèvres et l'air bravache alors qu'ils auraient dû être à l'école.

— Je n'aurais jamais pensé dire ça un jour, mais les Psis sont au moins doués pour une chose.

— Ouais, reconnut Nate alors que les ados leur lançaient des regards méfiants et commençaient à se disperser. On ne voit jamais leurs gosses glander dehors comme ça. Mais on ne voit jamais rien que le Conseil ne veuille pas nous montrer. Peut-être effacent-ils simplement leurs erreurs.

— Tu as sûrement raison. Merde, pour eux Sascha était une erreur.

Et même s'il préférait se tenir à distance de Sascha et de son don auquel rien n'échappait, Clay savait qu'elle était une personne de valeur, qui avait du bon à apporter au monde.

— Ouais. (Nate souffla bruyamment.) Écoute, je me charge de faire savoir que l'on recherche Jon. On s'est construit un bon réseau avec les entrepreneurs du coin.

Clay hocha la tête. En échange de l'aide des commerçants humains et changelings non prédateurs, DarkRiver les protégeait des gangs. Au fil du temps, la meute ayant si bien fait le ménage qu'il ne restait plus de réseau criminel majeur en activité sur leur territoire, cette relation avait évolué et reposait moins sur la nécessité que sur des intérêts communs.

— Pendant que tu t'occupes de ça, je vais aller Sous Terre.

Nate grimaça.

— Cet endroit me file les jetons. Amuse-toi bien.

Sous Terre : le nom disait tout. Après avoir été un peu retardé par une nuisance dont il avait fini par venir à bout, Clay trouva une ruelle déserte, souleva une plaque d'égout vétuste et se laissa tomber dans le boyau étroit qui menait aux ruines croulantes du métro désaffecté. Cent vingt ans plus tôt, ces tunnels et les trains qui les empruntaient avaient été le summum de la technologie. Puis les catastrophes sismiques de la fin du XXe siècle avaient stimulé la conception de moyens de transport plus sûrs. Avec leur élégante structure transparente, les voies aériennes de la ville avaient depuis longtemps éclipsé les lignes de métro.

En toussant à cause de la saleté, il repositionna la plaque d'égout derrière lui. À l'intérieur, il faisait un noir d'encre et il se félicita d'avoir la vision nocturne d'un félin, songeant que Tally aurait détesté ça. Son léopard n'était pas tellement ravi non plus.

Alors qu'il s'engageait dans les tunnels, il entendit les murmures des Rats qui prenaient la fuite, laissant à leur chef le soin de s'occuper de ce prédateur qui s'invitait chez eux. Clay savait qu'il ne courait aucun risque d'être attaqué ; DarkRiver gardait à l'œil les habitants de Sous Terre, et la plupart des Rats n'étaient rien de plus que des humains marginaux qui avaient formé leur propre meute mal assortie. L'appellation « Rats » portait à confusion. Seuls trois des résidents de Sous Terre étaient réellement des changelings.

Ce fut l'un d'eux qui surgit des ténèbres.

— Tu n'as pas la permission de passer par ici. Va-t'en.

Des canines aiguisées comme des lames de rasoir étincelèrent dans l'obscurité.

— Épargne-moi ta mise en scène, Teijan.

Clay croisa les bras et s'adossa à la paroi du tunnel.

— Clay ? (Teijan se rapprocha.) Je ne t'avais pas reconnu… tu sens l'humain de partout.

Connaissant l'odorat surdéveloppé des Rats, Clay ne remit pas en cause cette déclaration… si surprenante fut-elle. Pour qu'un homme soit à ce point imprégné de l'odeur d'une femme, il fallait en général qu'ils aient eu des relations sexuelles. Mais après tout, lui et Tally étaient liés depuis l'enfance. Son léopard ne s'en formalisa pas ; il aimait l'idée que la jeune femme soit si proche de lui.

— Comment se porte ton domaine ?

Le regard presque noir de Teijan devint fuyant, ce qui aurait été interprété comme un signe de malhonnêteté à la Surface. Mais dans ces tunnels, la signification en était nettement plus ambiguë.

— J'imagine que tu veux dire : « Comment se porte le domaine que je gère tant que Lucas le tolère ? »

Clay haussa les épaules.

— Ton statut est transitoire parce que tu as choisi de ne pas jurer totale allégeance à DarkRiver.

Le monde des changelings prédateurs ne pardonnait pas. D'un côté les alliés, de l'autre les ennemis. Rares étaient les exceptions entre les deux.

Teijan changea de posture avec des gestes saccadés qui rappelaient son animal.

— Tu sais pourquoi on hésite… en prêtant totale allégeance à DarkRiver, on se lierait aux loups par le pacte de sang que vous avez signé avec eux. Et comme DarkRiver, les SnowDancer ont l'art de s'attirer des ennuis.

— Les non-prédateurs et les humains ne nous servent pas de chair à canon, répliqua Clay, qui percevait un changement dans l'attitude de Teijan.

— Les Rats ne sont pas ce qu'on peut appeler des non-prédateurs.

Teijan montra les dents.

— Mais vous n'êtes pas assez puissants pour contrôler San Francisco, même si vous étiez toute une colonie. (Une réalité dictée par les attributs physiques de leurs bêtes respectives et la loi de la chaîne alimentaire.) On va condamner cette ville souterraine, Teijan. Il te reste quatre semaines pour prendre ta décision. Soit vous vous alliez avec nous, soit vous partez.

Jusqu'à l'attaque dévastatrice lancée par le Conseil Psi sur l'un des autres alliés de DarkRiver – un troupeau de cerfs –, les Rats avaient été trop faibles pour poser un problème. Depuis qu'ils constituaient autant une faiblesse qu'un éventuel atout, leurs tunnels devaient être placés sous surveillance dans l'hypothèse où la guerre froide avec les Psis dégénérerait. Or tant que les Rats ne jureraient pas allégeance, leur parole n'avait aucune valeur.

— On régnait ici avant DarkRiver, lâcha sèchement Teijan.

—Non, vous vous cachiez Sous Terre pendant que les Psis dominaient la Surface, rétorqua Clay, impitoyable. Vous ne faites pas le poids.

Un humain aurait pu trouver ces paroles humiliantes, mais les changelings comprenaient le concept de domination.

—Admettons, hasarda Teijan, admettons que nous vous jurions allégeance… il nous faudrait venir à votre secours en cas de besoin ? Et à celui des loups ?

—Oui. En retour, nous viendrions au vôtre.

Un silence.

—Un chat protégerait une souris ?

Clay esquissa un rictus.

—Sauf si la souris essaie de mordre.

Ils ne toléreraient pas la trahison.

Les yeux de l'autre changeling se mirent à luire.

—En ce cas, je devrais peut-être parler à Lucas.

—Je lui dirai. (Il sortit de sa poche une copie de la photo de Jonquil.) Dans l'immédiat, j'aimerais que tu me rendes un service. Montre cette photo aux tiens… demande-leur s'ils ont vu quelque chose.

Teijan s'en saisit d'un geste brusque et inhumain.

—Un service ? Pas un ordre ?

—Un service. (Clay se détacha du mur.) D'un prédateur à un autre.

Teijan afficha un sourire carnassier. C'était le problème avec ces changelings rats ; à trop vivre Sous Terre, ils perdaient leur humanité. Ce qui expliquait pourquoi il ne restait plus que trois individus de leur espèce dans cette ville. Les autres, devenus des renégats, avaient été abattus.

Clay se souvenait que l'année précédente, Dahlia avait réussi à tuer sept résidents de Sous Terre avant que Teijan retrouve sa trace et tranche la gorge de son ancienne maîtresse. Un rappel glaçant de la route que Clay avait failli emprunter. Il s'en était fallu de peu. À présent qu'il avait reçu un baiser de Tally, jamais de la vie il n'y renoncerait. Il sourit en se demandant ce qu'elle avait pensé de leur séparation ce matin-là. Il avait encore son goût sur les lèvres ; un soupçon de café, de piment et de chaleur féminine.

— Je demanderai, dit enfin Teijan. Tu me jures que si l'on devient vos alliés, notre domaine ne risque rien ?

— Bon sang, Teijan, ces tunnels sont criblés de fissures… Mais on n'essaiera pas de vous en chasser.

Leur alliance établirait la hiérarchie une bonne fois pour toutes et rendrait possible la cohabitation. Sans cet accord, une fois le délai de grâce arrivé à expiration, les Rats seraient condamnés. Pas de pourparlers, pas de seconde chance. La loi était sévère, mais elle assurait le maintien de la paix dans le monde instable des changelings prédateurs.

Si les Rats n'étaient pas déjà morts, ils le devaient uniquement au fait que Lucas maîtrisait mieux la soif de sang de sa bête que la plupart des chefs, et qu'il était capable d'anticiper les situations des décennies à l'avance ; dix ans plus tôt, lorsque DarkRiver avait commencé à imposer son autorité, il avait vu le potentiel des étranges habitants de Sous Terre.

— Les tunnels sont solides. (La fierté perçait dans la voix de Teijan.) On veille à leur entretien.

— Dans ce cas, vous ne risquez rien. On n'a pas l'intention de s'installer ici.

Il y eut un nouveau silence.

— Il se passe quelque chose. On est partout, sous la ville : les caves, les garages, les tunnels, les fondations des maisons… et parfois, on entend des murmures qu'on ne devrait pas entendre.

Comme Clay s'en était douté… Lucas était drôlement malin.

— Des détails ?

— Un meurtre. Avec un Psi pour cible, ajouta-t-il en voyant Clay se figer. Oui, un des leurs, ça ne fait pas de doute. Quelqu'un de haut placé. Je ne saurais pas te dire qui prépare le coup, mais la situation est plus précaire chez cette bande d'insensibles que les apparences le laissent penser.

— On doit s'inquiéter ?

Les informations que Teijan lui avait déjà fournies étaient cruciales. Si les Psis allaient vers une crise, DarkRiver et les SnowDancer devaient le savoir et se tenir prêts ; que ça leur plaise ou non, l'espèce psychique occupait une place vitale dans l'écosystème du monde.

— Tu as des noms ?

— Ils ont mentionné un certain Anthony Kyriakus, lâcha-t-il. Jamais entendu parler de lui. Ça doit être l'un des leurs.

Clay lui accorda toute son attention.

— Tu es sûr ?

Anthony était le père de Faith et le meneur probable d'une révolution silencieuse contre le Conseil Psi. En dehors de Faith et Vaughn, seuls les sentinelles et le couple dominant de DarkRiver connaissaient ce terrible secret.

— Oui. Mais j'ignore si c'était lui la cible. (Il posa les yeux sur la photo qu'il tenait à la main.) Ce gosse m'intrigue… il est différent. Je vais voir ce que je peux apprendre à son sujet.

En un éclair, il disparut dans l'obscurité.

Revenant sur ses pas, Clay s'extirpa de la bouche d'égout puis sortit son portable pour appeler Vaughn.

— Dis à Faith de prévenir son père.

— J'ai l'intuition que même s'il est la cible, Anthony en réchappera, dit Vaughn d'une voix traînante. Ce mec est un dur à cuire.

— Si tu le vois, essaie d'avoir une estimation du climat général sur le PsiNet.

— La dernière fois qu'on s'est parlé, il disait que l'orage grondait. Cet autre rebelle, le Fantôme, a infligé de sérieux dégâts ces derniers mois. (Un bruit de métal qui heurtait de la pierre parvint à Clay, comme si Vaughn sculptait tout en lui parlant.) Et sinon, qu'est-ce que j'apprends à ton sujet ?

— Quoi donc ?

— Tu vis avec une femme ?

Clay grimaça.

— Va fourrer ton nez ailleurs.

— Va donc dire ça à Faith… elle s'est prise de sympathie pour toi, dit le jaguar sur un ton amusé. Elle pense qu'il te faut un protecteur. Je lui ai dit que tu en avais à peu près autant besoin qu'un pitbull.

— Merci.

Il était sincère. Malgré ce qu'elle pouvait dire, Talin se montrait plus que possessive avec lui. Elle ne prendrait pas bien du tout l'intervention d'une autre femme.

Clay raccrocha et se mit en route pour le siège social de DarkRiver, situé dans un immeuble de taille moyenne près de Chinatown. Lucas était censé s'y trouver ce jour-là ; il avait une réunion avec le directeur d'une corporation humaine. À l'origine, il avait été prévu que Clay y assiste aussi puisqu'il était le chef de chantier sur ce projet.

Ria, l'assistante administrative de Lucas, travaillait à son poste lorsque Clay entra dans le hall du bureau du chef de la meute.

— Il est dispo ?

Elle sourit.

— La réunion s'est achevée il y a quelques minutes.

— Merci.

Il entra après un bref coup frappé à la porte, certain que Lucas avait déjà reconnu son odeur.

L'autre homme était assis sur l'un des sofas en similicuir noir réservés aux clients.

— Mets-toi à l'aise le temps que je finisse ce sandwich.

Clay se laissa tomber dans le siège en face de lui mais ne parvint pas à se détendre, ses pensées tournées vers Talin et ce qu'elle allait devenir s'ils ne retrouvaient pas ce garçon à temps.

— Tiens.

Lucas lui lança une pomme.

La rattrapant par réflexe, il croqua dedans.

— C'est à croire que ce gamin s'est volatilisé.

Clay était l'un des chasseurs les plus patients de la meute, mais ce jour-là il frôlait dangereusement ses limites.

— Qu'est-ce que tu as découvert jusqu'ici ?

Son sandwich terminé, Lucas prit une bouteille d'eau.

Clay exposa les faits, puis jeta un coup d'œil vers la porte.

— Nate est là.

L'autre sentinelle frappa un coup avant d'entrer. Son regard se mit à briller à la vue de la nourriture.

— Je meurs de faim. Je n'ai rien trouvé qui me plaise à l'extérieur.

— C'est parce que tu es habitué à la cuisine de Tamsyn.

Lucas poussa vers lui l'assiette de sandwichs.

— J'ai aussi quelque chose à te dire au sujet des Rats.

Tout en dévorant sa pomme, Clay répéta ce que Teijan lui avait dit.

— Qu'est-ce que tu en penses ? demanda Lucas.

— Je dirais qu'il est sérieux. (Clay prit une poignée de crackers.) Il a fait allusion à notre dernière discussion, mais je lui ai dit qu'on n'accepterait rien de moins qu'un pacte complet.

Un pacte, pas une véritable alliance ; la puissance des Rats n'égalait pas celle de DarkRiver. C'était le genre d'accord que la meute n'avait passé qu'avec les SnowDancer. Dans le cadre d'un pacte, le groupe le plus faible reconnaissait son statut de dominé, tandis que le plus fort promettait de lui apporter son aide en cas de besoin.

— C'est à lui de venir me trouver. (Lucas prit une bouteille d'eau et la posa devant Nate, puis en lança une autre vers Clay.) Je ferais une concession en me rendant Sous Terre. Charge Barker de transmettre le message.

— Je m'en occupe, dit Nate la bouche pleine. Si ça marche, on aura gagné un réseau d'espions déjà constitué. Et dire que je t'ai tenu tête au sujet de ces Rats quand on s'est emparés de la ville.

Lucas haussa les épaules.

— C'était un risque calculé. Ça aurait pu mal tourner si les Psis avaient découvert qu'ils étaient Sous Terre, mais ça n'a pas été le cas. Et le moment est venu d'en tirer profit. Réunissons-nous ce soir pour prendre une décision. Chez moi.

— Chez Nate, plutôt, dit Clay. Je ne peux pas laisser Talin seule.

Et ils ne se fiaient pas encore assez à elle pour lui montrer l'emplacement du repaire de leur couple dominant. S'ils l'avaient emmenée chez Tamsyn, c'était uniquement parce que la maison de la guérisseuse était déjà connue de beaucoup de monde. Ce qui justifiait qu'elle soit gardée nuit et jour par des soldats qui se relayaient et que la plupart des visiteurs ne voyaient jamais.

— Ça me va, dit Nate. Les gosses vont voir leurs grands-parents ce soir, de toute façon.

— Talin ne peut pas assister à la réunion. (Lucas soutint le regard de Clay.) Tu n'y vois pas d'inconvénient ?

— Non, dit-il, mais son léopard sortit les griffes, désapprobateur.

Son cœur d'animal protecteur voulait que sa meute accepte Talin sans conditions ; une tâche impossible, et ce plus que jamais. DarkRiver devait rester prudent et ne pas confier ses secrets à n'importe qui. Outre les Psis, les espions changelings et humains aussi surveillaient la meute.

— Elle pourra rester dans l'une des chambres à l'étage le temps de la réunion, ajouta-t-il.

— Bien. (Lucas jeta un coup d'œil à Nate.) Bon, qu'as-tu découvert au sujet du gosse ?

— Ce garçon est un fauteur de troubles et il est malin, mais il ne s'était pas attiré d'ennuis jusqu'à ce qu'on l'accuse récemment de vol à l'étalage. (Une lueur amusée brillait dans ses yeux.) Il essayait de voler un parfum de luxe pour femme.

Clay étouffa un juron.

— Pour Tally. Stupide gamin. Il aurait dû savoir qu'elle lui remonterait les bretelles, même si on ne l'avait pas pris la main dans le sac.

— C'est sûr, mais quel gosse a les idées claires quand il a le béguin ? (Nate jeta à Clay un regard lourd de sens.) Je connais des hommes qui ne réfléchissent pas beaucoup non plus.

Clay refusa de mordre à l'hameçon.

— On n'a rien trouvé de suspect, mais ce n'est pas étonnant si c'est à un groupe organisé qu'on a affaire.

— Il y a bien une chose, dit Nate. Tous ceux à qui j'ai parlé ont signalé que ce garçon avait une belle voix. Un homme a même dit qu'elle l'avait à moitié hypnotisé.

— Ça ne nous avance à rien, répliqua Lucas en fronçant les sourcils.

Le léopard de Clay sentit qu'il y avait là un détail important, sans parvenir à le cerner.

— C'est un élément parmi d'autres, dit-il, se levant pour partir. Au fait, Luc, tu pourras demander à l'un des soldats de récupérer un colis pour moi ?

Le chef haussa un sourcil.

— Bien sûr. Des instructions particulières ?

Clay lui fournit les détails.

— Ne l'abîme pas.

Pas encore.

Clay dut se faire violence pour ne pas attirer Talin dans ses bras aussitôt que lui et Nate furent rentrés. Sa bête avait envie de la mordre, de la goûter, d'emplir ses poumons de son odeur enivrante. Il se contenta de s'asseoir sur la chaise à côté d'elle et de poser le bras sur le dossier de la sienne.

— On a entendu dire que Jon avait une belle voix, dit-il en dessinant des yeux les traits de son visage. Et les autres gosses ?

Le regard de Talin intercepta le sien et il la vit lire toute l'ampleur de son désir.

— Mickey était nul, même au karaoké, dit-elle.

Le rouge aux joues, elle se mordit la lèvre inférieure. Clay agrippa le dossier de sa chaise pour se retenir de prendre le relais.

— Cette théorie tombe à l'eau.

Nate s'effondra sur un siège à côté de sa compagne. Tamsyn l'accueillit d'un baiser affectueux.

— Talin a dressé le profil des gosses, mais de mon côté je n'ai pas eu tellement de chance… ces photos des autopsies ont quelque chose d'anormal, je n'arrive juste pas à déterminer quoi.

Clay était sur le point de regarder les photos quand son attention fut retenue par les listes dressées par Talin et les attributs qu'elle avait notés à côté des noms de Mickey et Diana. Celle de Iain était presque aussi détaillée. Elle avait tout relevé, depuis leur taille jusqu'à leurs passe-temps connus. L'excitation se déversa dans les veines du changeling : la chasse avait commencé.

— Tu as vu quelque chose ?

Talin s'appuya contre lui et il sentit le poids doux et sensuel de son corps.

Il fut soudain pris d'une envie dévorante de la posséder… et au diable les conséquences.

Chapitre 20

Étouffant la possessivité sauvage qui menaçait de mettre à mal le lien de confiance renoué entre Talin et lui, Clay se concentra sur les documents devant lui.

— Mickey ne savait pas chanter, mais je lis ici qu'il était un prodige en mathématiques. La musique et les maths sont liées, non ?

— Je crois que oui. (Elle fronça les sourcils.) Mais regarde le profil de Iain… il excellait en langues.

Clay lâcha le dossier de sa chaise et caressa la peau qu'exposait le haut sans manches de Talin, s'abandonnant à son désir impérieux.

— Tu as des détails du même genre sur les gosses que tu ne connaissais pas personnellement, des trucs qui ne figurent pas dans les dossiers de Max ?

Sous ses doigts, l'épiderme de Talin était lisse, élastique, fait pour les caresses.

— J'ai passé des coups de fil toute la journée, dit-elle sans se dérober à son contact. Ne t'inquiète pas, je suis restée très discrète. Comme bon nombre de ces enfants ont toujours des dossiers ouverts chez des filiales rattachées à Shine, j'ai fait semblant d'être une quelconque subordonnée qui vérifiait des informations. J'ai parfois appelé la dernière école où ils ont été inscrits. (Elle farfouilla dans ses papiers.)

Bon, l'une des filles était une peintre brillante. Une autre avait des talents hors pair en arts appliqués.

Talin avait parfaitement conscience des doigts de Clay qui remontaient le long de son bras et de son épaule pour venir lui effleurer la nuque. Après toutes ces heures passées sans lui, elle était très sensible à sa proximité. Plus encore, elle avait besoin qu'il la touche. Ça lui donnait un point d'ancrage, même si ça détruisait ses défenses par la même occasion.

— Quoi d'autre ?

La voix de Clay ressemblait à un grondement.

Elle se hâta de remettre de l'ordre dans ses pensées.

— Diana était une véritable championne à la course. Arts, sport, maths… leurs points forts sont divers et variés, il n'y a pas de lien.

Elle ne parvenait pas à cacher sa déception.

Clay referma la main sur sa nuque et elle eut le sentiment qu'il n'avait même pas conscience de cet acte territorial.

— Et les autres ?

— Mes registres sont incomplets, mais je sais que deux autres étaient des athlètes de haut niveau, dit-elle.

Sa réaction au contact de Clay la perturbait. Elle était à la fois inquiète de ce que ça impliquait, et désireuse d'y goûter davantage.

— Ce garçon a réussi haut la main les ECN qu'il…

— Hein ? l'interrompit Tamsyn. C'est une épreuve très ciblée. Elle permet de classer les candidats aux écoles de médecine.

Sous le coup de la surprise, Talin oublia presque la chaleur du contact possessif de Clay. Presque.

— Tous les futurs enfants de Shine la passent, ainsi que beaucoup d'autres tests. C'est pour déterminer en quoi ils sont doués.

— Mais elle est vraiment difficile. (Tamsyn secoua la tête.) Les seuls qui la réussissent haut la main sont des M-Psis, ce qui se conçoit car ils sont nombreux à pouvoir voir à l'intérieur d'un corps.

— Ce garçon était humain. (Talin n'avait pas le moindre doute là-dessus.) C'est l'unique chose chez Shine que je n'approuve pas. Ils ne veulent pas étendre leur aide aux changelings.

— Des enfants humains doués, dit Clay d'une voix calme. C'est ça le lien.

Tamsyn plissa les yeux.

— Et toi, Talin ? Quel était ton don ?

— Moi ? (Elle haussa les épaules.) Rien de vraiment spécial. J'ai une mémoire absolue.

Sauf quand sa maladie y creusait des trous, mais elle ne voulait pas penser à ça. C'était déjà bien assez difficile de se concentrer alors que son corps rejetait le diktat de son esprit, sa peau tendue sous la déroutante intensité de son appétit sensuel. Elle refusait d'éprouver du désir pour Clay et paniquait à l'idée que leur amitié puisse prendre un tournant aussi irréversible.

— Je n'oublie jamais rien.

Relâchant sa nuque, Clay tendit la main et tira sur sa queue-de-cheval. Lorsqu'elle lui jeta un regard surpris, il dit :

— C'est spécial ça, Tally. Combien de gens peuvent en dire autant ?

Ça lui faisait un coup au cœur chaque fois qu'il se détendait assez pour l'appeler par le surnom de son enfance. Elle n'avait jamais accordé ce droit à personne d'autre.

— Mais si tu as raison, dit-elle, l'esprit balayé par une vague écrasante d'horreur, ça veut dire que c'est Shine qui recrute des enfants doués. Ce sont eux qui séparent ces enfants de la masse et en font des cibles.

N'appréciant pas de la sentir dans cet état de choc et de souffrance, Clay la plaqua contre lui. Il s'attendait à ce qu'elle tressaille, mais elle ne lui opposa pas de résistance. Il s'en fallut de peu qu'il la prenne sur ses genoux.

— Je sais que tu penses qu'il y a une taupe, murmura-t-il, mais est-ce qu'il n'y a pas un risque, même minime, que la fondation entière soit impliquée ?

— Non. (Elle secoua la tête, comme pour se ressaisir.) Non, c'est important pour eux. Tous les tuteurs – c'est mon titre – sont d'anciens protégés de Shine. On est le genre de personnes prêtes à mettre le monde sens dessus dessous pour retrouver les enfants dont on a la charge. Rangi, le tuteur de Iain, me contacte deux fois par jour pour me demander des nouvelles alors qu'il traverse en ce moment une grave crise familiale.

» La plupart des autres gosses qui ont été enlevés n'avaient pas encore de tuteur attitré, sinon crois-moi, ils seraient toute une meute à exiger des réponses. Si Shine voulait des proies faciles, l'organisation n'aurait pas choisi des gens comme nous pour veiller sur les enfants.

Le léopard appréciait le dévouement féroce dont elle faisait preuve envers ceux qui étaient placés sous sa responsabilité. Mais il y avait des limites ; dès qu'ils auraient retrouvé Jon, elle irait consulter des centaines de spécialistes s'il le fallait. Elle ne pouvait pas mourir, c'était hors de question. Il étrécit les yeux.

— Trois de tes gosses ont été enlevés, Tally. Comment l'expliquer, si leurs cibles idéales sont des enfants qui ne manqueront à personne ?

— Tu as raison. (Sa main s'était mise à trembler.) Le cas de Jon est facile à expliquer : il n'a jamais accepté de tuteur officiel. Disons que je l'ai simplement forcé à rentrer dans le rang.

Clay voyait qu'elle était déchirée à la pensée qu'elle avait peut-être attiré des ennuis à Jonquil en cherchant à lui offrir une vie meilleure. Il résolut de lui rendre sa joie de vivre avec des baisers lorsqu'ils seraient seuls.

— Sur les registres officiels, je suis inscrite comme son contact, rien de plus.

Il hocha la tête.

— Mickey et Diana ?

La poitrine de Talin se souleva alors qu'elle prenait une profonde inspiration.

— Sur les registres, Mickey était à ma charge. J'ignore pourquoi on s'est attaqué à lui. (Elle voulut toucher Clay pour se réconforter et serra le poing pour s'en empêcher, mais se rapprocha tout de même de lui.) Quant à Di, je suis presque certaine qu'elle était au mauvais endroit, au mauvais moment. Une proie facile.

— Ce qui implique un certain manque de contrôle de la part des kidnappeurs, intervint Nate. Tout le reste semble réglé comme une horloge.

Clay fronça les sourcils.

— Peut-être que leur structure s'effondre.

— Ou alors, suggéra Tamsyn, ils sont devenus trop confiants. Ils se sont peut-être mis à enlever des enfants précis au lieu d'attendre une cible qui ne leur fasse pas courir de risques.

— Possible, admit Nate, l'air absorbé. En résumé… il faut que tu obtiennes de Shine qu'ils avouent la raison pour laquelle ils privilégient des enfants qu'on pourrait qualifier de doués.

— Ils ne le sont pas tous, fit remarquer Talin.

Clay caressa son bras de haut en bas, un geste aussi réconfortant que dérangeant.

— Peut-être pas, mais ils sont assez nombreux pour justifier des explications.

— Je suis loin d'être assez haut placée dans la hiérarchie de l'organisation. Dev me connaît, mais… (Elle se tut lorsqu'une sonnerie retentit.) Qu'est-ce que… oh, mince.

Elle fourragea dans la poche de son pantalon et en tira un petit téléphone argenté.

— Les enfants sur lesquels je veille pour Rangi ont ce numéro, précisa-t-elle. (Elle décrocha.) C'est Talin à l'appareil.

Clay se tenait si près d'elle qu'il n'eut aucun mal à entendre la réponse. Son corps entier se mit en alerte. Une seconde plus tard, Talin refermait la main sur la sienne.

— Ce soir ?

Elle le regarda, les yeux ronds de surprise.

Il hocha la tête.

— Oui, d'accord. Quelle heure ? (Une pause.) Très bien. On en parlera à ce moment-là. (Elle raccrocha.) Waouh, ça c'était bizarre.

Clay entremêla davantage ses doigts avec ceux de Talin tandis que son félin évaluait le ton de ce qu'il avait entendu et en éprouvait le goût dans l'atmosphère de la pièce.

— Je n'ai pas saisi le nom, dit Tamsyn. Qui c'était ?

Talin la dévisagea.

— Tu as tout entendu de l'autre bout de la table ?

— Désolée. (La guérisseuse grimaça.) C'est mal élevé, mais pour ma défense, le volume sonore d'une voix d'humain est plutôt fort pour nous.

— J'imagine que je devrais investir dans une oreillette.

Le ton de Talin était plus intrigué qu'offensé.

Clay se demanda si elle se rendait compte qu'elle pensait déjà sur le long terme. Quelque chose de très serré en lui se dénoua légèrement.

— Le nom, insista Nate alors qu'elle gardait le silence.

— Clay.

Elle lui adressa un regard malicieux. Sa Tally avait repris du poil de la bête, comme toujours. Mais il comptait tout de même la cajoler ensuite. Qu'elle soit parvenue à dépasser la douleur d'avoir perdu ceux dont elle avait la garde ne signifiait pas qu'elle ne souffrait plus.

— À toi l'honneur ?

D'un froncement de sourcils, il lui reprocha cette façon qu'elle avait de narguer les autres. Elle esquissa un petit sourire irrévérencieux.

— C'était Devraj Santos, dit-il.

Son félin était ravi de s'amuser un peu. Ses compagnons de meute auraient été surpris ; il n'avait pas la réputation de se livrer à ce genre de petits jeux qui pour eux étaient comme une seconde nature. Mais avec Talin, il n'avait jamais su y résister. Jusqu'à cet instant-là, il avait ignoré à quel point cet aspect de leur ancienne relation lui manquait.

— Bizarre, et le mot est faible, marmonna Nate. On parle de lui et il t'appelle. Tu es sûre que ce n'est pas un C-Psi ?

Talin se mit à rire.

— Non, il est on ne peut plus humain… il paraît qu'il a si mauvais caractère que ses secrétaires ne restent jamais longtemps. (Leurs doigts entrelacés, elle frotta son pouce contre celui de Clay.) Le rendez-vous est à 21 heures dans un restaurant situé à environ une heure d'ici.

La gorge brûlante de désir, Clay regarda Nate.

— Si on avance la réunion avec la meute à 18 heures, je pourrai partir avec Talin aux alentours de 20 heures.

— Je m'occupe d'appeler les autres. (Nate se leva.) Tammy, tu me donnes un coup de main ?

Le ton de sa voix révélait une intimité si profonde et sincère qu'il n'avait pas besoin de mots pour la communiquer.

Talin ravala la boule dans sa gorge et attendit que l'autre couple soit parti à l'étage pour se retourner.

— Clay, tu as entendu Dev dire que je suis censée venir seule.

Il hocha la tête et tourna la main pour pouvoir caresser sa paume du pouce.

Les joues de Talin s'enflammèrent.

— Je peux t'emprunter ton tout-terrain, alors ? tenta-t-elle.

— Non.

Elle était douce, si douce.

Des rides creusèrent son front.

— Pourquoi non ?

Elle chercha à dégager sa main.

Il refusa de la lâcher.

— Dev sait parfaitement que je serai avec toi.

— Et tu sais ça parce que tu es clairvoyant, toi aussi ?

Le coin de ses lèvres se souleva légèrement.

Il ne résista pas à l'envie d'effacer ce sourire d'un baiser. Elle poussa un petit gémissement de surprise, puis une étrange immobilité s'empara de son corps. Il ne la pressait pas, ne lui forçait pas la main, mais il ne reculait pas non plus. Alors qu'elle aurait pu se rétracter d'un simple mouvement de côté, elle s'en abstint. Il l'embrassa donc, mordilla sa lèvre inférieure délicieusement tentante, puis passa la langue sur l'infime blessure.

— J'ai dit pas la langue, chuchota-t-elle contre sa bouche avant de refermer sa main libre sur son épaule.

Il serra celle qu'il tenait encore.

— Ça ne te plaît pas ?

— Je n'ai jamais pris ça en considération, dit-elle, d'une voix beaucoup trop pragmatique pour une femme qui venait d'être embrassée. Pour que ça me plaise, il faudrait que je me sente impliquée.

Il voulut la mordre pour avoir osé lui dire qu'il n'était peut-être rien de plus qu'un coup d'un soir sans visage, et ce besoin si primitif et bestial fit remonter ses émotions à fleur de peau.

— On est déjà impliqués dans cette relation.

Il attendit qu'elle le contredise ; il lui arracherait son mensonge d'un baiser.

— Oui. (Elle lui rendit son regard, impassible.) Mon corps est réceptif.

Il faillit sourire. Il connaissait Talin, comprenait la profondeur de ses cicatrices. Son corps n'aurait pas réagi si elle n'avait pas déjà été liée à lui sur le plan affectif ; comme une femme adulte intelligente et indépendante. Leur attachement passé avait survécu à tout, mais il reposait sur les souvenirs des enfants qu'ils avaient été. Là, leur relation exigeait la coopération de la femme qu'elle était devenue. Et lui devait se montrer patient. Une patience exquise qui lui tordait le ventre.

Relâchant la main de Talin, il passa le pouce sur ses lèvres. C'était l'une des parties de son corps qu'il préférait.

— Tu n'as pas répondu à ma question.

— Qu... quoi ?

Comme une faille dans son calme apparent, ce petit bégaiement lui plut. Sa Tally était forte, mais elle recommençait à lui faire confiance. Une confiance sacrément méritée cette fois. Alors que des souvenirs du moment où il l'avait abandonnée la première fois menaçaient d'assombrir son humeur, il les repoussa. Pour l'heure, il n'était question que d'un simple baiser, tendre et sensuel. Il laissa de nouveau son regard s'attarder sur ses lèvres pulpeuses.

— Je te demandais si ça ne te plaisait pas que je te lèche.

Elle inspira une bouffée d'air, tremblante, et sa poitrine se souleva comme une invitation silencieuse.

— Quelle importance ?

— Primordiale. (Il dégagea un bras pour agripper le dossier de sa chaise, entourant de l'autre sa hanche séduisante.) Parce que si ça ne te plaît pas, je vais devoir apprendre de nouvelles astuces. Moi j'aime ça, et je projette de lécher chaque tache de rousseur de ton corps.

La peau de Talin s'embrasa et ses yeux se mirent à briller d'une lueur de surprise et de désir.

— Depuis quand es-tu si bavard ?

Satisfait, il esquissa lentement un sourire.

— Je parle quand j'ai quelque chose à dire. Cesse d'éviter ma question.

— Très bien.

S'avançant brusquement, elle passa la langue sur sa lèvre inférieure.

Ce coup de langue chaud et humide suffit à rendre son sexe dur comme du granit.

—Ça te plaît.

Le corps chargé de désir, il se pencha vers elle.

—Sur la bouche, dit-elle juste avant que leurs lèvres se touchent.

Il cligna des yeux.

—Et sur le corps ?

—Eh bien, je pense que sur la plupart des endroits ça ne me dérangerait pas, répondit-elle, sa bouche contre la sienne. Mais pas « là ».

Étonné de sa timidité – malgré toutes ces années de séparation, ils n'avaient jamais été des étrangers l'un pour l'autre –, il fit courir ses lèvres le long de sa mâchoire et se blottit doucement dans son cou. Elle retira la main de son épaule et la glissa dans ses cheveux. Il fut tenté de lâcher le dossier de sa chaise et de caresser ses seins, mais il laissa sa main là où elle était, ses jointures blanchies. *Du calme.* Il ne s'agissait pas seulement de séduire son corps, mais aussi son esprit. Il avait perdu Talin une fois ; il ne la laisserait pas le quitter de nouveau.

—Pourquoi pas ? chuchota-t-il dans son cou, goûtant de la langue sa peau délectable.

Elle sursauta puis, à la grande surprise de Clay, elle lui mordilla l'oreille de ses petites dents pointues d'humaine. Jamais auparavant il n'avait eu à s'inquiéter de jouir dans son pantalon.

—Je n'ai pas oublié ta question.

En revanche, il avait compris que Talin allait le rendre fou au lit. *Seigneur, vivement.*

—C'est juste tellement… enfin, tout ça semble très embarrassant et peu digne, expliqua-t-elle.

C'était la dernière chose qu'il s'attendait à entendre. Son léopard n'était pas certain de savoir comment réagir.

— Eh ben, dit-il lorsqu'il eut retrouvé l'usage de la parole, ça pour un défi, c'en est un.

Elle referma la main sur ses cheveux.

— Je n'avais pas l'intention de t'en lancer un.

Elle semblait soudain très jeune et très sincère.

Contre toute attente, il ressentait la même chose.

— Et si tu me laissais faire ? Juste une fois ?

À cet instant-là, il aurait pu être un adolescent qui essayait de convaincre la fille avec qui il sortait d'aller sur la banquette arrière. Mais seulement si cette fille avait été Talin ; il n'avait jamais flirté de cette manière avec une autre. Et elle non plus. Il le sentait d'instinct.

— Clay ! (Son visage était chaud contre sa joue, les tendons de son cou raides.) Pas de ça entre nous. Je te l'ai dit.

Il commença à couvrir son cou de baisers.

— Rien qu'une fois, dit-il en en déposant un sous la courbe de son oreille et savourant le frisson qu'il lui arracha. Tu peux même décider du temps que ça durera.

— Arrête. (Mais elle ne tenta rien pour l'empêcher de la mordiller de la mâchoire jusqu'à la bouche.) On ne va pas coucher ensemble.

— D'accord, je pourrais t'allonger sur la table de la cuisine, murmura-t-il, noyé dans les battements précipités du pouls de Talin, un écho de son propre cœur qui s'emballait. Ou peut-être sur les coussins, avec toi à quatre pattes. J'aime bien cette version-là.

Elle gémit, et cette fois leur baiser se fit plus appuyé et brûlant. Lorsqu'ils se séparèrent, elle avait les yeux ronds et les lèvres rougies.

— Non.

Il céda à l'envie de son léopard de montrer les crocs.

— Pourquoi pas ? On est bien ensemble.

Et il était hors de question qu'elle touche un autre homme. Un grondement monta dans sa gorge.

— Tu es mon ami. (Elle fronça les sourcils.) Le sexe, ça va tout gâcher.

Il regarda sa moue obstinée, ses yeux expressifs, et comprit soudain ce qu'elle ne pouvait pas dire. Le sexe avait détruit son enfance en lui laissant des marques si profondes qu'elle s'en était servie comme d'une arme qu'elle avait retournée contre elle. Elle n'y voyait rien de bon, et elle ne voulait pas le faire entrer dans cette relation.

Car, comprit-il enfin, *cette relation comptait pour elle.*

Sa bête se calma. Ce n'était pas un calme résigné, mais celui du prédateur qui jaugeait sa proie.

— Je suis un homme adulte et vigoureux, commença-t-il.

— Et tu as des besoins. (Toute douceur déserta le visage de Talin.) Épargne-moi ton baratin… si je ne te donne pas ce que tu veux, tu iras le chercher ailleurs. C'est bien ça ?

Chapitre 21

Clay décida qu'il serait mal avisé de rire. Si elle avait été un léopard, elle lui aurait déjà montré les griffes.

— Pas exactement.

— Tu veux dire que le scénario a changé ? railla-t-elle. Les hommes sont tous les mêmes.

— En tant que changeling adulte en bonne santé, reprit-il sans prêter attention à son regard noir, le toucher fait partie intégrante de ma vie. Je ne vais pas me changer en fou furieux si je n'obtiens pas ce que je veux… vivre sans meute pendant toutes ces années m'a appris à me passer du genre de contacts que ceux de DarkRiver tiennent pour acquis.

Talin l'observait toujours, yeux étrécis.

— Mais, dit-il, c'est important pour moi.

Il avait la réputation d'un solitaire, ce qui n'était pas pour autant synonyme de mise à l'écart. Pas à DarkRiver.

— Comme quand j'étais gosse, ajouta-t-il.

Elle croisa les bras.

— Tu viens de dire que tu avais pris l'habitude d'en manquer quand tu étais jeune.

— Non, j'ai dit que j'avais pris l'habitude de me passer du genre de contacts que ceux de la meute tiennent pour acquis, rectifia-t-il. J'en avais d'autres qui m'ont permis de ne pas perdre la tête. Je t'avais, toi.

— Je ne vois pas du tout de quoi tu parles, dit-elle, bras ballants.

Mais il voyait bien qu'elle se rappelait. Toutes ces fois où elle était venue sur ses genoux, et que pendant qu'il la serrait dans ses bras ils regardaient sans mot dire le soleil se coucher derrière la ligne d'horizon irrégulière de la ville. Tous ces câlins qu'elle lui avait faits avec candeur. Tous ces jours où elle lui avait tenu la main tandis qu'il l'aidait à traverser le dépotoir.

— C'était de l'amitié. (Les souvenirs défilaient dans ses yeux.) Tu étais mon meilleur ami.

— Je le suis toujours.

Il n'avait jamais cessé de l'être, malgré les mots qu'avait pu lui dicter sa colère.

— En ce cas, pourquoi… ?

— C'est tout ce que tu veux ? Qu'on soit amis ?

Elle hésita avant de hocher la tête.

— Amis.

Talin avait besoin que cette relation soit pure, vierge de désir et du mal qu'il engendrait.

— Et si j'ai besoin du contact d'une amie, tu me le donneras ?

Méfiante vis-à-vis de la nature du félin, elle le regarda en face.

— Les amis ne s'embrassent pas.

— À vrai dire, il n'y a rien d'anormal à donner un rapide baiser à un membre de sa meute, lui dit-il, mais je ne t'en demanderai pas tant si ça te met mal à l'aise. Je parle des choses que tu faisais avant.

Les câlins et les contacts amicaux qui n'étaient pas entachés par le sexe, échangés sans rien en attendre de plus.

— Oui. (Elle sourit et l'enlaça.) Oui.

Il passa à son tour ses bras autour d'elle.

—Bien.

Elle se fendit d'un large sourire. Ça allait marcher. Sans le désir pour pervertir leur relation, ils parviendraient peut-être à passer l'éponge sur leurs erreurs passées et à retrouver l'innocence de ce qu'il y avait eu autrefois entre eux.

Clay espérait qu'il savait ce qu'il faisait. Assis sur le tapis dans le salon de Nate et Tamsyn, les jambes allongées devant lui, il avait toutes les peines du monde à ne pas rugir sa frustration. Quelques heures plus tôt, Tally avait accepté son étreinte amicale. Et si elle ne sautait pas le pas, n'acceptait jamais celle d'un amant ? Car il allait essayer de devenir son amant, il en avait la certitude.

Suivant la logique du léopard, puisqu'il était son ami, tout contact de sa part serait celui d'un ami. Ce raisonnement de félin lui laisserait de la marge pour jouer avec elle et, de façon très progressive, il pourrait la convaincre que le sexe n'était pas voué à avilir leurs rapports. Il refusait en revanche d'envisager qu'il puisse échouer.

—Désolée d'être en retard.

La voix de Mercy interrompit le cours de ses pensées.

Puisqu'elle était là, les sentinelles – Clay, Vaughn, Nate, Dorian et Mercy —se retrouvaient au complet. Lucas était assis par terre en face de Clay, Sascha lovée dans le sofa derrière lui. Faith, la compagne de Vaughn, assistait en général aux réunions elle aussi, mais elle avait décidé ce jour-là de rester à l'étage avec Tamsyn et Tally. Clay s'inquiétait un peu à ce sujet. Mais après tout, songea-t-il avec une bouffée de fierté possessive, Tally était largement capable de se débrouiller seule.

— Bon, dit Lucas, c'est au sujet des Rats. (Il énonça les faits.) Accepte-t-on leur offre, leur accorde-t-on la libre gestion des tunnels ?

— Est-ce qu'ils auraient à nous rendre des comptes ? demanda Mercy depuis son fauteuil.

Lucas hocha la tête.

— Avec ce pacte, ils accepteraient formellement notre domination.

— C'est une décision majeure que d'accepter d'autres prédateurs sur notre territoire, dit Nate, si faibles soient-ils.

— S'ils devenaient agressifs, le pacte serait annulé. (L'expression de Lucas était glaciale et pragmatique.) Ils trouveraient la mort dans les heures qui suivraient.

— D'un point de vue stratégique, dit Vaughn, leur domaine est l'une des zones les plus exposées de notre territoire… nos bêtes ne se plaisent pas là-bas. Si les Psis en apprenaient assez sur nous pour tourner ce point faible à leur avantage, ils pourraient causer de sérieux dégâts. (Il se retourna.) Clay ?

— Je suis d'accord.

Étrangement, malgré le penchant pour l'agressivité de sa bête, il apportait aux sentinelles un point de vue façonné par son humanité. C'était moins le fait de son patrimoine génétique que des quatorze années qu'il avait passées à feindre d'être entièrement humain. Cette part de lui-même savait voir au-delà des instincts territoriaux de son léopard.

— Teijan est fiable… c'est pour ça qu'il a mis autant de temps à prendre sa décision. Il n'enfreindra pas notre accord tant qu'on ne le fera pas nous-mêmes.

Le Rat avait un sens de l'honneur qui pouvait surprendre ceux qui le jugeaient d'après la nature de sa bête.

Dorian se mit à jouer avec le couteau de poche qu'il gardait sur lui en permanence ; les gestes fluides de ses doigts qu'il agitait distraitement se fondaient en éclairs lumineux.

— J'ai déjà traité avec Teijan… on a échangé des infos. Les siens n'excellent pas au combat, mais ce sont de très bons espions. Les humains aussi.

Lucas haussa un sourcil.

— Tu parles en connaisseur ?

Dorian lui décocha un sourire éclatant.

— On peut dire ça.

— Lors de notre première réunion avec eux pour discuter d'un pacte formel, ils m'ont paru honnêtes, quoique méfiants, dit Sascha, qui s'exprimait pour la première fois. Teijan n'accordera pas sa loyauté à la légère, mais je ne pense pas non plus qu'il reviendrait sur une alliance. Il dégage une grande fierté.

— C'est un avis professionnel ? demanda Dorian. Tu as lu en lui, Sascha chérie ?

Sascha fusilla du regard la sentinelle aux cheveux blonds.

— Ce serait contraire à l'éthique. Mon instinct me dit qu'il est digne de confiance.

Dorian haussa les épaules.

— Ton instinct est celui d'une empathe.

Clay se rangeait à cet avis. Même si Sascha n'avait pas consciemment lu son esprit, elle avait dû capter un détail qui l'avait amenée à cette conclusion.

— Tu devrais peut-être fixer un nouveau rendez-vous avec Teijan et les siens, proposa-t-il.

— Je ne lis pas en eux.

Sascha se rembrunit encore.

Lucas tendit la main pour tirer sur l'extrémité de sa natte.

—Au diable l'éthique.

—J'assisterai à la réunion, dit-elle en rejetant sa main d'une tape accompagnée d'une ébauche de sourire, et je vous dirai ce que j'en pense, mais ce sera mon opinion, rien de plus.

—Mince, Lucas, marmonna Dorian, je croyais que tu te chargeais de la corrompre.

Sascha lui jeta un coussin. En riant, Lucas intercepta celui que Dorian renvoyait à l'empathe.

—Cesse de provoquer ma compagne. Elle est d'humeur capricieuse, comme toutes les femmes.

Le grondement sourd de Mercy emplit la pièce.

Dorian ricana.

—Toi, tu es juste en rogne parce que tu as pioché la mauvaise carte.

—Pourquoi je dois assurer la liaison avec les loups? répliqua Mercy. Riley est tellement vieux jeu, ça me donne envie de…

Elle sortit les griffes et émit un grondement sauvage.

—Je te prêterai un couteau, dit Dorian d'une voix traînante. Comme ça, tu ne saliras pas tes jolis ongles.

Mercy bondit et le plaqua au sol, mais Dorian se réceptionna avec une grâce experte. Malgré tout, il ne parvint pas à l'empêcher de le clouer au sol; il était trop occupé à rire.

Alors qu'il observait ses compagnons de meute hilares, Clay sut que Talin avait sa place parmi eux. Elle était sienne. Rien ni personne – ni les craintes de la jeune femme, ni cette fichue maladie – ne pourrait la séparer de lui.

Talin avait cru Sascha difficile à rallier à sa cause, mais la compagne de Lucas n'était rien comparée à Faith. La petite rousse plantureuse avait beau avoir les mêmes yeux de firmament que Sascha, la ressemblance s'arrêtait là. Faith souriait rarement, et il y avait chez elle une noirceur indéfinissable que Talin reconnaissait ; elle y retrouvait des échos de ce qu'elle gardait elle-même à l'intérieur.

— Alors comme ça, tu as connu Clay enfant ? demanda Faith alors qu'elles étaient assises dans la grande salle de jeux à l'étage. Il n'a jamais parlé de toi.

Talin accusa le coup, puis la douleur céda le pas à l'irritation. De quel droit cette femme l'interrogeait-elle au sujet de Clay ?

— Ça n'a rien de bien surprenant. On était très jeunes la dernière fois qu'on s'est vus.

Mais il avait hanté son esprit chaque jour de sa vie.

— J'étais au courant pour toi, dit Tamsyn, installée dans un fauteuil entre Faith et Talin. (Elle tricotait quelque chose avec de la laine verte qui évoquait à Talin les yeux de Clay.) « Ma Tally », c'est comme ça qu'il t'appelait.

— Tu étais au courant ? (Faith fronça les sourcils, une expression si subtile qu'il semblait qu'elle n'avait pas encore appris à communiquer librement ses émotions.) Bien sûr, tu le connais depuis beaucoup plus longtemps que moi.

Tamsyn répondit sans cesser de tricoter.

— Oui. Mais il s'est lié d'amitié avec toi très vite. Tu dois avoir une sorte de pouvoir magique.

Pareil à une bête enragée, un violent sentiment de jalousie s'empara de Talin.

— J'imagine qu'il doit avoir un faible pour les femmes sans défense.

La réflexion mesquine lui échappa avant qu'elle ait pu la retenir.

Tamsyn cessa un instant d'agiter ses aiguilles, puis reprit son ouvrage. Faith haussa un sourcil.

— Qu'est-ce qui te fait croire que je suis sans défense ?

Son sourire était glacial.

Talin n'allait pas se dégonfler, pas après les piques que Faith lui avait lancées.

— À te voir, on s'attend à ce que tu t'envoles au moindre souffle de vent, lui dit Talin. (La peau de l'autre femme était dorée et crémeuse, sans une tache de rousseur.) Fragile, c'est le mot qui vient à l'esprit.

Tamsyn éclata de rire.

— Pardon, ne faites pas attention à moi. Vous pouvez continuer.

Talin observa les deux femmes de DarkRiver et se sentit rougir.

— Quelque chose m'échappe, visiblement.

Son impression d'exclusion était d'autant plus douloureuse qu'elle avait cru que Tamsyn l'appréciait.

— Je suis désolée, Talin. (La voix douce de Tamsyn n'avait rien de moqueur.) J'imaginais seulement ce que dirait Clay s'il vous entendait.

Talin ne détourna pas son attention de Faith.

— Tu es quoi au juste, une Tk ? demanda-t-elle, bien consciente d'être en dehors du cercle fermé de la nouvelle famille de Clay.

La fixité du regard de Faith avait quelque chose d'inquiétant.

— Je vois l'avenir.

— Tu es une C-Psi ? (Un être si rare que Talin ne connaissait personne qui en ait rencontré un.) Une C-Psi cardinale ?

— Oui. Tu peux me croire quand je te dis que les choses que je vois ne sont pas pour les faibles.

— Je retire ce que j'ai dit, alors, dit-elle. Mais amie ou pas, tu n'as aucun droit de t'immiscer entre moi et Clay.

Elle avait beau être une humaine chétive et impuissante, elle ne laisserait personne, pas même une cardinale, essayer de l'éloigner de Clay.

— Toi et Clay. Il y a donc une relation ?

— Oui. (En prononçant ce simple mot, Talin sentit un changement radical s'opérer en elle.) Si tu as quelque chose à y redire, sois franche au lieu de tourner autour du pot.

Tamsyn cessa tout à fait de tricoter, mais Faith ne broncha pas.

— Je vois l'avenir. Parfois, je vois des choses au sujet de gens auxquels je tiens.

Rien n'aurait pu anéantir plus efficacement la colère de Talin.

— Quoi ? chuchota-t-elle. Qu'est-ce que je vais faire à Clay ?

— Je ne sais pas, répondit Faith avec calme. (Sa voix si cristalline rappelait à Talin celle de Jonquil.) Ce que je sais en revanche, c'est que le futur n'a pas encore changé.

— Qu'est-ce que ça veut dire ?

Elle eut envie de secouer la clairvoyante, de la forcer à ne plus parler par énigmes.

— Ça veut dire que qui que tu sois, tu n'es pas encore la femme qui l'empêchera de franchir la dernière limite… de perdre son humanité.

Chapitre 22

Max se retourna pour parer l'attaque une seconde trop tard.

Ils lui tombèrent dessus à coups de pied et de poing, telle une nuée d'insectes sadiques. Ils ne poussèrent pas un cri, et leur silence total constituait en lui-même une menace. Le détective riposta, mais ils étaient trop nombreux. Au bout d'un moment, le monde se limita pour lui à un refrain passé en boucle.

La collision des chairs, le frottement de sa peau contre l'asphalte, sa respiration laborieuse. Une traînée de sang chaud coula sur son visage.

Un coup de feu. Puis… le néant.

Chapitre 23

Il suffit à Clay de jeter un coup d'œil au visage de Talin lorsqu'elle descendit à la cuisine pour savoir qu'elle s'était disputée avec Faith. Elle s'arrêta à un bon mètre de lui. Fronçant les sourcils, il s'avança jusqu'à elle et prit sa main inerte et froide. Lorsqu'elle essaya de se dégager, il dut se rappeler à l'ordre pour rester civilisé.

— Je croyais qu'on était amis. (Elle pinça les lèvres, mais cessa de lutter.) Tu comptes me dire ce qui s'est passé ?

Silence.

— Très bien. Je demanderai à Faith.

Elle étrécit les yeux.

— Tu es amoureux d'elle ?

Bon sang, où les femmes allaient-elles pêcher des idées pareilles ?

— C'est la compagne de Vaughn.

— Et alors ?

— Quoi, et alors ? (Clay se passa une main dans les cheveux.) Quand on appartient à une meute, on met le nez dans les affaires des uns et des autres. Ça ne me plaît pas beaucoup, mais on apprend à vivre avec.

— Elle pense avoir des droits sur toi.

Voilà qui était intéressant.

— C'est encore ton côté possessif qui parle, Tally.

— Arrête.

Elle voulut retirer sa main.

Il refusait de lâcher.

—Elle a bien des droits sur moi, dit-il. Tout comme j'ai des droits sur Sascha ou Tamsyn. C'est une question de veiller sur les siens. Elles font partie de la meute.

—Et pas moi.

—Pas encore. (Tenaillé par le désir de la posséder jusqu'à ce que son odeur l'imprègne définitivement, il l'entraîna vers la porte.) Viens, il faut qu'on soit à l'heure à ce rendez-vous.

En fin de compte, ils arrivèrent bien en avance. Lorsqu'ils entrèrent dans le restaurant, Clay laissa les rênes à Talin. Elle était restée silencieuse durant le trajet, et il la connaissait assez pour savoir qu'elle tirait ses propres conclusions dans sa tête… ce qui pouvait s'avérer dangereux; mais il prenait leur relation au sérieux et ne comptait pas lui mentir. La distraire pour mieux la persuader, oui, mais mentir, jamais.

—On a rendez-vous avec quelqu'un, dit-elle au maître d'hôtel.

L'homme guindé regarda d'abord le jean de Talin et le pull fin au col en V qu'elle avait enfilé par-dessus son haut, puis s'arrêta sur Clay, vêtu de son jean et d'un tee-shirt blanc.

—Vous devez vous être trompés d'établissement, suggéra-t-il, l'air hautain. Le bar le plus proche est à deux pâtés de maisons.

Clay attendit la réaction de Talin. Il voyait presque la fumée lui sortir par les oreilles.

—Où se trouve l'ANPE la plus proche?

Ce ton mielleux, si innocent. Ce qu'elle pouvait l'exciter quand elle était de mauvais poil comme ça.

—Je suis mal placé pour le savoir, renifla-t-il.

—Vous le saurez bientôt si c'est comme ça que vous traitez vos clients. (Son ton était d'acier.) Je pourrais être n'importe qui.

L'homme afficha un sourire de dédain.

—Vos vêtements vous trahissent, ma chère. Si vous comptez jouer dans la cour des grands, je vous suggère de trouver une meilleure tenue. Ainsi qu'un compagnon plus distingué, railla-t-il.

À ce dernier commentaire, Talin étrécit les yeux.

—Espèce d'abruti coincé. Mon « compagnon » vaut mille fois mieux qu'un snob arrogant comme vous.

Même si la scène amusait Clay, il ne laisserait personne insulter Talin devant lui.

—Hé, Tally.

Elle jeta un coup d'œil par-dessus son épaule.

—Quoi ? dit-elle d'une voix qui se muait presque en grondement.

—Tu crois que je devrais lui montrer comme je peux être distingué ?

Ses canines s'allongèrent, étincelantes, et ses yeux adoptèrent le vert de son félin.

Derrière Talin, le visage du maître d'hôtel devint blanc comme un linge.

Clay eut de la peine à se retenir d'éclater de rire.

Talin lui assena une tape sur le bras.

—Tiens-toi tranquille, tu ne m'aides pas là. (Elle reporta son attention sur le maître d'hôtel.) Bon, où en étions-nous… Vous allez bien ? Vous êtes très pâle.

—Je, euh, oui. (Le maître d'hôtel parcourut du doigt l'écran de sa petite tablette informatique. L'odeur âcre de sa peur irritait les sens de Clay.) Avec qui disiez-vous avoir rendez-vous ?

—M. Devraj Santos.

L'homme reprit la parole d'une voix haut perchée.

— M. Santos a réservé l'une de nos salles privées. Si vous voulez bien me suivre.

Alors qu'ils gravissaient les escaliers derrière le maître d'hôtel, Clay posa la main dans le creux des reins de Talin.

— Il ne m'aime pas trop, on dirait, lui chuchota-t-il à l'oreille.

— Je croyais t'avoir dit de te tenir tranquille, siffla-t-elle. Pourquoi il a réagi comme ça ?

— Parce que… (la sentant amusée, il déposa un baiser sur sa mâchoire) il a compris que j'étais un grand méchant matou.

Elle s'arrêta pour le fusiller du regard, mais sans colère.

— C'est une ville de léopards… les gens devraient être habitués. Vous faites quoi au juste à ceux qui vous contrarient ?

— On ne les mange pas… enfin, pas souvent, la taquina-t-il. Mais jouir d'une certaine réputation, ça peut servir. (Dans les faits, les habitants commençaient à se rendre compte que les félins contrôlaient plusieurs quartiers majeurs de la ville.) On a une énorme influence.

Malgré tout, DarkRiver étant un groupe discipliné plutôt qu'une bande de voyous, ils avaient pour règle de ne pas exhiber leur puissance.

D'un autre côté, il était bon qu'un vétéran de la meute – comme Clay ce soir-là – la leur rappelle de temps en temps afin d'éviter que certains soient tentés de s'enhardir. Sinon, d'autres prédateurs, humains, changelings et Psis, commenceraient à vouloir leur part du gâteau.

— Ils savent qu'on peut leur mener la vie dure.

— Comme la Mafia ? dit-elle sur un ton affectueux, tendant la main pour le recoiffer.

Ce geste attentionné le fit se rengorger.

— Hé, on n'exige pas d'argent en échange de notre protection. (Et ils ne se livraient pas à des vengeances mesquines, mais ça, le maître d'hôtel ne le savait pas.) En plus, noyer les gens avec un boulet au pied, c'est complètement dépassé.

— Tu es terrible, murmura-t-elle avant de se remettre en marche. Ce pauvre homme était à moitié mort de peur.

— Il ne l'a pas volé.

Il referma la main sur sa hanche et se demanda si elle était réellement opposée aux morsures… car il mourait d'envie de croquer ses fesses tentantes.

— Personne à part moi n'a le droit d'être méchant avec toi, ajouta-t-il.

Elle leva les yeux au ciel, mais il vit qu'elle luttait pour contenir son amusement.

— Idem, minou. (À sa grimace, elle ébaucha un sourire.) C'était plutôt drôle, mais je le nierai si jamais tu me demandes de le confirmer.

Arrivés en haut des escaliers, ils trouvèrent le maître d'hôtel dans le couloir, devant une porte ouverte.

— Si vous voulez bien attendre à l'intérieur, dit-il, veillant à rester à distance de Clay. Je ferai monter M. Santos dès qu'il sera arrivé.

— Merci, dit Talin.

Clay s'arrêta assez longtemps pour gratifier l'autre homme d'un sourire détaché de prédateur en chasse avant que Talin l'entraîne à l'intérieur et ferme la porte.

— Ça suffit.

Appréciant qu'elle se sente assez à l'aise avec lui pour lui donner des ordres, il fit le tour de la pièce à la recherche d'une autre issue. Quoique en hauteur, la fenêtre était bien assez grande. Il pourrait s'échapper par là avec Talin sur le dos. Satisfait, il revint à la porte contre laquelle elle s'était appuyée.

— La plupart des gens ne réagissent pas aussi mal que ce type, dit-il, plaquant les mains de chaque côté de sa tête. (Il lui avait laissé assez d'espace pour qu'elle ne se sente pas piégée, mais son léopard ronronna tout de même en constatant qu'elle ne bougeait pas.) Il doit faire partie de ces humains qui nous considèrent comme des animaux. Il s'attend probablement à ce que je commande un chevreuil vivant.

— Ne prends pas ce ton hautain. (Elle pointa le doigt sur son torse.) À moins que tu ne connaisses pas de changelings qui considèrent les humains comme des proies.

Il grimaça.

— Tu as raison. Certaines espèces de prédateurs ont tendance à mettre les humains dans le même panier que le bétail et les cerfs.

Des proies, épargnées uniquement parce que, même sous sa forme animale, l'esprit d'un changeling restait à moitié humain.

— Et toi, tu en penses quoi ? dit-elle sur un ton malicieux.

— J'en pense que je n'ai pas envie d'entendre tes remarques acerbes.

S'écartant de la porte, il s'avança à gauche de la table carrée et tira une chaise. De cet emplacement, il pourrait garder un œil sur les deux issues.

— À vous l'honneur, mademoiselle.

Elle le rejoignit et l'examina de la tête aux pieds.

— C'est drôle, tu ressembles à Clay. (Il releva le menton d'un air interrogateur.) Tu es charmant.

Si elle avait su le contrôle qu'il devait exercer pour empêcher sa nature brutale et possessive de prendre le dessus, elle aurait été terrifiée. Lorsqu'elle s'assit et que sa queue-de-cheval effleura ses doigts, il serra le dossier de sa chaise. Même s'il savait qu'elle n'en avait pas conscience, en acceptant le siège qu'il lui offrait – et en le laissant venir derrière elle –, elle exposait sa nuque et lui donnait une preuve de confiance primaire.

Il eut envie de se pencher et de déposer un baiser sur cette peau crémeuse. Talin n'avait pas de taches de rousseur à cet endroit-là.

— Ne t'inquiète pas, lui assura-t-il, intrigué par sa découverte. Je redeviendrai bien vite revêche et renfermé.

— Idiot.

Tandis qu'elle riait, il s'installa à côté d'elle au plus près de la porte. Personne ne pourrait l'atteindre sans avoir d'abord affaire à lui. Il était sur le point de céder à la tentation et de se mettre à jouer avec une mèche de ses cheveux lorsqu'il entendit des bruits de pas. Il se leva et alla ouvrir la porte.

Un homme de grande taille – cheveux bruns, yeux sombres, et qui cachait peut-être une arme à l'épaule – apparut en haut de la cage d'escalier derrière le maître d'hôtel. Clay l'entendit renvoyer l'employé, puis il s'avança vers la porte.

— Vous devez être Clay Bennett.

Arrivé à sa hauteur, l'homme lui tendit la main.

— Et vous devez être le fils de pute qui a essayé de me filer ce matin.

Il entendit Talin hoqueter mais n'y prêta pas attention ; il surveillait la réaction de Santos alors qu'il relâchait sa main. L'homme avait au moins pour lui d'être calme. Il ne manifesta pas le moindre signe de surprise.

— Vous semblez très sûr de vous.

— Il a craché le morceau, expliqua Clay.

Il s'était occupé du mouchard avant d'aller Sous Terre.

— Ah. (Santos haussa un sourcil.) Ça explique l'absence de communiqué de sa part. Il est encore en vie ?

— Pour l'instant.

Clay s'écarta pour laisser l'autre homme entrer mais l'empêcha d'aller jusqu'à Talin.

Santos referma la porte derrière lui.

— Talin, tu as l'air en forme.

— Euh, ouais.

Clay se réjouit de l'air sceptique de Talin alors qu'elle examinait le complet élégamment coupé de son supérieur. L'homme d'affaires avait tout l'air d'un requin, mais l'animal de Clay voyait en lui quelque chose de bien plus intéressant : un prédateur caché sous une peau humaine.

Après leur avoir lancé un sourire dépourvu de sens, Santos prit une chaise.

— Peut-être devrait-on d'abord passer commande ?

Clay retourna à sa place.

— Nous avons déjà mangé, mais un café ne serait pas de refus.

Talin prit la carte électronique et saisit leurs sélections à tous les deux.

— Je prendrai un café, moi aussi. Une part de gâteau, peut-être.

— Vous m'excuserez si je mange. J'ai eu une journée plutôt chargée. (Santos fit son choix et le valida en même temps que Talin.) Je sors tout juste d'un hôpital privé.

— L'un des enfants ?

L'inquiétude de Talin était palpable.

— Je crains que Max ait été mis hors-jeu.

Au ton de sa voix, Clay se raidit.

— Que s'est-il passé ?

— On l'a attaqué, répondit Santos, le regard assassin. Il a été battu jusqu'à ce qu'il s'évanouisse.

Horrifiée, Talin étouffa un cri.

— Est-ce qu'il…

— Il a quelques os cassés et un léger œdème crânien, mais grâce à l'intervention d'un groupe de gens à l'esprit civique, il est vivant. (Le directeur de Shine leur tendit une carte de visite.) C'est l'établissement privé où on l'a transféré après avoir compris ce qui s'était passé. Il est beaucoup plus sûr qu'un hôpital public.

Clay regarda la carte de visite et reconnut le quartier.

— Une idée de qui l'a attaqué ?

— Nous supposons qu'il s'agit de celui ou de ceux qui ont saccagé l'appartement de Talin… Max n'a rien pu nous dire. (Il croisa les bras et sourit de toutes ses dents ; un sourire de requin.) Il en a tout de même eu un. Ses acolytes ont emporté le corps, mais d'après les éclaboussures de sang et les échantillons de peau retrouvés sur place, la balle a atteint la tête.

À sa grande surprise, Clay se rendit compte qu'il appréciait Max et était furieux qu'on s'en soit pris au flic.

— Laissez-moi deviner… les analyses d'ADN n'ont rien donné ?

— Bien entendu. En revanche, nous avons pu déterminer que l'individu était humain. (Il serra le poing sur la table.) Même si elle n'a pas été fatale, ils ont réussi par cette attaque à éliminer Max, et la Sécurité par la même occasion. Nous pensons qu'il se rétablira mais, en attendant, il semblerait que vous soyez désormais notre meilleure source d'informations.

Talin prit une inspiration mal assurée, mais la question qu'elle posa ensuite était cinglante.

— Dev, tu parles tout le temps de « nous » et de « notre ». Qui sont les autres ?

— Des alliés de Shine. Ils contrôlent le conseil d'administration.

Clay perçut un bruit en provenance du mur et reconnut un monte-plats, qui participait probablement au charme « délicieusement rétro » vanté sur la carte du restaurant.

— Tally, tu veux bien t'occuper du service ?

Il n'avait aucune intention de tourner le dos à Devraj Santos.

Avant de se lever, elle effleura rapidement sa cuisse, geste qui fit monter l'adrénaline de Clay.

— Ne t'attends pas à ce que ça soit comme ça tous les jours, par contre.

Santos resta assis pendant qu'elle allait chercher les plats.

— Merci, dit-il lorsque Talin les posa sur la table.

Il n'essaya pas de prendre son assiette avant qu'elle se rassoie. Il cherchait à se donner l'air sympathique. Inoffensif. Ben voyons.

— Pourquoi faire appel à nous plutôt qu'à un autre flic ? demanda Clay, boudant son café. Les chances que l'on détienne quoi que ce soit d'intéressant sont presque inexistantes.

— DarkRiver suscite notre intérêt depuis un moment. (Santos prit une bouchée de pâtes.) Ma franchise vous surprend.

— Ouais.

Plus surprenant encore, alors qu'il avait contraint Santos à prendre la place la moins sûre, celui-ci avait subtilement déplacé sa chaise afin de garder les issues dans sa ligne de mire. Intéressant. Clay s'était attendu à un fonctionnaire, il se retrouvait face à un soldat.

— Je ne comprends pas. (Talin repoussa son gâteau, qui de toute évidence ne la tentait plus.) Je croyais que ce rendez-vous concernait les enfants disparus, pas DarkRiver.

Le visage de Santos arbora une expression froide et menaçante.

— En effet. Mais les kidnappings font partie d'un problème plus vaste.

— Est-ce que Shine est derrière tout ça ? demanda Talin de but en blanc.

— Ce n'est pas nous qui allons les enlever dans la rue, mais nous sommes responsables.

Chapitre 24

— Pourquoi ? souffla Talin. Pourquoi leur faire du mal comme ça ?

— Nous ne tuons pas les enfants.

Il reposa sa fourchette ; malgré le sujet déplaisant, il avait terminé son repas. Encore un acte révélateur. Les soldats mangeaient quand ils le pouvaient.

— Nous sommes responsables parce que nous savons trop bien les repérer. Et il s'avère que quelqu'un livre cette information à d'autres.

Un détail échappait à Clay.

— D'après ce que je sais, Shine jouit d'un poids politique important ; pourquoi ne pas avoir insisté davantage auprès de la Sécurité ?

— Leur système n'est pas fiable… il ne se passe pas une heure sans qu'il y ait de fuites. (Santos but une longue gorgée d'eau.) Nous avons choisi Max parce qu'il possède un bouclier naturel contre les interférences des Psis et qu'il est intègre. Il y en a peu des comme lui. Faire pression sur la Sécurité aurait été plus nuisible que bénéfique dans cette affaire.

— Pourquoi ? reprit Talin. Personne d'autre ne lève le petit doigt pour retrouver ces gosses.

— Au contraire, nous essayons depuis le début. (Les muscles de son visage se contractèrent.) Mais notre ennemi sait trop bien se cacher. C'est pour ça que nous avons cessé de recruter.

— Ça m'intriguait, justement, murmura Talin. Ça fait des mois que nos équipes n'ont pas été envoyées dans la rue.

— Nous ne pouvons pas prendre le risque d'exposer d'autres enfants. (Il secoua la tête.) Nous essayons aussi de protéger ceux qui sont déjà intégrés à notre système, mais tu connais ces gosses. La plupart d'entre eux font ce qui leur chante.

Talin ne le contesta pas.

— Que peux-tu nous dire ?

— On les enlève pour leurs aptitudes.

— Ça, on le savait déjà, répliqua Talin.

— Nous pensons que ce sont les Psis qui les enlèvent.

Malgré cette nouvelle inattendue, Clay conserva une expression impassible.

— Pourquoi ?

— Ces enfants représentent le meilleur de ce que l'humanité a à offrir. Ils sont les étoiles les plus brillantes de notre arsenal… une menace potentielle pour le pouvoir des Psis. (Il adressa un hochement de tête à Talin.) Ta capacité à te souvenir de tout ce que tu vois est en elle-même presque une aptitude Psi.

C'était vrai dans une certaine mesure, mais Clay n'était pas convaincu. Et apparemment, Talin non plus.

— On trouve des enfants doués partout dans le monde. Il y en a même beaucoup qui sont inscrits dans des écoles spéciales et qui constituent des victimes idéales. Pourquoi s'en prendraient-ils seulement à des enfants de Shine ?

— Eh bien… (le ton de Santos se chargea d'amertume) parce que nous avons fait d'eux des cibles.

Une réponse qui ne leur apprenait strictement rien, songea Clay.

— Pourquoi vous intéresser à DarkRiver ?

— Vous avez des connexions avec les Psis. (Santos se cala dans sa chaise mais garda les deux mains bien en évidence.) Votre chef est en couple avec une cardinale. La mère de Sascha Duncan, Nikita, est une Conseillère.

— Cette relation-là n'existe plus, dit Clay.

Il savait ne trahir aucun secret. Nikita avait déclaré publiquement qu'elle ne considérait plus Sascha comme sa fille.

— Vous avez aussi Faith NightStar, la C-Psi la plus puissante du monde. Elle a gardé contact avec le PsiNet.

— Elle sous-traite ses services. (Clay haussa les épaules.) Elle n'est pas rattachée au Net.

Seuls les Psis qui y étaient connectés pouvaient accéder à cette gigantesque archive de données. Sascha et Faith avaient toutes deux coupé ce lien en rejoignant DarkRiver.

— Ça ne veut pas dire qu'elle n'est pas en contact avec d'autres qui y sont rattachés. (Il marqua une pause, mais Clay garda le silence.) L'élément décisif, c'est que DarkRiver s'est montré prêt à tenir tête aux Psis et qu'il en a les capacités. Les alliés de la fondation pensent que vous pourriez accéder à notre demande d'aide au lancement d'une opération pour secourir ces enfants.

— Comme tu as dû me filer pour remonter jusqu'à Clay, tu sais que la meute a déjà accepté d'apporter son aide, dit Talin, coupant court à ce petit jeu. Tu aurais pu nous exposer tes théories au téléphone.

À cette insinuation condescendante qu'il ne leur avait rien fourni de valable, Santos esquissa un sourire.

— Je voulais vous assurer du soutien de la fondation vis-à-vis des actions de DarkRiver. Vous disposerez de notre entière coopération.

— Nous souhaitons infiltrer Shine afin d'éliminer l'espion, dit Clay.

— Nous ne pouvons pas le permettre, mais nous prenons toutes les mesures possibles pour acculer le coupable.

— Bel exemple d'entière coopération, marmonna Talin.

— Donc, si je résume… vous n'avez rien que nous ne sachions déjà, et vous êtes venu nous donner votre accord ? (Clay laissa libre cours à l'arrogance de son léopard.) C'est bien ça ?

Santos serra le poing sur la nappe.

— Il y a certaines choses que nous ne sommes pas prêts à divulguer.

— Les dossiers complets des enfants disparus, par exemple ? dit Talin d'une voix dure. Ceux que tu as transmis à Max sont des versions modifiées.

Cette fois-là, Santos ne parvint pas à cacher sa surprise.

— Tu ne te souviens pas juste de tout, n'est-ce pas Talin ? Tu arranges les pièces du puzzle jusqu'à ce que tu discernes une logique. J'avais oublié cet aspect de tes aptitudes.

— Répondez à la question. Pouvez-vous lui obtenir ces dossiers, ou êtes-vous encore plus inutile que vous en avez l'air ?

Le regard de l'autre homme se chargea d'une froideur assassine.

— Prenez garde, monsieur Bennett. Je ne suis pas une proie aussi facile que vous le pensez.

— Je pense que vous êtes un loup sous votre costume d'homme d'affaires, mais en ce qui concerne cette enquête, vous ne nous avez rien fourni de valable. Alors vous jouez cartes sur table, ou vous quittez la partie.

— Ce sont nos enfants. (Clay ne s'était pas attendu à l'accent protecteur dans la voix de Santos.) Nous n'agissons que dans le but d'assurer leur sécurité.

— Alors donne-moi ces dossiers, plaida Talin. Tu l'as dit toi-même… je suis douée pour voir la logique. Je verrai peut-être quelque chose qui nous aidera à retrouver les enfants.

Le directeur de Shine resta muet pendant plusieurs minutes.

— Je ferai livrer des copies papier au siège social de DarkRiver demain matin. Détruis-les quand tu les auras mémorisées. (Il recula sa chaise.) J'ai un avion à prendre.

Clay se leva.

— Nous vous tiendrons informé de nos découvertes.

— Je vous donnerai ce que je pourrai.

Il laissa tomber le masque sophistiqué et révéla son vrai visage, impitoyable :

— Certaines personnes veulent avancer pas à pas, mais je refuse de voir mourir d'autres enfants sous ma direction. (Alors qu'il semblait sur le point d'ajouter quelque chose, il jeta un coup d'œil à Talin.) Lis ces fichiers sans te laisser aveugler par ce que tu sais. Nous verrons bien quelle logique tu discerneras.

Dev attendit d'être dans sa voiture de location insonorisée pour passer son coup de téléphone.

— Vous les avez sous-estimés.

— Nous ne pouvons pas prendre le risque de…

— Si, nous le pouvons. (Il serrait son portable à le réduire en miettes.) Il y a des enfants qui meurent.

— Nous devons savoir si DarkRiver est fiable avant de leur confier cette information.

— À qui craignez-vous qu'elle parvienne ? (Il était à deux doigts de jeter le portable par la fenêtre.) « Ils » sont déjà au courant. C'est pour ça qu'ils enlèvent nos enfants !

Lorsque Clay gara le Tank dans sa cachette près du repaire, Talin était irritée et fatiguée. Elle avait voulu passer voir Max, mais Clay avait objecté qu'ils risquaient de le mettre en danger, et vice-versa. À la place, il avait appelé sur une ligne sécurisée et appris que l'état de Max était stable, même s'il restait inconscient.

Frustrée par sa propre incapacité à protéger ceux qui comptaient pour elle, Talin déversa sa colère.

— Je n'arrive pas à croire que Dev nous cache des choses qui nous aideraient peut-être à retrouver Jon !

— Il nous a tout de même donné une information cruciale, dit Clay, la main posée dans le creux de ses reins tandis qu'ils marchaient vers le repaire. Les Psis.

Elle se déroba à son contact. Sa peau réagissait à ses caresses d'une façon qu'elle trouvait dérangeante ; en fin de compte, malgré sa déclaration osée à Faith, elle ne savait pas très bien ce qu'elle voulait au juste. Seulement qu'elle refusait de perdre Clay.

— On n'a pas la preuve que les Psis sont impliqués. Max est un bon flic… il l'aurait découvert si ça avait été le cas.

Clay ouvrit la porte et se servit du système d'activation vocale fraîchement installé pour allumer la lumière.

— Qu'est-ce que tu as à la fin, avec Max ? Il va bien… j'ai reçu des blessures plus graves et j'ai survécu, marmonna-t-il après qu'elle fut entrée. Quoi, tu en pinces pour ce type ?

Le cœur de Talin se mit à palpiter à la pensée de ce que Clay avait enduré, mais la jeune femme se garda de montrer son trouble.

— Tu me rends folle ! (Elle tourna les talons et se dirigea vers l'échelle.) Il se trouve que je pense que c'est un type bien, digne de confiance et attentionné, c'est tout. Tu sais, je pourrais tomber sur bien pire !

Clay ricana et gravit l'échelle à sa suite.

— Un type bien. Digne de confiance. Attentionné, la singea-t-il. Ça le rend à peu près aussi excitant qu'une paire de vieilles chaussures.

— Peut-être que quelqu'un d'excitant ne m'intéresse pas, dit-elle entre ses dents, sans comprendre comment ils en étaient arrivés à cette conversation. (Elle se retourna et lui fit face.) Peut-être que je veux quelqu'un de normal.

— Normal ? dit Clay sur un ton menaçant.

Pour la première fois depuis des jours, Talin sentait poindre sa méfiance. Clay était fatigué et énervé, lui aussi. Elle serait sûrement avisée de ne pas le provoquer. La femme qui avait tressailli à ses premières caresses s'en serait abstenue. Avec une certaine surprise, Talin s'aperçut qu'elle n'était plus cette femme-là.

— Normal, répéta-t-elle. Je veux un gentil petit ami humain qui n'ait pas de fixations perverses comme celle de lécher.

Clay se rapprocha d'un pas.

— Perverses ?

Elle recula.

— Ouais.

— Humain ?

— Humain, c'est sûr. Pas de griffes. Pas de grondements. Pas de crocs acérés.

Elle l'affirmait avec un tel aplomb qu'elle faillit presque y croire elle-même.

— Normal, continua-t-elle. Ordinaire. (Ce qu'elle n'avait jamais été.) Une vie bien rangée.

Les yeux de Clay s'assombrirent jusqu'à devenir presque noirs et il cessa de l'acculer.

— Vraiment ?

— Vraiment, se força-t-elle à dire. Je suis fatiguée d'être une marginale.

L'instinct du changeling s'éveilla.

— Qu'est-ce que tu ne me dis pas, bébé ?

— Rien. (Elle leva furtivement les yeux.) Il faut que j'aille me coucher.

— Pour pouvoir rêver de ton petit ami humain et ordinaire ?

Il s'avança de nouveau vers elle ; sa surprise qu'elle puisse réellement lui préférer un humain se dissipait sous l'intensité des émotions qu'il voyait tourbillonner dans son regard.

— Tu te projetteras peut-être dans un joli petit monde imaginaire où il n'arrive jamais rien de mal…

Lorsqu'il l'atteignit, elle plaqua les paumes contre son torse.

— C'est quoi le problème avec ça ? Au moins, les humains n'ont pas l'obsession de protéger, eux, et ils ne me disent pas que je ne suis pas…

Elle referma la bouche aussitôt, mais il en avait entendu assez.

Il saisit l'une de ses mains fines et embrassa chacun de ses doigts tour à tour, conscient des battements accélérés de son cœur, de ses os fragiles, de sa confiance en lui. Ce fut cette dernière chose qui le déchira.

—Les familles humaines peuvent être tout aussi possessives.

Elle secoua la tête.

—Vous les changelings prédateurs, vous êtes passés à la vitesse supérieure. J'ai le sentiment d'être exposée à la critique.

Il ne s'attendait pas à cette confession. La Tally qu'il avait appris à connaître s'apitoyait rarement sur elle-même. Submergé par une vague de tendresse, il se rendit compte qu'elle avait encaissé beaucoup de chocs en une seule journée.

—Tu es à moi. Tu es donc parfaite.

Talin esquissa un sourire.

—Idiot.

—Peut-être. (Il mordilla ses doigts.) Une fois qu'elle t'aura acceptée, la meute sera là pour te soutenir. On ne laisse jamais se noyer l'un des nôtres. Jamais.

—Elle ne m'acceptera pas, Clay, murmura-t-elle en posant la tête sur son torse, la main toujours dans la sienne. J'ai l'impression d'être une gamine des rues crasseuse quand je suis avec les autres femmes, comme si j'avais le nez collé à une vitre et que tu étais de l'autre côté. Je ne peux pas me métamorphoser, je n'ai pas de pouvoirs Psis.

Sa métaphore lui brisa le cœur.

—Les femmes t'ont fait une réflexion ?

—Laisse tomber. (Elle s'écarta.) J'ai eu un accès mélodramatique. C'est passé.

Il n'était pas dupe.

—Tally !

Elle pinça les lèvres. Il attendit. Enfin, elle relâcha son souffle.

— Bon, d'accord ! On m'a interrogée sur mes intentions vis-à-vis de toi.

Les bras passés autour de sa taille, il l'attira plus près de lui.

— Et quelles sont tes intentions ? murmura-t-il en se penchant pour effleurer ses lèvres. Tu comptes me voler ma virginité ? Je t'en prie, n'hésite pas.

Elle prit une profonde inspiration et sa poitrine se souleva contre lui.

— Un peu de sérieux. Ils ne m'accepteront jamais.

Elle reposa les mains sur son torse et déplia les doigts comme pour évaluer sa force. Le geste plut à Clay.

— Certains d'entre nous voulaient torturer Sascha, au début.

Elle enfonça les doigts dans sa peau. Ça lui plut encore plus.

— Hein ? Pourquoi ?

— Un tueur en série Psi avait assassiné la sœur de Dorian. On a pensé que Sascha détenait peut-être des informations. La meute était folle de rage et l'a prise pour cible… Dorian a failli lui trancher la gorge. Quant à Faith, la première fois qu'on s'est rencontrés, je l'ai accusée d'appartenir à une espèce de psychopathes.

— Je ne l'aurais jamais cru. (Elle tendit les doigts et le caressa sans y penser ; il eut envie de ronronner.) Comment Sascha et Faith se sont-elles si bien intégrées à DarkRiver ?

— Elles ont prouvé leur loyauté.

— Et je dois faire de même pour être acceptée. (En soupirant, elle pressa le front contre son torse.) Les humains ont le droit de mordre les gens, eux aussi ?

En souriant, il se demanda si elle se rendait seulement compte de l'aisance avec laquelle elle le cajolait.

— Va te coucher, Tally. Tu es fatiguée et grognonne.

Il embrassa le bord de son oreille. La faim de sa bête le tenaillait comme une lame de rasoir, mais le contact de Talin l'avait apaisée. De toute façon, ça ne changeait rien. Clay ne la posséderait pas avant qu'elle soit prête à venir à lui. Il ne voulait plus jamais lire la peur dans ses yeux. Ça avait bien failli le tuer la première fois.

Elle frotta son visage contre lui.

— Peut-être, mais ce n'est pas la peine de me le signaler. (Elle suivit tout de même son conseil et se détacha de lui.) On se voit demain matin ?

— À la première heure.

Il attendit qu'elle ait regagné la sécurité de sa chambre avant de descendre et de se servir du tableau de communication principal pour téléphoner.

Vaughn décrocha, l'air grincheux et les cheveux en bataille.

— Quoi ? Ça ne va pas ?

— Je dois parler à Faith.

L'autre sentinelle se rembrunit davantage.

— Tu m'as tiré du lit parce que tu veux parler à ma compagne ? Il y a des lois contre ce genre de choses.

Une main fine se posa sur son épaule nue, puis le visage de Faith apparut à l'écran à côté de Vaughn.

— Clay ? Quel est le problème ?

— Le problème, c'est que je veux que tu laisses Talin tranquille.

La jeune femme avait beau être assez grande pour se défendre, ça ne justifiait pas qu'elle ait à le faire. Elle se débrouillait seule depuis trop longtemps. C'était au tour de quelqu'un d'autre de prendre soin d'elle.

Au regard qu'elle lui adressa, Faith semblait plus inquiète qu'offensée.

— Je suis ton amie.

Elle parut un moment aux prises avec ses pensées avant de poursuivre :

— Tu comptes pour moi.

— Vaughn, gronda Clay.

Celui-ci déposa un baiser sur la tempe de sa compagne.

— Allez viens, mon petit écureuil. Je vais t'expliquer la vie.

— Attends… Faith, tu as parlé au Gardien du Net récemment ?

Le Gardien du Net était une entité intelligente qui vivait sur le PsiNet – jusqu'à un certain point, il était le Net – et qui appréciait Faith. Il s'avérerait peut-être être la source d'informations idéale s'il pouvait les renseigner sur l'implication des Psis dans les enlèvements.

Faith secoua la tête.

— J'ai l'impression qu'il évite de me contacter. Peut-être parce que le Conseiller Krychek suit trop bien ses faits et gestes, et qu'il ne veut pas trahir ma capacité à parler avec des Psis même en étant coupée du Net.

Clay ne s'attarda pas sur l'opportunité manquée. Même si Faith avait pu entrer en contact avec l'entité, il était difficile de communiquer avec elle.

— Merci.

— Clay, dit Faith, l'air tourmenté, je veux que tu sois heureux.

— Tally me rend heureux.

Il éteignit l'écran, l'estomac noué par cette certitude. C'était vrai ; Talin le mettait hors de lui et le frustrait, mais, d'un autre côté, elle le rendait heureux comme personne. Il voulait lui apporter la même chose.

Cette pensée à l'esprit, il décida de s'installer au deuxième niveau pour la nuit au cas où elle aurait besoin de lui. Ils n'étaient pas tellement revenus sur sa crise de la nuit précédente – elle semblait essayer de l'oublier –, mais il fallait se rendre à l'évidence : son état empirait. Et Clay ne pouvait pas terrasser ce monstre-là pour elle comme il l'avait fait à quatorze ans.

Il sortit les griffes. Et puis merde ! Il était prêt à séquestrer un M-Psi s'il le fallait pour sauver Talin. Il ne se fixait aucune limite lorsqu'il s'agissait d'elle. Aucune.

Talin faisait le même rêve depuis des années. Contrairement aux autres choses qui la hantaient, celui-là n'était pas un cauchemar. Il était presque paisible.

Elle flottait dans un champ de noirceur, son corps privé de substance. Quelques étoiles scintillaient pour saluer son passage, mais, ce qui retenait véritablement son attention, c'étaient les fils arc-en-ciel dont les ténèbres étaient tissées. Avec leurs paillettes malicieuses, ils paraissaient presque vivants.

Comme toujours, elle s'arrêtait et tendait la main pour toucher un fil. Et comme toujours, c'était à ce moment-là que son sentiment de paix disparaissait. Un besoin intense, douloureux et incompréhensible parcourait son corps et l'ébranlait jusqu'au tréfonds de son âme, puis elle s'éveillait en sursaut, étreignait le vide à la recherche de… quelque chose, quelque chose d'important.

Mais elle ne trouvait rien que le néant, le calme.

Le cœur battant la chamade, elle jeta un coup d'œil au petit réveil sur la table de chevet. Quatre heures. Pour elle, c'était l'heure du crime. Elle songea qu'elle ferait mieux de rester là. Si elle descendait, elle allait déranger Clay ; son ouïe était trop fine pour qu'elle puisse passer inaperçue. Une branche s'agita devant la fenêtre et projeta des ombres dans la chambre.

Elles ne l'effrayaient pas. La forêt était le domaine de Clay, un symbole de sécurité et de force… tout comme lui. Admettant qu'elle n'avait pas envie de rester là, et seule encore moins, elle sortit du lit et enfila un pantalon de survêtement assorti à son débardeur et sa culotte. D'ordinaire, elle gardait pour dormir des habits qui ne la gêneraient pas si elle devait courir, mais après deux nuits passées près de Clay elle se sentait assez en sécurité pour se mettre à l'aise. Une fois prête, elle souleva la trappe et commença à descendre.

—Tally ?

Surprise par ce murmure ensommeillé, elle scruta les ténèbres. Des yeux de félin l'observaient depuis la fenêtre, assez déroutants pour qu'elle en oublie d'avoir peur du noir.

—Clay ?

—Mmm.

Ses yeux se refermèrent, mais leur emplacement lui indiqua qu'il avait installé un couchage par terre.

Comme rien ne l'avait préparée à sa présence, elle hésita à mi-hauteur de l'échelle.

—T'arrives pas à dormir ?

Il rouvrit les yeux.

Elle secoua la tête et se rendit compte qu'il la voyait très bien.

—Viens là, l'invita-t-il avec nonchalance.

Chapitre 25

Cette voix ! Grave, rauque… avec un accent aguicheur de mauvais garçon.

Elle frissonna et ses tétons durcirent sous son débardeur en coton. Elle lui avait demandé d'être son ami, mais à ce moment-là ce n'était pas de l'amitié que réclamait son corps. Prise de panique, elle agrippa l'échelle en désespoir de cause.

— Il ne vaudrait mieux pas.

— Allez, Tally.

Sa voix était si languide et persuasive qu'elle hésita. Quel mal y aurait-il à s'asseoir à côté de lui quelques instants ? Et il avait promis de se tenir. Ce n'était pas la morsure de la déception qu'elle ressentait dans les régions les plus sensibles de son corps, s'assura-t-elle.

— J'y vois à peine.

À petits pas prudents, elle se fraya un chemin jusqu'à son matelas.

— L'éclairage est très faible, murmura-t-il. Lumière, mode nocturne.

Une douce lueur éclaira le coin cuisine. Elle se sentit fondre à cette attention, mais décida qu'elle pouvait gérer la situation.

— Lumière éteinte. Je vais bien. Ne ferme juste pas les yeux.

Les draps glissèrent sur la peau de Clay dans un froissement affriolant.

—Je t'ai fait de la place près du mur.

Elle ne s'était attendue à rien de moins de sa part ; Clay ne la laisserait jamais être du côté le plus exposé du matelas. Elle se laissa tomber à genoux et avança à tâtons sur ce qui ressemblait à un futon particulièrement bien fait.

—C'est si moelleux, dit-elle en s'allongeant entre le mur et Clay. (La partie inférieure du matelas était ferme, mais il avait recouvert le drap d'une sorte d'épais duvet de plume.) Comme si j'étais sur un nuage.

—Mmm.

Il posa la main sur sa hanche et, se plaçant juste derrière, la serra de façon que son torse soit en contact avec son dos.

Elle le laissa la manipuler, l'emmitoufler d'une couverture douillette, placer l'une de ses cuisses musclées entre les siennes, l'envelopper de sa force. Elle alla jusqu'à se caler confortablement contre le bras qu'il avait glissé sous sa tête.

—Tu es réveillé ?

Il était si chaud et dégageait une odeur virile, dans le meilleur sens du terme. Elle rougit en se rendant compte qu'elle était tentée de lécher sa peau pour voir si son goût valait son odeur.

—Clay ?

Il resserra le bras autour de sa taille.

—Je dors.

Sa réponse bougonne lui arracha un sourire et elle se blottit plus près de lui encore. Il déposa un baiser au creux de son cou et fit semblant de ronfler. Le sourire de Talin s'agrandit.

—J'ai envie de parler.

De Max, des enfants, de tout et de rien. Le sentant d'humeur indulgente, elle osa faire courir ses doigts sur son bras pour essayer d'apaiser la faim qui la tenaillait, de tarir ce besoin qu'elle avait de lui.

— Réveille-toi, insista-t-elle.

Il émit un grondement sourd et la retourna face à lui, ou plus exactement, face au mur de son torse. Puis il fit remonter une main jusqu'à sa nuque et pressa la joue de Talin contre sa peau chaude.

— Dors.

Elle plaqua les mains sur ses pectoraux puissants et s'apprêtait à ouvrir la bouche pour protester lorsqu'un bâillement la coupa dans son élan.

— Pas envie, murmura-t-elle, consciente qu'il lui massait le bas du dos de son autre main.

Les cercles lents qu'il décrivait étaient agréables ; peu à peu, ses membres s'engourdirent et elle se détendit. Elle était en sécurité.

Clay sentit Tally s'abandonner au sommeil quelques minutes après son refus. Il aurait souri s'il n'avait pas été occupé à résister au besoin dévorant de la réveiller de nouveau pour soulager son sexe douloureux. Enivré par son odeur, son léopard le pressait de la goûter de toutes les façons dont un homme peut goûter une femme. Il avait envie de la lécher, de la mordre, de la pénétrer avec toute la fougue à l'état brut de l'animal.

Patience, se dit-il. Quelques jours plus tôt seulement, elle avait eu peur de lui, et voilà qu'elle dormait dans ses bras. Tally commençait à se rappeler ce qu'il représentait pour elle. Bientôt, ses souvenirs d'enfance et de confiance absolue se fondraient dans la chaleur de son désir d'adulte. Seigneur, le parfum de son excitation agissait sur lui comme une drogue dont il pouvait se délecter des heures durant. Un jour prochain, elle deviendrait assez curieuse pour le goûter, elle aussi. Ils joueraient alors selon ses règles.

Cette nuit-là il la tiendrait dans ses bras, puis à son réveil il la taquinerait juste assez pour qu'elle se demande ce qui l'attendait ensuite. Avec un sourire lent et satisfait malgré son corps endolori, il ferma les yeux, la cala fermement contre lui et se laissa emporter par le sommeil.

Mais les choses ne se déroulèrent pas comme prévu. Le léopard de Clay se mit sur la défensive au premier signe de sa détresse. Le chant des oiseaux emplissait l'air, des rayons de soleil épars se déversaient dans la pièce, mais il ne voyait que Talin, allongée sur le dos, les yeux clos et le souffle court.

— Talin, réveille-toi, lui ordonna-t-il de sa voix la plus ferme.

Elle ouvrit soudain les yeux ; leur couleur de grisaille avait viré au noir sous l'effet d'une intense panique. Sa respiration empira, un halètement presque métallique dans sa violence.

— Arrête. (Il prit son visage dans une main.) Tu fais une crise d'hyperventilation. Calme-toi.

Après trois autres inspirations dangereusement saccadées, elle parut se concentrer sur lui et hocha la tête. Il la regarda essayer de reprendre le contrôle, sentit sa peur alors que l'air lui manquait toujours. Elle porta la main à sa gorge et lui jeta un regard suppliant.

— P… p… peux pas, parvint-elle enfin à articuler, et il comprit que le problème n'était pas psychologique.

— Quelque chose bloque ta trachée ? lui demanda-t-il.

Il était terrifié, mais savait devoir maîtriser ses réactions. Talin avait besoin qu'il garde la tête froide.

Elle secoua la tête, puis leva les deux mains et les joignit paume contre paume ; son regard remarquable restait concentré. Le cercle d'ambre fin semblait luire comme de l'or fondu dans la lumière matinale.

— Tu as l'impression que ta trachée se ferme ?

Lorsqu'elle acquiesça, il retira la main de sa joue et se mit en position assise. Puis il la saisit par les aisselles et l'aida à se redresser à son tour. Adossée au mur sous la fenêtre, les yeux rivés sur ceux de Clay, elle posa une main tremblante sur sa gorge.

— C'est mieux comme ça ?

Elle secoua la tête et tendit l'autre main vers lui. Il la prit et se mit à réfléchir à toute vitesse. Il avait du matériel médical d'urgence dans la trousse de premiers secours que Tamsyn gardait à jour. Il avait également reçu une formation médicale suffisante pour se soigner lui ou un compagnon de meute en attendant qu'ils parviennent à leur guérisseuse. Mais ce dont Talin souffrait n'avait rien de comparable à une plaie béante ou un bras cassé.

— Je reviens, bébé.

Relâchant sa main sur cette promesse, il courut prendre le matériel médical rangé sous l'évier puis récupéra son portable sur la table du petit déjeuner où il l'avait jeté. Lorsqu'il revint auprès de Talin en composant le numéro de Tamsyn, il vit qu'elle avait de plus en plus de difficultés à respirer. Sa peau commençait à perdre de ses couleurs.

— Accroche-toi, Tally. (Il caressa sa gorge.) Accroche-toi pour moi.

C'était un ordre, pas une requête.

Luttant pour garder les yeux ouverts, elle referma la main sur son poignet pendant qu'il attendait que quelqu'un décroche. Il pouvait compter là-dessus ; en sa qualité de guérisseuse, Tamsyn était toujours disponible.

Sa voix lui parvint au bout du fil, sérieuse.

— Clay, qu'y a-t-il ?

— Talin a un problème. Elle n'arrive pas à respirer. On dirait que sa trachée se ferme.

— Une obstruction ?

— Elle dit que non.

— Elle a des allergies graves ?

— Non, rien, répondit-il sans hésiter, connaissant cette réponse depuis l'enfance.

— Demande-lui… elle pourrait en avoir développé.

— Des allergies, bébé ?

Elle secoua de nouveau la tête, mais son geste était lent et laborieux. Des marques bleues apparaissaient sur les contours de ses lèvres.

— Rien, répétait-il lorsqu'un souvenir lui revint. Mais elle avait une légère allergie au pollen, à l'époque. Ça la faisait éternuer.

— Comment est son rythme cardiaque ?

Il pressa les doigts contre son pouls ; à chaque battement désordonné, il se sentait perdre un peu plus le contrôle.

— Beaucoup trop lent.

— Tourne le téléphone vers elle que je voie son visage.

Clay s'exécuta, puis ramena le portable à son oreille.

— Tammy ?

— Tu as la trousse ? demanda-t-elle sur un ton calme et assuré.

— Oui.

Il l'ouvrit.

— Il y a une petite seringue déjà remplie dans la partie supérieure gauche du couvercle.

La repérant aussitôt, il la sortit de son compartiment et fit sauter le capuchon.

—Où ?

Il ne s'enquit pas de son contenu ni des effets du produit. Il n'avait pas le temps.

—Attends. Vérifie que c'est la bonne. Il y a marqué « adrénaline » sur le côté ?

Il vit les paupières de Talin papillonner. Elle lâcha son poignet. Le léopard de Clay s'agitait dans son esprit, cherchait à sortir pour la rejoindre.

—Oui !

—Vas-y. Dans la cuisse. Clay… je dois t'avertir que c'est une pure supposition de ma part. Ça pourrait être le mauvais remède et lui faire du mal.

—On n'a pas le choix. Si on n'agit pas, elle va mourir.

Il troua son pantalon de survêtement à l'aide de ses griffes, pressa l'aiguille contre sa peau et appuya sur le piston. Le tube transparent se vida de son fluide en un éclair. Pendant trois des plus longues secondes de sa vie, il ne se produisit rien. Puis Talin sursauta et ouvrit brusquement les yeux. L'instant suivant, elle tendait la main et tâtonnait dans sa direction.

Il s'en saisit et s'y accrocha.

—Respire, bébé. S'il te plaît, Tally, respire. Respire !

Les doigts serrés autour des siens, elle aspira une grande goulée d'air. Puis une autre.

—Ça marche ? demanda Tamsyn.

—Ouais, murmura-t-il, le cœur comme pris dans un étau. Ouais.

—J'arrive pour contrôler son état. Garde-la au chaud, donne-lui à boire.

Clay se rendit à peine compte qu'il raccrochait et posait le téléphone par terre, les yeux rivés sur ceux de Talin.

La vue de l'unique larme qu'elle versa le déchira. Lorsqu'il lâcha sa main, elle laissa échapper un petit cri vulnérable.

— Chut. J'ai besoin de te prendre dans mes bras.

Il s'installa dos au mur à côté d'elle et l'attira sur ses genoux.

Elle ne protesta pas lorsqu'il la pressa avec force contre lui et cala sa tête sous son menton. Aucun des deux ne prononça un mot. Elle prenait des inspirations lentes et profondes tandis que, tout en l'étreignant, il la réconfortait sans paroles. Enfin, elle ouvrit la main sur son torse. Il était brûlant, comme si elle l'avait marqué au fer.

— J'arrive à respirer.

— Bien.

Il avait du mal à parler à cause de son léopard qui luttait pour sortir.

— Qu'est-ce que tu m'as injecté ?

Il se força à reprendre le contrôle lorsque ses griffes menacèrent de percer sa peau.

— Une piqûre d'adrénaline.

— J'ai développé une allergie grave à ce point-là ?

Il voulut l'embrasser, la posséder, se convaincre qu'il ne l'avait pas perdue.

— C'est la première fois que tu as ce genre de réaction ?

Elle hocha la tête.

— Ça n'a pas de sens. Ça doit être lié à…

— Tammy va venir contrôler ton état, l'interrompit-il. (Il n'était pas prêt à parler de cette saleté de maladie après l'angoisse des dernières minutes.) On verra après.

Talin se tourna pour le regarder.

— Je vais bien.

— Tu as failli mourir.

Elle dessina des doigts sa mâchoire mal rasée.

— Je savais que tu me ramènerais.

— Tu ne peux pas mourir.

C'était un ordre.

Elle cligna des yeux et le cercle de feu autour de ses iris gris étincela.

— Je ferai de mon mieux.

Il savait qu'il se comportait de manière déraisonnable, mais son léopard avait pris les rênes et il se moquait de la logique et du bon sens. L'animal voulait seulement s'assurer qu'elle était vivante, et que rien n'effacerait cette certitude.

— Je reviens sur ma promesse.

Elle écarquilla les yeux, mais ne lui demanda pas de quelle promesse il parlait. Au lieu de quoi, elle inclina la tête et lorsqu'il passa la langue sur ses lèvres closes, elle ouvrit la bouche et s'offrit à lui. Elle lui appartenait, c'était indéniable et irrévocable. Peu importe sa fuite ou ce qu'elle en pensait, Talin avait toujours été sienne et le serait toujours. Il lui communiqua cette assurance par le glissement de sa langue contre la sienne, par sa façon de la tenir ancrée à lui, par l'aplomb avec lequel il prenait tout ce qu'elle avait à donner et en exigeait davantage.

Talin se sentit de nouveau perdre haleine lorsque Clay s'empara de sa bouche et marqua son territoire de manière éhontée. Jamais elle n'aurait accordé un tel baiser à un autre homme. Il ne se limitait pas au corps, mais s'étendait à l'âme. Il la mettait à nu, abattait ses défenses, lui brisait le cœur.

— Clay.

Par cette supplique, elle lui rappelait qu'elle ne pouvait pas tenir les promesses qu'il attendait d'elle. La maladie insidieuse qui rongeait son cerveau échappait à tout contrôle.

En guise de réponse, il mordit sa lèvre inférieure ; sur ses protestations, il recommença. Une bouffée de désir et d'arrogance envahit la jeune femme, balayant toutes ses pensées d'avenir incertain, et elle le mordit à son tour. Il parut surpris et s'immobilisa, vigilant... une réaction très féline. Souriant tout en l'embrassant, elle le mordilla puis ouvrit la bouche et mêla sa langue à la sienne, se lançant dans un duel qu'elle comptait bien gagner.

Jusqu'à ce que Clay se mette à la caresser de ses grandes mains chaudes, l'une posée dans le creux de ses reins tandis que de l'autre il étreignait sa nuque. Son geste était si possessif et si agressif qu'elle aurait dû prendre peur et s'enfuir. Au lieu de cela, il alluma dans sa chair un feu obscur, et son désir ainsi attisé se mua en véritable brasier. Se sentant fondre, elle pressa ses seins douloureux contre le mur solide de son torse.

Il ronronna dans sa bouche.

Traversée de plaisir à cette vibration, ses tétons se dressèrent et elle s'écarta.

— Tu ronronnes ?

Le sourire de Clay avait tout du félin.

— Rien que pour toi.

Toute résistance qu'elle aurait pu concevoir vis-à-vis de cette dangereuse et inévitable escalade dans leur relation fondait désormais comme neige au soleil. Il se montrait charmant. Clay n'usait de son charme avec personne. Sauf avec elle, apparemment. Elle déposa un baiser sur sa mâchoire.

— Arrête d'être aussi sexy.

Le sourire du changeling s'agrandit et, délaissant sa nuque pour glisser la main dans ses cheveux, il fit basculer sa tête pour pouvoir l'embrasser de nouveau. Les braises dans le ventre de Talin s'enflammèrent lorsqu'elle s'aperçut qu'elle frottait ses tétons contre lui. Ça ne semblait pas le déranger ; il ronronnait de plus belle. Il saisit ses fesses et, à sa grande surprise, elle s'aperçut qu'elle avait changé de position et qu'elle le chevauchait. Lorsqu'il la remit en place et que la masse dure de son érection se retrouva pressée contre la chaleur humide entre ses cuisses, elle étouffa un gémissement.

Interrompant leur baiser, les lèvres humides et la respiration haletante, elle leva une main et dessina du doigt les contours de la bouche de Clay.

— Tu précipites les choses.

— Je ne suis pas un homme patient, répliqua-t-il sans remords tandis qu'elle descendait le long de sa mâchoire et de sa gorge. Tu vibres quand on est l'un contre l'autre, bébé, dit-il, évinçant l'une des peurs les plus profondes de Talin. Ça va être drôlement bon. Je te sens si chaude et humide, si prête. (Il lui mordit l'oreille.) Laisse-moi te faire jouir. Je serai sage, je ne te lécherai pas… trop.

À cette requête malicieuse, elle serra les cuisses et ses seins gonflèrent.

— Clay ! (Elle se blottit dans son cou, goûta son exquise odeur virile.) Et si on passait à l'acte et qu'ensuite… et qu'ensuite ça ne marchait pas ?

— Ça marchera.

— Mais si ce n'était pas le cas ? demanda-t-elle.

Elle refusait de laisser l'obstination du léopard faire la loi. Il n'était pas revenu sur ses mœurs légères passées depuis leur dispute explosive dans le Tank, mais ça ne signifiait pas qu'il avait oublié. Clay était tout simplement trop possessif pour accepter ce qui était une trahison à ses yeux. Elle le lisait dans son regard chaque fois qu'il le posait sur elle.

— Je ne veux pas perdre ton amitié.

C'était la seule chose qui la sauvait d'une solitude telle qu'elle savait ne pas pouvoir survivre sans. Pas cette fois-là.

— Tally, tu as essayé de me fuir et regarde où ça t'a menée. (Il mordit de nouveau sa lèvre, la relâcha, puis lécha la marque sensuelle.) Je serai toujours là si tu as besoin de moi.

Ça ne répondait pas à sa question, mais avant qu'elle ait pu dire quoi que ce soit, Clay referma la main sur son sein.

— Clay ! lâcha-t-elle dans un cri à mi-chemin entre le choc et l'ivresse.

D'un bras passé autour de sa taille, il la maintenait fermement. Il se pencha, suivant du regard le glissement de ses doigts sur la peau à peine couverte.

— Enlève ton haut.

Elle avait toutes les peines du monde à réfléchir.

— Non. Ralentis.

Pour toute réponse, il déposa un baiser dans le creux à la base de son cou. Puis il lécha cet endroit, irradiant le corps de Talin de sensations qui, comme un arc électrique, atteignirent entre ses cuisses l'emplacement de son désir. Mais ça ne lui suffisait pas : viril et sûr de lui, il continua de masser la poitrine de la jeune femme. Elle n'avait pas besoin qu'il lui dise qu'elle était sienne pour comprendre le caractère possessif de cette caresse.

Son corps frissonna sous l'effet de ce qu'il lui faisait ressentir et des émois qui se bousculaient sans fin dans son esprit. Poussée à ses limites, elle posa la main sur la sienne.

— Je ne suis pas prête. (Le plaisir ne suffisait pas, pas tant qu'il lui cacherait une part de lui-même.) Je suis désolée.

Pour le passé qu'elle avait dressé entre eux. Pour le futur au sujet duquel elle ne pouvait rien promettre.

Il couvrit son cou de baisers.

— Ne le sois pas. (Il s'empara de nouveau de ses lèvres avant qu'elle puisse s'assurer de ce à quoi il faisait allusion.) Je joue, c'est tout. Tamsyn est en chemin.

L'espièglerie enfantine que Talin lisait dans ses yeux verts la ravissait trop pour qu'elle songe à lui en vouloir de l'avoir menée en bateau.

— Embrasse-moi une dernière fois, alors.

Aide-moi à oublier la maladie qui me tue de l'intérieur. Et surtout, aide-moi à oublier que tu n'as plus confiance en moi.

Chapitre 26

La première fois qu'Ashaya Aleine quitta le laboratoire souterrain pour retrouver la lumière du jour, on l'arrêta alors qu'elle sortait de l'ascenseur dissimulé à l'intérieur de la vieille ferme.

— Madame, vous n'avez pas l'autorisation d'aller dehors.

L'agent de la Sûreté portait l'uniforme noir standard, mais avec l'emblème de Ming sur l'épaule : deux serpents entrelacés qui s'affrontaient.

— En effet, admit-elle. D'un autre côté, à moins que je tente de m'enfuir, vous n'êtes pas en position d'attenter à ma personne. J'ai besoin de réfléchir, et je le fais plus efficacement à l'air libre.

— La surveillance…

— … a été bloquée du ciel, et mis à part nos propres satellites, tous les autres ont été déviés. Et il n'y a personne ici qui risque de me voir. (Des champs de maïs encore vert s'étendaient à perte de vue.) Vous pouvez m'accompagner.

L'homme lui répondit par un hochement de tête militaire.

— Après vous.

Elle ne se faisait pas d'illusions : elle n'avait pas remporté la bataille. Le soldat cherchait simplement à gagner du temps pendant qu'il envoyait un message télépathique à Ming pour qu'il lui communique ses instructions. Comme elle s'y attendait, la requête mentale survint quelques secondes à peine après qu'elle se fut avancée sur le perron faussement décrépit.

— *Conseiller*, dit-elle.

— *Ashaya, vous désobéissez à un ordre direct.*

La voix mentale de Ming lui parvenait avec une parfaite netteté. Soit il se trouvait encore dans la région, soit ses pouvoirs télépathiques étaient supérieurs à ce qu'elle avait cru jusque-là.

— *Vous auriez dû savoir que ces règles ne tiendraient pas.* (Elle descendit les marches et s'engagea entre les rangées de maïs, consciente que le garde calquait ses moindres gestes.) *J'ai une défaillance psychologique qui n'a jamais été soumise à la rééducation.*

Parce qu'elle était un atout trop précieux pour qu'ils prennent le risque qu'elle succombe aux effets secondaires parfois mortels. Mais ce bouclier-là ne tiendrait pas éternellement.

— *Nous avons tenu compte de votre tendance à la claustrophobie en concevant ce labo. Il est spacieux.*

— *Et souterrain.*

On l'avait enterrée une fois ; l'expérience lui avait laissé des marques indélébiles.

— *Cette défaillance n'est en rien handicapante,* dit-elle, sachant qu'elle devait être prudente, *mais il m'est difficile de réfléchir correctement en bas passé un certain laps de temps.*

— *C'est donc que le labo a été mal conçu*, convint-il avec la froide logique d'un Psi. *Le psychologue soutenait que cet emplacement ne nuirait pas à vos capacités, vu la configuration du bâtiment et votre force mentale.*

— *Le psychologue avait raison… mes capacités n'ont pas souffert.* (Si elle admettait une quelconque faiblesse, elle risquait la mort.) *C'est plutôt une question d'efficacité.*

J'ai simplement besoin de passer régulièrement une heure ou deux dehors afin de maintenir une productivité optimale.

Ming se tut comme s'il réfléchissait.

— *Ça ne compromet pas la sécurité. Je vous accorde ce droit.*

— *Merci. J'aimerais mieux aussi que le garde ne me suive pas. Sa présence me déconcentre. J'effectue une quantité considérable de travail dans ma tête.*

Jusque-là, elle disait vrai, et Ming en obtiendrait confirmation par les registres qu'il devait sans aucun doute consulter au moment même où ils parlaient.

Il y eut un nouveau bref silence.

— *Très bien. Toute la zone est sécurisée.*

Une menace, tout en subtilité.

— *Excellent.*

— *Prenez garde, Ashaya. Bien des choses dépendent de votre travail.*

C'était une référence indirecte à Keenan, mais pas du chantage affectif… rien d'aussi facile. L'amour maternel était bon pour les humaines et les changelings. Ashaya avait d'autres motivations. Ming ne le savait que trop bien.

Mais elle avait réussi à sortir. Elle progressait pas à pas. Elle était une M-Psi capable de séquencer l'ADN dans son esprit ; la patience, c'était son point fort.

Au cœur du PsiNet, le réseau psychique qui connectait des millions de Psis à travers le monde, le Fantôme tomba sur une information qui avait peu de sens : des rumeurs selon lesquelles on enlevait des enfants humains. Rien de ce qui se disait sur le PsiNet n'en sortait jamais, mais le fait que ce murmure ne se soit pas encore fragmenté et que les mailles du Net ne l'aient pas absorbé davantage indiquait qu'il était récent. Sachant cela, sa découverte lui donna matière à réfléchir.

Il était un renégat, déterminé à renverser le Conseil Psi et à libérer son peuple de l'imposture qu'était Silence. Il avait tué au nom de cette liberté et recommencerait autant de fois qu'il le faudrait pour parvenir à ses fins. Mais il restait un Psi. Il ne ressentait rien, ni amour, ni attachement, ni haine. Rien.

Si bien que lorsqu'il examina cette parcelle de données inattendue, ce fut avec l'esprit froid comme de la glace d'un homme qui n'obéissait qu'à la logique et la raison. Il concevait mal le contact physique et n'avait jamais rien connu qui ressemblât à de l'affection. Au final, ce fut justement le défaut de logique dans ce qu'il avait trouvé qui le décida.

Il archiva sa découverte avec l'intention de la communiquer au seul humain en qui il avait confiance. Le père Xavier Perez avait beau être un homme de Dieu, il était aussi un soldat. Et pour des raisons qui lui étaient propres, il s'était allié au Fantôme dans sa lutte pour empêcher Ashaya Aleine et le Conseil d'instaurer le protocole I.

Sa décision prise, le Fantôme chassa les enlèvements de son esprit et se concentra sur un objectif bien plus vaste, qui avait le potentiel de mettre le PsiNet entier sens dessus dessous : l'assassinat d'un Conseiller.

Chapitre 27

Tamsyn rangea les derniers ustensiles médicaux et se cala dans sa chaise à côté de Talin. Clay et Nate, qui parlaient assez bas pour ne pas être entendus, se rapprochèrent.

—Je ne trouve rien d'anormal chez toi. (Tamsyn se passa une main dans les cheveux.) Les tests allergiques sont tous négatifs, et j'ai le meilleur équipement du marché.

—Tu vois ça au premier coup d'œil ?

—Oui. Ce qui laisse deux possibilités. Soit ce à quoi tu es allergique est si rare que le programme d'analyse de l'ordinateur ne le recense pas…

Talin secoua la tête et poussa un soupir de soulagement lorsque Clay posa la main sur son épaule. Ça lui paraissait si naturel, juste ce dont elle avait besoin.

—Rien ne me vient à l'esprit…

—Ça ne pourrait pas être un organisme de la forêt ? l'interrompit Clay. Pour le corps de Talin, c'est un environnement nouveau.

Ce fut au tour de Tamsyn de secouer la tête.

—Il aurait tout de même dû apparaître comme inconnu. C'est ça le problème… je ne détecte rien du tout.

—Et la seconde possibilité ? demanda Talin.

— Ce n'était pas du tout une réaction allergique. On a juste eu un coup de chance avec l'adrénaline. (Tamsyn fronça les sourcils.) Comment tu te sens maintenant ?

— Bien.

— Pas de palpitations, de nausées, rien qui sorte de l'ordinaire ?

Si le cœur de Talin battait effectivement la chamade, ce n'était pas lié à l'injection mais à l'homme qui caressait sa clavicule du bout des doigts. Elle se demanda si, pour un félin, c'était une façon normale de se comporter en société.

— Non. Pas d'effets secondaires.

La guérisseuse relâcha son souffle, frustrée.

— Ton état me laisse perplexe. Je rejoins l'avis de Clay : il faut que tu ailles voir un M-Psi pour faire un scan. Le problème, c'est qu'aucun n'a notre confiance pour l'instant, même si on essaie d'en repérer depuis que Sascha et Faith ont rejoint la meute.

— Je vais bien pour l'instant.

Talin n'avait pas envie de mourir. Mais elle ne pourrait plus se regarder dans la glace si elle plaçait sa vie avant celle de Jonquil. Ce qui ne voulait pas dire qu'elle n'était pas effrayée et en colère.

— On s'occupera de mes problèmes quand on aura retrouvé Jon.

Clay ne dit rien, mais elle sentait courir sur sa peau l'énergie sauvage de son léopard. Il était furieux contre elle.

Deux heures plus tard, Talin pénétrait dans la petite salle de réunion située dans l'immeuble du siège social de DarkRiver, consciente dans sa chair de la tempête qui grandissait à l'intérieur de Clay. Il la laissa s'installer dans la pièce avec les dossiers que Devraj leur avait fait parvenir.

— Je dois aller vérifier certaines choses. Si tu as besoin de quoi que ce soit, demande à Ria. C'est l'assistante de Lucas. (Il lui montra la clé à insérer dans le tableau de communication.) Tu sauras te repérer ?

Elle hocha la tête.

— Je me souviens de tout. Tu as oublié ?

Au lieu de rire à sa petite blague, il lui tourna le dos et se prépara à quitter la pièce. Un goût de déception dans la bouche, elle décida que s'il avait le droit de ruminer, elle bouderait.

— Hé !

Dans un mouvement fluide et sensuel de félin, il fit volte-face et se pencha pour plaquer un baiser possessif sur ses lèvres.

— Évite de faire ta peste pendant mon absence.

Alors qu'il partait, elle porta la main à ses lèvres et fut tentée de sourire ; malgré son attitude maussade, il ne l'avait pas quittée sans l'embrasser. Une lueur d'espoir s'alluma en vacillant dans son cœur. Oui, le léopard possessif de Clay restait sur ses gardes. Et c'était vrai aussi, reconnut-elle avec une brusque lucidité, qu'une part d'elle-même s'attendait toujours à ce qu'il l'abandonne de nouveau.

Elle souffrait de cette distance et de ces peurs enfouies. Pourtant, ils revenaient l'un vers l'autre pas à pas, leur lien plus fort et bien plus intime qu'il l'avait été durant leur enfance. C'était une merveilleuse surprise ; après toutes ces années de séparation, elle avait eu peur d'aller le trouver, redoutant que la réalité de l'homme qu'elle découvrirait ternisse à jamais les souvenirs les plus heureux de sa vie.

Ça ne lui avait jamais effleuré l'esprit qu'elle puisse adorer le Clay adulte encore plus que le jeune, mais elle en était là. L'homme qu'était devenu son ami… il l'enchantait, même avec son tempérament morose, ses baisers sauvages et son instinct protecteur d'animal. À son ravissement, ce sentiment semblait partagé. Mais leur séparation leur avait laissé des cicatrices à tous les deux. Si cette maladie l'emportait, qu'adviendrait-il de Clay ?

« … le futur n'a pas encore changé. »

L'idée que Clay puisse perdre son humanité à cause de leur relation naissante la terrifiait. Elle serra le poing. *Non,* songea-t-elle, *non !* Le futur n'était pas gravé dans le marbre. Elle ne le laisserait pas tomber… À un coup frappé à la porte, elle pivota sur sa chaise.

Une jolie brune avec des rides d'expression au coin de la bouche et un plateau à la main apparut dans l'encadrement.

— Je m'appelle Ria et je suis une vraie fouineuse.

Cette présentation désarma Talin qui se mit à rire, libérée des émotions qui la tourmentaient.

— Je m'appelle Talin.

Ria posa le plateau sur la table.

— Alors comme ça, tu es à Clay ?

— Il est à moi, en tout cas.

L'autre femme se fendit d'un large sourire.

— Oooh toi, tu me plais. Mais je dois avouer que je ne m'attendais pas à ça.

— Ah ?

— Tu es humaine. Il est… extrême, même pour un félin. (Elle ouvrit de grands yeux avant que Talin ait pu répliquer.) Ce n'est pas une insulte ! Je suis humaine, moi aussi.

Talin sauta sur l'occasion.

—Qu'est-ce que ça fait d'être humaine dans une meute de léopards ?

—Ils ont tendance à faire plus attention avec nous… on casse plus facilement, dit Ria avec une chaleur sincère.

Talin n'aimait pas l'idée que Clay se retienne avec elle.

—Ouais.

—Mais tu sais, les hommes humains aussi doivent faire attention avec les femmes. Ils sont plus grands et plus forts, quelle que soit l'espèce. (Elle haussa les épaules.) Sauf qu'ici, ils doivent aussi surveiller leurs griffes et leurs crocs.

—Ah.

Cette explication pratique lui parlait très bien.

—Et puis, ajouta Ria, on doit faire attention avec eux, nous aussi.

Malgré elle, Talin haussa les sourcils.

—Qu'est-ce que Clay ou n'importe quel autre changeling risque avec moi ?

—Eh bien, si tu y réfléchis… ils ont l'ouïe si sensible que si l'on crie assez fort, on peut leur percer les tympans. (Elle grimaça.) Je suis bien placée pour le savoir.

—Est-ce qu'il est…

—Guéri, Dieu merci. Et il est devenu mon compagnon, ce qui prouve qu'il n'était pas trop fâché, ajouta-t-elle avec un sourire contrit. Même s'il ressort cette histoire de temps en temps pour me taquiner et me dire d'être gentille avec lui.

Talin n'avait jamais songé aux inconvénients que pouvaient présenter les sens incroyables de Clay.

—J'imagine qu'il faut bannir le parfum, alors ?

Elle songea à cette façon qu'il avait de la lécher, de la goûter, et elle sentit son corps s'embraser de l'intérieur.

Ria fit la moue.

— Tu es obligée d'acheter ceux des changelings. Demande à Clay de choisir pour toi, car tu ne sentiras rien du tout, tu peux me croire.

Talin relâcha lentement son souffle.

— Chacun doit faire des compromis.

Comme dans n'importe quelle relation.

— Ouais. Ah, au fait, reprit Ria, attention quand tu revendiques le privilège du contact rapproché.

Lorsque Talin jeta à l'autre femme un regard d'incompréhension, elle leva les yeux au ciel.

— Je parie que Clay vient de te toucher comme si c'était son droit ? Tu m'étonnes. (Elle n'attendit pas de réponse.) On pourrait croire que la meute est libérale en matière de toucher, mais en réalité ils sont très sélectifs. Attends d'avoir reçu le feu vert, surtout avec les hommes et les femmes dominants. (Elle consulta sa montre.) Mince, faut que j'y aille. On devrait déjeuner ensemble un de ces quatre.

— Avec plaisir, dit Talin lorsque Ria prit congé d'un signe de la main.

Elle fut tentée de méditer la foule d'informations dont Ria l'avait inondée, mais elle savait devoir se concentrer. Elle eut beaucoup plus de mal à chasser de son esprit l'image séduisante de Clay inspirant l'odeur d'un parfum dans son cou, aussi l'emporta-t-elle avec elle alors qu'elle préparait un petit bloc-notes, s'armait d'un simple stylo bille et s'attelait au premier dossier que Dev lui avait envoyé. Celui de Jonquil.

Chapitre 28

Jonquil regarda les petites cicatrices laissées par les aiguilles sur ses bras et sut qu'il s'en était tiré à bon compte. La femme aux yeux de louve, celle qu'il avait surnommée Bleue, ne lui avait rien infligé qui l'ait fait crier ; elle ne l'avait pas torturé du tout. À vrai dire, tous les cris s'étaient tus depuis le jour de sa venue.

Il était trop terrifié pour se demander ce que ça voulait dire.

Elle avait prélevé des échantillons de sang, de peau et de cheveux, lui avait posé ce qui lui avait paru être des milliers de questions. Ce jour-là, il était censé subir un scan du cerveau. Il avait le sentiment que c'était là ce qui intéressait vraiment Bleue, même si son expression n'en laissait pas paraître davantage que celle de la Blonde. Jamais il n'avait rencontré de personnes aussi glaciales. Il savait ce qu'elles étaient, bien sûr. Il ignorait en revanche ce qu'elles lui voulaient.

Mais jamais de la vie il ne trahirait ses inquiétudes. Ce n'était pas digne de ce que Talin lui avait enseigné. Cette pensée à l'esprit, il les attendait de pied ferme lorsqu'ils arrivèrent à la porte… la Blonde, et un homme inconnu. Nul signe de la femme aux yeux bleus de louve et à la peau couleur chocolat.

Jonquil s'estima capable de mettre l'homme au tapis sans problème dans un corps à corps. Mais ces gens-là ne se battaient pas physiquement. Ils se servaient de leur esprit. Il avait vécu dans la rue assez longtemps pour avoir été témoin de ce qu'il advenait de ceux qui se mettaient en travers de leur chemin. Comme la fois où Sal avait essayé de berner ce groupe qui voulait l'acheter. On l'avait retrouvé avec le cerveau qui lui sortait par les oreilles.

— Je suis prêt.

Il ne se donna pas la peine de voir s'ils succomberaient au charme de sa voix. Lorsqu'il détachait ses mots avec douceur, les gens semblaient devenir comme envoûtés, mais Bleue le savait et l'avait averti de ne pas essayer sur les autres. Elle lui avait dit que non seulement ça ne marcherait pas, mais qu'en plus il signerait son arrêt de mort. Il avait décidé de la croire… pour le moment.

La Blonde hocha la tête.

— Nous avons pris note de ta coopération.

Il se demanda si ça voulait dire qu'ils allaient lui donner un anesthésiant au moment de le torturer. Il ouvrit la bouche pour s'enquérir de Bleue, puis la referma aussitôt lorsqu'il se rappela ce qu'elle lui avait dit après l'avoir ramené à sa cellule.

« Tu ne m'as jamais vue. Tu garderas le silence sur ce point.

— Pourquoi ? Vous êtes qui pour moi ?

— La femme qui ne t'a pas infligé de souffrances. »

C'était vrai, songea-t-il, obnubilé par l'éclat reptilien dans les yeux de l'homme. Froid ou pas, celui-là aimait faire du mal aux gens. L'instinct de Jonquil lui hurlait de fuir, vite et loin. Mais puisqu'il ne voyait aucune issue – pour l'instant –, il les suivit dans le couloir.

Tout en marchant, il décida d'appeler l'homme Lézard. Il donnait des surnoms secrets à tout le monde, même à Talin. Elle trouverait son surnom à mourir de rire, songea-t-il tandis qu'il luttait pour garder courage malgré la menace qui émanait de Lézard.

—Entre, s'il te plaît.

La Blonde poussa une porte.

Il s'immobilisa au bout de quelques pas et fronça les sourcils.

—Qu'est-ce que c'est que ce truc ?

Il se trouvait face à une chaise reliée à des appareils qui, même à ses yeux inexpérimentés, constituaient autant de promesses de souffrance.

—Une machine qui va nous permettre de mieux comprendre ton cerveau.

La porte se referma derrière Lézard, qui prenait la parole pour la première fois ; sa voix était froide… désincarnée.

Un sentiment de malaise noua l'estomac de Jonquil. Il était certain que Bleue ne leur avait pas donné son autorisation. Il fixa la Blonde et l'interrogea du regard.

Son expression ne changea pas.

—Assieds-toi sur cette chaise.

—Non.

Une violente douleur lui vrilla le crâne et le fit chanceler. Mais il ne cria pas.

La Blonde jeta un coup d'œil à Lézard.

—On devrait peut-être prendre l'un des autres ?

—Il n'en reste plus qu'une. Ouvre la cloison.

Jonquil se prit la tête dans les mains tandis que le mur derrière la chaise passait d'opaque à transparent. Il y avait une petite fille de l'autre côté. Elle se tenait prostrée dans le coin le plus éloigné, les jambes repliées contre sa poitrine.

Son regard croisa le sien. Elle avait de grands yeux marron emplis d'une insoutenable terreur et, à la vue de Jonquil, un éclair d'espoir les traversa.

— Si tu ne coopères pas, on se servira d'elle, lui dit Lézard.

Jonquil résolut de tuer cet enfoiré avant de s'enfuir.

— Qu'est-ce qui vous fait croire que ça me dérange ?

— Tu es humain.

Et Jonquil sut que cette fois-là, il y aurait des cris.

Chapitre 29

Élégant et d'apparence soignée, Teijan attendait Clay à la Surface ; le petit homme dégageait une solide aura de pouvoir.

— Bonjour, Clay.

— Teijan.

Il avait encore le goût de Talin sur les lèvres, piquant et familier. Son instinct possessif en fut apaisé, mais il ne lui en voulait pas moins d'avoir refusé de consulter un médecin tant qu'ils n'auraient pas retrouvé le garçon.

— Je voulais te demander…, continua-t-il, tu sais quelque chose au sujet d'un homme qu'on a agressé dans le coin hier soir ?

— Le flic ?

Une étincelle de surprise sincère s'alluma dans les yeux noir d'encre de Teijan.

— Plusieurs des miens sont intervenus, expliqua celui-ci. (Il serra les lèvres, sévère.) La plupart ont l'habitude de ces brutes. Ils ont fait fuir les responsables et appelé les urgences.

— Quelqu'un a remarqué quelque chose ?

Il savait que les Rats, qui se défiaient d'une loi qui les traitait souvent comme de la vermine, avaient dû s'éclipser Sous Terre avant l'arrivée de la Sécurité. Malgré cela, ils avaient sauvé un flic sans s'attendre à en retirer un quelconque bénéfice. Il veillerait à ce que Max le sache.

— Non. (Il ouvrit les mains.) Il faisait nuit et ils sont humains, avec des yeux d'humains. Suyi a tout de même déclaré que les malfrats semblaient avoir été engagés pour ce sale boulot.

Clay s'y était attendu. Si les enlèvements étaient le fait d'un Psi, il ou elle n'était pas le genre de personne à avoir accès à un pouvoir équivalent à celui que détenait le Conseil Psi ; sinon, Max se serait retrouvé avec le cerveau en compote. Mais que tout cela se produise dans la ville de Nikita Duncan sans qu'apparemment elle soit impliquée – Nikita n'avait nul besoin de recruter des humains inefficaces – fit se demander Clay à quel point la situation s'était dégradée sur le PsiNet.

— Bon, dit-il en regardant Teijan, pourquoi cet appel ?

— C'est le garçon, commença-t-il, l'une des gamines est certaine de l'avoir vu disparaître dans la rue.

Son léopard se dressa, intrigué.

— Elle l'a vu se faire enlever ?

— Non, elle l'a vu disparaître. (Teijan agita sa main fine.) Pouf ! Comme par magie. Ce sont ses propres mots.

Clay se figea. Ça n'avait pas de sens ; si le kidnappeur était un Tk doué de téléportation, il ou elle n'aurait eu nul besoin d'embaucher des sous-fifres humains. Un Tk-Psi aussi puissant pouvait pulvériser sans mal un corps d'homme.

— On ne l'a pas crue, au début. (Teijan fronça les sourcils.) Mais j'ai ensuite compris pourquoi la photo de ce garçon nous dérange autant, moi et les miens.

— Pourquoi ?

— Il n'est pas humain. Il n'est pas changeling. Il n'est pas Psi. Je n'ai jamais rencontré personne d'aussi… différent.

Talin arrivait à peine à mesurer l'énormité de ce qu'elle lisait. Même si Devraj ne lui avait pas dit la vérité, il lui avait fourni les éléments nécessaires pour la découvrir par elle-même.

Elle était là, abasourdie, lorsque la porte s'ouvrit et que Clay entra.

— Tu ne vas pas le croire, dit-elle en l'attirant vers la table.

— Dis toujours.

Le ton tranchant de sa voix vibra désagréablement jusque dans sa colonne vertébrale.

Elle leva les yeux et remarqua enfin son expression furieuse. De toute évidence, elle ne lui était pas destinée.

— Qu'est-ce qui se passe ?

— Toi d'abord.

Il saisit sa queue-de-cheval et la fit glisser dans son poing. Puis il réitéra son geste, du haut vers le bas.

À sa grande surprise, elle le sentit se détendre. Et se détendit à son tour. « *Le privilège du contact rapproché* », songea-t-elle, souriant en son for intérieur.

— D'accord. Regarde ça.

Elle se pencha au-dessus de la table, consciente qu'il jouait avec ses cheveux, et lui montra les pages cruciales.

— Des arbres généalogiques, murmura-t-il. Détaillés.

Elle hocha la tête. Ses cheveux échappèrent à Clay, mais à la seconde suivante elle le sentit les rattraper. Cette caresse était curieusement apaisante.

— On dirait que Shine est remonté bien plus loin que les générations récentes.

Clay était captivé par la lueur féroce dans les yeux de Talin. L'intelligence dont elle rayonnait la rendait séduisante en diable.

— Pour tous ?

— Oui. (Elle sourit.) C'est comme s'ils s'intéressaient aux familles entières plutôt qu'aux enfants en tant qu'individus.

— Shine ne prend pas en charge des familles entières.

— Je n'en suis pas si sûre. Regarde. (Elle lui indiqua un registre en particulier.) Seul l'un des trois enfants de cette famille bénéficie du soutien de Shine, mais tous sont surveillés. Si les deux autres n'ont pas été abordés, c'est uniquement parce qu'ils étaient déjà inscrits ailleurs.

— Ça ne peut pas être le cas de tous.

— Non. Mais si l'on examine les dossiers en détail, on constate que beaucoup de ceux qui ne reçoivent pas de bourses ou ne sont pas suivis sont en réalité des demi-frères ou des demi-sœurs. Ce sont les lignées qui les intéressent.

Clay cessa de faire glisser les cheveux de Talin dans son poing, sans pour autant lâcher la masse souple et soyeuse.

— Ça explique beaucoup de choses.

Des rides creusèrent le front de Talin.

— Pourquoi j'ai l'impression que tu sais déjà où je veux en venir ?

Il tira sur sa queue-de-cheval pour qu'elle bascule la tête. Puis il l'embrassa. Ce rapprochement furtif de leurs lèvres émoustilla son félin, une forme de tentation qui allait finir par devenir dangereuse. Mais pas encore. Il se contrôlait assez pour savoir où s'arrêter.

— J'ai des soupçons, pas de preuves.

Son regard satisfait évoquait celui d'un chat.

— Regarde les noms en haut des arbres généalogiques.

Il lâcha enfin ses cheveux pour la laisser étaler les fiches.

— Je ne vois rien qui saute aux yeux.

— C'est normal. (Elle prit l'une des feuilles.) Voici le registre de Jon. Je l'observais ce matin quand je me suis soudain rappelée avoir déjà entendu – lu, en fait – le nom de Duchslaya Yurev. Il est tout en haut de cet arbre. J'ai fait une recherche.

Elle lui indiqua l'ordinateur encastré dans un côté du bureau.

— Yurev était l'un des esprits les plus brillants de sa génération, continua-t-elle. C'est en grande partie grâce à lui qu'on en sait autant sur la génétique.

— Le nom complet du gosse, c'est Jonquil Alexi Duchslaya, dit Clay en regardant la fiche. D'accord, c'est un vieux nom, mais pas inhabituel.

— Non, mais devine quoi. (Elle traça une ligne sur la fiche.) Jonquil est le dernier descendant direct de Yurev.

L'excitation le prit au ventre.

— Yurev était humain ?

— Non. C'était un télépathe cardinal, ajouta-t-elle dans un murmure.

— Bon sang.

— Ouais.

Ils se fixèrent pendant une minute.

— Et les autres noms ?

L'expression de Talin s'assombrit.

— Rien. À croire qu'ils ont été rayés des archives… je n'ai eu un déclic avec Yurev que parce que son nom était mentionné dans un manuel scolaire épuisé que j'ai consulté quand j'avais quinze ans. Je m'ennuyais, et c'était le dernier livre imprimé de la bibliothèque que je n'avais pas lu.

— Espèce de geek.

Elle lui tira la langue.

— J'imagine que Yurev était trop célèbre pour qu'on l'évince complètement… même si, pour tout te dire, il ne figure dans aucun des manuels scolaires électroniques de ces cinquante dernières années. Même les bases de données sur Internet nous en apprennent peu à son sujet. Si c'était si difficile de remonter jusqu'à lui, je ne vois pas du tout comment Shine s'est débrouillé pour les autres.

— Peut-être qu'ils avaient déjà une longueur d'avance, murmura-t-il, une liste jusqu'à un certain point.

— Mais attends… (Talin déterra un petit carnet de sous l'amoncellement de papiers sur la table.) Tu vois, il y a aussi des lieux indiqués à côté des noms sur les arbres généalogiques. Il y a deux générations à peu près, parfois trois, ils ont commencé à se disperser.

— Une diaspora. (Clay relâcha son souffle.) Yurev n'était pas le seul Psi.

— Non, dit-elle. Je ne peux pas le prouver, mais ça colle. Les enfants assassinés possédaient tous des dons de nature presque Psi. (Elle resta bouche bée à cet écho des paroles de Devraj.) Dev nous l'avait dit, sans nous le dire.

— Quelqu'un essaie de le museler, mais je ne crois pas que ça lui plaise.

— Tu ne penses pas qu'on tire des conclusions hâtives ?

Il se passa une main dans les cheveux.

— Mon instinct me dit qu'on a raison, mais un seul nom ne suffit pas à valider cette piste.

— En plus, fit remarquer Talin, les Psis étaient comme nous autrefois. Je veux dire par là qu'ils se mariaient avec des humains et des changelings. Ça n'avait rien de bizarre. (Sa voix perdit de son assurance.) On est sûrement nombreux à avoir du sang Psi dans nos lignées.

— Je sais de source sûre que c'est le cas de Lucas.

Clay se retourna pour s'appuyer contre la table et passa un bras autour de sa taille, ravi de la voir poser aussitôt les mains sur ses épaules.

— Il nous faut le point de vue d'un Psi, dit-il.

Il sentit le corps de Talin se raidir, mais elle lui répondit par un hochement de tête.

— Tu as raison. Ici, ou…

— Il y a des chances que Sascha soit dans le coin.

Son côté macho ne le rendait pas stupide ; il ne voyait pas l'intérêt d'envenimer les choses entre Talin et Faith. Fier qu'elle se montre aussi possessive, son félin se rengorgea.

— On a signé un nouveau contrat immobilier avec une entreprise Psi, expliqua-t-il.

— Psi ? (Poussée par la curiosité, elle se pencha vers lui.) Je croyais qu'ils préféraient travailler entre eux. D'après les rumeurs qui me sont parvenues, ceux qui entrent en concurrence avec les Psis signent leur arrêt de mort.

Il ne put s'empêcher de dessiner du doigt la courbe de ses lèvres. Elle fit mine de le mordre. Le sexe de Clay se raidit soudain de désir, mais il résista à la tentation d'allonger Talin sur la table et de satisfaire ses pulsions.

— DarkRiver a dirigé un projet pour la mère de Sascha. Les bénéfices ont été énormes.

— C'est une évolution majeure, murmura Talin.

Son rythme cardiaque était régulier sous ses doigts, mais il émanait d'elle un parfum exquis d'excitation. Même si son esprit n'avait pas encore pris sa décision, son corps savait ce qu'il voulait.

— Je me demande si vous vous en rendez seulement compte, ajouta-t-elle.

— Oh oui, on s'en rend compte. (Aux signes évidents qu'elle ne souffrait pas d'effets secondaires dus à l'incident de la matinée, il se détendit.) Mais inutile de mettre l'ennemi sur ses gardes.

— À t'entendre, on croirait qu'il s'agit d'une guerre.

— C'est bien ça. Et ces enfants font partie des victimes, ajouta-t-il en indiquant les dossiers.

Elle en fut ébranlée.

— J'ai l'impression qu'il se passe ici des choses qui m'échappent.

Mais elle ne lui poserait pas de questions. C'était à lui de lui accorder ou non sa confiance.

Il l'attira entre ses cuisses et glissa une main au creux de ses reins.

— Tu essaies de te la jouer stoïque ? demanda-t-il. Ça ne marche pas si tu tapes du pied en même temps.

Elle regarda le sol et rougit.

— Ça, ce n'était pas gentil.

En guise d'avertissement, il érafla sa nuque de ses dents aiguisées de léopard.

— Je te dirai tout ce que tu veux savoir.

Il frotta sa mâchoire mal rasée contre la peau que dévoilait le col en V de son pull.

— Mais pour l'instant, il faut qu'on se concentre là-dessus. On parlera du reste plus tard. (Il couvrit de baisers sa gorge exposée.) Tes taches de rousseur. J'ai envie de les compter.

— Tu perdrais le compte au bout du premier million.

Son cœur lui semblait sur le point d'éclater dans sa poitrine. Se doutait-il seulement de l'importance qu'il avait pour elle ? Sûrement pas.

— Va chercher les autres, lui dit-elle. (Ça lui laisserait le temps de se ressaisir et de recoller les morceaux de son cœur.) Appelle Faith, aussi.

Elle grimaça et tira sur les petits cheveux de la nuque de Clay.

— Je ne suis pas un bébé, je peux la supporter.

Il lui lança un regard amusé.

— Très mature.

— La ferme ! Vas-y.

— Je peux les appeler d'ici. (Il joignit l'acte à la parole.) Sascha sera là d'ici une heure. Faith a un empêchement, tu n'as donc pas besoin d'être mature.

— Vraiment pas gentil.

Elle fit le geste de retourner s'asseoir à la table. Clay l'attrapa par la main et l'entraîna vers la porte.

— D'abord, on va manger.

— Mais…

— Tu as déjeuné ?

Elle envisagea de mentir, mais savait qu'il ne serait pas dupe.

— Non.

— Il est 15 heures.

— Et toi, tu as mangé ? répliqua-t-elle.

Il répondit par un grognement.

Grimaçant dans son dos, elle le laissa l'entraîner dans le couloir. Plusieurs personnes, surprises de les rencontrer, les croisèrent et elle en déduisit qu'ils faisaient partie de sa meute.

— Réponds à ma question.

— Je suis un homme. Tu es petite et faible. Les règles qui s'appliquent sont différentes.

— Je rêve ! s'exclama-t-elle. Cette fois, ça y est. Je vais te tuer.

La femme devant eux se plaqua contre le mur du couloir et brandit sa tablette informatique devant elle comme un bouclier, les yeux à deux doigts de lui sortir de la tête.

— Clay, je te jure que si tu ne…

Il s'arrêta si abruptement qu'elle faillit le percuter. Il fit volte-face et lui jeta un regard intimidant.

— Tiens-toi tranquille.

Froide et calme, sa voix la mettait au défi de lui désobéir.

Elle en resta bouche bée.

— Retire ce que tu viens de dire, ou je ne vais nulle part avec toi.

— Et comment tu comptes m'empêcher de t'emmener ?

Il afficha un sourire suffisant de félin.

Talin ne s'énervait pas facilement et sa colère retombait vite, mais lorsque ça lui arrivait elle balayait tout sur son passage. En souriant, elle lui tapota le bras.

— Oh, Clay chéri, si seulement tu m'avais dit que c'étaient tes… soucis qui te mettaient de mauvaise humeur, je n'en aurais pas fait toute une histoire.

Elle savait pertinemment que les changelings autour d'elle entendaient chaque mot qu'elle chuchotait.

— Tally, gronda-t-il en guise d'avertissement.

— Enfin, ça doit être embarrassant… pour un homme bien bâti comme toi. (Le ton de sa voix laissait passer toutes sortes de sous-entendus.) La nuit dernière n'était qu'un accident, j'en suis certaine. Et dans le pire des cas, il y a toujours les pilules.

Des cris étouffés s'élevèrent dans le couloir.

Le regard de Clay s'embrasa.

— Je t'en donnerai de l'accident, sale peste.

Il se retourna et fusilla leur auditoire du regard, comme pour mémoriser chaque visage.

Aussitôt, tous furent pressés de vaquer à leurs occupations. Clay attendit que son intimidation ait fait effet et que le couloir soit désert pour revenir à elle.

— Je parie que tu te crois drôle.

Elle se fendit d'un large sourire.

— Ouais.

— J'espère que tu seras toujours de cet avis quand je te montrerai à quel point je suis bien bâti.

Sans le vouloir, elle posa les yeux sur son pantalon et se rendit compte qu'elle était peut-être allée un peu trop loin.

— Écoute, Clay…

Il se colla contre elle, l'attira à lui d'un bras et rapprocha ses lèvres de son oreille.

— Écoute, Tally, la singea-t-il.

— Brute.

— Peste.

Sur cet échange de familiarités, Talin sentit quelque chose passer entre eux. À l'expression de Clay, elle sut que ça ne lui avait pas échappé non plus. En gloussant, elle déposa un baiser sur sa gorge, un geste affectueux et parfaitement spontané.

— J'ai faim, lui dit-elle.

— Moi aussi. (Son ton sonnait comme une invitation nonchalante.) Quand est-ce que tu comptes me nourrir ?

Une vague de chaleur humide courut entre ses jambes. Que le ciel lui vienne en aide… elle ne se rappelait aucune des raisons rationnelles qui s'opposaient à ce qu'elle ait des relations sexuelles avec Clay.

Chapitre 30

Lorsqu'ils retournèrent dans la salle de réunion après avoir déjeuné, Sascha et Lucas s'y trouvaient déjà.

— Ah, vous voilà. On vous attendait.

Il était impossible de ne pas sourire à la voix incroyablement chaleureuse de Sascha.

— Clay a décidé de dévorer le restaurant entier.

— Oui, dit Sascha en fronçant les sourcils, il paraît que tu as des soucis.

Elle souffla le dernier mot dans un murmure compatissant.

Talin sentit Clay se raidir derrière elle, et elle s'apprêtait à détromper Sascha lorsqu'elle remarqua la lueur d'humour dans les yeux de la cardinale.

— Fais gaffe, Clay, dit Lucas d'une voix traînante, assis près de la porte, les pieds sur la table et sa chaise inclinée en arrière. Les jeunes vont bientôt se mettre à te donner des conseils.

Clay referma la main sur la nuque de Talin.

— Tu es dans un sale pétrin.

Le rire de la jeune femme fit sourire les autres.

— Tu ne peux t'en prendre qu'à toi-même.

— On parlera de ça plus tard.

Il la poussa vers une chaise, près de celle où Sascha venait de s'asseoir de l'autre côté de la table.

Elle prit place tandis que Clay préférait s'appuyer contre le mur à leur gauche. Toute espièglerie l'abandonna dès qu'elle se concentra sur les papiers. Plus d'une semaine s'était écoulée depuis l'enlèvement de Jonquil. Cette réalité à l'esprit, elle passa les données en revue et informa Sascha de ses découvertes.

— J'espérais que tu reconnaîtrais d'autres noms de Psis.

— Il y a peu de chances. (Sascha ne cacha pas sa frustration.) Si seulement j'étais connectée au PsiNet…

— Ce qui ne sera plus jamais le cas.

Le ton de Lucas était dur comme de la pierre.

Sascha lança un regard noir à son compagnon.

— Comme je le disais avant qu'on ait la grossièreté de m'interrompre, dit-elle avec une nouvelle grimace à laquelle Lucas répondit par un sourire, si j'avais été connectée au PsiNet, j'aurais pu lancer une recherche ciblée, mais maintenant que je suis partie, je ne peux me référer qu'aux informations que je détenais avant de déserter.

— Et les trucs de la bibliothèque ? demanda Lucas.

Sascha hocha la tête.

— J'ai effectué des recherches dans les bibliothèques des humains, expliqua-t-elle à Talin. Lucas a raison, j'ai pu croiser certains noms là-bas…

Elle n'acheva pas sa phrase, les yeux rivés sur l'une des fiches.

Lucas redressa sa chaise.

— Qu'est-ce qu'il y a ?

— Rien, murmura-t-elle, mais son ton disait le contraire.

Lucas se leva et fit le tour de la table pour se pencher au-dessus de l'épaule de Sascha, tandis que Clay l'imitait avec Talin. Elle aurait facilement pu être intimidée par la stature et la prestance des deux hommes. Tous deux étaient imposants… et indéniablement dangereux. Mais Talin se sentait en parfaite sécurité. *Parce que ces hommes prennent soin de leurs femmes.*

Elle fut choquée par cette révélation. Si simple et pourtant si percutante car elle réfutait ses préjugés, à savoir que la violence dans une situation donnée entraînait inévitablement la violence dans une autre. Talin sentit tomber l'une de ses barrières les plus solides ; elle ne s'inquiétait plus que Clay puisse un jour perdre le contrôle et la blesser. Au même instant, il s'amusait avec sa queue-de-cheval comme il semblait aimer le faire.

Un acte possessif. Mais qui trahissait aussi une profonde tendresse.

La gorge nouée par l'émotion, elle essaya de se concentrer sur Sascha.

— Qu'est-ce que tu vois ?

Les yeux de firmament de la cardinale croisèrent ceux de Talin et, pour la première fois, elle n'y lut pas de la sérénité, mais du désarroi.

— Tu peux me montrer les autres arbres généalogiques d'abord ?

— Voilà celui qu'ils avaient pour Mickey. (Elle se força à dire son nom. Il méritait qu'on se souvienne de lui et qu'on fasse son deuil.) Celui de Jon était l'un des plus complexes, mais ils sont tous assez détaillés.

— Tu as raison, murmura Lucas en touchant du doigt l'un des feuillets. Bon sang, comment sont-ils parvenus à retrouver tous ces liens de parenté et ces descendants ?

— L'explication la plus simple, c'est que quelqu'un tenait des registres depuis le début, dit Clay. C'est comme ça que procèdent les changelings.

— Vraiment ? demandèrent Talin et Sascha de concert.

Clay lâcha sa queue-de-cheval pour mieux la reprendre à la base. Le cœur de Talin bondit dans sa poitrine.

— Bien sûr, dit-il d'une voix calme et assurée. C'est le rôle de l'historien de la meute.

— Autrefois, c'était notre moyen le plus efficace pour retracer les gènes, maladies héréditaires comprises, ajouta Lucas.

— Comme les communautés rurales isolées, dit Talin tandis qu'elle remontait le cours de ses souvenirs. Les Larkspur avaient inscrit leur arbre généalogique sur la première page de la Bible familiale.

Lucas prit la fiche qui avait retenu l'attention de Sascha un peu plus tôt.

— Sascha ?

— Oui.

— Quelles sont les chances… ?

— Justement.

Talin leva la tête vers Clay.

— Tu comprends ce qu'ils marmonnent ?

Il secoua la tête.

— Ils sont en couple.

Curieusement, Talin voyait ce qu'il voulait dire. Les couples n'étaient pas régis par les mêmes règles, surtout lorsque les deux personnes étaient autant sur la même longueur d'onde que Lucas et Sascha. Le lien qui les unissait se matérialisait presque sous la forme d'un fil d'émotion pure ; la jalousie dévorait Talin.

— Tally.

Clay tira sur sa queue-de-cheval.

Elle lui jeta un coup d'œil, consciente qu'à la différence du couple dominant, elle et Clay restaient divisés. Dans son esprit, elle se le représentait à l'opposé d'elle sur un pont en verre. Tous deux voyaient l'abîme qui les attendait s'ils ne parvenaient pas à se rejoindre, mais ils étaient incapables de faire le pas qui comblerait la distance pour toujours.

—Assieds-toi, dit-elle. (Elle lui en voulait d'être si possessif, et s'en voulait à elle-même d'avoir peur de croire en sa promesse qu'il ne la quitterait plus.) Tu me donnes le tournis.

Son ton sec lui fit hausser le sourcil, mais il prit un siège et l'orienta de façon à pouvoir garder un œil sur la porte. Même en lieu sûr, Clay restait vigilant. Ça n'étonnait pas Talin ; il était trop protecteur pour qu'il en soit autrement. Et en dépit de son accès de colère et de frustration, elle l'adorait tel qu'il était. Elle ne voulait pas changer Clay. Seigneur, surtout pas. Elle souhaitait juste atteindre son cœur secret, cette partie de lui qu'il gardait cachée… parce qu'elle le lui avait déjà arraché une fois.

—Talin.

Le ton de Sascha était assez solennel pour qu'ils lui accordent toute leur attention.

—Si on peut se fier à ces registres, lui dit-elle, tu as vu juste, il semble y avoir un lien avec les Psis. Ce ne sont pas les noms – même si plusieurs m'ont interpellée – mais un détail dont l'importance a pu t'échapper. (Elle serra dans sa main les feuilles qu'elle tenait.) Tous ces arbres commencent il y a cent ou cent cinq ans.

—Bon sang, chuchota Clay.

Il retira le pied du barreau de la chaise de Talin et passa un bras autour du dossier. Il fournit l'explication avant que Talin ait pu poser la question :

—C'était à peu près à cette époque-là que les Psis ont commencé à conditionner leurs gosses à ne plus rien ressentir.

— Tu penses que certains ont réussi à s'échapper ? demanda-t-elle avant de remarquer que Sascha s'était arrêtée sur un arbre en particulier. Sascha ?

— Je ne peux vraiment pas en être sûre, dit-elle d'une voix hésitante. Il faut que tu le comprennes.

— Je comprends. On se contente d'émettre des hypothèses.

Mais elle sentait les réponses toutes proches.

Hochant la tête, la cardinale lui indiqua l'un des noms.

— Mika Kumamoto était le nom de mon arrière-arrière-grand-mère. Sa fille Ai avait six ans quand Silence est entré en vigueur. Elle est devenue l'un des enfants de la transition.

Sa voix était empreinte de douleur.

Sans mot dire, Talin posa la main sur celle de Sascha en signe de réconfort. L'autre femme la serra et poursuivit son récit.

— J'ai dérobé l'histoire de ma famille avant de quitter le Net. La fiche de Mika s'arrête dix-huit ans après la naissance d'Ai. J'ai pensé que ça signifiait qu'elle était décédée et que, pour une raison ou pour une autre, sa mort n'avait pas été consignée. C'était une période de troubles, leur dit-elle. Plus d'une décennie s'était écoulée depuis l'instauration de Silence, mais il subsistait des problèmes à cause des personnes âgées qu'on ne pouvait pas entièrement conditionner.

Lucas s'était mis à caresser la joue de Sascha du dos de la main, et le contact de son compagnon parut lui donner de la force. Après avoir pris une inspiration tremblante, elle poursuivit :

— Mais si Mika s'est volatilisée parce qu'elle s'est déconnectée de Net, ça voudrait dire qu'elle l'a fait après qu'Ai a eu dix-huit ans, et bien après la mise en place de Silence.

—Ça a une importance?

Talin lâcha la main de l'autre femme pour s'accrocher à celle de Clay. Elle avait le cœur au bord des lèvres; si leur hypothèse se confirmait, Jonquil courrait un danger plus grand encore que ce qu'elle avait imaginé.

—Je l'ignore. Ce que je sais en revanche, c'est que les Psis ne peuvent pas survivre en dehors du Net. Nous avons besoin d'énergie psychique fournie par un réseau neural. Nos cerveaux sont différents. Mais cette Mika Kumamoto-là n'a pas seulement survécu... il est indiqué ici qu'elle a en plus eu un autre enfant.

Talin n'interrogea pas Sascha sur le comment de sa propre survie. Elle n'avait pas besoin de savoir pour faire le rapprochement.

—Donc si elle était ton ancêtre, elle a forcément dû pouvoir se connecter à un réseau déjà existant?

L'espoir brillait dans les yeux de Sascha.

—Exactement. Et à moins que les humains détiennent un moyen secret de créer un tel réseau, ça veut dire qu'il existe d'autres Psis qui n'ont jamais été reliés au PsiNet.

Talin secoua la tête; son esprit avait tout de suite vu la logique qui échappait à Sascha.

—Pas tout à fait... ils seraient tous de sang mêlé. (Elle observa les arbres généalogiques l'un après l'autre.) Il y a pu y avoir des mariages entre Psis au début, mais après l'entrée en vigueur de Silence, les Psis conditionnés n'ont pas dû vouloir déserter, n'est-ce pas?

—Sauf les renégats, dit Sascha, dont l'excitation retombait. Je n'en avais pas entendu parler avant ma désertion, mais ça ne signifie pas qu'il n'y en a pas eu.

— C'est vrai. Mais selon toute probabilité, reprit Clay, les enfants et les petits-enfants des Psis qui ont quitté le Net se seraient unis à des changelings ou à des humains.

— Oui. (La tristesse renouvelée de Sascha était si pesante que Talin la ressentit dans sa chair.) Je voulais juste croire que d'autres personnes avaient pu échapper à Silence. Si c'est bien de ma Mika dont il s'agit, elle a dû abandonner sa propre fille parce qu'elle ne supportait pas ce qu'elle était devenue. Vous imaginez la souffrance que ça a dû lui causer ?

— Allons, chaton, marmonna Lucas.

Il y avait dans le ton de sa voix une tendresse si intime que Talin se sentit obligée de tourner la tête.

Elle croisa alors le regard de Clay et y décela de la noirceur et une passion qui dépassait le stade de l'extrême. Elle en fut ébranlée.

— Clay ? souffla-t-elle.

Pour toute réponse, il caressa du pouce sa lèvre inférieure.

— Plus tard.

Alors qu'elle se sentait vaciller au bord de son pont de verre, elle hocha la tête et reporta son attention sur ses notes. Une seconde plus tard, Sascha se retournait elle aussi vers la table.

— Bon, commença Lucas, mettons tout ça à plat. Une chose est certaine : à l'avènement de Silence, il y avait des Psis déjà mariés ou en couple avec des non-Psis.

Sascha hocha la tête.

— Jamais le Conseil ne serait parvenu à séparer des âmes sœurs.

— Ils ont peut-être essayé, dit Lucas en haussant les épaules, un geste négligent qui n'enlevait rien à la fermeté de son ton. Cela n'a pas dû les mener bien loin.

Sascha esquissa un sourire.

— Les couples seraient donc restés à l'extérieur, mais ils n'ont probablement pas eu besoin d'un réseau distinct… pas les personnes unies à des changelings prédateurs, en tout cas.

Ses paroles confirmèrent ce que Talin avait deviné ; d'une manière ou d'une autre, DarkRiver fournissait à Sascha et à Faith l'énergie psychique dont elles avaient besoin.

— Mais ceux qui aimaient des humains, dit-elle, ou même d'autres Psis, il leur aurait fallu un réseau, n'est-ce pas ? À moins que deux Psis puissent s'alimenter l'un l'autre ?

— Non, dans ce cas de figure le seuil critique de l'effet multiplicateur n'est pas atteint.

— Traduction, Sascha, dit Clay d'une voix traînante.

— Désolée. Avec les millions d'esprits présents sur le Net, l'énergie psychique se multiplie, si bien qu'il y en a davantage au final que ce qui a été injecté au départ. Le même principe s'applique pour un réseau plus petit. Mais deux, ce n'est pas assez. Le seul…

Sascha s'interrompit si abruptement que Talin sut qu'elle avait été sur le point de livrer des informations confidentielles.

Elle serra les mains sur les bras de sa chaise.

— Vous voulez que je sorte ?

Elle n'allait pas laisser sa fierté entraver leurs recherches, même si elle était furieuse de se voir confrontée à la réalité qu'elle restait une étrangère… parce que Clay ne l'avait pas invitée à entrer. C'était de ça dont elle souffrait le plus.

Clay toucha son épaule crispée.

— Reste.

— Impossible, dit Lucas. Ce n'est pas de nous qu'il est question.

— Ça va, Clay, commença-t-elle, calmée par son soutien.

Il referma la main sur sa nuque, inflexible.

— Elle reste. Contournez le sujet.

Il y eut un moment de tension durant lequel les deux hommes s'observèrent, puis Sascha chuchota quelque chose tout bas à Lucas et le chef léopard parut se détendre.

— Très bien.

Clay lui adressa un bref hochement de tête, heureux que Lucas se soit montré compréhensif. Dans le cas contraire, ils auraient eu un sérieux problème. Clay n'était pas sentinelle parce qu'il s'inclinait à la moindre parole de son chef, mais parce qu'il était capable de riposter et de verser du sang. Et pour Talin, il était prêt à bien pire.

— Sascha ?

— Nous connaissons un petit réseau, dit Sascha. (Comme Clay le savait, elle se référait aux Lauren, la famille de déserteurs qui, contre toute attente, avait trouvé asile chez les SnowDancer.) Il a presque atteint la limite de ses capacités. Et il comprend plus de deux personnes.

Talin referma la main sur la cuisse de Clay. Il se demanda si elle se rendait compte qu'elle l'avait posée là aux premiers signes d'agressivité dans la pièce. Le désir qu'éveillait ce geste l'énervait prodigieusement, mais son léopard se réjouissait de voir qu'elle le considérait comme un point d'ancrage. Il desserra son étreinte sur sa nuque, même si ce geste possessif ne semblait pas la gêner.

Avant de reporter son attention sur les autres, elle lui accorda un petit sourire si sincère que Clay en eut le souffle coupé et se prit à vouloir effacer le passé, la faire sienne. Et seulement sienne. C'était ce qu'elle aurait toujours dû être.

— Si notre théorie se confirme, dit-elle, ça veut dire que Shine recherche des enfants qui ont du sang Psi dans leur famille, plus précisément des descendants de ces Psis qui ont déserté le Net à cause de Silence.

Elle ouvrit soudain de grands yeux. Après avoir relâché Clay, elle se mit à fouiller dans ses fiches.

— Ces chiffres... je n'arrivais pas à déterminer à quoi ils correspondaient. Mais si l'on considère que Jon est un descendant qui a beaucoup de sang Psi, c'est logique. On lui a attribué un chiffre de 0,45.

— Psi à quarante-cinq pour cent ? (Sascha hocha la tête.) Et pour...

Talin avait déjà retrouvé les chiffres des autres enfants enlevés.

— Quarante, trente-six, trente-neuf... rien en dessous de trente-cinq pour cent. (Elle saisit la fiche supplémentaire que Devraj lui avait envoyée. Elle avait cru à une erreur.) Et voilà le mien.

— Tu es Psi, Tally ?

Clay esquissa un rictus amusé.

— Pas vraiment. Regarde. (Elle lui montra le pourcentage à côté de son nom ; sa frayeur soudaine s'était muée en indignation totale.) 0,03 ! Trois pour cent ! C'est une blague !

Même si cette infime quantité de sang Psi expliquait peut-être ses « pressentiments ». Mais elle songea avec ironie qu'elle les devait probablement plutôt à la bonne vieille intuition humaine.

— Du coup, je me demande bien pourquoi Shine m'a prise en charge.

L'amusement de Clay céda le pas à l'incrédulité.

— Si faible que ça ? Et ta mémoire alors ?

— D'après cette fiche, mon grand-père maternel avait une mémoire eidétique. Et il était humain à cent pour cent. (Son rythme cardiaque ralentit.) Nous autres humains ne sommes pas dépourvus de dons.

— Je le sais, ça. (Clay fit glisser sa chevelure dans son poing.) Peut-être qu'on ne reconnaît pas Shine à sa juste valeur. Il se pourrait qu'ils prennent aussi en charge des enfants en grande partie humains. Après tout, puisque beaucoup de renégats ont dû épouser des humains, ils ne peuvent pas se considérer comme des Psis.

— Je crois que tu as peut-être raison. Il y a une autre considération à prendre en compte. (Elle examina les documents devant elle.) Certains enfants de Shine sont trop doués pour s'intéresser à des choses aussi triviales que l'administration. Nous autres abeilles ouvrières sommes là pour prendre le relais… raison de plus pour qu'ils recherchent les descendants les plus humains.

Sascha lui jeta un regard étrange.

— Tu sais, j'ai déjà entendu des humains se qualifier d'abeilles ouvrières du monde. Mais je ne… (Elle secoua la tête.) On en parlera plus tard.

Talin hocha la tête.

— Il faut qu'on parle à Dev tout de suite.

— Ça se passera sûrement mieux si tu es seule. On va patienter dans mon bureau, dit Lucas.

Talin attendit que le couple soit parti pour se lever et aller à l'écran de l'ordinateur. Elle pressa une touche qui activa la fonction de communication.

Clay se plaça derrière elle, et lorsqu'elle s'appuya contre lui il sentit la boule dans son ventre se dissoudre.

— Appelle-le.

Elle posa la main sur le bras qu'il avait passé autour de sa taille et composa le numéro privé que Devraj avait joint aux fiches.

— Clay, si on a vu juste, ça veut dire que je suis en partie Psi.

— Tu as une odeur d'humaine, un goût d'humaine. (Il lui mordilla l'oreille.) Et tu as un cœur d'humaine. Ne t'inquiète pas… allez, je suis prêt à parier que même Luc a plus de trois pour cent de sang Psi.

— Comment tu sais que je m'inquiétais ?

Parce qu'une part de lui-même la comprenait, sans qu'il parvienne à se l'expliquer.

— Tu es transparente.

Il posa les mains sur ses hanches et attira son attention sur l'écran qui s'éclairait pour laisser apparaître Devraj Santos.

Des rides profondes marquaient la commissure de ses lèvres.

— Tu as lu les fiches ?

— Oui, répondit Talin. Shine rassemble-t-il les descendants des Psis ?

Santos ne se donna pas la peine de feindre l'étonnement.

— Nous ne les rassemblons pas, nous renouons avec eux. L'histoire des Oubliés – ces Psis qui ont quitté le Net après le vote de Silence – est complexe, mais pour résumer, nous avons été contraints de nous disperser et de cacher nos identités quand le Conseil s'est mis à nous traquer il y a trois générations.

Le léopard de Clay se méfiait de la franchise soudaine du directeur de Shine.

— Vous êtes très coopératif aujourd'hui.

— Disons qu'il y a eu un remaniement de la direction. (Il crispa les mâchoires.) J'ai montré aux anciens des photos de ce qu'ils font aux gosses... des gosses que nous avions promis de protéger. Deux d'entre eux ont eu une crise cardiaque. Les autres m'ont délégué leurs fonctions.

Le ton de Santos était détaché, mais son regard trahissait ce que son choix lui avait coûté.

— Je coopérerais avec le diable s'il le fallait pour mettre un terme à ces meurtres.

— Tu sais où se trouve Jon ? demanda Talin.

— Non, dit Santos entre ses dents. Nous sommes presque certains que le Conseil Psi est derrière les enlèvements, mais nous ignorons pourquoi ils s'en prennent aux enfants après tout ce temps. Nous sommes tous aujourd'hui de sang mêlé et ne menaçons guère leur pouvoir. Nos organes ne sont d'aucune utilité à des Psis de sang pur.

— Occupez-vous d'identifier la taupe au sein de Shine, dit Clay. On retrouvera Jon.

L'autre homme soutint son regard.

— Ce n'est pas votre enfant.

La question qu'il ne lui posait pas : vous battrez-vous autant pour lui ?

— C'est celui de Talin.

Ce qui revenait à dire que ce garçon était également le sien, et celui de DarkRiver.

— Ne vous inquiétez pas, je trouverai ce fils de pute. Tous les enfants de Shine – inscrits dans nos registres ou non – ont été avertis, et nous leur avons offert notre protection. Ceux qui refuseront de coopérer seront détenus jusqu'à ce que cette affaire soit tirée au clair.

— Vous les gardez prisonniers ? demanda Talin. C'est bien, ajouta-t-elle.

Elle mit fin à la communication sur l'expression surprise de Devraj, puis se reposa contre Clay ; elle puisait en lui sa force. Il déposa un baiser dans son cou et son corps vibra au souvenir de celui qu'il lui avait donné plus tôt ce jour-là et de ce qu'il promettait.

— On rentre ?

— Oui, dit-elle, on rentre.

— Et je vais t'apprendre à ne plus me chercher, gronda-t-il. Ma réputation est fichue.

Elle se demanda s'il avait évoqué leur petit jeu exprès, comme si son léopard voulait lui faire oublier un instant sa souffrance de savoir que Jonquil était dehors quelque part et qu'on le maltraitait.

— Je n'ai pas peur de toi.

— Tu devrais. Je mords.

Sa mise en garde lui arracha un sourire.

— Jamais tu ne me ferais de mal.

Il avait tué pour elle, s'était laissé enfermer pour elle, avait accepté de la reprendre malgré sa trahison et sa fuite, et alors qu'elle risquait de le quitter de nouveau pour de bon, il restait encore à ses côtés.

Son monde bascula sur son axe et une porte cachée de son esprit s'ouvrit en grand. Toutes ces années, elle s'était répété qu'elle gardait ses distances à cause des cicatrices laissées par la violence, parce qu'elle ne voulait pas le blesser, pour tant d'autres raisons. Mais en cet instant de parfaite lucidité, elle sut la vérité.

Elle ne s'était pas enfuie parce qu'elle avait eu peur de Clay.

Elle s'était enfuie parce que être aimée à ce point lui avait fait peur, parce qu'elle avait été terrifiée de perdre ce précieux cadeau le jour où Clay la verrait enfin pour ce qu'elle était : de la vermine souillée et rejetée, ce qu'Orrin avait fait d'elle, bonne à une seule chose.

Elle l'avait donc quitté la première.

Chapitre 31

En consultant les registres, Ashaya trouva bien plus d'une centaine de noms. Elle ne s'attendait pas à tant ; même la recherche la plus alambiquée ne justifiait pas un tel nombre. Pourquoi Ming le laissait-il continuer ? Les théories de Larsen ne reposaient sur rien de rationnel, et si l'on exceptait ses tendances meurtrières, le Conseil ne perdait habituellement pas son temps en efforts inutiles.

Elle entreprit d'examiner la liste de plus près. C'était la première fois qu'elle l'avait sous les yeux.

De même que c'était en rencontrant Jonquil Duchslaya qu'elle avait parlé à l'un des enfants pour la première fois. Larsen s'était montré très prudent… au début du moins. D'après ce qu'elle devinait, la majorité des enfants avait subi les expériences dans l'un des laboratoires secrets du Conseil dans le Nord.

Cependant, une fois ce laboratoire-ci opérationnel, la base opératoire y avait été transférée ; et ce sans qu'elle le sache ni ait donné son accord. Les individus impliqués avaient non seulement fait preuve d'un irrespect total vis-à-vis de son statut de scientifique en chef, mais en plus ils ne s'étaient même pas donné la peine de dissimuler leurs actes. Ils avaient dû s'imaginer qu'elle ne remarquerait rien, vu le temps qu'elle passait dans ses salles de recherche privées.

Ils n'avaient pas tellement eu tort, mais ils s'étaient trompés quant à la raison. Ça n'avait pas d'importance. Parce qu'elle avait tardé à voir la vérité, plusieurs enfants étaient morts dans son propre laboratoire. Il en restait deux ; le garçon, Jonquil Duchslaya, et la fille, Noor Hassan. Alors qu'elle observait les fiches, Ashaya sut qu'ils allaient connaître le même sort si elle n'intervenait pas.

Elle n'éprouvait pas de pitié pour eux. Elle était Psi, elle ne ressentait rien. En revanche, qu'un prétendu assistant de recherche agisse dans son dos remettait en cause son autorité. De fait, elle ne comptait pas aller se plaindre auprès de Ming… et elle ne voulait pas non plus se quereller avec Larsen.

C'était l'occasion qu'elle attendait. Si sa stratégie fonctionnait, ces enfants survivraient et le Conseil Psi perdrait en plus son moyen de pression sur elle.

Forte de cette pensée, elle s'achemina vers les escaliers qui menaient aux champs de maïs. Comme prévu, les gardes commençaient à s'habituer à ses promenades quotidiennes. Bien sûr, le délai très serré dont elle disposait pour préparer le terrain entravait quelque peu ses projets de diversion. Mais, si elle voulait que Jonquil et Noor en réchappent, il lui fallait agir en urgence.

Certains auraient pu avancer qu'elle refusait que les enfants meurent parce qu'elle conservait un reste de conscience, même dans l'abîme qu'était Silence. Ashaya n'aurait pas été de cet avis. Elle n'avait pas de conscience, pas de cœur… comme son propre fils, Jonquil et Noor n'étaient rien de plus qu'une monnaie d'échange.

Il ne lui restait plus qu'à trouver les personnes qui seraient prêtes à négocier leur libération.

Chapitre 32

La nuit était tombée dans un doux murmure, mais Talin l'avait à peine remarqué. Elle était assise à la table du petit déjeuner au deuxième niveau du repaire, l'esprit encore tourneboulé par ce qu'elle avait compris quelques heures plus tôt. Elle aurait voulu le nier, mais cette découverte s'imposait à elle avec la limpidité d'une vérité absolue qu'elle devait digérer. Oui, ses craintes de dégoûter Clay et de le voir se détourner d'elle avaient motivé tous ses actes, mais à cette peur se mêlaient une infinité d'autres éléments.

Elle sortait à peine de l'enfance lorsqu'elle avait fui Clay avec ce mensonge des plus cruels ; elle était alors jeune, perturbée, perdue. Depuis qu'elle avait enfin ouvert les yeux, il lui paraissait évident que, dans son désarroi, elle avait confondu la fureur protectrice de l'amour de Clay et la rage jalouse qui caractérisait Orrin. Cette gamine de douze ans à qui Clay avait terriblement manqué avait en même temps été terrifiée à la pensée qu'il pourrait trahir sa confiance si elle le laissait revenir dans sa vie. Ses souvenirs de Clay la protégeant, veillant sur elle, riant avec elle, avaient été les seuls trésors qui lui restaient.

Même si l'histoire ne se résumait pas à ça. C'était trop simpliste, et elle n'avait plus l'intention de se mentir à elle-même. L'impitoyable réalité, c'était qu'en dépit de sa jeunesse elle avait dû inconsciemment savoir qu'il ne serait pas un homme facile à aimer. Non, Clay était un vrai dur à cuire. Mais il l'avait aimée assez pour tout risquer : sa santé mentale, sa liberté, son amour-propre. Autant de choses primordiales pour un changeling prédateur et dominant. Elle ignorait ce qu'il éprouvait pour elle désormais, mais elle savait qu'il était temps pour elle d'honorer sa part du marché. *Lui donner assez d'amour.* Assez pour que sa peur ne l'arrête plus, peu importe comment elle se manifesterait.

Un léger bruit perturba le cours de ses pensées alors que Clay se hissait au deuxième niveau.

— Merde, Tammy vient de me secouer les puces au sujet de quelque chose qui concerne la meute. Tu as un quart d'heure pour te préparer ou on va être en retard. Il est déjà presque 18 heures.

— Impossible, dit Talin en indiquant les papiers éparpillés sur la table. (Elle les avait à peine regardés depuis qu'elle était rentrée. Elle se sentit coupable.) Je dois vérifier que rien ne m'a échap…

— Je te l'ai déjà dit, l'interrompit Clay. On s'occupe de tout, on a mis des gens sur le coup. J'ai fait appel à un contact Psi qui aura peut-être des détails très utiles à nous fournir. Mais cette soirée dansante est importante pour la meute.

— Je n'appartiens pas à DarkRiver.

Et il lui fallait du temps pour réfléchir à la prochaine étape. Elle ignorait comment gérer une relation et s'ouvrir à ce point à une autre personne.

— Je serais une étrangère.

— Non, tu seras avec moi. (Il lissa sa queue-de-cheval dans son poing.) S'il te plaît, Tally.

Son cœur se serra. Il l'appelait Tally, mais ne lui confiait pas son âme ; il dissimulait la méfiance de son léopard derrière un bouclier presque hermétique et pourtant, elle la sentait. S'imaginait-il qu'il en allait autrement ? *Quel léopard stupide et arrogant !* Elle le connaissait trop bien, l'aimait trop pour être aveugle.

— Tu as dit « s'il te plaît », le taquina-t-elle, luttant pour dépasser son intuition douloureuse que quoi qu'il arrive, il ne l'aimerait peut-être jamais comme autrefois.

— Très drôle.

— J'aimerais venir. Mais je me sentirais tellement coupable de m'amuser pendant que…

— Quelques heures, c'est tout. Ça t'aidera à te remettre les idées en place.

Elle devait admettre qu'il avait raison. Sa concentration s'était envolée, et à ce propos…

— Tu as eu des nouvelles de Max ?

— Il va bien, il a repris connaissance. J'ai demandé à un compagnon de meute de passer le voir et de vérifier son état physique.

Elle se sentit soulagée d'un poids.

— Dis-moi, pourquoi cette soirée dansante ?

— C'est pour fêter la bénédiction solennelle d'une union.

— Comme un mariage ?

— L'union n'a rien de comparable au mariage. C'est définitif. Les âmes sœurs ne se quittent jamais, dit-il. Fidélité absolue jusqu'à la mort.

Elle fut ébranlée à la pensée de la beauté d'un tel engagement, ainsi que de ce qu'il avait de terrifiant.

— Quel besoin d'une bénédiction si la décision est déjà prise ?

— Pour montrer l'approbation de la meute et accueillir la compagne de Zach au sein de DarkRiver. (Il la jaugea d'un regard pénétrant.) Ça va, Tally ?

Il la connaissait trop bien, lui aussi, mais elle ne pouvait pas le laisser percevoir sa souffrance, ne voulait pas que ce qu'elle venait de comprendre – qu'elle avait peut-être perdu son amour pour toujours – se dresse entre eux.

— Je vais bien. Juste un peu fatiguée.

L'expression de Clay s'adoucit.

— Je dois y être, bébé. Je suis une sentinelle.

— Ils comptent sur ta présence, dit-elle, tellement fière de ce qu'il était devenu. Je comprends. Laisse-moi me rafraîchir.

Dans la chambre, elle se lava rapidement le visage et les mains avant d'enfiler la chemise la plus neuve et la plus jolie de celles qu'elle avait emportées. Blanche à manches longues, elle présentait de chaque côté de fines bandes de dentelle délicate qui cassaient sa coupe stricte. Elle garda le jean qu'elle portait mais se détacha les cheveux et les brossa. Puis, sur un coup de tête, elle fouilla dans son sac jusqu'à trouver une petite pochette zippée. Il lui semblait avoir oublié d'en sortir quelque chose la dernière fois qu'elle… Ses doigts rencontrèrent un objet métallique.

— Bingo !

Elle récupéra les boucles d'oreilles en imitation argent ; leur motif celtique apporterait une touche d'élégance à sa tenue. Alors qu'elle les glissait à ses oreilles devant le miroir, son sourire s'évanouit.

C'était Jonquil qui les lui avait offertes quelques mois plus tôt. Elles n'avaient pas coûté cher – il les avait dégottées sur un marché aux puces –, mais s'agissant d'un cadeau acheté avec de l'argent durement et honnêtement gagné, elles avaient beaucoup de valeur pour Talin.

— Je ne t'ai pas oublié, promit-elle avec un dévouement féroce. On ne t'a pas oublié.

Elle comprenait enfin, après bien trop de temps, que son léopard l'épaulerait dans toutes ses épreuves.

Clay était adossé à un arbre à la lisière du Cercle de la meute et regardait Nico faire tournoyer Talin lorsqu'il sentit une présence familière. Sascha vint se placer à côté de lui, veillant à maintenir entre eux une certaine distance. Même si la plupart des changelings avaient soif de contacts physiques, elle savait que Clay ne s'y prêtait pas facilement.

— On dirait qu'elle s'amuse.

Clay hocha la tête.

— Ouais.

— Alors pourquoi tu restes planté là ?

— Danser, ce n'est pas mon truc.

Sascha changea de position et il sut qu'elle avait croisé les bras.

— Ça, c'est ton excuse pour ce soir. Mais pour toutes les autres fois où tu choisiras de rester dans l'ombre ?

— C'est une séance de psychanalyse gratuite ? (Il avait été très clair ; personne, pas même Sascha, n'avait le droit de s'insinuer dans ses émotions.) On m'espionne, Sascha ?

— Je ne regarde pas exprès, tu le sais bien. Je détecte les échos émotionnels tout comme toi les odeurs. (Elle s'adossa à son arbre.) Les choses se sont grandement améliorées depuis que Talin est entrée dans ta vie, mais tu n'es pas heureux.

— Quel génie !

— Cesse d'être désinvolte, dit-elle d'une voix calme et maîtrisée. C'est important. Tu ne rends pas service à Talin en te comportant de cette manière.

Il lui jeta un coup d'œil.

—Pour ce qui est de Tally, ça me regarde.

—C'était peut-être le cas avant, répliqua-t-elle. Mais tu l'as amenée dans la meute, et son sort nous concerne aussi désormais.

Clay sentit son léopard se ramasser.

—Où tu veux en venir ?

—On l'aime bien. On la protégera... y compris de toi.

Il imprégna sa réponse de froideur.

—Je protégerai Talin.

—Je n'en sais rien. (Elle haussa les épaules.) Tout ce que je vois, c'est ce mur dur et épais que tu as dressé autour de toi. Elle est ta porte de sortie, Clay, mais seulement si tu lui permets de l'être.

Voyant Nico entraîner Talin dans un pas de danse particulièrement énergique, Clay grimaça. Elle était humaine, pas changeling. Pourvu que ce garçon n'oublie pas qu'il était plus facile de la blesser. Elle se mit alors à rire et il se détendit.

—Arrête de parler par énigmes et va droit au but.

Sascha ne cacha pas sa frustration.

—Très bien. Quelle que soit la raison qui empoisonne votre relation, tu dois dépasser ça. Tu ne lui apporteras rien de bon de cette façon.

Sa déclaration brutale l'abasourdit. Sascha vouait à DarkRiver une loyauté indéfectible. En plaçant le bien-être de Talin avant celui de Clay, elle venait de gagner un peu plus son respect, même si ce qu'elle insinuait le mettait en colère.

—Je lui donne tout ce que je peux. Plus que je n'ai jamais donné à personne.

—Ça ne suffit pas, Clay. Et elle le sait.

Des griffes lui lacérèrent le ventre.

— Elle n'est pas comme toi, lui dit-il. Elle ne peut pas ressentir ce que je ressens.

— Tu peux te raconter des histoires si ça te donne bonne conscience.

Elle s'avança dans son champ de vision ; comme elle était grande, il suffisait à Clay de baisser la tête de quelques centimètres pour soutenir son regard.

— Ta Tally est l'un des êtres humains les plus sensibles que j'aie jamais rencontrés. Ça arrive à certains enfants victimes d'abus ; ils détectent les plus infimes changements d'atmosphère dans une pièce, ou dans une relation. Elle sait exactement ce que tu ressens.

— Sascha ! l'interpella Lucas depuis le Cercle. Arrête de flirter avec Clay et viens danser avec ton âme sœur.

Il lui décocha un sourire éclatant.

Sascha se retourna, et même de profil Clay remarqua que son expression s'adoucissait.

— J'ai dit ce que j'avais à dire. Le reste ne dépend que de toi.

Puis elle s'avança vers le Cercle, jusque dans les bras de Lucas. Talin dansait avec Nico juste à côté du couple dominant et Clay la vit regarder Lucas alors qu'il s'adressait à sa compagne en souriant.

Même d'aussi loin, il arrivait à lire l'émotion sur son visage : du désir.

Ça n'avait rien de sexuel. C'était plus profond, plus désespéré ; comme si elle contemplait quelque chose qu'elle pensait ne jamais avoir. Ce regard le fit souffrir bien plus que tout ce que Sascha lui avait dit.

Il se détacha de l'arbre et marcha vers elle. Nico l'aperçut par-dessus la tête de Talin et ouvrit de grands yeux. Clay ne dansait jamais. Le jeune dit un mot à Talin et partit trouver une autre partenaire. Elle se retourna, yeux écarquillés, elle aussi.

— Clay ?

Il la prit par la taille.

Elle parut ne pas savoir où poser les mains. Au bout de quelques secondes d'hésitation, elle les passa autour de sa taille mais maintint assez de distance entre eux pour pouvoir regarder son visage.

— Qu'est-ce qui se passe ?

— Rien.

Lorsqu'il voulut l'attirer plus près, elle lui résista.

— S'il n'y avait rien, tu n'aurais pas l'air de vouloir arracher la tête de quelqu'un.

— Danse avec moi.

— Clay…

— Je te dirai à la fin de la soirée.

Il lui montrerait, même. Hors de question qu'elle continue à souffrir comme ça.

— Promis ?

Au grondement sourd qu'il émit, l'un des jeunes à proximité lui jeta un regard méfiant. Talin sourit et se rapprocha pour appuyer sa joue contre son cœur.

Il la regarda, perplexe. Il songea que même cent ans plus tard, il ne la comprendrait toujours pas tout à fait. Le félin qu'il était appréciait l'idée d'une compagne aussi fascinante.

Compagne.

Bien sûr qu'elle était destinée à être sa compagne. En admettant consciemment cette vérité qu'il avait toujours détenue, il s'apaisa. Dès l'instant où elle accepterait leur lien, elle lui appartiendrait de la plus indiscutable des manières. Les âmes sœurs s'unissaient pour toujours. Jamais un léopard ne se mettait en couple deux fois.

Même si sa compagne mourait.

Par réflexe, il resserra les bras autour d'elle.

— Hé, protesta-t-elle.

— Désolé.

— Ce n'est rien. (Elle l'étreignit à son tour alors qu'ils se balançaient à contretemps de la musique rythmée.) J'aime bien danser avec toi.

— Ouais.

Talin ne savait pas ce qui n'allait pas chez Clay, mais l'émotion contenue dans ce simple mot était si primitive et si puissante que son cœur faillit s'arrêter. Elle voulait le harceler de questions, mais pour l'heure elle s'accrocha à lui et ils dansèrent. L'instant qu'elle partageait avec cet homme qu'elle adorait plus que tout autre était parfait.

L'horloge n'indiquait guère plus de 22 heures lorsqu'ils rentrèrent.

— Je me suis amusée. Et maintenant je m'en veux.

Elle retira ses boucles d'oreilles, les posa avec précaution à côté du tableau de communication, puis se laissa tomber sur l'un des immenses coussins qui servaient de sofas à Clay.

— Ça semble tellement déplacé d'être allée danser alors que j'aurais pu faire quelque chose de constructif.

— Comme quoi ? (Il referma la porte, avança vers elle puis, s'arrêta.) Qu'est-ce que tu aurais pu faire au juste ?

— Eh bien, j'aurais pu de nouveau parcourir ces dossiers.

— Et tu n'y aurais rien vu de plus que ce que tu y as déjà vu dix fois. (Secouant la tête, il s'installa en face d'elle avec une décontraction toute masculine.) La machine est en route. Il ne nous reste plus qu'à attendre… parfois, la chasse est plus fructueuse quand on laisse croire à la proie qu'on a abandonné la partie.

Elle hocha la tête avec réticence, consciente qu'il avait raison. À son niveau, elle ne pouvait plus rien faire. L'heure était venue de se reposer sur Clay et sa meute.

— Merci de m'aider. D'avoir demandé à ta meute de m'aider.

Elle était presque visible et palpable, cette flamme croissante qu'il avait eue dans le regard l'essentiel de la soirée. Et c'était à Talin seule qu'il la destinait. Son corps se crispa.

— J'aurais agi de même pour leurs femmes.

Le sous-entendu ne lui suffisait pas, pas avec cette chaleur intense qui menaçait de s'emparer d'elle.

— Je suis ta femme, Clay ?

Même la forêt parut retenir son souffle tandis qu'elle attendait sa réponse. De son regard vert, si brillant et si beau, il dévora son visage et son cou, sa poitrine qui se soulevait, la courbe de sa taille et ses jambes qu'elle avait repliées sous elle. Tremblante, elle aspira une bouffée d'air et Clay se figea dans l'immobilité du prédateur.

— Viens ici, Tally.

C'était un ordre, sensuel, enveloppant, érotique.

Le cœur battant, elle déplia les jambes, alors qu'une vague de sensations venue du plus profond d'elle-même parcourait chaque parcelle de sa peau. C'était l'effet produit par ce qu'il lui avait dit et sa façon de le dire. Il voulait qu'elle accepte ce qu'il y avait entre eux, et que cette reconnaissance absolue annule le choix qu'elle avait fait dans sa jeunesse de l'obliger à sortir de sa vie.

Elle s'avança sans s'en rendre compte ; sa décision était déjà prise. *« Lui donner assez d'amour. »* Lorsqu'elle s'arrêta, elle se retrouva agenouillée sur le coussin de Clay, prise en étau entre ses jambes musclées. Elle posa les mains sur ses genoux.

— Je suis là, dit-elle.

Il fit courir un doigt le long de la rangée de boutons qui fermaient sa chemise.

— J'ai envie de te débarrasser de cette chemise et de voir tes seins.

Elle commençait à avoir du mal à respirer.

— D'a… d'accord.

Elle crispa les doigts.

— Ce n'est pas de l'amitié.

Par cette déclaration abrupte, il lui annonçait la limite qu'ils s'apprêtaient à franchir.

— Non. C'est d'accord, répéta-t-elle en voyant qu'il la fixait.

— Vraiment ?

D'un doigt, il repoussa l'étoffe pour caresser le creux entre ses seins.

— Qu'est-ce que tu veux ? demanda-t-elle, avide de le lui donner.

— C'est une punition, Tally ? (Ses yeux verts de félin étaient rivés sur les siens.) Tu me cèdes parce que tu veux te faire du mal ? Je ne suis qu'un autre coup d'un soir sans visage que tu as l'intention d'oublier ?

— Hein ? (Elle serra les poings sur la matière rugueuse de son jean.) Non !

Elle n'en revenait pas d'avoir pu s'inquiéter de ne rien ressentir avec Clay s'ils couchaient ensemble. Il lui était impossible de ne pas être impliquée corps et âme ; le léopard de Clay l'exigeait autant que son propre désir ardent.

— Je ne te cède pas. C'est un choix que je fais parce que tu me rends folle, espèce de félin arrogant. J'ai envie de te marquer et de m'assurer que le monde sache que tu m'appartiens.

Le pli dur de ses lèvres s'adoucit.

— En ce cas, dis-moi ce que tu veux.

Si elle ne lui avait pas déjà offert son cœur, il le lui aurait ravi à cet instant-là. Il avait beau être d'humeur ombrageuse, il était à elle ; pas entièrement peut-être, mais elle comptait chérir ce qu'elle avait jusqu'à son dernier souffle.

— Je veux te voir, chuchota-t-elle.

Il leva les yeux et soutint son regard.

— Je songeais plutôt à ce qui te donnerait du plaisir. Il ne me reste plus beaucoup de patience.

— Tu n'as jamais été très patient, le taquina-t-elle. (Son désir lui nouait le ventre à un point douloureux.) Voir ton corps me donne du plaisir.

Après lui avoir adressé un regard surpris et curieusement vulnérable, il porta la main à sa chemise et défit quelques boutons, puis la retira par la tête et la jeta au sol. Tout d'un coup, il lui offrait son magnifique torse nu pour qu'elle le goûte, le lèche et s'en délecte. Cet homme, un mâle dominant, venait de lui accorder le privilège du contact rapproché dans sa totalité. Ravie, elle posa les mains à plat sur ses pectoraux et savoura la puissance de ses muscles élastiques sous sa belle peau chaude et sombre. La sensation des poils qui ondulaient sous ses paumes lui procura de nouveaux délices.

Elle sentit qu'il posait les mains sur ses hanches mais ne s'y attarda pas, trop absorbée par la contemplation de sa beauté. Avant Clay, jamais la simple vue d'un homme n'avait suffi à faire naître en elle le désir de pénétration. Mais ce jour-là, elle fondait de l'intérieur et elle adorait ça. Elle fit glisser ses doigts sur son torse et se surprit à se demander ce qu'elle ressentirait si elle se débarrassait de ses vêtements pour frotter ses tétons contre son épiderme brûlant. Elle serra les cuisses, assaillie par un besoin dévorant et douloureux qui réclamait satisfaction.

Elle sentit une vibration contre ses paumes. Elle se mordit la lèvre inférieure pour lutter contre la déferlante de plaisir… et la révélation soudaine que cette vibration allait intensifier les sensations dont elle avait soif.

— Tu recommences à ronronner.

Il esquissa un sourire.

— Je sens ton excitation.

Cette remarque aurait dû la faire rougir. Mais elle ne s'enflamma que davantage.

— Je vois la tienne.

Son sexe était dur sous la braguette de son jean prête à craquer. Et gros. Très gros. Le corps de Talin se contracta, comme pour l'inciter à le libérer et le laisser la remplir. Ça allait être si délicieux et douloureux à la fois.

— Baisse les bras.

Les joues brûlantes sous l'effet des images érotiques qui dansaient dans sa tête, elle le regarda et s'aperçut qu'il avait déboutonné son chemisier.

— Non. (Elle passa les bras autour de son cou et se pencha vers lui.) Embrasse-moi d'abord.

— Tu comptes être une peste au lit aussi ?

Il glissa les mains sous le chemisier ouvert pour la prendre par la taille tandis qu'il s'emparait de sa bouche et lui offrait un baiser langoureux qui lui donna l'impression d'être si séduisante qu'elle se sentit de taille à conquérir le monde entier.

— J'ai bien le droit de donner quelques ordres, moi aussi, murmura-t-elle.

Il descendit plus bas et referma les mains sur ses fesses. Puis il les malaxa. Alors qu'elle essayait de s'en remettre, il fit remonter l'une de ses mains délicieusement calleuses le long de son dos, puis jusqu'à sa poitrine. Elle retint son souffle.

Chapitre 33

Il ne se contenta pas de lui toucher le sein : il s'en empara avec une audace possessive et entreprit de le masser. Et elle se décida à lui obéir. Baissant les bras, elle se mit à retirer son chemisier. Elle resta coincée au niveau des coudes. Clay profita de la situation pour enrouler les manches autour de sa main libre et s'en servir comme de liens qui obligeaient Talin à garder les bras derrière le dos.

— Je n'aime pas être entravée, se plaignit-elle.

Il pétrit son sein de nouveau, puis coupa les bretelles et la partie centrale de son soutien-gorge d'un seul coup de griffe.

— Je ne peux même pas te caresser en paix ?

Puis il n'y eut plus de soutien-gorge et Clay regardait sa grande main posée avec assurance sous ses seins. Le cœur de Talin s'emballa. À chaque inspiration, elle paraissait soulever sa poitrine pour le seul plaisir du changeling. Ce n'était pas une poitrine énorme, loin de là. Mais à cet instant-là, c'était la partie de son corps qui comptait le plus.

— Des pommes, dit Clay, ses yeux de félin étincelant.

Elle ne voyait pas du tout de quoi il parlait.

— Des pommes ?

— J'adore les pommes.

Il inclina la tête et referma les dents sur un téton.

Elle n'arrivait plus à respirer.

Puis il passa la langue sur sa peau et le souffle de Talin lui échappa en une explosion de désir, de besoin et de plaisir. Il relâcha le téton et s'empara de son sein dans un baiser brûlant qui lui arracha des gémissements. Elle se débarrassa de son chemisier et plongea les doigts dans les cheveux de Clay, l'implorant en silence de lui en donner davantage.

Seigneur, qu'elle était gourmande ! Mais il ne semblait pas y voir d'inconvénient. L'esprit à demi embrumé, elle se promit de lui rendre la monnaie de sa pièce. Pour l'heure, elle voulait se faire plaisir, le laisser lui faire plaisir.

Il déposa un baiser dans le vallon chaud entre ses seins et remonta jusqu'à son cou.

— On devrait aller au lit.

Elle l'embrassa, incapable de résister à la tentation de ses lèvres sensuelles.

— Plus tard.

— Plus tard, approuva-t-il avant de la renverser en arrière.

Atterrissant sur une surface moelleuse, elle se rendit compte qu'il s'était servi de son pied pour rapprocher l'autre coussin. Elle leva les bras et il vint sur elle ; les coussins formaient le lit parfait. D'une main, il la caressa du cou jusqu'à la taille tandis qu'il s'emparait de sa bouche pour un nouveau baiser dévastateur. Elle ne s'était jamais senti possédée à ce point-là. Mais pour la première fois, il s'y mêlait de la tendresse. Et elle comprit que ce qui était en train de se passer dans ce lit improvisé avec Clay était unique et précieux.

Sous les mains baladeuses de Talin, ses muscles se contractaient en une lente symphonie aussi séduisante que son baiser. Avec ses larges épaules et son imposante musculature, Clay dégageait une incroyable impression de puissance. Elle laboura sa peau de ses doigts et fut à peu près certaine qu'il l'avait à peine remarqué.

— Clay, murmura-t-elle tout contre sa bouche, dis-moi ce que tu aimes.

— Plus fort, dit-il en mordillant sa lèvre inférieure. Je ne suis pas fragile comme toi.

Elle le caressa avec plus de vigueur et eut la satisfaction de l'entendre haleter. Mais il ne la laissa pas en profiter longtemps ; penchant la tête, il lui fit un tel suçon dans le cou qu'elle sut qu'elle allait en garder la marque.

— Comme c'est bon !

Elle frissonna.

Pour toute réponse, il ramena une main hardie sur ses seins. Clay ne faisait pas dans la demi-mesure. Il la caressait et la titillait avec l'assurance d'un homme qui savait ce qu'il voulait, et ce que voulait son amante.

— Tu es à moi, dit-il en déposant un baiser sur la peau qu'il avait sucée.

Et elle sut qu'il l'avait marquée.

— Pareil pour toi. Je ne partage pas.

Elle s'était toujours montrée excessivement possessive à son égard. S'il avait ne serait-ce que souri à une autre fille, elle aurait ressassé sa colère des jours entiers.

Il releva la tête.

— Moi non plus.

Leurs regards se croisèrent, enflammés.

Elle comprit que le moment était venu. Soit elle persistait à se protéger, soit elle honorait sa promesse de l'aimer sans crainte. Présentée sous cet angle, la question ne se posait même pas. Aussi, rassemblant son courage, elle fit un pas terriblement difficile pour une femme qui avait appris la défiance très tôt et ne s'en était jamais vraiment départie. Elle ouvrit son cœur et traversa le pont de verre.

— Ça a toujours été toi. Toi, et seulement toi.

À cet instant-là, elle sentit quelque chose se briser et renaître au plus profond de son être, presque comme si son âme elle-même se métamorphosait ; puis cette étrange sensation se dissipa et elle se retrouva nez à nez avec le prédateur qui vivait à l'intérieur de Clay.

Son regard était toujours aussi intense, mais il avait les yeux du léopard qui le définissait autant que son enveloppe humaine.

— Et comme ça ?

Il émit un grondement et il sembla à Talin que le son éraflait sa peau, une caresse à la fois effrayante et époustouflante d'érotisme.

Son sang reflua dans des recoins brûlants de son corps.

— Je n'ai pas peur de toi.

Jamais plus elle ne le craindrait.

— J'ai parfois peur de ce que j'éprouve pour toi (et elle redoutait les conséquences pour Clay de ce lien affectif, si cette maudite maladie l'emportait), mais je sais que jamais tu ne me feras du mal.

Il l'embrassa de nouveau, une impitoyable prise de possession qui coupa le souffle de Talin.

— Il t'en a fallu du temps.

Cette remarque méritait bien une morsure ; sans même prendre le temps d'y réfléchir, elle referma les dents sur son épaule. Lorsqu'il gronda cette fois-là, elle sentit la vibration contre ses seins. Puis il la mordit à son tour. À la seconde où il prit la pointe de ses seins entre ses dents, un frisson parcourut l'intérieur de ses cuisses. Si Clay ne s'était pas trouvé entre elles, elle les aurait serrées de toutes ses forces pour tenter d'éteindre le feu liquide qui menaçait de la consumer.

Frottant son sexe tendu contre elle pour l'exciter, il la mordit de nouveau. *Pitié!* Alors qu'il s'attaquait à son autre sein, elle prit la résolution de le provoquer plus souvent. Elle empoigna ses cheveux et les tira.

—C'est trop.

Trop de plaisir, trop d'exquise chaleur sexuelle.

Il dit quelque chose tout contre son sein et elle eut la sensation que sa peau se tendait davantage, comme si sa poitrine s'était mise à gonfler pour plaire à ce séduisant changeling qui semblait déterminé à faire d'elle son esclave. Ses cheveux étaient épais et soyeux sous ses doigts, sa mâchoire rugueuse. Elle avait envie de caresser chaque parcelle de son être.

Lorsqu'il bougea la partie inférieure de son corps, elle l'enserra de ses jambes et pressa son sexe contre elle, savourant l'idée que même si elle ne contrôlait pas son érection – et elle n'en avait d'ailleurs aucune envie –, elle l'avait à son entière disposition.

Après l'avoir enfin relâchée, Clay couvrit de baisers ses taches de rousseur jusqu'à son bas-ventre. Lorsqu'il leva les yeux, la beauté érotique qu'il irradiait la laissa sans voix.

—Tu as bon goût. Jolies taches de rousseur. (Il sortit la langue comme pour en lécher une.) Mmm.

—Tu me rends folle. (Il ne cachait rien de la satisfaction que lui procurait son corps.) Je croyais que tu disais ne pas avoir de patience.

—C'est le cas. Je t'excite, c'est tout.

Elle sourit à travers le voile écarlate du désir.

—Ah ouais?

—Ouais.

Il sortait le grand jeu… rien que pour elle.

Elle lui souffla un baiser.

— Ouais.

À cet aveu, il remonta jusqu'à la bouche de Talin et lui offrit un baiser si lent et sensuel qu'il lui arracha un gémissement. Sentir la toison de son torse contre les pointes humides de ses seins l'acheva ; elle se frotta contre lui comme elle l'avait imaginé, décuplant leur plaisir partagé. Il glissa les mains sous ses fesses.

— Enlève ça.

Elle était trop occupée à l'embrasser pour écouter. Il referma les dents sur sa lèvre inférieure ; elle lui rendit la pareille. C'était une lutte très sensuelle, mais qu'il remporta… car elle aussi voulait sentir sa peau contre la sienne. Partout. Elle décroisa les jambes et souleva les fesses afin qu'il puisse déboutonner son jean et le lui retirer. Il le jeta au sol et fit courir le doigt sur l'échancrure en dentelle de sa culotte.

— Rose ?

Il plaqua une rangée de baisers sur l'élastique.

Elle déglutit à la vue de ses lèvres si proches de la zone la plus intime et la plus délicate de son corps.

— J'aime le rose.

Il lui écarta les jambes et se mit à lécher l'intérieur de ses cuisses. Elle agrippa le coussin tandis qu'elle s'arc-boutait, saisie d'un plaisir inédit. Puis il lécha l'autre côté. Malgré la fièvre qui la submergeait, elle restait consciente de sa présence, de son étreinte et de ses caresses.

Lorsque la pièce cessa de tourner autour d'elle, elle souleva la tête et la laissa retomber.

— Waouh.

Elle s'était doutée que ce moment d'intimité avec Clay réduirait ses expériences précédentes à néant, mais il surpassait tout ce qu'elle avait envisagé. Elle ne trouvait plus rien d'étonnant à ce que les femmes aiment le sexe. Sauf que, bien sûr, ce n'était pas simplement du sexe. C'était…

— Waouh.

Clay gloussa.

— C'est tout ce que tu comptes dire ?

— Ouais.

Le cerveau de Talin était en compote.

— Dans ce cas, c'est moi qui vais parler.

Il imprima un baiser à l'intérieur de ses cuisses, un de chaque côté, puis il traça doucement de ses griffes la courbe de sa hanche.

Clac. Le côté droit de sa culotte céda. *Clac.* Puis le gauche.

Elle se retrouva soudain nue avec lui entre ses cuisses, si proche qu'elle sentait son souffle frôler son intimité. Crispée, elle attendit la suite. Elle s'effrayait un peu de voir qu'il la chamboulait autant et de la facilité avec laquelle il avait abattu ses défenses, mais elle lui avait fait une promesse et elle s'y tiendrait. Talin McKade n'était pas lâche ; elle était assez forte pour danser avec un léopard.

— Clay ? dit-elle en constatant qu'il restait muet.

— Moi aussi, j'aime le rose, dit-il d'un air des plus virils.

— Tu me fais rougir.

Il lui donnait l'impression de la caresser des yeux.

— Mmm.

C'était l'expression éloquente de sa satisfaction sexuelle.

Elle sentit son être entier s'abandonner. L'humidité entre ses cuisses devait désormais trahir son désir de façon embarrassante et, à cette idée, elle les resserra dans un effort futile pour contenir son envie. Clay se servit de ses doigts pour les écarter de nouveau, un contact qui ébranla Talin de la tête aux pieds. Elle enfonça les orteils dans les coussins, mais Clay avait d'autres projets pour elle. Il souleva ses jambes l'une après l'autre et les posa sur ses épaules… après avoir dévoré de baisers l'intérieur de ses cuisses.

— Toi, parvint-elle à articuler d'une voix rauque, tu es un très vilain matou.

Sa remarque le fit rire et son souffle caressa les replis de sa chair exposée. Elle gémit, brûlante d'impatience et de désir.

— Miaou. (Il passa la langue entre ses cuisses.) J'aime la crème, aussi.

Son anticipation se mua en plaisir extrême. Elle agrippa le tissu du coussin, en vain. Elle n'avait aucun moyen de contrôler ses réactions… pas alors qu'il la léchait à petits coups de langue rapides qui la rendaient folle.

— Vas-y franchement, se surprit-elle à chuchoter, étonnée d'une telle audace.

— Pas encore. (Nouveau coup de langue. Nouveau gémissement.) Je veux t'exciter encore un peu d'abord.

— Brute, hoqueta-t-elle.

— Peste.

Avec cette langue, il redoublait d'ingéniosité et lui faisait des choses qu'elle n'aurait jamais crues possibles. Elle s'aperçut qu'elle s'était collée à lui et que son corps le suppliait, l'enserrant de ses cuisses et lui labourant le dos de ses talons. Il choisit ce moment pour la mordre.

Elle poussa un cri de surprise et le monde autour d'elle se désintégra. Le plaisir qui la traversa était si vif et intense qu'elle en ressortit tremblante comme après une explosion intersidérale. Si elle avait été en état de parler, si ses neurones avaient pu formuler une pensée cohérente, elle aurait dit à Clay qu'il était un dieu. Elle se félicita d'être trop épuisée pour y parvenir, certaine qu'il aurait veillé à ce qu'elle ne l'oublie jamais.

Il glissa les mains sous ses fesses pour les malaxer tout en s'abreuvant à sa source. Elle ne doutait pas que ce dernier orgasme incroyable l'avait vidée de ses forces, mais les sensations qu'il lui procurait étaient si agréables qu'elle ne lui demanda pas d'arrêter. La minute suivante, ce n'était plus simplement agréable : c'était exquis. Elle entendit un gémissement sourd et rauque, et il s'écoula plusieurs secondes avant qu'elle se rende compte que ce son d'une sensualité éhontée était sorti de sa propre gorge.

— Comme je suis gourmande.

Il la regarda, les yeux brillants d'excitation.

— Ne t'en fais pas, je ne suis pas en reste.

Grisant, leur échange de regards la transperça jusqu'à l'âme.

— J'ai le droit de te lécher, moi aussi ?

Clay resserra son étreinte sur elle ; son expression était une promesse de représailles.

— Tu en as envie ?

C'était un acte auquel elle ne s'était jamais volontairement livrée, mais le goût de cet homme qui lui donnait l'impression d'être la créature la plus séduisante sur terre l'intriguait au plus haut point.

— Peut-être. (Elle s'étira et passa la langue sur sa lèvre supérieure.) Tout dépend du montant de ma dette.

Sa provocation eut l'effet escompté. Il pencha la tête et cette fois-ci, il ne se contenta pas de la lécher. Il l'embrassait à pleine bouche, détruisant les faibles défenses qu'il pouvait encore lui rester.

Sa dette augmenta encore considérablement avant qu'il ait fini.

— Embarrassant et peu digne ? demanda-t-il en couvrant de baisers son corps tremblant.

Le visage de Talin s'empourpra à ce rappel de la façon dont elle avait décrit cette chose délicieuse qu'il venait de lui offrir.

— Je crois que j'apprends à aimer ça.

— Tant mieux. Parce que ton goût me plaît, dit-il d'une voix rude.

Elle baissa les yeux sur le corps de Clay et vit l'érection qui pressait contre son jean.

— Enlève-le.

Elle porta la main à sa taille et s'aperçut que le premier bouton était déjà défait.

— Doucement, chuchota-t-il à son oreille alors qu'elle baissait la braguette. (Elle accrocha accidentellement quelque chose.) Bon sang, Tally.

Elle l'embrassa sur le torse.

— Ce n'est que ton caleçon. Ne fais pas l'enfant.

La seconde suivante, la braguette était ouverte et, glissant la main dans son caleçon, elle trouva son sexe chaud, dur et gonflé d'excitation.

Il parut retenir son souffle lorsqu'elle referma son petit poing.

— Qu'est-ce qu'il est gros.

Il allait la remplir, l'envahir.

— Tâche de t'en rappeler, grogna-t-il. Comme ça, tu pourras le dire à tout le monde.

Sa réflexion lui donna envie de rire, mais le corps de Talin se consumait d'un désir qui avait eu une vie entière pour croître et elle ne songeait plus qu'à se délecter de sa nudité. Malgré la désapprobation de Clay, elle relâcha son sexe.

— Enlève tes vêtements.

Elle entreprit de tirer sur son jean, exposant les contours sensuels de ses hanches.

Il l'embrassa avant de se relever dans un mouvement fluide et félin. En l'espace de quelques secondes, il s'était débarrassé de ses vêtements. Puis il s'allongea de nouveau sur elle, et en pleine lumière son corps apparut dans sa splendeur virile et animale, la peau moulée sur les muscles, un corps lourd d'excitation.

Écartant davantage les jambes de Talin, il s'installa entre ses cuisses. Elle coopéra, mais n'était pas encore prête à rendre les armes. Sans crier gare, elle glissa la main entre eux et s'empara de nouveau de son sexe. Clay gronda et s'arc-bouta, les tendons de son cou saillants.

Elle leva la tête et l'embrassa à la base de la gorge avant de se rallonger, enserrant son érection. Il frissonna et ploya la nuque.

— Tu pourras jouer plus tard.

Elle fit monter et descendre son poing le long de sa virilité tendue, poussant sa propre excitation à son extrême limite en même temps que celle de Clay. À son ravissement, il ne la pressa pas d'en finir, même s'il l'avertissait du regard qu'elle s'apprêtait à aller trop loin. L'excitation de Talin redoubla. Se retrouver au lit avec un homme en qui elle avait une telle confiance, c'était une révélation.

— Je t'adore.

Il gronda.

— Tally!

Le désir de la jeune femme décupla, et lorsqu'il lui fit lâcher prise, elle ne résista pas. La seconde suivante, il se frottait contre elle. Elle s'accrocha à ses épaules, emplit ses poumons de son odeur et attendit. Lorsqu'il plongea l'extrémité de son érection en elle, elle sentit chaque nerf de son corps disjoncter. Il était si dur, et elle si fondante.

C'était parfait… s'il voulait bien bouger. Elle essaya de s'avancer mais il la maintint en place.

Alors qu'elle était sur le point de lui dire que l'heure des préliminaires était passée, elle se rendit compte qu'il essayait de se maîtriser. Même s'il était beaucoup plus imposant et fort qu'elle, elle ne voulait pas qu'il garde le contrôle. Et elle se fiait à lui de toutes les fibres de son être, s'abandonnait totalement.

— Clay, je te jure que si tu ne me pénètres pas tout de suite, je vais aller te chercher moi-même et…

Elle s'étrangla lorsqu'il s'enfonça en elle d'un seul coup de reins. Il l'écartelait, la tuait de plaisir, touchait des régions de son corps encore vierges. Elle voulut le supplier de lui en donner davantage ; puisqu'il s'agissait de Clay, elle ne s'en priva pas.

— Bouge, dit-elle d'une voix rauque. S'il te plaît, bouge.

Il se blottit dans son cou et s'empara de ses lèvres.

— Prête ?

Elle le regarda dans les yeux et hocha la tête.

— Prête.

Son dernier souvenir fut d'avoir pensé qu'elle n'avait jamais vu d'homme plus beau de sa vie. L'instant suivant, le plaisir déferlait en elle comme une vague foudroyante et Clay devint son monde, son univers, sa raison d'être.

Au cours de la nuit, Clay l'avait portée à l'étage et mise dans son lit. Talin ne se rappelait pas les détails ; elle se souvenait vaguement qu'il l'avait jetée sur son épaule, la main sur ses fesses. Mais à vrai dire elle s'en moquait, car en se réveillant elle s'était retrouvée blottie contre le torse de Clay, la cuisse de son léopard entre les siennes.

Avec un grand sourire, elle déposa un baiser sur la peau à portée de ses lèvres. Il se remit à ronronner.

— Mon minou, le taquina-t-elle en caressant son épiderme soyeux et chaud.

En grommelant, il serra la cuisse de Talin qu'il avait passée par-dessus sa hanche.

— Rendors-toi.

— Il fait jour, lui fit-elle remarquer, comme l'indiquait la lumière qui filtrait à travers les fenêtres.

— Trop tôt.

Puis il feignit de ronfler.

Elle l'embrassa de nouveau et reposa la tête sur son torse. Puissants et réguliers, les battements de son cœur la rassuraient.

— Qu'est-ce qu'on va faire aujourd'hui ?

Sa bonne humeur se dissipa.

— Se rapprocher un peu plus de ton Jon. (Il glissa la main dans ses cheveux et enserra sa tête.) Garde la foi.

— Oui, c'est juste que... J'aimerais pouvoir débarquer et le sauver comme une de ces héroïnes de bande dessinée.

— Tu es son héroïne, Tally. Tu as fait ce qu'il fallait pour qu'on ne l'oublie pas.

— Tu sais, quand j'ai pensé que j'avais peut-être beaucoup de sang Psi, j'étais en colère. Ça me plaît d'être humaine. (Ce lien génétique avait menacé son identité, la seule chose dont personne n'était jamais parvenu à la priver.) Mais en même temps, je ne peux pas m'empêcher de me demander si je n'aurais pas été plus utile à ces enfants si j'avais possédé des dons de Psi ou la force d'une changeling.

Difficile de ne pas se sentir en position de faiblesse lorsqu'on était entouré de ces deux espèces aux pouvoirs extraordinaires.

— Non, dit Clay d'une voix ferme. Tu es toi parce que tu es humaine. Et ça me plaît.

Réprimant un sourire, elle leva les yeux au ciel.

— Tu me plais, toi aussi, même si tu n'es qu'à moitié humain, railla-t-elle. Mais parfois, n'être qu'humaine…

— Tais-toi et écoute-moi, lui ordonna-t-il sur ce ton dominateur qui la fascinait autant qu'il l'exaspérait. Tu as entendu parler des guerres territoriales du XVIIIe siècle ?

Chapitre 34

— Bien sûr, c'était au programme scolaire.

Des milliers de changelings avaient trouvé la mort dans ce bain de sang, où ils avaient entraîné les autres espèces avec eux.

— Tu connais le nom de l'homme qui a contribué à l'élaboration des lois qui ont mis fin à ces affrontements ?

— Adrian Kenner, dit-elle après avoir passé ses souvenirs en revue. Il était mentionné dans une note de bas de page d'un manuel d'histoire.

— Une note de bas de page pour les autres espèces, peut-être, dit Clay. On le considère comme une figure essentielle de l'histoire des changelings. Tous nos enfants connaissent son nom. Mais ce que la plupart des gens oublient, ajouta-t-il en effleurant ses lèvres des siennes, c'est qu'Adrian Kenner n'était qu'humain, lui aussi.

Elle se tortilla dans le lit pour remonter à sa hauteur.

— Vraiment ? Mais, comment ? Pourquoi ?

— Les prédateurs se seraient entre-déchirés. Et ils n'auraient prêté aucune attention à un négociateur non prédateur. (Des paroles pragmatiques.) Quant aux Psis… ils ont essayé, mais les changelings refusaient de se fier à des individus capables d'embrouiller leurs esprits. Sans compter qu'ils avaient la sale manie de nous mépriser pour notre nature animale.

— Les Psis étaient déjà comme ça avant Silence ?

— Pourquoi tu crois que Silence a si bien pris ? Les germes étaient là.

Talin médita ses paroles.

— Donc d'après toi, on est un camp neutre.

— Non, vous êtes le pont entre les espèces. Les changelings ne se fient qu'à leur meute. Les Psis restent sur le PsiNet. Mais les humains évoluent librement entre les trois camps… c'était le cas jusqu'à Silence, du moins.

Elle se mordit la lèvre.

— Les Oubliés… ils ont été plus nombreux à épouser des humains que des changelings.

— Oui. C'est pratiquement impossible d'ouvrir une brèche dans les murs d'une meute de changelings. On se montre aussi accueillants vis-à-vis des étrangers que les Psis.

— Ça pourrait être pire, murmura-t-elle. J'aime comme vous prenez soin les uns des autres.

Une loyauté si profondément ancrée qu'elle était presque une force visible.

— Mais de temps en temps, on a besoin qu'un humain vienne chambouler notre organisation. Tous les humains qui ont trouvé leur âme sœur au sein de DarkRiver nous ont rendu service en nous permettant d'établir des liens à l'extérieur de la meute. Tu n'es pas qu'humaine, Talin. Tu es humaine, belle et forte.

Elle hocha la tête, mais s'arrêta moins sur ses paroles que sur ce qui l'avait poussé à les prononcer. Il l'avait fait pour elle, pour renforcer son assurance. Quoi d'étonnant à ce qu'elle l'aime ?

— Je suis contente d'être venue te trouver, dit-elle, alors qu'une sonnerie retentissait au même instant.

— C'est mon portable, lui dit Clay. Il est sur la table de chevet… tu peux le prendre pour moi ?

Comprenant que ce devait être important s'il était prêt à interrompre leur conversation, elle se tourna, attrapa le téléphone et le lui tendit. Elle garda la tête sur son bras mais s'écarta assez pour pouvoir observer son visage tandis qu'il décrochait.

— Merci de m'avoir rappelé, dit-il pour toute entrée en matière. Oui. Quand ? On se voit là-bas.

Il raccrocha.

Elle devina qu'il devait s'agir d'affaires de la meute, et avait assez d'esprit pratique pour savoir qu'elle n'était probablement pas concernée. Elle songea que c'était une chose de devenir l'amante de Clay, mais une autre d'être accueillie au sein de DarkRiver.

— Tu as une réunion ?

Elle s'efforça de garder une voix enjouée, refusant de gâcher la matinée en lui réclamant quelque chose qu'il ne voudrait pas lui donner.

— *On* a une réunion.

Un éclat de satisfaction passa dans son regard.

La curiosité de Talin eut raison de sa résolution de ne pas tout compromettre.

— Avec qui ?

— Un SnowDancer. Je l'ai appelé la nuit dernière avant la soirée dansante. J'avais l'intuition que Judd avait conservé des contacts très intéressants sur le PsiNet.

— Mais les SnowDancer sont des loups. (Elle fronça les sourcils.) Comment pourrait-il avoir des contacts ?

— C'est un Psi. En couple avec une louve SnowDancer.

Un éclair d'excitation la traversa.

— Il saurait nous dire si ce sont bien les Psis qui enlèvent les enfants ?

— Ce fichu Psi a l'allure d'un assassin… qui sait sur quelles informations il pourrait bien mettre la main.

(Il l'embrassa sans prévenir, perturbant avec sa fougue le fil de ses pensées.) En tout cas, je sais sur quoi j'ai envie de mettre les miennes.

Une demi-heure plus tard, elle scrutait son cou dans le miroir de la salle de bains et grimaça.

— Pourquoi tu ne t'es pas contenté de me mordre ? demanda-t-elle en frottant la marque qu'il lui avait laissée.

— Je t'ai mordue.

Vêtu seulement d'un jean et les cheveux mouillés, il la gratifia d'une tape sur les fesses au passage avant de lui décocher un sourire impénitent.

— Tu veux que je recommence ?

Il lorgna plus bas.

En rougissant, elle le chassa de la salle de bains et se remit à brosser ses propres cheveux humides.

— Fais-moi du thé ! lui lança-t-elle, sachant qu'ils avaient le temps puisque ce Judd venait de la Sierra Nevada.

— Comment on fait du thé au juste ? marmonna-t-il. Je n'ai pas de thé.

— Si, tu en as. Il est sur l'étagère du haut... Tamsyn m'en a donné.

Il fallait vraiment qu'elle aille faire les courses si elle comptait vivre avec Clay. À cette pensée, elle se figea.

— Clay ?

Même si sa voix n'avait été qu'un murmure, il l'avait entendue.

— Je suis en train de le faire, ce fichu thé.

— J'avais une question.

— Quoi ?

— Est-ce qu'on vit ensemble ?

Il s'écoula quelques secondes de silence, puis il s'avança dans l'encadrement de la porte avec les yeux verts de son félin. Il la rejoignit et embrassa la marque sur son cou.

—Si tu essaies de partir, je retrouverai ta trace.

Un sentiment de soulagement l'envahit, mais elle frappa la cuisse de Clay du dos de sa brosse.

—Comme un chien enragé ? Très romantique.

—Je suis sérieux. C'est pour toujours.

Elle croisa son regard dans le miroir et se demanda combien de temps durerait toujours. Comme son inexplicable réaction allergique de la veille l'avait montré, sa maladie gagnait du terrain de jour en jour. Mais elle songea dans un élan de fureur renouvelée qu'elle n'allait certainement pas s'avouer vaincue.

—Pour toujours.

Elle irait jusqu'à affronter l'enfer pour rester avec lui cette fois.

Il posa les mains sur ses hanches et se pencha jusqu'à ce que leurs visages se reflètent côte à côte. Il était si beau – dans toute sa possessivité et son arrogance masculines – qu'elle savait devoir rester vigilante en permanence, au risque sinon de lui accorder tout ce qu'il voudrait.

Il fit remonter ses doigts et toucha sa peau.

—Tu as envie de moi.

—On va être en retard.

Mais elle s'appuya contre lui, se délectant de la puissance contenue dans ce corps musclé ; son besoin de lui était assez pressant pour qu'elle s'accorde ce petit plaisir égoïste.

—Judd n'est pas en couple depuis longtemps, murmura-t-il en glissant ses mains jusqu'à l'arrondi de ses seins nus.

Son audace et la vision sensuelle de ses mains qui bougeaient sous son tee-shirt coupèrent le souffle de Talin.

— Quel est le rapport ?

Ce dernier mot se mua en gémissement lorsqu'il se mit à jouer avec ses seins, sûr de son droit à la toucher selon son bon plaisir.

— Il était tôt quand il a appelé. (Il sortit la langue pour lui donner une de ces rapides caresses félines dont elle n'arrivait déjà plus à se passer.) Il va être retardé.

Il fallut quelques secondes à son esprit embrumé par le désir pour comprendre ce qu'il voulait dire.

— Oh. Oh !

Pour lui arracher de tels cris, ce qu'il lui faisait avec ses mains ne pouvait être qu'illégal. Mais alors qu'elle s'abandonnait à lui, une partie d'elle-même savait que son bonheur était éphémère. Par la douleur dans son ventre et ce besoin incessant, elle réclamait en silence quelque chose que Clay ne pouvait plus lui donner.

Depuis qu'elle avait rencontré des couples au sein de la meute et qu'elle en avait appris davantage sur la moitié léopard de l'âme de Clay, elle comprenait qu'elle s'était fait des illusions. Ces prédateurs aimaient avec une fureur sauvage, mais leur terrible possessivité pouvait aussi être perçue par les humains comme confinant à l'obsession. Or pour un homme léopard, ce n'était qu'un simple aspect de sa nature. Clay n'oublierait jamais qu'elle avait offert son corps à d'autres que lui.

Avec un humain, elle aurait pu continuer à arguer qu'il n'avait aucun droit de la juger. Mais en vérité, il ne s'agissait pas d'émettre un jugement. Et Clay n'était pas humain ; sa part changeling était trop affirmée. Pour lui, c'était une question de fidélité et de loyauté. Ça ne changeait rien qu'ils aient été enfants lorsqu'il avait tué Orrin pour la protéger ; ils étaient déjà destinés l'un à l'autre. Jusqu'à ce qu'elle tranche leur lien. Désormais, le passé se dressait entre eux, sans qu'ils le reconnaissent, et il versait un acide corrosif sur l'amour qu'ils étaient parvenus à sauver.

Il l'embrassa. *Ça suffit*, songea-t-elle en bannissant ces pensées hideuses au fin fond de son esprit. Elle était avec Clay ; rien d'autre n'avait d'importance. Enfin, pour la première fois depuis vingt ans, elle se sentait presque entière.

Elle et Clay arrivèrent au point de rendez-vous – une petite cabane sur le territoire de DarkRiver – à peu près en même temps que le SnowDancer. Jamais Talin n'avait vu d'homme aussi froid que Judd Lauren. Vêtu d'un jean et d'un tee-shirt noirs, il la jaugeait du regard avec une minutie glaçante. Elle se serait enfuie à toutes jambes si Clay ne s'était pas trouvé à ses côtés… et si Judd n'avait pas tenu la main d'une petite blonde aux incroyables yeux marron striés de bleu, qui arborait le plus éclatant des sourires.

— La compagne de Judd, Brenna, dit Clay en effleurant des lèvres l'oreille de Talin.

Brenna ne cacha pas sa stupéfaction.

— Seigneur, les rumeurs sont vraies… Clay te parle !

Malgré les pensées douloureuses qui tournaient dans sa tête, Talin ne put s'empêcher d'éclater de rire.

— Et lui ? dit-elle en désignant Judd.

— Si je suis très sage, il lui arrive de dire deux phrases entières d'affilée.

Talin s'apprêtait à répondre lorsque Clay plaqua une main sur sa bouche… tandis qu'au même moment Judd passait un bras autour du cou de Brenna.

— Avant qu'elles ne se mettent à comparer d'autres choses, dit-il à Clay, parlons sérieusement.

Emmenant Brenna avec lui, il gravit les escaliers et prit une chaise tandis que la louve se pelotonnait sur la balancelle.

Clay monta sous le porche à la suite de l'autre couple et choisit de s'appuyer contre la balustrade. Talin resta à ses côtés ; toute légèreté l'avait quittée. Judd ne leur aurait pas demandé de le rejoindre s'il n'avait eu de nouvelle à leur annoncer, ce qui signifiait que Devraj devait avoir vu juste : les Psis enlevaient les enfants… et infligeaient à Jonquil des choses qu'elle ne parviendrait peut-être pas à effacer.

— Tu lui fais confiance ? demanda Judd, son regard glacial rivé sur Talin.

Cette question abrupte la paralysa. Elle s'exhorta à ne rien espérer, à ne pas souhaiter l'impossible. Pourtant, lorsque Clay répondit, elle eut l'impression qu'il lui arrachait la peau.

— Tally est mienne.

Il marquait son territoire, sans déclarer sa confiance.

Mais Judd parut s'en satisfaire.

— Tu es au courant que Silence conditionne les jeunes Psis à ne rien ressentir ? demanda-t-il à Talin.

Elle se hâta de se ressaisir.

— Oui. Clay m'a expliqué.

— Le procédé n'est plus assez efficace au goût du Conseil Psi, ajouta-t-il.

Glissant une main derrière le dos de Clay, Talin s'accrocha à lui tandis que Judd poursuivait. Clay resserra son étreinte autour de ses épaules.

— À cause du nombre important de gens qui refusent de se soumettre aux règles de Silence ou qui les enfreignent, enchaîna Judd d'une voix toujours plus glaciale, le regard chargé d'une noirceur meurtrière, le Conseil a entamé l'instauration du protocole Implant.

Sous les yeux de Talin, Brenna tendit la main vers Judd pour la glisser autour de son bras. Même s'il ne parut pas remarquer son geste, sa voix était moins inhumaine lorsqu'il reprit la parole.

— Ils veulent poser des implants dans les cerveaux des enfants afin d'assurer la mise en application totale de Silence. Ces puces vont transformer le PsiNet – qui à l'heure actuelle est constitué d'individus – en un esprit collectif dirigé par les Conseillers.

— Ne voient-ils pas qu'ils vont signer l'arrêt de mort des Psis ? demanda Talin, que l'idée de trancher dans des cerveaux en pleine croissance horrifiait. Ils vont détruire l'innovation et enterrer le génie au profit du conformisme.

Le visage à la beauté classique de Judd brûlait d'une profonde colère.

— Le Conseil ne voit que le pouvoir. C'est la seule chose qui lui importe.

— Quel est le lien avec les enlèvements ? demanda Clay.

— Il y a quelques mois de ça, le laboratoire Implant était situé dans cet État. Mais après l'attentat qui a saboté les efforts de la recherche, le Conseil a transféré les scientifiques dans un endroit tenu secret.

Talin sentit ses doigts se changer en griffes contre le torse de Clay.

— Tu veux dire qu'ils emmènent les enfants dans ce labo secret ?

— Ce n'est que mon hypothèse, rectifia Judd. Il se peut qu'il existe d'autres centres. Mais celui-ci est assez isolé pour servir de base opératoire idéale.

Clay posa la main sur celles de Talin.

— Il y a moyen de s'en assurer ?

— Mon contact a pu me confirmer que les Psis sont impliqués, rien de plus.

— Tu le crois ?

Judd haussa les épaules.

— Sa loyauté va à son peuple, il ne le trahira pas. Mais il considère le protocole Implant comme le mal incarné. Je lui ai fait remarquer que les enfants kidnappés servent peut-être de cobayes.

Talin ravala sa terreur croissante.

— Tu le crois vraiment, ça ?

— Je ne vois pas l'intérêt qu'ils auraient à tester un implant aussi sensible sur des organes qui n'appartiennent pas à des Psis. (Il marqua une pause.) Cela dit, la situation est un peu chaotique sur le Net à l'heure actuelle. L'attention du Conseil est dispersée. Il se peut qu'il soit en train de perdre le contrôle d'individus qu'il maîtrisait jusque-là.

L'expression de Brenna devint solennelle.

— Les monstres commencent à s'échapper.

— Ça expliquerait pourquoi on retrouve des corps… si le Conseil était derrière tout ça, il n'aurait pas laissé d'indices, dit Clay alors que Judd prenait la main de sa compagne et déposait un baiser au creux de sa paume. Il n'y aurait pas moyen d'infiltrer ce labo pour vérifier s'il sert ou non de base opératoire ?

— C'est bien ça le problème, dit Judd sans lâcher la main de Brenna. Si je vous donne l'emplacement du labo et que vous attaquez de front, ça risque de griller la couverture de mon contact. Cette information n'est accessible qu'à une poignée de privilégiés.

— Mais si on réussissait à sauver Jon – et d'autres enfants qu'ils n'ont pas encore enlevés –, ça vaudrait le coup, non ? demanda Talin, que le détachement de ce SnowDancer énervait.

Puis elle remarqua la fureur dans son regard et comprit son erreur.

— Si mon contact est démasqué et que le Conseil déplace le labo de nouveau, nous ne parviendrons peut-être pas à entraver le protocole Implant. Des centaines de milliers de gens vont en être victimes. Je ne vous demande pas de choisir entre ce garçon et les enfants Psis qui vont recevoir l'implant, je vous dis simplement que ce n'est pas une décision facile à prendre.

Par ces mots, il rappelait que la situation était plus complexe qu'elle n'en avait l'air et posait à Talin un dilemme apparemment insoluble.

— J'imagine qu'on ne peut pas y entrer en douce ?

— Il est situé au milieu des champs de maïs, au fin fond du Nebraska… la visibilité est totale dans toutes les directions.

Clay se surprit à repenser à l'histoire que Talin lui avait racontée au sujet de ses grottes secrètes.

— Et sous terre ? Ils doivent bien avoir mis en place un système pour faire entrer des vivres, quand bien même il ne s'agirait que de matériel médical de rechange. Le bâtiment ne peut pas être hermétiquement fermé.

Il savait aussi que si les Psis emmenaient bien les enfants dans ce centre, il leur faudrait un système d'évacuation des corps. Mais il garda le silence sur ce point. Talin avait déjà le cœur brisé ; elle n'avait pas besoin d'en entendre davantage.

Judd arbora une expression pensive.

— Ils pourraient procéder par téléportation, mais je dirais que c'est peu probable. Les Tp-Psis sont rares… jamais le Conseil ne les emploierait à de si basses besognes.

— Et ils ne peuvent pas se servir de camions ou d'avions, murmura Brenna. Le trafic trahirait leur position.

— Il y a forcément un point d'accès caché.

L'instinct animal de Clay lui soufflait qu'il avait raison.

— Dommage qu'on n'ait pas de Tp-Psi à notre disposition, marmonna Talin.

— Ça n'y changerait rien, lui dit Judd. Il leur faut un visuel du lieu où ils se rendent, surtout dans le cas de bâtiments. Sans quoi ils risquent de se retrouver coincés dans un mur ou dans un plafond. Dans le cas d'organes sectionnés, la mort est immédiate.

Talin frissonna.

— Il y a autre chose, dit Clay. Un témoin a vu Jon se volatiliser dans la rue. Comment tu expliques ça si on part du principe qu'il ne s'agit pas d'un Tp-Psi ?

— Ils ont dû déployer une vague d'interférences télépathiques. Ça aurait normalement dû empêcher tous les humains de « voir » l'enlèvement. Puisque ton témoin s'est aperçu de la disparition de Jon, c'est qu'ils ont bâclé le travail… à moins que la personne concernée ne soit changeling.

Clay prit note de vérifier ce détail. Si l'un des Rats avait engendré un enfant, il pouvait comprendre qu'ils tiennent à le protéger, mais DarkRiver devait être informé.

— Quel est le point d'insertion le plus sûr à proximité du labo ?

— Cinnamon Springs… la seule ville qui soit à une distance raisonnable.

— On ira là-bas en avion demain pour faire du repérage, dit Clay.

Judd mit la main dans la poche de son pantalon et en sortit un cristal de données.

— L'emplacement exact est là-dedans. Ne le communiquez qu'en cas de nécessité absolue. À la moindre fuite, ils déplaceront le labo. Si vous voulez que je vous accompagne, appelez-moi. Dans le cas contraire, tout ce que je sais se trouve dans ce cristal.

— Il existe forcément un moyen d'entrer, murmura Brenna. Désolée chéri, mais les Psis tiennent rarement compte des animaux que nous sommes.

— Même les Psis apprennent de leurs erreurs, lui répondit son compagnon avec un sourire si inattendu que Talin en resta bouche bée. Ils se méfient des félins et des loups à présent. Il y a de fortes chances que la zone ait été minée de capteurs conçus pour les détecter.

Clay s'agita.

— Ouais, mais les serpents ? Les serpents peuvent se cacher au milieu du maïs, et sous leur forme animale, ils sont assez uniques en leur genre pour ne pas déclencher les capteurs.

— Tu connais un serpent ? Oh ! (Talin se rappela soudain l'histoire de la changeling aux écailles noires et scintillantes.) Tu crois que ton amie nous aiderait ?

— Je lui demanderai. (Clay adressa un hochement de tête à Judd.) Dans le meilleur cas de figure... on entre sans déclencher les alarmes, les gosses sont là, on les fait sortir.

Il marqua une pause.

— Avec un système de sécurité aussi pointu... je ne suis pas certain qu'on parvienne à garder ton secret.

— Si tu sens que les choses tournent au vinaigre, préviens-moi. Il faut que je puisse avertir mon contact.

Talin soutint le regard froid de l'homme Psi.

— Pourquoi ?

Alors qu'ils s'apprêtaient peut-être à anéantir tout le travail qu'il avait accompli, Judd restait stoïque.

— Parfois, dit-il, on doit sauver les innocents que l'on a sous les yeux et s'inquiéter des autres le moment venu.

À cet instant-là, Talin comprit que Judd n'était pas ce qu'il semblait être. Elle était sur le point de le remercier lorsque son cerveau lui fournit soudain la réponse à une question à laquelle elle n'avait pas eu conscience de réfléchir.

— Vous savez, j'ai toujours été douée pour les puzzles.

Tous la dévisagèrent.

— Comment accède-t-on à des informations qui se trouvent dans une pièce fermée à clé sans ouvrir la porte ? On charge quelqu'un de nous les envoyer, bien sûr.

Judd secoua la tête.

— Le labo est coupé du PsiNet.

— Et Internet ? (Brenna se redressa.) Les Tp-Psis ont tendance à s'en désintéresser, mais ça marche très bien. Judd, bébé, tu as un contact à l'intérieur ?

— On soupçonne une scientifique d'être prête à changer de camp, mais on n'a pas de preuves.

— Tu peux tâter le terrain ? demanda Clay.

Judd lui répondit par un bref hochement de tête.

— J'ignore ce qu'on en retirera. Mon contact n'est pas… « bon » dans le sens où vous l'entendez. Il n'est pas mauvais non plus, mais il ne fera rien qui ne soit pas en accord avec son code de conduite personnel. Ce code implique une profonde loyauté vis-à-vis de son espèce. Malgré tout, puisqu'il m'a communiqué l'information au sujet des enlèvements, il acceptera peut-être.

Talin espérait de tout son cœur que l'humanité de ce Psi inconnu était plus forte que Silence.

Chapitre 35

Jonquil ouvrit les yeux et l'espace d'une seconde de cauchemar, il crut qu'il était aveugle. Ses poumons se contractèrent tandis qu'il luttait pour retenir un cri de panique.

Puis il sentit des doigts froids se poser sur son front.

— Reste calme.

— Vous. (Sous l'effet du soulagement, ses membres parurent se liquéfier.) Qu'est-ce que j'ai ?

— Tes paupières ont beaucoup enflé.

Lorsqu'elle les toucha, cet effleurement pourtant léger comme une plume lui causa une douleur atroce.

— Excuse-moi. J'appliquais un baume… d'ici quelques minutes, le gonflement sera devenu négligeable.

Il se fiait à elle. Elle était la seule adulte dans cette pièce à ne pas l'avoir torturé.

— Qu'est-ce qu'ils m'ont fait ?

— Je n'en suis pas certaine, mais je crois qu'ils testaient un nouveau composant censé faciliter l'insertion d'un implant.

Le sens de ce qu'elle venait de dire lui échappait, mais il comprit l'idée générale.

— Ils m'ont empoisonné ?

— Ce n'était pas le but, mais disons que c'est une bonne chose pour toi que leur produit ne soit pas au point. Tu serais mort sinon à l'heure qu'il est.

D'habitude, il distinguait les nuances dans la voix des gens. Bleue, elle… elle était belle, avec sa peau lisse et ses yeux de louve, mais sa voix était parfaitement monocorde. Il décida donc d'émettre une supposition.

— Vous y êtes pour quelque chose, dans cette erreur ?

Il y eut un bref silence.

— Tu es très intelligent. Oui. C'était dans mon intérêt que leur expérience échoue.

— Pourquoi ?

— J'ai besoin de toi vivant. (Elle toucha son visage, puis son cou.) Pourquoi as-tu autant d'ecchymoses ? Ça n'aurait dû être qu'une simple piqûre.

Il commençait à distinguer la lumière. Rassuré qu'elle lui ait dit la vérité au sujet de ses yeux, il répondit presque sans y penser.

— J'ai dû essayer de les frapper tant que j'étais en état de le faire.

— Ça explique l'œil au beurre noir de Larsen.

Un sentiment de peur étreignit Jonquil.

— La petite fille… ce type l'a blessée ? Il a dit qu'il la laisserait tranquille si je coopérais.

— Il a menti, répondit-elle, aussi froide que les murs de la pièce aseptisée. Rien que tu puisses faire ne l'arrêtera. Mais la fillette est en sécurité pour le moment. Comme trouver de nouveaux cobayes lui pose un problème, il prend soin de la seule indemne qu'il lui reste.

— Des problèmes ? (Il se mit à sourire.) Talin. Talin y est pour quelque chose.

Il l'avait surnommée la Lionne en voyant ses cheveux. Ce qui n'avait été au départ qu'une plaisanterie – elle était si petite ! –, lui allait finalement comme un gant : elle ne s'avouait jamais vaincue.

— Elle m'a dit qu'elle se battrait pour moi.

Le visage de Bleue formait une tache floue au-dessus de lui.

— Qui est Talin ?

Il comprit qu'elle lui avait tendu un piège.

— Personne.

— C'est dans ton intérêt de me le dire. Tu es une monnaie d'échange. J'ai besoin de savoir avec qui je dois négocier.

Il refusa d'ouvrir la bouche ; il s'était déjà montré assez stupide comme ça. Si Talin essayait de l'aider, il n'allait pas la livrer à l'ennemi. Il en avait vu assez au cours de sa vie pour savoir que le mal se cachait parfois derrière un joli visage.

— Merci pour le baume.

Malgré la douleur, il s'obligea à se redresser et à s'appuyer contre le mur.

Bleue portait les mêmes vêtements que la fois précédente, mais elle avait retiré son masque. Pas une ride d'expression ne marquait les commissures de ses lèvres.

— Avale ça. (Elle lui donna une pilule.) Ça va drainer ce qu'il reste du poison et tu l'évacueras naturellement.

Il obéit. Même s'il ne se fiait plus à elle, elle lui avait déclaré sans détour qu'il était une monnaie d'échange. Ça, il voulait bien le croire. Elle le maintiendrait donc en vie jusqu'à nouvel ordre.

— Merci.

On frappa à la porte. Ce signal qu'attendait Ashaya pour partir signifiait que les couloirs étaient déserts et que les caméras avaient été désactivées pour couvrir sa retraite. Ming LeBon pouvait toujours essayer de prendre le contrôle de son laboratoire ; la plupart des membres de son équipe lui restaient loyaux. Il fallait dire aussi que le Conseil leur avait imposé une coupure psychique qui revenait à les amputer d'un membre. Un Psi étant par définition un être psychique, les priver de l'accès au PsiNet constituait une punition… qu'ils n'avaient pas méritée.

Se levant, elle remit son masque et regarda le garçon persister dans son mutisme. Ses réticences n'y changeaient rien. Talin était un prénom peu courant, et elle avait à sa disposition le dossier complet de Jonquil.

Aussitôt après avoir regagné ses quartiers privés, elle le consulta. Elle n'était pas stupide au point de s'imaginer qu'ils ne la surveillaient pas là aussi, mais elle savait en revanche qu'ils ne pouvaient pas accéder à l'agenda électronique qu'elle gardait sur elle en permanence. De la taille d'un petit bloc-notes, il bénéficiait d'une importante capacité de stockage tout en lui servant de téléphone portable. C'était là-dedans qu'elle conservait les fichiers compromettants.

Comme l'e-mail crypté qu'elle avait reçu une heure plus tôt.

« Si vous comptez passer à l'acte, faites-le maintenant. »

Pas de signature ; il pouvait très bien s'agir d'un traquenard. D'un autre côté, il fallait peut-être y voir une tentative de l'un des rebelles clandestins qui menaient la vie dure aux Conseillers d'entrer en contact avec elle. Malgré la coupure psychique, elle avait ses sources et savait que ces rebelles infligeaient des dégâts considérables, à l'insu de la plupart des gens. Elle savait aussi que le Fantôme, le plus dangereux d'entre eux, était doué pour dénicher des informations confidentielles… telles que l'adresse e-mail secrète pourtant bien cachée d'Ashaya.

Traquenard ou pas, elle avait déjà pris sa décision. La situation avec Ming devenait problématique. Si elle n'agissait pas rapidement, elle se retrouverait bientôt pieds et poings liés. Le Conseiller excellait au combat mental ; s'il décidait soudain que s'assurer l'allégeance d'Ashaya compenserait la baisse de sa productivité, il n'hésiterait pas à emprisonner son esprit. Les humains parlaient de « manipulation mentale ». C'était ni plus ni moins de ça qu'il s'agissait.

Ashaya n'avait aucune intention de devenir un pantin à la solde de Ming. Elle ne comptait pas davantage le laisser contrôler son fils.

Elle allait donc prendre ce risque calculé en espérant que les lois de la probabilité se vérifieraient. Si elle avait fait une erreur dans ses calculs, elle signerait sa perte et celle de Keenan. Mais si elle n'agissait pas, leur mort était assurée. Certes, il y avait bien une autre personne à qui elle pouvait demander assistance, mais Ashaya n'était pas prête à payer le prix qu'Amara exigerait d'elle. Il ne restait qu'une seule solution viable.

Elle s'installa dans le coin qu'elle s'était aménagé – en veillant à ne pas éveiller les soupçons – hors du champ du dispositif de surveillance. Le dossier de Jonquil Duchslaya ouvert, elle n'eut pas à chercher longtemps pour trouver sa Talin.

Talin McKade était référencée à la fois comme le contact de Jonquil à la fondation Shine et son plus proche parent. D'après les indications du dossier, elle appartenait à l'équipe de Shine et détenait le statut officiel de tutrice supérieure.

Ce n'était pas ce qu'Ashaya avait voulu trouver. Cette Talin n'aurait pas le genre d'influence ou de relations dont la scientifique avait besoin. Elle allait devoir espérer qu'en tant que tutrice supérieure, cette femme serait à même d'attirer l'attention de la direction de Shine. Ashaya n'aimait pas prendre de risques sans support statistique, surtout lorsqu'elle jouait aussi gros.

Mais la fillette, Noor, avait encore moins à offrir en matière de relations influentes. À l'exception de quelques erreurs récentes qu'il fallait apparemment imputer au manque croissant de discipline de Larsen, les éclaireurs de ce génocide – parodie d'expérience scientifique – avaient pris soin de choisir des enfants isolés. Ils étaient tous rattachés à Shine, mais comme les humains ne cessaient de le prouver, les liens affectifs comptaient plus que tout le reste.

Un seul parent dévoué pouvait accomplir davantage que toute une organisation ; surtout dans le cas d'une fondation comme Shine qui, d'après les informations dont Ashaya disposait, était dirigée par des hommes et des femmes âgés qui refusaient d'admettre qu'on traquait encore les Oubliés… et qu'on les exterminait.

S'ils voulaient des preuves, elle leur en donnerait.

Mais d'abord, elle devait conclure un marché.

Chapitre 36

Talin jeta un petit sac rempli d'eau et de nourriture à l'intérieur de l'avion. Si tout se déroulait comme prévu, ils seraient revenus avant le lever du jour.

— Comment ça se fait que tu aies un brevet d'aviateur ? C'est comme ça que tu gagnes ta vie ? demanda-t-elle au pilote.

Il était grand, blond, ridiculement beau. La dernière fois qu'elle l'avait croisé, ça avait été devant le bar de Joe. Son estomac se noua au souvenir de ce qu'elle avait révélé à Clay ce jour-là, cette vérité qui se dressait entre eux tel un intrus obstiné.

— Dorian ?

Celui-ci la fusilla du regard.

— Comment ça se fait que tu sois si maligne ?

Elle grimaça, constatant que lui non plus n'avait pas oublié leur rencontre.

— Euh, c'est une tare génétique ?

À sa grande surprise, il perdit son expression distante et se fendit d'un sourire si charmant qu'elle en eut le souffle coupé.

— Tu es plutôt petite. J'aime bien les petites.

Talin scruta les alentours. Qu'est-ce que fabriquait Clay ? Il était allé récupérer quelque chose dans le Tank, garé non loin de là. Elle aurait apprécié qu'il se dépêche. Son « ami » avait l'air de la draguer.

—J'ai quelqu'un.

—Je sais. Je sens l'odeur de Clay sur toi. (Il releva la visière de sa casquette de base-ball.) Et je suis architecte… pilote, ce n'est qu'un passe-temps.

—Oh.

Piétinant le sol avec nervosité, elle se demanda si elle s'habituerait un jour aux aptitudes sensorielles des changelings. Elle trouvait déconcertant que les membres de la meute puissent savoir sans l'ombre d'un doute si elle et Clay avaient eu des relations intimes. Mais… c'était une bonne chose, dans un sens. Si elle gardait son odeur, il devait aussi garder la sienne, non ?

—Pourquoi tu me fixes ? demanda-t-elle en constatant que Dorian ne détournait pas le regard, ses yeux bleus brillant dans la lumière matinale.

—La curiosité.

Charmeur ou non, le ton de sa voix trahissait chez lui la même tendance à l'arrogance que chez Clay.

—Je voulais savoir d'où te vient cette force qui t'a permis de terrasser Clay.

Elle se hérissa.

—Je doute qu'il s'estime terrassé.

Il lui répondit par un grognement.

—Je me disais que si je le savais à l'avance, une jolie femme aurait plus de mal à me prendre en traître.

—Et une moche ? répliqua-t-elle sèchement, irritée par son insinuation qu'elle avait pris Clay au piège.

—Ça n'existe pas, répondit-il, et elle fut touchée par la sincérité que cachait son côté charmeur. J'aime les femmes.

Quelque chose lui disait que les femmes devaient bien le lui rendre… quand il se donnait la peine d'user de son charme comme à cet instant-là. La fois où elle l'avait vu éjecter les adolescents du bar, il n'avait été qu'un dangereux prédateur.

— Puisque tu aimes les femmes, dit-elle en se demandant ce qui lui valait cet étalage de charme, pourquoi tu as si peur de t'engager ?

Ses yeux bleus de surfeur virèrent soudain à l'acier ; froids, inexpressifs, menaçants.

— Le problème serait plutôt que j'ai des choses à faire et des gens à tuer avant de me caser.

— Je ne veux pas savoir.

— Je confirme.

Talin se figea, stupéfaite par la colère profonde qu'elle sentait chez Dorian. La tension monta dans sa colonne vertébrale. Elle gérait mal la colère chez les hommes. Il n'y avait qu'à Clay qu'elle se fiait assez pour ne pas craindre qu'il retourne sa fureur contre elle. Une confiance aussi absolue était pour elle une révélation et une source d'émerveillement.

Dorian étrécit les yeux.

— Je ne vais pas te faire de mal.

Elle lui répondit avec la même franchise.

— Je ne te connais pas assez pour t'accorder ma confiance.

Il hocha la tête.

— C'est juste.

Elle aurait pu en rester là, mais…

— Garder une telle colère rentrée, ce n'est pas bon pour toi.

La rage féroce tapie derrière son physique agréable était presque palpable.

— Sascha me rebat assez les oreilles avec ça, dit-il en grimaçant. Tu veux bien garder ce côté mère poule pour Clay ?

— Comment tu penses qu'il le prendrait ?

Dorian retrouva son sourire satisfait.

— Je pense que tu es la seule personne à pouvoir te le permettre.

Elle se voûta, mal à l'aise.

— Je n'ai pas un tel pouvoir.

Et d'ailleurs, il l'embarrasserait plus qu'autre chose. Elle ne demandait que la chance d'aimer Clay, d'effacer le passé avec la beauté du présent. Avant que cette fichue maladie n'achève tout. Sa propre colère omniprésente se raviva dans son ventre.

— Tu l'as rendu ivre mort. Clay ne boit jamais.

Elle releva brusquement la tête.

— Hein ?

— Le jour où tu es revenue dans sa vie il s'est soûlé. (Il haussa un sourcil.) Vous devez avoir un passé assez lourd, tous les deux.

— On peut dire ça, marmonna-t-elle.

Ce que Dorian venait de lui raconter la rendait malade, mais elle s'efforça de ne pas le laisser paraître.

Pourtant, il le perçut. Retirant sa casquette, il la posa sur la tête de Talin.

— Ça te va bien.

Une marque d'affection, ni plus ni moins. Elle sentit son cœur fondre un peu.

— Merci.

— Et ne t'inquiète pas pour Clay… il avait besoin de se lâcher. (Il sourit.) Un homme a le droit de se soûler quand il s'agit d'une femme qui compte pour lui. Je me serais davantage inquiété s'il n'avait pas pété les plombs.

Son ton était léger, mais elle comprit le message. Apparemment, elle n'avait pas été la seule à ensevelir ses émotions.

— Si j'étais célibataire, dit-elle, appréciant qu'il lui ait dit ce qu'elle avait besoin de savoir, je t'aurais embrassé.

— Je t'en prie. (Il se tapota la joue.) Avec la langue, sinon ?

Alors qu'elle fronçait les sourcils, elle sentit la main de Clay se poser sur sa hanche. Le grondement qui monta dans sa gorge la secoua jusqu'à la moelle.

— Va te trouver ta propre femme.

Dorian se passa une main dans les cheveux, sourire aux lèvres.

— J'aime assez la tienne, elle a de la repartie.

— Clay, il prétend être architecte… c'est vrai ? ironisa-t-elle.

Elle se sentait plus à l'aise depuis que Clay était revenu, mais aussi parce qu'elle commençait à apprécier Dorian. Elle ne se faisait pas d'illusions, il était dangereux ; son charme cachait une incroyable colère, tout aussi indissociable de la personne qu'il était. Lorsqu'il ne bouillonnait pas de cette rage profonde, elle ne doutait pas qu'il était capable de mettre n'importe qui dans sa poche.

— C'est ce qui est écrit sur le diplôme qu'il a accroché au mur.

Talin eut un sourire en coin et feignit l'amusement même si, tout en essayant de ne pas y penser, elle avait l'estomac retourné à l'idée de ce que Jonquil endurait peut-être au même moment.

— Alors, p'tit génie, comment tu t'y es pris ? Tu as suivi des cours en ligne et décroché ton diplôme en quatre-vingt-dix jours ?

— Clay, je peux la mordre ?

— Non. (Clay la fusilla du regard.) Je m'en chargerai pour toi. On peut décoller ?

— Ouais. Tout est prévu à l'arrivée ?

Clay hocha la tête et se frotta distraitement la tempe.

— Un type que je connais va amener un camion près de la zone d'atterrissage. Il ne paiera pas de mine, mais sa vitesse et sa résistance ont été améliorées.

— Et ton amie serpent ? Tu as réussi à retrouver sa trace ? demanda Talin.

— Non, espérons que nous n'aurons pas besoin d'elle. Comme tu es la plus facile à travestir, dit-il, c'est toi qui conduiras jusqu'à Cinnamon Springs, avec…

Le téléphone de Talin bipa.

— Désolée, dit-elle en fourrageant dans sa poche. C'est sûrement l'un des enfants de Rangi. (Elle décrocha.) Allô.

Clay et Dorian se détournaient déjà pour finir de charger à bord de l'avion ce qui ressemblait à du matériel de surveillance.

— Talin. C'est Dev.

Le ton du directeur de Shine était anxieux.

Sentant les deux hommes revenir à ses côtés, elle glissa le bras autour de la taille de Clay et plaqua la main contre sa colonne vertébrale.

— Dev ?

— Tu es avec le félin ?

— Oui.

— En ce cas, il peut probablement entendre cette conversation.

Elle leva les yeux. Clay et Dorian hochèrent la tête simultanément.

— Oui.

— Bien, répondit-il à sa grande surprise. Quelqu'un a essayé de te contacter par le biais de ton compte mail Shine.

Elle serra le téléphone dans sa main.

— Et tu sais ça parce que tu m'espionnes ?

— Non, dit-il d'une voix tranchante, avant de pousser un soupir qui ressemblait à de la frustration. À cause des enlèvements, j'ai récemment installé un programme secret. Il scanne absolument tout ce qui transite par nos serveurs, repère ce qui est suspect et m'envoie une copie des éléments qui déclenchent certaines alarmes.

L'indignation de Talin retomba.

— Tu essayais de coincer la taupe.

— Ouais. (Sa froideur était communicative.) Je sais que c'est une violation de la vie privée, mais j'en ai rien à foutre. Shine est censé être un lieu sûr et je ferai en sorte qu'il le redevienne, même si je dois étriper chaque put…

Elle se retrouva soudain privée de téléphone. Prise de court, elle s'aperçut que Clay s'en était emparé.

— Arrête de crier sur Talin, ordonna-t-il.

Sourcils froncés, elle tendit la main vers lui. Il lui rendit son portable, non sans un dernier commentaire.

— Oui.

— Oui quoi ? lui demanda-t-elle.

— Rien.

Marmonnant quelque chose au sujet des hommes machos, elle ramena le téléphone à son oreille.

— Dev, je veux retrouver ces enfoirés, moi aussi. Cet e-mail… quand est-ce que je l'ai reçu ?

— Il y a quatre minutes. Je pourrais te l'envoyer sur ton téléphone, mais je préférerais passer par une ligne plus sécurisée. C'est possible ?

— Attendez.

S'avançant au fond de l'avion, Dorian sortit un objet fin et argenté de son sac à dos, puis fit signe à Talin de lui donner son portable. Elle le lui confia et il baragouina un jargon technique dans le combiné avant de le lui rendre.

Il alluma ensuite son dispositif et le posa sur le sol de l'avion.

Elle porta le téléphone à son oreille.

— Tu as compris ce qu'il t'a dit ?

— Oui. Une seconde.

Elle indiqua d'un geste de la tête l'appareil que Dorian trafiquait.

— Un ordinateur miniature ?

Il lui lança un sourire distrait.

— On peut dire ça. Cette jolie babiole, c'est notre version de l'agenda électronique des Psis. Les modèles qu'ils mettent sur le marché sont ridicules comparés à ceux qu'ils gardent pour eux… Dis à Dev que c'est bon.

Contournant Clay pour se placer entre les deux hommes, elle contint son impatience tandis que Dorian ouvrait une minuscule page mail. Alors que Clay avait mis la main sur le dos de Talin, Dorian vint à son tour poser la sienne sur son épaule tandis qu'il se redressait et s'écartait pour lui laisser la place.

Son contact la déstabilisa, mais elle s'en remit. Dorian… appartenait à la meute. Elle secoua la tête pour chasser cette curieuse pensée et se concentra sur le message.

> Jonquil Duchslaya est vivant, mais il ne le restera pas si vous ne vous battez pas pour lui dans les douze prochaines heures. J'accepte de vous aider dans cette tâche, mais en échange vous devez faire pour moi quelque chose qui ait autant de valeur. Le rapport entre les bénéfices que je vais en retirer et les risques que je prends est trop inégal sinon.

—C'est tout? dit-elle, tremblante.

—Oui. (Elle sursauta à la réponse de Devraj, ayant oublié qu'elle avait toujours le téléphone à l'oreille.) On peut s'y fier, à ton avis? demanda Dev.

Elle était trop ébranlée pour répondre.

—Pourquoi parler de « se battre pour lui » ? Curieux choix de mots, fit remarquer Clay.

Il se remit à jouer avec sa queue-de-cheval, et c'est peut-être grâce à ça qu'elle réussit à s'apaiser et à réfléchir.

—Oh, mon Dieu, chuchota-t-elle. Quand on a eu cette dispute, je lui ai dit que je me battrais pour lui s'il se battait aussi.

—Donne-moi ça.

Dorian prit le téléphone des doigts gourds de Talin.

—Vous avez pu remonter jusqu'à l'expéditeur? (Une pause.) Vous êtes sûr?

Dans l'attente, la colère de Talin se transforma en fureur; sauf que cette fois-ci, elle n'était pas dirigée contre une maladie dont elle ignorait le nom mais contre cet étranger sans visage.

—Qui est cette personne pour exiger quelque chose en échange de la vie de Jon? De quel droit?

Clay s'immobilisa.

—Avec une formulation pareille… c'est un Psi. Une vie réduite à un rapport entre des risques et des bénéfices. (Il marqua une pause.) Le contact de Judd a dû intervenir et mettre la machine en marche. Je lui suis redevable.

Talin leva les yeux vers lui et remarqua qu'il se frottait de nouveau la tempe. Elle s'apprêtait à tendre la main lorsque Dorian prit la parole.

—Très bien, dit-il avant de raccrocher. Dev a reçu une nouvelle alerte – peut-être la taupe cette fois –, mais il m'a dit avoir chargé quelqu'un de remonter jusqu'à l'expéditeur. Ça n'a pas été difficile : cette personne ne sait pas comment effacer ses traces.

Talin n'osait pas respirer.

— Le Nebraska ?

— Mieux que ça. Ils sont remontés jusqu'à Cinnamon Springs.

Elle serra le tee-shirt de Clay dans sa main.

— Jon est dans ce labo.

Une tempête s'était déclenchée en elle, soulevée par son besoin de récupérer l'enfant sous sa protection. Mais il fallait qu'elle réfléchisse. Son esprit n'était plus embrumé ; elle arrivait même à raisonner avec une limpidité étourdissante. Étrange, vu que sa maladie était censée gagner du terrain.

— On ne peut pas débarquer là-bas comme ça. Ce labo est gigantesque.

Clay tira sur sa queue-de-cheval pour qu'elle le regarde.

— Si on y va avec la meute et les loups, c'est faisable.

Talin n'avait jamais été épaulée par tant de puissance. En un millième de seconde défilèrent dans son esprit, comme dans un film, toutes les personnes qu'elle avait rencontrées : Nico, Tamsyn, Nate, Lucas, Sascha, Faith et Vaughn. Elle se rendit compte que bénéficier d'un tel soutien était autant un privilège qu'une responsabilité.

— Non. (Cette décision lui coûtait.) On perdrait trop de gens.

— On est unis par la meute, Tally. On donnerait notre vie les uns pour les autres.

— Je sais. (Elle le serra dans ses bras, assez forte désormais pour accepter sa part de violence protectrice.) Mais ça ne change rien. Douze heures, c'est un délai trop court pour planifier une attaque. Ils pourraient tuer Jon avant qu'on ait le temps de se rapprocher.

— Ou alors, dit Dorian en ramassant puis déroulant un plan du laboratoire récupéré dans le cristal de données de Judd, ils pourraient avoir intégré un mécanisme d'autodestruction. (Il indiqua plusieurs emplacements sur le plan.) Le labo est conçu pour s'effondrer si l'on exerce de la pression à certains points stratégiques… et tous ces points se situent à l'intérieur. J'imagine que tout le bâtiment est en circuit réseau. Il leur suffirait d'entrer un code pour tout faire s'écrouler.

Le sang-froid d'un tel projet ébranla Talin.

— Ils tueraient leurs semblables ?

— Sans hésiter, dirent Clay et Dorian de concert.

Elle songea que des individus pareils n'hésiteraient pas à supprimer un adolescent s'ils n'obtenaient pas ce qu'ils voulaient.

— Ils pourront remonter jusqu'à nous si je réponds à cet e-mail ?

Elle copia l'adresse et ouvrit une nouvelle fenêtre.

— Non, la rassura Dorian. J'ai configuré l'appareil de manière que tous les messages expédiés soient cryptés. (Il saisit un code.) Ça, ça va en plus envoyer un virus crypté dans leur système.

Hochant la tête, elle tapa une seule phrase.

Que voulez-vous ?

Aucun des deux hommes ne fit de commentaire lorsqu'elle cliqua sur « Envoyer ».

Ils attendirent en silence. Dorian se passa une main dans les cheveux et se mit à arpenter la piste de décollage improvisée. De son côté, même s'il ne bougeait pas, Clay vibrait littéralement de rage.

Talin se hissa vers lui pour lui masser les tempes avec douceur.

— Cette personne n'est peut-être pas mauvaise. Elle est prête à aider Jon.

— Pourquoi maintenant ? Pourquoi pas les autres enfants ? (Il la tenait plaquée contre lui, mais pencha la tête pour qu'elle n'ait pas à se dresser sur la pointe des pieds.) En tout cas, on lui donnera ce qu'il veut. DarkRiver a toutes les ressources nécessaires.

— Merci.

Il gronda.

— Remercie-moi encore une fois de prendre soin de ma compagne et je serai obligé d'être méchant.

« Compagne. »

De nouveau ce mot incroyable, impossible. Elle savait que sa langue avait simplement fourché, mais elle garda cette erreur dans son cœur.

La seconde suivante, elle repéra quelque chose du coin de l'œil et se tortilla pour regarder l'écran. Dorian revint vers eux et ouvrit l'e-mail.

Un jour, je vais avoir besoin d'aide pour récupérer quelqu'un d'autre.
Quand je ferai appel à vous, répondrez-vous présent ?

— Bon sang, marmonna Clay.

— Ouais, dit-elle. Ce n'est pas l'exigence de mercenaire à laquelle on s'attendait.

Elle s'avança vers le clavier et renvoya un message.

Vous fierez-vous à ma parole ?

La réponse fut presque instantanée.

Les humains tiennent à une chose curieuse qu'ils appellent le sens de l'honneur. Jonquil semble croire que vous l'avez, et c'est un garçon intelligent. Je vous croirai sur l'honneur.

Ces mots avaient quelque chose de profondément poignant. Qui qu'il soit et quoi qu'il veuille, ce Psi n'était pas mauvais.

—Accepte, lui dit Clay. Je paierai cette fichue dette.

Elle se positionna de manière qu'il ne puisse pas voir à temps le message qu'elle composait.

Qu'est-ce qui me dit que votre requête n'entraînera pas de nouvelles morts ?

—Bon sang, Tally ! (Clay lui agrippa les bras.) Pourquoi as-tu écrit ça ?

—Parce que tu es mien et que je dois te protéger, toi aussi, lâcha-t-elle.

Elle ne mettrait pas la vie de Clay en péril pour sauver celle de Jonquil. La perte de l'adolescent l'anéantirait, mais elle ne pouvait pas renoncer à Clay. Pour lui, elle était prête à renier ses principes les plus chers. Elle était prête à tuer. Cette découverte aurait dû lui donner la nausée, mais il n'en fut rien. Comme toujours avec la vérité.

—Je refuse que tu te sacrifies de nouveau !

—Bon sang.

Il l'attrapa par la nuque et l'obligea à se tourner vers lui. Puis il l'embrassa. Violemment.

—Quand tout ça sera terminé, tu vas avoir droit à une fessée, lui dit-il.

Elle sentit le rouge lui monter aux joues, même si elle savait que Clay se passait simplement les nerfs.

— Les hommes, marmonna-t-elle avant de jeter un coup d'œil à Dorian. (Il essayait de feindre le désintérêt, mais elle vit le sourire dans ses yeux bleu vif.) Dorian, je te jure que si tu ris, je t'arrache la peau des os.

Il lui prit la main et lui embrassa le poignet.

— Moi aussi, je t'aime bien.

— Arrête de flirter avec Tally. (Clay lui enlaça la taille.) Bon, si ça ne marche pas, il nous reste toujours notre plan initial… on emprunte leur voie de ravitaillement. Vérifions dès maintenant que nos calculs par rapport à son emplacement sont exacts.

Ainsi employèrent-ils les minutes suivantes en attendant la réponse à une question qui allait peut-être coûter la vie à un enfant et briser le cœur de Talin. Lorsqu'ils la reçurent, elle était si inattendue qu'elle les paralysa tous les trois.

C'était illogique de ma part de vous demander cette faveur ; vous n'avez ni renforts, ni relations pour m'assister. Mais j'aiderai Jonquil à s'échapper. Pouvez-vous vous rendre à ces coordonnées à 21 heures précises ?

S'ensuivait une liste d'instructions détaillées.

Talin n'hésita pas, sachant que Clay la conduirait sur les lieux à l'heure dite.

Oui !

La réponse vint aussitôt.

D'après ce que je sais, vous disposerez d'un délai de quinze minutes à la seconde près à compter du moment où je donnerai le signal. Les satellites seront orientés dans une autre direction. Restez en dehors de la zone de couverture jusque-là.
Si vous n'arrivez pas à l'heure, je ne serai peut-être plus en mesure de le protéger. Ce garçon a les capacités pour accomplir de grandes choses. Sa vie vaut plus que cette mort insensée.
Ne soyez pas en retard.

Avec cette dernière phrase, ce Psi inconnu gagna la loyauté de Talin.

Chapitre 37

Le Fantôme entra dans un bar huppé du centre-ville de New York et fut aussitôt conduit à la table où il était attendu. Ce rendez-vous avec une fonctionnaire de second plan n'était qu'un simple prétexte. Mais le lieu public fournissait l'alibi idéal.

La bombe explosa précisément soixante-cinq minutes plus tard.

Dans les onze minutes qui suivirent, la majorité du Conseil Psi se réunit pour une séance d'urgence. Deux Conseillers furent chargés de l'enquête, tandis qu'il incomba à un autre d'analyser les éclats de la bombe. Les membres restants s'attelèrent à limiter les dégâts.

Durant un laps de temps crucial, le laboratoire Implant ne se trouva plus sous la surveillance directe d'un Conseiller. Dans le même temps, les effectifs de la Sécurité furent réduits de moitié, la majorité de l'armée de Ming LeBon ayant été rapatriée sur le PsiNet pour empêcher la nouvelle de se répandre. Leurs corps restèrent au laboratoire dans un état d'animation suspendue naturelle, mais leurs esprits fonctionnaient à une vitesse ahurissante.

Dans le tumulte, personne ne remarqua le dérèglement des satellites de surveillance.

Chapitre 38

À 21 h 03, dans la nuit noire, Talin manœuvrait un camion à l'apparence vétuste à travers un territoire désert, à quelques kilomètres du lieu où le laboratoire était censé se trouver. Elle avait reçu le message succinct du Psi précisément cent quatre-vingts secondes plus tôt : « *Maintenant.* »

Au bout d'une minute de conduite dangereusement effrénée, elle arrêta le camion à côté d'une petite chaumière délabrée. Abritée des regards par le terrain en pente et les herbes folles, il n'y avait rien d'étonnant à ce que sa quiétude n'ait pas été troublée. Ou peut-être était-ce dû à la terrible clôture laser désactivée à 21 heures pile qu'ils venaient de dépasser.

Elle laissa tourner le moteur et sortit seule du camion. D'après leur plan, les autres devaient rester cachés à l'arrière dans l'éventualité où leur allié incertain n'aurait pas dévié les satellites. Puisque les Psis étaient déjà au courant de l'implication de Talin dans l'enquête, ils pouvaient la voir sans que cela constitue un désavantage tactique. Concernant Clay et Dorian, c'était l'inverse.

Cependant, à leur grande surprise, ils avaient découvert une zone envahie par la végétation, notamment des arbres gigantesques qu'on avait dû transplanter là. Tout laissait à penser que quelqu'un cherchait justement à cacher quelque chose.

Après en avoir rapidement débattu, les deux changelings avaient sauté du véhicule en marche. Clay s'était métamorphosé ; de son côté, Dorian avait gagné les arbres, son fusil à la main. À cet instant-là, Talin savait qu'il visait la porte de la cabane. Les deux prédateurs se tenaient prêts à la secourir si elle tombait dans un guet-apens.

À moitié malade d'espoir et de peur, elle resta immobile malgré l'envie d'entrer qui la démangeait et attendit le signal qui lui dirait qu'elle ne courait aucun risque d'être repérée. Jetant un regard en biais vers la forêt, elle distingua une paire d'yeux brillants. Ils clignèrent une fois. *« Vas-y. »*

Consciente que le temps lui était compté, elle courut jusqu'à la porte et l'ouvrit d'une poussée. Elle s'était attendue à tout… sauf à ce qu'elle trouva.

Jonquil et une petite fille étaient étendus sur le sol en terre battue.

Poussant un petit cri, elle se laissa tomber à genoux et tâta leur pouls : ils battaient régulièrement. Apaisée, elle attendit l'arrivée de Clay. Mais alors que les secondes s'égrenaient sans qu'il se manifeste, elle se mit à redouter un problème. Son instinct la poussait à lui venir en aide.

Les sens en alerte, Clay regarda Talin entrer. Le vent tourna et lui porta l'odeur de Dorian… ainsi qu'une autre. Son léopard écouta ce que la brise avait à lui révéler et sut qu'il pouvait laisser Dorian s'occuper de cette odeur. L'autre sentinelle avait déjà réagi.

Il gardait les yeux rivés sur la chaumière dans laquelle Talin s'était engouffrée une seconde plus tôt. Mais sa concentration ne l'aveuglait pas ; il entendit une brindille craquer à quelques mètres de là, signe que quelqu'un s'avançait vers sa compagne. Luttant contre le besoin pressant de sortir de sa cachette et d'aller chercher Talin, il ne bougea pas et resta vigilant.

L'odeur répugnante d'un Psi, puanteur de mort froide et métallique, se mêla à celle plus astringente du fluide décrassant d'une arme. L'esprit de prédateur de Clay comprit aussitôt qu'ils avaient dû manquer un garde ou déclencher des capteurs dont leur allié n'avait pas eu connaissance. Il se ramassa, tapi dans la végétation. Il avait dit à Talin de rester à l'intérieur de la chaumière jusqu'à ce que lui ou Dorian vienne la chercher. Jugeant qu'elle s'en tiendrait aux consignes, il focalisa son attention sur l'intrus.

L'homme apparut quelques secondes plus tard. Vêtu de noir, il s'avançait avec la démarche prudente d'un soldat entraîné. Mais ce qui intéressait Clay, c'était l'emblème sur son épaule. Deux serpents entrelacés qui s'affrontaient. Son léopard ravala un grondement. C'était ce même uniforme qu'avaient porté ceux qui avaient massacré sans provocation le clan de cerfs DawnSky.

Les yeux de l'homme Psi luisaient d'un noir absolu, sans points blancs ni étoiles. Il pouvait être en train de communiquer par télépathie.

Clay devait prendre une décision éclair. Si cet homme était leur contact, ils ne gagneraient rien à le tuer. Dans le cas contraire, il fallait qu'il l'élimine. L'instant suivant, l'homme décidait à sa place en se mettant en position de tir, son fusil braqué sur la porte de la chaumière.

Clay ne s'embarrassa pas de faire dans la dentelle. Si le Psi le sentait venir, il était mort. Aussi l'attaqua-t-il sans bruit, avec toute la force de sa rage. Le Psi eut à peine le temps de se retourner que les griffes de Clay atteignaient son torse et qu'il s'écrasait sur le sol de la forêt.

Une explosion de douleur vrilla le cerveau du changeling, mais il avait déjà égorgé sa proie.

Malgré tout, même si le Psi n'avait disposé que d'un millième de seconde pour réagir, il était parvenu à assener une frappe psychique suffisante pour faire saigner le nez de Clay. Reprenant sa forme humaine, il souleva le corps et essuya le sang d'une main. Il devait se débarrasser du cadavre sans trahir l'implication des changelings.

Il perdit de précieuses secondes à envelopper le corps dans une bâche trouvée à l'arrière du camion, puis le jeta sur le plateau. Heureusement, Talin et Jonquil n'étaient pas des changelings ; sinon ils auraient détecté l'odeur de la mort. Conscient du temps qui s'écoulait, il revint tout de même sur le lieu de l'exécution pour couvrir ses traces. Le soldat Psi aurait l'air de s'être volatilisé.

— Oh, mon Dieu, murmura Talin, serrant les dents sans bouger alors que l'horloge indiquait 9 h 10.

Elle se rassura en songeant que Clay était une sentinelle et qu'il vaincrait tous les ennemis qui pouvaient errer dans les bois. Pour s'empêcher d'y penser, elle écarta les cheveux des visages de Jonquil et de la petite fille. Avec sa peau brune et son ossature fine digne d'une princesse, ses origines perses étaient évidentes.

Ce fut lorsqu'elle avança la main pour réajuster la chemise de la fillette qu'elle la trouva. La note était concise.

> Les drogues cesseront d'agir d'ici quelques heures. Je ne pouvais pas prendre le risque qu'ils tentent de s'enfuir avant l'heure dite. Une fois partis d'ici, ces deux enfants doivent disparaître ; si on les retrouvait vivants, ma mort serait assurée. Je compte donc bien sur votre sens de l'honneur, finalement.

Alors que l'aiguille de sa montre passait à la minute suivante, Clay entra en trombe.

— Il ne nous reste plus que quatre minutes pour quitter la zone de surveillance.

Elle fourra la note dans sa poche et prit la fillette dans ses bras.

Clay avait déjà passé la porte, Jonquil sur l'épaule.

— Ça suffira.

Il laissa tomber le jeune garçon sur l'unique banquette du camion et enfila ses vêtements à la vitesse de l'éclair. Talin gagna la portière côté passager et se précipita à l'intérieur avec sa propre charge au moment où il tournait le volant.

— Fonce !

Elle attacha Jonquil, serra la fillette contre elle et se servit de sa propre ceinture de sécurité pour elles deux tandis que Clay filait à une vitesse qu'aucun homme n'aurait pu atteindre ; son temps de réaction était quasi nul.

Il ne ralentit pas en voyant que Dorian ne les attendait pas à l'endroit prévu.

— Il s'en sortira.

Talin formula une rapide prière à l'intention de l'autre sentinelle. Grâce à la conduite folle de Clay, ils laissèrent derrière eux la chaumière et rejoignirent la route juste à temps, se fondant dans le paysage avec leur camion de ferme en piteux état.

— Comment vont les gosses ? demanda-t-il lorsqu'ils furent loin.

— Bien, chuchota-t-elle.

Elle avait passé un bras autour des épaules de Jonquil et plaquait la fillette contre elle de l'autre. Desserrant son étreinte, elle se délassa les doigts et toucha leurs joues pour se rassurer.

— Bien, répéta-t-elle. (Jonquil était couvert d'ecchymoses et les deux enfants avaient les yeux cernés, mais ils étaient vivants.) On en discutera avec lui après... de ce qui s'est passé.

— Ça ira pour lui, Tally, dit-il d'une voix rauque et tendre. On a réussi, pas vrai ?

Elle lui jeta un regard surpris.

— Ouais, on a réussi hein ?

Mais elle n'en était pas totalement sûre.

— J'ai dû éliminer une menace, dit-il quelques minutes plus tard. On va faire un détour pour s'en débarrasser.

La gorge de Talin devint sèche.

— À l'arrière du camion ?

— Ouais.

Il avait tué pour elle. Encore. Elle eut la chair de poule en songeant au cadavre tout proche. Mais elle n'était pas hypocrite... et elle n'était plus une gamine.

— C'était nécessaire. (Elle resserra les bras autour des enfants.) Réglons ça avant qu'ils se réveillent.

Le regard de Clay croisa le sien ; ses yeux de forêt ombragée brûlaient d'une sorte de joie féroce. Elle en fut ébranlée.

S'était-il attendu à ce qu'elle s'enfuie de nouveau ?

Lorsque Dorian refit son apparition, les enfants étaient réveillés et l'aube pointait à l'horizon. Talin était si heureuse de voir qu'il n'avait rien qu'elle lui sauta au cou.

Il afficha un sourire surpris, moins charmeur et plus franc qu'à l'ordinaire.

— Hé, je vais bien. Personne n'a rien vu de plus qu'un étudiant en rogne qui faisait du stop après que sa petite amie l'avait largué au milieu de nulle part.

Elle s'écarta et l'examina de la tête aux pieds.

— Où tu as eu ces vêtements ?

Il portait un tee-shirt orné du logo d'un groupe de *death metal* par-dessus son jean noir. Il avait également déniché un bandana qui dissimulait efficacement sa chevelure peu discrète. Elle y regarda de plus près.

— Tu t'es mis de la boue dans les cheveux ?

— C'est ce qu'on appelle de la débrouillardise.

Passant un bras autour de son cou, il la raccompagna à l'avion. Clay se tenait dehors, la petite Noor dans les bras. La fillette s'était accrochée à lui en se réveillant et ne l'avait pas lâché depuis. Talin n'avait rien trouvé d'étonnant à ce que Clay gère la situation sans ciller.

— Prêt ? demanda Dorian.

Clay hocha la tête.

— Garde l'explication concernant ton retard pour plus tard.

Pour une fois, Talin comprenait parfaitement. Dorian avait eu ses raisons de tarder à les rejoindre, et elles devaient être valables. Après l'avoir de nouveau serré dans ses bras, elle monta à bord de l'avion et s'installa à côté de Jonquil. Les effets de la drogue s'étaient dissipés, mais elle lisait dans les yeux extraordinaires du garçon les marques que lui avait laissées sa séquestration.

— Hé. (Elle posa la main sur la sienne. Lorsqu'il refusa de la regarder, elle prit sa joue dans sa main.) Qu'est-ce qui ne va pas, Johnny ?

Cette fois-ci, il leva les yeux et elle vit qu'ils étaient remplis de larmes qu'il se retenait de verser.

— Ils m'ont fait crier, merde !

La fierté masculine, une chose fragile et précieuse. Elle lui indiqua Noor d'un geste de la tête alors qu'elle entrait dans le cockpit avec Clay.

— Elle n'a pas une seule cicatrice. Tu l'as protégée ?

Il haussa les épaules.

— Ils ont dit que si je coopérais, ils la laisseraient tranquille un moment, mais c'était un mensonge. (Il posa les yeux sur Dorian tandis que la sentinelle s'installait à la place du pilote.) Qui c'est ?

— Dorian, lui dit-elle. Le compagnon de meute de Clay.

— C'est comme un gang, hein ?

Elle ne savait pas bien comment répondre à ça, mais Clay se retourna et s'en chargea pour elle.

— Le gang ultime, dit-il en frottant avec douceur le dos de Noor, blottie contre son torse. On ne blague pas quand on dit qu'on est unis par la meute. Et tu t'en es bien tiré, fiston. Crier, ça fait partie de la vie… tiens, à ton âge, Dorian ne la bouclait jamais.

Dorian lança à Clay un regard hostile, puis jeta un coup d'œil à Jonquil.

— N'écoute pas ce qu'il dit. Il a peur des aiguilles. (Il se retourna vers le tableau de bord.) Parés au décollage, les amis ?

Jonquil se détendit, visiblement rassuré d'avoir eu l'avis d'hommes. Résistant à l'envie de lever les yeux au ciel, Talin osa l'entourer de son bras. À sa grande surprise, il accepta son contact. Il ne broncha même pas lorsqu'elle déposa un baiser sur son front.

Souriante, elle croisa le regard de Clay. Ses enfants étaient rentrés à la maison.

Clay se retourna vers le pare-brise et surprit l'expression tendue de Dorian. L'autre homme s'inquiétait pour la même raison que lui, une chose que Talin avait oubliée dans son bonheur. Cette histoire n'était pas terminée. Et la prochaine cible serait sûrement Talin elle-même. Même s'il ne laisserait pas ces fumiers l'approcher.

Tout en réfléchissant à ce que serait leur prochaine manœuvre, il s'adossa au mur et ferma les yeux, gêné par la lumière. Pour un mal de tête, il était carabiné. Il avait l'impression qu'on enfonçait des tisonniers ardents dans son cerveau. Il aurait craint que le soldat Psi ne lui ait infligé des dommages irréversibles s'il n'avait pas souffert depuis son réveil ce matin-là. Rassurant Noor qui s'agitait nerveusement, il résolut de convaincre Talin de le soulager la nuit venue.

Après être arrivés à bon port tard cet après-midi-là, ils finirent tous chez Nate et Tamsyn. Non seulement la maison de la guérisseuse était grande, mais il fallait en plus vérifier l'état de santé des enfants, et Tamsyn et Sascha formaient à elles deux une bonne équipe médicale. Le temps que tout le monde prenne un bain, mange et soit examiné, il était trop tard pour discuter et ils fixèrent une réunion au lendemain matin.

Noor s'endormit sans mal, mais Talin dut amadouer Jonquil pour qu'il avale une tisane relaxante que Tamsyn avait concoctée.

— Je ne veux plus de drogues dans mon put… (Il étouffa son juron.) Pas de drogues.

— C'est naturel, ça ne va pas dérégler ton corps ou entraîner une dépendance. (Voyant qu'il s'entêtait, elle osa effleurer son visage des doigts.) Ils t'ont fait du mal, Jon. Ton corps a besoin de repos pour guérir. Ça va t'aider. S'il te plaît.

Il fallut qu'elle insiste encore dix minutes, mais elle finit par gagner. Les deux enfants assoupis, elle put s'occuper de Clay.

—Allonge-toi, lui ordonna-t-elle, veillant à ne pas élever la voix. Tu veux que je demande à Tamsyn des médicaments contre le mal de tête ?

Sa réponse était prévisible, et contrairement à Jonquil, elle savait qu'elle ne l'aurait pas à l'usure.

—Je déteste les médocs.

Mais il s'étendit tout de même sur le lit.

Ayant déjà vu avec Tamsyn ce qui était le mieux adapté à la physiologie des changelings, elle versa quelques gouttes d'huile essentielle à la fragrance neutre sur ses doigts et se mit à masser lentement la région de ses tempes.

Il ferma les yeux en grognant ; il avait l'air si vulnérable qu'elle en eut la gorge nouée. Ce n'était pas un mot qu'elle associait à Clay, ni un visage qu'il montrait souvent. Mais cette nuit-là, il lui accordait sa confiance. Ravalant ses larmes, elle poursuivit son massage avec douceur. Un peu plus tard, elle s'aperçut qu'il s'était endormi. Elle resta assise là à le contempler pendant un temps infini.

Il était tout pour elle.

Mais la raison initiale de leurs retrouvailles n'existait plus. Ils avaient sauvé Jonquil, ainsi qu'une autre enfant. Et si Clay décidait qu'il ne réussirait pas à lui pardonner et à poursuivre leur relation, que la nature territoriale de son léopard était trop forte ? Elle se mordit violemment la lèvre inférieure lorsque ses craintes et sa douleur menacèrent de briser le silence. Si Clay la rejetait – là ou plus tard, pour une quelconque raison –, elle ne s'en remettrait pas.

Elle le regarda donc, s'enivrant de sa vue. Lorsqu'elle s'obligea enfin à se lever, à se défaire de ses vêtements et à se glisser dans le lit à ses côtés, elle avait la peau glacée tout en brûlant de lui appartenir, de se prouver à elle-même qu'il ne la quitterait pas. Mais il dormait. Et au bout de plusieurs longues minutes de torture, elle l'imita.

Elle s'éveilla au contact de doigts puissants et assurés entre ses cuisses, de délicieux baisers humides le long de sa mâchoire et d'un corps d'homme dressé au-dessus d'elle.

— Ça va mieux ? hoqueta-t-elle alors qu'il plongeait les doigts dans sa chair chaude, accueillante… et mouillée à un point embarrassant.

— On dirait de la crème tiède qui ne demande qu'à être léchée.

Tout l'embarras de Talin se dissipa pour laisser place à son désir.

— Viens en moi. J'ai besoin de toi.

Besoin de s'accrocher à lui et de ne plus jamais le lâcher.

S'il te plaît, ne m'abandonne plus. S'il te plaît, Clay.

Il lui écarta les cuisses et commença à se glisser en elle ; son sexe était si gros vu sous cet angle, si chaud. Puis il murmura à son oreille… des mots sensuels et passionnés, des petits noms tendres et excitants qui lui donnèrent l'impression d'être la plus belle femme du monde. Elle se pressa contre lui, offerte. Lorsqu'il souleva sa cuisse pour la pénétrer plus profondément, elle dut serrer les dents pour ne pas crier.

Il s'interrompit.

— Ça t'a fait mal ?

— C'est trop bon.

Il eut un rire masculin.

— J'adore ton odeur. (Il se blottit dans son cou et sortit la langue pour la goûter.) J'adore ton corps. Si doux, si chaud.

Lorsqu'il l'amena enfin à l'orgasme, le vide dans son âme fut presque comblé.

Presque.

Alors que le cœur de Clay battait encore la chamade, il sentait la souffrance de Talin. Ce constat perturba son léopard au plus haut point. Elle était sa compagne, il aurait dû être capable d'atténuer sa peine. Sa fierté en prit un coup.

— Tally, bébé, qu'est-ce qui ne va pas ?

— Ne me laisse pas, Clay.

La spontanéité de cette déclaration et cette crainte profonde qu'elle lui laissait entrevoir lui fendirent le cœur.

— Plus jamais, je te le promets.

Même s'il devait affronter les dieux pour elle, il ne laisserait rien ni personne les séparer.

Voyant qu'elle ne répondait pas, il lui chuchota d'autres mots caressants à l'oreille. Au bout d'un moment, il sentit sa douleur battre en retraite, comme si elle avait décidé de croire en sa promesse. Son cœur s'apaisa.

La douleur de Talin était la seule chose qu'il ne pouvait pas supporter.

Chapitre 39

À 9 h 30 le lendemain matin, Talin retrouvait les compagnons de meute de Clay dans la cuisine de Tamsyn. Les membres délicieusement endoloris, elle se sentait stupide de s'être apitoyée sur son sort ; jamais Clay ne l'abandonnerait sur un coup de tête. Il était beaucoup trop loyal.

Son humeur s'assombrit de nouveau. Et s'il n'y avait que ça qui le liait à elle ? La loyauté, et le genre d'amitié qui ne le laisserait en paix que lorsqu'il aurait vaincu cette « chose » inconnue qui la tuait de l'intérieur… Sa maladie n'avait plus frappé depuis le jour où elle s'était réveillée en suffoquant, mais ça reviendrait tôt ou tard, et Clay se sentirait alors de nouveau contraint de veiller sur elle.

Les images du massage de la veille lui revinrent. Fait par amour, cet acte ne lui avait rien coûté. Elle n'allait pas rabaisser l'engagement de Clay dans leur relation en s'imaginant qu'il voyait les choses autrement. Mais elle ne voulait pas être une personne à charge, une amie dans le besoin. Elle voulait beaucoup plus : elle le voulait en entier.

Serrant sa tasse de café, elle regarda par la fenêtre et vit Jonquil discuter avec l'un des adolescents qu'elle avait vus au bar ; un grand garçon aux cheveux auburn, dont le corps commençait à s'adapter à ses longues jambes et à ses épaules puissantes.

— C'est Kit, dit Tamsyn en la rejoignant. Assez âgé pour être responsable, et assez jeune pour intéresser Jon. Ton garçon est fort. Ça ira pour lui.

— Oui, approuva Talin. Il ira loin si on lui donne sa chance.

Mais d'abord, ils devaient le faire disparaître. Comme aucun des deux enfants n'avait de famille, Clay lui avait dit que ça ne poserait pas de problème. DarkRiver les accueillerait volontiers.

— Tally.

Debout à côté de la table, Clay l'invita à le rejoindre. Elle posa sa tasse et vint vers lui. Il referma sa main chaude et sécurisante sur la sienne.

— Où est Dorian ?

— Je te manque déjà ?

La sentinelle aux cheveux blonds traversa le salon et entra dans la cuisine. Lucas, Sascha, Nathan et une rousse que Talin voyait pour la première fois l'accompagnaient.

— Je m'appelle Mercy, dit la femme avant que Dorian prenne la parole pour relater les événements de la veille, chargeant Clay et Talin de compléter son récit.

— Judd va venir ? demanda Clay avant que Dorian ait pu commencer. Il a le droit de savoir ce qui s'est passé. Rien ne l'obligeait à nous aider, mais il l'a fait.

Lucas hocha la tête.

— Les SnowDancer s'avèrent de meilleurs alliés qu'on ne l'avait cru.

— Pour des loups enragés et sauvages, marmonna Mercy.

Dorian ricana.

— Tu l'as toujours mauvaise d'être leur contact ?

Mercy fit un doigt d'honneur à Dorian, puis tourna la tête vers l'avant de la maison.

— Il est là, dit-elle alors que Talin n'avait rien entendu.

Judd arriva une minute plus tard.

— J'ai une certaine aversion pour cet endroit.

Un moule à muffin à la main, Tamsyn fronça les sourcils.

— Pourquoi ?

— Parce que la dernière fois que je suis venu, je me suis à moitié vidé de mon sang et tu m'as torturé avec ton pistolet de suture.

— Vous voyez comment on me remercie ? marmonna la guérisseuse.

— Si jamais il y a quelqu'un dont tu veuilles te débarrasser, fais-moi signe, dit Judd, impassible. (Il prit une chaise et la retourna pour s'asseoir face au dossier, puis reporta son attention sur Clay.) Tu disais avoir sauvé le garçon et une autre enfant ?

— Oui. C'est allé comme sur des roulettes. Ton contact y est pour quelque chose ?

Judd hocha la tête.

— Il faut dire aussi que les circonstances ont joué en votre faveur. Il y a eu du remue-ménage sur le PsiNet la nuit dernière. Votre opération est passée inaperçue.

Sascha se pencha vers lui.

— J'ai parlé à Faith ce matin. Elle dit s'être entretenue avec le Gardien du Net, mais qu'il était trop perturbé pour lui communiquer quoi que ce soit de sensé.

— Bon sang, marmonna Clay. Un meurtre ?

Une étincelle de surprise brilla dans les yeux de Judd.

— Oui. Un membre du Conseil.

Le silence s'abattit sur la tablée. Talin vit la détresse sur le visage de Sascha.

— Ma mère ?

La cardinale agrippa la main de Lucas.

— Ce n'était pas elle la cible, dit Judd, et Talin fut étonnée de déceler une pointe de douceur dans sa voix. Si surprenant que ça paraisse, Nikita est l'une des Conseillères les plus modérées… tant que ses intérêts commerciaux ne sont pas menacés, elle n'est pas en faveur d'un génocide.

Ce que cette louange tiède disait du Conseil en général arracha un frisson à Talin.

— Tu ne peux pas le confirmer ? demanda Lucas, dont les cicatrices ressortaient sur ses traits tirés.

— Non. Mon contact ne donne plus signe de vie et je n'ai aucun moyen de savoir qui a été frappé. J'obtiens mes informations par d'autres sources. Ce que je peux vous dire, c'est que c'est le chaos sur le Net.

Talin avait envie de serrer Sascha dans ses bras. Elle savait trop bien ce que ressentait une enfant délaissée et perturbée. Au fond d'elle-même, elle regretterait toujours de n'avoir pas connu cette étrangère qui l'avait abandonnée devant une clinique. Sascha leva alors la tête, et du regard elle dit à Talin qu'elle avait perçu et apprécié son intention.

Elle trouvait déconcertant de côtoyer quelqu'un qui était capable de ressentir ses émotions, mais jugea qu'elle finirait par s'y habituer, comme elle s'était habituée à l'aptitude des changelings à détecter ses changements d'humeur.

— Dorian, dit Clay, brisant le silence, le rapport.

— Exact. (Il jeta un coup d'œil à Judd.) Il est question des informations confidentielles que tu nous avais fournies.

L'expression de Judd devint glaciale.

— Elles ne devaient pas être rendues publiques.

— Il n'y a pas eu de fuites, dit Clay en soutenant le regard de Judd, deux prédateurs se jaugeant l'un l'autre. Mais on a un autre problème.

Après un moment de tension, Judd hocha la tête.

— Je vous écoute.

Avec une efficacité toute militaire, Dorian passa en revue les événements qui les avaient conduits à la libération des enfants. Puis il leur parla de la femme qu'il avait suivie depuis le lieu du sauvetage.

— Notre contact.

— Elle est restée dans les parages pour s'assurer qu'ils allaient bien, dit Talin, que la chose n'étonnait pas.

Dorian hocha la tête.

— C'est mon hypothèse… elle se rendait à un point d'accès caché. (Il sourit en voyant Judd redoubler d'attention.) Elle a dit ne pas être favorable au protocole Implant, mais qu'on l'oblige à travailler sur ce projet car elle est la meilleure.

Judd plissa les yeux.

— De quoi avait-elle l'air ?

— La peau couleur chocolat chaud, les cheveux bruns, grande, bien faite, les yeux clairs… je n'ai pas réussi à distinguer la couleur exacte de si loin. Ça te parle ?

La description sensuelle de Dorian dérouta Talin, mais personne d'autre ne parut s'en étonner. Plus pertinent, Judd réagit aussitôt au portrait de femme qui venait d'être ébauché

— Oui. Qu'a-t-elle dit d'autre ?

— Qu'en échange d'avoir sauvé Jon et Noor, elle veut qu'on enlève son propre gosse. Le garçon, Keenan, est retenu en otage par le Conseil dans le but de s'assurer la coopération de notre contact.

Des grondements s'élevèrent autour de la table. Talin aurait pu être surprise si elle ne connaissait pas déjà ces gens, mais elle n'ignorait pas ce qu'ils étaient prêts à faire pour protéger des enfants.

La main toujours serrée dans celle de Lucas, Sascha s'avança.

— Pourquoi ? Pourquoi cet enfant motiverait-il son comportement ?

Mercy s'étouffa sur le muffin qu'elle venait de prendre.

— C'est son bébé. C'est bien assez valable, comme raison.

— Non. (Sascha secoua la tête.) Pas pour les Psis.

— Les Psis n'ont pas de sentiments, acquiesça Tamsyn, le lien ne peut donc pas être affectif.

— Ou peut-être que si, dit Sascha d'une voix songeuse. On ne sait rien de cette femme… elle n'est peut-être pas loin d'enfreindre les règles de Silence.

— Rien que de lui parler, ça m'a donné des engelures, marmonna Dorian. Crois-moi, question émotions c'est un putain de congélateur. Mais elle a raison, pour le gosse. Il a quatre ans et est aux mains du Conseil.

— On doit l'aider, intervint Talin.

Elle avait beau se retrouver au milieu d'individus qui comptaient parmi les plus puissants de San Francisco, elle n'hésitait pas à s'imposer. Et elle avait la force d'un léopard pour la soutenir.

— Peu importe ses motivations, elle a fait sortir Jon et Noor, continua-t-elle.

Clay la serra contre lui ; il y avait dans ses muscles une tension qu'elle ne s'expliquait pas très bien.

— On va avoir un problème, dit-il d'une voix douce.

— Le PsiNet, murmura Judd. Ce garçon va avoir besoin d'un autre réseau neural auquel se raccrocher.

—Je ne sais pas comment connecter quelqu'un à notre Toile, ni même si c'est possible, dit Sascha en fronçant les sourcils. Et le tien n'est pas assez stable pour s'agrandir.

Judd avait l'air pensif.

—Depuis mon union avec Brenna, il a gagné en solidité. Sienna est toujours imprévisible, mais elle se contrôle mieux qu'au moment où on avait envisagé de te laisser entrer. Ça pourrait marcher. On va devoir pénétrer son esprit et couper son lien avec le PsiNet.

—Cela risque d'être très douloureux pour lui, dit Talin.

Le regard de Judd croisa le sien.

—Oui, on a l'impression de mourir. Mais si on ne le fait pas, il leur suffira de quelques secondes pour le retrouver. Et si le Conseil se met en tête que sa souffrance influencera sa mère, ils ne cesseront de lui en infliger.

Même sans être agressive, sa voix était si glaciale que Talin frissonna. Lorsqu'elle sentit Clay se raidir, prêt à attaquer, elle posa la main sur son bras et leva la tête.

—Laisse tomber, souffla-t-elle.

Judd n'avait pas fait preuve de diplomatie pour lui dire qu'elle avait tort, mais elle était certaine qu'il n'avait pas eu l'intention de l'offenser.

Clay soutint le regard de Talin un long moment, puis lui adressa un bref hochement de tête. Mais alors qu'elle se retournait vers les autres, elle sut qu'il aurait un mot à dire à Judd plus tard. Elle allait devoir le prendre à part avant. Aussi surprenant que ça paraissait, Clay – le grand, le terrible, le dangereux Clay – avait l'air de l'écouter.

—Qui est-elle pour que le Conseil tienne à elle à ce point ?

—Son nom, dit Judd, le ton empreint de satisfaction, est Ashaya Aleine. C'est la M-Psi en charge du protocole I.

On soupçonnait qu'elle puisse être de notre côté, mais tant qu'elle coopérait avec le Conseil on ne pouvait pas se fier à elle. Je ne pense pas qu'on puisse se le permettre davantage maintenant… on ignore pourquoi elle veut écarter l'enfant.

— Elle a fixé un délai ? demanda Clay à Dorian.

— Dans les deux prochains mois.

— En ce cas, on réglera les détails plus tard, dit Clay. Noor ne va pas tarder à se réveiller et il faut qu'on décide comment on va s'y prendre pour les faire disparaître, elle et Jon.

— Ce n'est pas un problème, dit Lucas, et pour la première fois, Talin l'entendait parler comme un chef de meute. Le physique de Noor ne tardera pas à changer. En attendant, on peut la grimer avec du maquillage. On va également devoir l'habituer à un nouveau nom. Un surnom, peut-être.

— Ça va prendre du temps, dit Sascha, mais elle est assez jeune pour que ça s'impose naturellement. Pour Jon en revanche, il faut que ce soit un choix volontaire.

— Je ne pense pas que ça le dérange, dit Talin, une boule dans la gorge à la pensée de l'avenir que Jonquil avait à portée de main. Et il n'a pas encore atteint la puberté. D'ici un an, il sera plus grand et son corps aura changé. Il commencera à se raser.

— Dis-lui qu'on va lui enlever ce tatouage au laser. (Tamsyn grimaça.) Il est hideux.

Talin devait l'admettre.

— Et distinctif, comme ses cheveux.

Clay grogna.

— C'est bon, il les coupera.

Alors que Talin s'apprêtait à riposter, elle se reprit. Jonquil accepterait probablement sans broncher de couper ses cheveux qui lui arrivaient aux épaules ; le garçon montrait déjà des signes d'admiration pour Clay. C'était aussi le cas de Noor. Talin en devinait sans mal la raison. Clay se caractérisait par son instinct protecteur ; ceux à qui il tenait sentaient qu'il ferait tout pour assurer leur sécurité. Comme il l'avait fait pour elle.

Elle se retourna dans ses bras. Lorsqu'il déposa un baiser distrait sur ses cheveux, elle songea qu'à cet instant-là, tout allait bien dans son monde. Les Psis ne traquaient plus d'enfants innocents, elle ne dépérissait pas d'une maladie qui s'instillait dans ses cellules, et Clay lui accordait une confiance absolue.

Quelques heures plus tard, Clay se retrouvait dans un coin du jardin à regarder Talin discuter avec les enfants. Voyant Dorian venir vers lui, il ne perdit pas de temps.

— Qu'est-ce que tu n'as pas dit devant les autres ?

La sentinelle aux cheveux blonds croisa les bras.

— Comment tu sais ça ?

— Je suis plus vieux et plus sage, p'tit génie.

— Lâche-moi avec ça. (Dorian regarda Talin en fronçant les sourcils.) Je te jure que si ce surnom reste, je prends ta Tally et je la balance dans l'étendue d'eau glacée la plus proche.

— Je serai alors obligé de te tabasser.

— Hé, je m'entraîne régulièrement au combat avec un assassin Psi et je suis toujours en vie. (Il se mit à jouer avec son couteau de poche comme il en avait l'habitude.) Ashaya m'a livré des informations qu'à mon avis tu n'aurais pas souhaité que Talin entende.

Alors que Clay suivait du regard la scène devant lui, Sascha sortit de la maison et se dirigea vers Talin. Pour la première fois, Clay se rendit compte qu'il était heureux d'avoir Sascha dans la meute. Sans elle, ils auraient peut-être irrémédiablement perdu Dorian après le meurtre de sa sœur. La sentinelle que Talin taquinait… ce n'était pas le même Dorian que celui qui avait voulu égorger Sascha.

Il espérait que la compagne de son chef parviendrait aussi à aider Jonquil et Noor, mais il savait que même la plus douée des empathes ne pouvait pas tout réparer. Jusqu'à ce que Talin lui revienne, Clay avait failli s'enferrer dans une violence profonde dont rien n'aurait pu le ramener. Et si elle osait mourir, il irait la chercher dans l'au-delà.

— Alors, dit-il, apaisant la sauvagerie possessive de son léopard en se concentrant sur Talin. (Elle lui serrait le cœur à un point douloureux.) Que t'a dit Aleine ?

— Que ces deux-là ne risquent peut-être plus rien, dit Dorian en indiquant les enfants de la tête, mais que les gens qui mènent ces expériences n'ont pas l'intention d'en rester là. Le cerveau de l'opération s'appelle Larsen. Ashaya pense qu'il s'en prendra aussi à Talin.

Le léopard de Clay se dressa et poussa un rugissement de colère.

— Ça, on le savait. Depuis que Max est hors-jeu, c'est elle l'adversaire dans leur ligne de mire.

Clay leva le bras et saisit au vol un ballon de football qui semblait surgir de nulle part puis le lança à l'autre bout du jardin, en direction des bois derrière la maison de Tamsyn. Nico et Jase en sortirent au même instant. Les adolescents rattrapèrent la balle et leur adressèrent un signe de la main avant de rejoindre Talin et Sascha en trottinant.

Nico avait visiblement le béguin pour Talin, mais Clay n'empêcha pas le gamin de flirter. Les garçons savaient quelles limites ne pas franchir, et que Nico n'hésite pas à rechercher l'affection de Talin prouvait qu'il la considérait comme un membre de DarkRiver.

— On va devoir faire le ménage.

Son sang bouillonnait au moindre danger qui menaçait sa compagne, mais ce n'était pas sa première préoccupation. Celui qui oserait s'en prendre à elle mourrait, point final. Il l'avait déjà vue brisée ; ça ne se reproduirait pas.

Talin, les yeux vides, le visage maculé de sang, prostrée dans un coin. Muette. Et même après qu'il l'avait terrifiée par sa violence, même après qu'il l'avait laissée seule avec des étrangers, elle l'avait protégé par son silence.

« Comme je ne parlais toujours pas, Zeke a commencé à désespérer… »

Sa Tally avait préféré s'enfermer dans son mutisme plutôt que de le trahir. Elle avait continué à l'aimer alors qu'il avait brisé toutes les promesses qu'il avait pu lui faire. Le léopard de Clay enrageait d'être incapable de la protéger, et son impuissance lui rappelait toutes ces années durant lesquelles Orrin avait abusé d'elle sans qu'il le sache. Elle était sa vie. Pour elle, il détruirait le monde. Et pourtant, il ne pouvait rien contre sa maladie.

— J'ai reçu un appel de Dev Santos un peu plus tôt. (Il se força à réfléchir malgré sa fureur sanguinaire.) Il s'est débarrassé de la taupe.

Dorian lui lança un regard intrigué.

— Débarrassé ?

— En pièces détachées, j'imagine.

— Ce type me plaît déjà.

Dorian s'adossa au mur de la maison et fronça les sourcils.

— Tu sais, ajouta-t-il, si les kidnappeurs ont perdu cette source d'informations, il va leur en falloir une nouvelle. (Il lâcha un juron.) Ils ne vont pas tuer Talin. Ils vont essayer de la capturer vivante.

— Certainement pas. (Clay sentit les griffes de son animal sortir sous sa peau, sa puissance déferler dans sa chair.) Les morts ne risquent pas de faire quoi que ce soit.

Chapitre 40

Ming LeBon était de nouveau assis dans le bureau d'Ashaya. Vu la situation sur le PsiNet, elle ne s'était pas attendue à le voir avant plusieurs jours.

— Larsen semble convaincu que vous êtes impliquée dans la disparition des deux cobayes restants.

— Je le suis, dit-elle.

Elle se demanda s'il elle avait commis une erreur fatale. Larsen bénéficiait-il du soutien actif de Ming ? Ses découvertes l'avaient amenée à conclure que l'autre scientifique avait largement dépassé les limites de ce que Ming avait autorisé.

À sa confession, Ming ne cilla même pas.

— Que leur avez-vous fait ?

— Je les ai éliminés.

— Où sont les corps ?

— Détruits. (Elle répondit à son visage dénué d'expression par un regard tout aussi neutre.) Ça aurait été stupide de ma part de les tuer pour faire passer un message, puis de permettre à Larsen de se servir des tissus cérébraux en laissant les corps en vue.

— Et mon homme ?

Ashaya n'avait nul besoin de mentir.

— Je crains que vous ne me preniez à mon désavantage. J'ai agi seule.

— Je n'apprécie pas de perdre l'un des miens.

— Ming, même si je m'attaquerais à Larsen avec plaisir, dit-elle avec une entière franchise, je n'ai aucun désir de faire de vous un ennemi. Nous savons tous deux qui en sortirait vivant. Si l'un de vos hommes a disparu, à votre place je chercherais le coupable ailleurs.

Le silence qui s'ensuivit dura soixante secondes. La froideur du laboratoire s'instillait peu à peu dans la moelle d'Ashaya, mais elle restait immobile. Lorsque Ming reprit la parole, elle se félicita de sa maîtrise.

— Un traître a envoyé un e-mail de ce centre.

Une impardonnable erreur. Elle avait présumé – chose toujours dangereuse – que les réseaux Internet dépassés de Cinnamon Springs n'étaient pas sous surveillance.

— Je suis certaine que vous vous êtes occupé du coupable.

— Ce sera le cas… dès que j'aurai décrypté les e-mails restants.

Elle remercia Talin McKade d'avoir fait le nécessaire pour effacer leurs traces.

— Aimeriez-vous scanner mon agenda électronique ? proposa-t-elle.

Elle avait prévu un double dans ce but précis. Il passerait la plupart des contrôles. « La plupart » étant le point critique.

Ming l'observa.

— Pas pour le moment. S'il s'avérait que vous êtes le traître, je me verrais contraint de vous tuer. Ce serait regrettable.

Ashaya soutint son regard, parfaitement consciente que sa mort lui poserait un dilemme.

— En effet.

— Dites-moi, pourquoi avoir saboté le travail de Larsen ?

— Parce que ce labo est le mien, dit-elle sur un ton glacial. Vous m'aviez assuré que j'étais la M-Psi en charge de ce projet.

— Larsen n'a fait qu'aborder la question des implants sous un angle différent, en parallèle de vos propres recherches.

— C'est faux. (Elle lui tendit un fin fichier électronique.) Regardez les résultats.

— D'où viennent ces scans ?

— Des sujets d'expérimentation.

— Ils ne recoupent pas ceux que j'ai déjà vus.

— Je vous suggère en ce cas de demander une explication à Larsen, dit-elle, imperturbable. Il a dû falsifier les données afin d'obtenir votre soutien pour ses expériences interdites.

Rien n'était censé se passer dans le laboratoire d'Ashaya sans son autorisation et, dans le cas de nouvelles orientations de recherche, sans celle de Ming.

— Si l'on en croit ces relevés, les cerveaux des Oubliés n'ont rien en commun avec les nôtres, remarqua Ming.

— Exact.

Ce qui n'était pas toute la vérité. Si Larsen – en route pour San Francisco – survivait aux vingt-quatre prochaines heures, elle allait devoir s'assurer de disposer d'assez de « données » pour réfuter ses conclusions. Ashaya ne pensait pas qu'elle serait contrainte de recourir à son plan de secours, pas si les amis de Talin McKade étaient aussi redoutables qu'ils en avaient l'air.

Restait le problème que Larsen avait emmené Ekaterina avec lui, et qu'Ashaya n'avait aucun moyen de communiquer cette information à Talin ; la Sûreté avait coupé tous les accès à Internet.

— Toute expérience menée sur les Oubliés est inutilisable dans le cadre du protocole I, même si Larsen avait recouru à des méthodes de recherche convenables.

Ming reposa le fichier.

— Quoi qu'il en soit, ces expériences permettaient à Larsen d'exterminer ces Oubliés qui auraient pu un jour présenter une menace.

— Et qui sont donc ces créatures mythiques ? demanda-t-elle.

Alors qu'elle lui tendait un autre fichier, elle se demanda où se situait la limite entre une absence pragmatique d'émotions et la psychopathie. En ce qui la concernait, il n'existait pas de raison logique qui justifiât un génocide.

— Les cobayes de Larsen ne présentaient aucune aptitude comparable aux nôtres, continua-t-elle. Ils se mêlent aux humains et aux changelings depuis bien trop longtemps.

En soi, ce n'était pas un mensonge. Mais elle passait sous silence certains détails, des mutations inattendues et puissantes nées de générations de métissage.

Ming délaissa le fichier.

— Je pourrais exiger que votre coopération aux recherches de Larsen devienne une condition de votre… situation.

Cette menace qui pesait sur son fils éveilla un groupe de neurones inconnu dans le cerveau d'Ashaya. Elle était une chercheuse, mais elle ignorait la signification de ces étincelles de conscience. Son conditionnement était sans faille et ses boucliers hermétiques.

— Vous le pourriez, répliqua-t-elle. Mais le temps que je consacrerai aux expériences inutiles de Larsen freinera ma propre progression.

— C'est une menace ?

— Non, un simple fait. Je me soumettrai à votre décision, mais je n'aime pas partager mon pouvoir.

Elle ne doutait pas que Ming comprenne un tel trait de caractère.

— Nous pouvons mener ces expériences dans un autre labo.

— Bien sûr. (Elle ne pouvait pas prendre le risque de le contredire.) Je vous suggérerai cependant de vous débarrasser des corps avec plus de discrétion.

Ming se figea.

— Expliquez-vous.

Elle avançait à l'aveuglette, mais elle semblait avoir mis le doigt sur un détail que Larsen avait négligé de mentionner.

— La méthode de Larsen consiste à extraire les organes, à rouer le corps de coups après la mort et à l'abandonner dans une zone urbaine majeure.

— Il semblerait qu'une discussion avec Larsen s'impose.

Ashaya en profita pour insister.

— J'avais l'impression qu'il bénéficiait de votre soutien, dit-elle. D'après les registres de la Sûreté, il s'est servi de plusieurs de vos officiers pour qu'ils interfèrent en sa faveur auprès de la Sécurité. Ils précisent dans leurs notes qu'il avait votre autorisation écrite.

Les yeux noir d'encre de Ming se brouillèrent.

— Envoyez-moi une copie de tous ces rapports. Je n'ai pas le temps de lui parler aujourd'hui. (Il se leva.) Ashaya, ce serait dans votre intérêt de ne pas oublier qu'il y a une différence entre vous et Larsen.

Elle attendit la suite.

— Il n'est qu'un simple pion. Vous êtes indispensable. Je n'irais jamais jusqu'à vous tuer.

Non, songea-t-elle, mais il lui écartèlerait l'esprit, sonderait son être intime… et ferait d'elle le plus docile des pantins.

Sur le PsiNet, le Conseil tenait une séance d'urgence pour la seconde fois consécutive. Kaleb Krychek, la dernière recrue du Conseil Psi et peut-être l'une des plus dangereuses, remarqua que l'esprit de Ming apparut en dernier.

— *Marshall est mort.*

La déclaration de Nikita fut accueillie par un silence glaçant.

— *Tu en es certaine ?* demanda Tatiana.

— *Sa dépouille a été formellement identifiée et l'ADN correspond. J'ai suivi le processus, Shoshanna en est témoin.*

— *Je le confirme*, dit cette dernière.

Personne ne trouva plus rien à redire. Shoshanna et Nikita étaient ennemies jurées. Aucune d'elle ne couvrirait l'autre.

Henry Scott se manifesta.

— *Était-ce une attaque changeling comme nous le pensions ?*

— *Non*, l'informa Shoshanna. *Ça aurait été préférable.*

— *C'était l'un des nôtres*, ajouta Nikita. *Le coup a été porté avec précision.*

— *Y a-t-il des similitudes avec l'attaque à la bombe du premier laboratoire Implant ?* s'enquit Tatiana. *Il pourrait s'agir du même saboteur.*

— *C'est ce que j'ai d'abord pensé, moi aussi*, dit Nikita. *Ming, c'est toi qui as examiné les éclats de l'arme.*

— *Les signatures diffèrent*, leur dit Ming. *Cependant, l'habileté et la rapidité de l'offensive m'amènent à conclure que nous avons affaire au même terroriste. Il se peut qu'il travaille avec des complices.*

— *Le Fantôme*, dit Tatiana. *Il commence à représenter une sérieuse menace. À cause de lui, nous avons dispersé nos moyens au point que plusieurs des individus qu'il aurait été préférable de garder sous contrôle se sont échappés.*

Kaleb savait qu'elle se référait aux ancres. Le PsiNet avait besoin d'eux, mais ils tendaient hélas à succomber à l'un des effets secondaires les moins connus de Silence : la folie meurtrière.

— *Oui*, acquiesça Ming. *Récemment, j'ai pris connaissance de faits qui suggèrent que les non-ancres, eux aussi, commencent à ressentir les effets des troubles sur le Net. Ils perturbent le conditionnement des esprits les plus faibles.*

— *Il est impératif d'arrêter le Fantôme avant qu'il fasse d'autres dégâts. Pour commencer, comment a-t-il introduit la bombe chez Marshall?* demanda Tatiana.

— *Nous l'ignorons*, dit Shoshanna de sa froide voix mentale. *Nous sommes remontés jusqu'à tous ses visiteurs, mais aucun ne semble suspect. Ming a peut-être raison… le Fantôme pourrait être le nom d'un groupuscule plutôt que d'un individu. Quoi qu'il en soit, ce Fantôme est trop efficace.*

— *Mais il n'est pas membre du Conseil*, dit Kaleb, resté silencieux jusque-là. *Il n'a pas nos ressources. Nous devons lancer une traque pour de bon.*

— *Oui*, dirent cinq voix à l'unisson. *Le Fantôme doit être éliminé.*

Kaleb se demanda si l'un des cinq s'était rendu compte qu'ils venaient de lui répondre comme s'il était leur meneur.

Chapitre 41

Talin avait senti que quelque chose n'allait pas et cette impression l'avait perturbée toute la journée. Clay s'était enfermé dans son mutisme au fil des heures, son regard si noir et si possessif qu'il l'avait transpercée jusqu'à l'âme. Seigneur, un simple coup d'œil enflammé et cet homme lui donnait des frissons de désir.

— Tu comptes me dire au sujet de quoi tu rumines ? lui demanda-t-elle dès qu'ils furent rentrés cette nuit-là.

— Non.

Le lien qu'ils avaient tissé durant leur enfance posait parfois des problèmes. Il n'y avait pas de mur entre eux comme chez les autres couples ; ils avaient été amis bien trop longtemps avant de devenir amants. C'était un sentiment merveilleux et puissant auquel elle ne renoncerait jamais, mais honnêtement…

— Tu me rends folle, des fois !

Il retira son blouson et se pencha pour l'embrasser. Elle essaya de l'éviter, mais Clay était d'humeur à sortir le grand jeu. Il l'immobilisa sans peine et elle se sentit fondre. Lorsqu'elle put de nouveau respirer, elle grimaça.

— Je suis sérieuse. Dis-moi ce qui se passe.

— Qu'est-ce que tu as dit à Jon et Noor pour qu'ils acceptent de rester chez Tammy ?

Elle se mordit la lèvre.

— Qu'il fallait qu'on réaménage cet endroit pour qu'il y ait plus de place. Tu es fâché ? Enfin, j'ai juste pensé que…

Il posa un doigt sur ses lèvres.

— Jon peut se boucher les oreilles quand on se pelote. Noor est un bébé. Qu'est-ce qu'elle pourrait bien faire au juste… manger ton chocolat ?

Elle aurait voulu être en colère contre lui, mais il lui compliquait la tâche.

— Jon n'est pas vraiment… facile.

Il éclata de rire, un rire franc à s'en décrocher la mâchoire.

— Bébé, les difficultés ça me connaît. Laisse-moi m'occuper du petit. (Il l'embrassa de nouveau.) Cet endroit est un peu isolé. On va peut-être devoir envisager de se rapprocher des autres familles.

— Plus tard peut-être, dit-elle. Pour l'instant, ils ont besoin de sentir qu'ils sont en sécurité et que personne ne peut les atteindre… et on ne peut pas trouver plus sûr qu'au beau milieu du territoire de DarkRiver. Ils pourront étudier à la maison pendant un temps. On installera un assistant électronique.

— Tout ce que tu veux. (Il détacha sa queue-de-cheval et passa la main dans ses cheveux.) Dès qu'on aura décidé ce qu'on veut et où, les travaux pourront commencer. D'ici deux ou trois jours, on aura de nouvelles chambres.

— Si vite ?

— DarkRiver est en chantier, et pour ce qui est du bâtiment, c'est moi le chef. (Il sourit.) Ils se bougeront. Dorian a déjà commencé à dessiner des plans.

— Il est vraiment architecte ?

Il lui assena une petite tape sur les fesses.

— Oui, et ne le cherche pas. Il menace de te jeter dans l'étendue d'eau glacée la plus proche.

Elle se dressa sur la pointe des pieds et passa les bras autour de son cou.

— Nan. Tu ne le laisserais pas faire.

Le sourire de Clay exprimait toute la violence de sa tendresse.

— Non. Tu es mienne et je dois te protéger.

— Dis-moi, chuchota-t-elle alors que son propre sourire s'évanouissait. Dis-moi ce que tu comptes faire.

— Pourquoi tu penses que je vais faire quoi que ce soit ?

— Parce que tu avais le même regard le jour où tu as tué Orrin, déglutit-elle.

Les yeux magnifiques du changeling s'embrasèrent et Talin ne vit plus que leur couleur verte.

— Et ça te terrifie aussi maintenant ?

— Oui, admit-elle. Ça me terrifie de savoir que je pourrais te perdre de nouveau parce que tu tiens trop à moi. (Une larme roula sur sa joue.) Je ne mérite pas que tu sacrifies ta vie pour moi.

Clay détestait au plus haut point voir Talin pleurer. Ça n'avait pas de rapport avec la réaction que les émotions féminines suscitaient d'ordinaire chez les hommes. C'était une douleur profonde, déchirante. Il tendit la main et sécha ses larmes d'un geste gauche du pouce.

— Tu mérites tout ! (Il lui en voulait de se tenir en si piètre estime.) Bébé, tu dois me laisser faire.

— Faire quoi ?

— Te protéger.

— Je me sens protégée. Avec toi.

Il secoua la tête.

— Les Psis doivent comprendre que tu l'es. Ceux qui s'en prendront à toi risquent leur vie.

— Ils sont plus d'un, plaida-t-elle. Si tu te lances à leurs trousses, ils…

— Je ne suis pas seul non plus.

Il se blottit contre elle, désireux de la rassurer et de l'apaiser, mais incapable de lui accorder ce qu'elle voulait. S'il ne pouvait pas se servir de ses griffes pour la libérer de la maladie qui la rongeait, il pouvait au moins éliminer la menace tangible.

— Tu appartiens à la meute maintenant. Accepte ce qu'elle a besoin de te donner.

Ce qu'il avait besoin de lui donner.

— Je t'adore, chuchota-t-elle. Si tu meurs, je n'y survivrai pas.

Une vérité sans artifices qu'elle lui livrait à cœur ouvert.

— Alors ne me demande pas de rester passif tant qu'un danger te menace, exigea-t-il. J'ai besoin de te protéger.

— Je suis déjà ma…

Il l'embrassa avant qu'elle puisse finir sa phrase. Elle n'était ni malade, ni mourante. Il refusait de la laisser partir.

— On parlera de ça plus tard, lui dit-il. Cette nuit… dis-moi juste que tu seras là quand je reviendrai.

Prête à l'accueillir dans ses bras même si la violence s'inscrivait en lettres de sang sur son corps.

Elle fit la moue et il sentit son cœur de prédateur cesser de battre.

— Tu reviens avec une égratignure, dit-elle, une seule égratignure et tu dors dans le salon tout le mois prochain. (Ses lèvres tremblaient.) C'est clair ?

Il sourit à cette menace à laquelle aucun des deux ne croyait.

— Oui madame.

Tard cette nuit-là, Talin retourna à la maison devenue familière de Tamsyn.

— Je rentrerai au repaire avec Clay quand il reviendra, dit-elle à la guérisseuse, déjà inquiète.

— Je sais. (Tamsyn sourit.) Un verre de vin ?

— Il est tard.

Elle décrispa les doigts et se répéta que tout irait bien pour lui. Il lui reviendrait, il l'avait promis. Il ne l'abandonnerait pas de nouveau.

— Ça m'étonnerait que tu dormes. Pareil pour Sascha.

— Sascha est là, elle aussi ?

Talin s'était rendue directement à la cuisine après que Clay l'avait déposée et n'avait pas vu l'autre femme. Elle ravala sa peur ; elle ne voulait pas que la cardinale perçoive à quel point ses cicatrices étaient profondes. Elle savait que Clay ne l'abandonnerait pas par choix. Il ne l'avait jamais fait. Mais au fond d'elle-même, elle restait une gamine en état de choc et couverte de sang, et cette enfant savait que parfois, il n'y avait pas le choix.

— Où est-elle ?

— À l'étage. Julian s'est réveillé et a voulu qu'elle vienne le cajoler… on jurerait que les jumeaux la sentent arriver à un kilomètre. (Elle secoua la tête.) Ils sont fous d'elle. Je pense qu'ils se battraient contre Lucas pour elle s'il n'était pas aussi grand.

Talin força son esprit à revenir à l'instant présent.

— Ça ne m'étonne pas.

Tamsyn et Sascha ne s'en rendaient peut-être pas compte, mais elles se ressemblaient beaucoup ; elles avaient le cœur tendre des guérisseuses. Pourtant, il émanait aussi d'elles une force sécurisante.

— Jon et Noor ? s'enquit Talin.

— Noor dort et Jon tient compagnie à Kit pendant qu'il étudie. (Elle lui indiqua les escaliers.) La deuxième porte sur la gauche.

Talin secoua la tête.

— Je crois que je me suis assez inquiétée pour ce mois-ci.

Tamsyn sourit.

— Ça ira avec Kit.

— On dirait qu'il y a toujours du monde chez toi, commença Talin, désireuse d'en apprendre davantage sur l'univers de Clay.

Elle ne voulait jamais le blesser comme Isla l'avait fait en niant sa bête, en refusant de reconnaître qu'il était différent… et que cette différence le rendait beau et unique.

— Ça ne te dérange pas ?

— Seigneur, non. Je suis contente de prendre soin de la meute. J'imagine que c'est un aspect du don de guérisseuse. (Elle poussa vers Talin une flûte remplie d'un vin couleur d'or pâle.) C'est pour ça que le guérisseur de la meute a toujours une grande maison. Son logis finit toujours par devenir un lieu de convivialité pour la meute.

Elle prit un sachet de grains de café.

— Tu vas préparer du café aussi ?

— Faith et Sascha ne boivent pas de vin… les Psis réagissent bizarrement à l'alcool.

Au même instant, on frappa à la porte d'entrée.

— J'y vais, proposa Talin.

Lorsqu'elle ouvrit, elle trouva Faith sur le palier.

— Oh, salut.

— Salut.

La C-Psi sourit avant de se retourner pour adresser un signe de la main à l'espace apparemment vide derrière elle.

— Vaughn, dit-elle pour répondre au regard perplexe de Talin. Lui et Mercy patrouillent le long de la frontière extérieure cette nuit. Nate se charge de la section interne.

Un déclic s'opéra dans le cerveau de Talin.

— C'est pour ça qu'on est tous ici ?

Elle s'écarta pour laisser Faith entrer. Tout le monde savait que les Psis n'aimaient pas être touchés, et Faith n'était pas vraiment sa meilleure amie.

— Oui. (La C-Psi posa un grand sac de courses à côté du placard de l'entrée.) C'est plus facile pour eux de nous protéger de cette manière, puisqu'il manque trois d'entre eux.

Elle suspendit son manteau puis, laissant le sac par terre, elle se dirigea vers la cuisine. Talin lui emboîta le pas. Elle dut faire un incroyable effort de volonté pour se retenir de poser la question qui lui brûlait les lèvres : Faith avait-elle eu une nouvelle vision du futur de Clay ? Qu'avait-elle vu ?

Faith s'arrêta au milieu du couloir et se retourna.

— Je te dois des excuses.

— Pourquoi ?

— Les émotions, c'est encore nouveau pour moi. (Elle fourra les mains dans les poches de son pantalon noir.) J'ai parfois du mal à les gérer.

— Ça arrive à tout le monde.

Talin se demanda ce que ça faisait de grandir sans émotions. Elle n'arrivait pas à s'imaginer une vie où elle n'aimerait pas Clay.

Les yeux de firmament de Faith parurent s'assombrir.

— Clay m'a effrayée la première fois que je suis venue à DarkRiver, mais ensuite il est devenu mon ami. Et quand tu…

— Ce n'est rien, l'interrompit Talin. Tu avais peur que je le perturbe, alors tu t'es montrée un peu trop protectrice. À vrai dire, admit-elle, maintenant que je ne suis plus aveuglée par ma stupide jalousie, je suis contente que tu aies essayé de lui donner un peu de tendresse. Il n'y a pas de quoi t'excuser.

— Mais si, dit Faith, résolue. Sascha et Tammy ont été si gentilles avec moi quand j'ai rejoint DarkRiver. J'aurais dû me souvenir de leur exemple et te traiter avec autant de chaleur et de respect.

— Disons qu'on est quittes. (Talin chargea sa voix de sincérité pour que Faith ne se perde pas dans les nuances des émotions.) Je t'ai traitée de toutes sortes de noms d'oiseaux dans ma tête.

Faith lui adressa un petit sourire.

— Tout va bien alors ?

— À toi de me le dire, laissa échapper Talin.

— Parfois, dit Faith, sa voix cristalline presque douloureuse dans sa beauté, il vaut mieux ne pas savoir ce que nous réserve l'avenir. Si j'avais su pour Vaughn, je me serais peut-être enfuie et je serais passée à côté de la meilleure chose de ma vie.

— Je doute que tu serais allée très loin.

Le moins que l'on pouvait dire, c'était que les hommes de DarkRiver étaient déterminés.

— Certaines choses sont gravées dans la pierre. (Le sourire de Faith s'agrandit.) Comme toi et Clay.

Talin en eut l'estomac noué.

— Tu sembles très sûre de toi.

— Eh bien, ceux d'entre nous qui sont en couple apprennent à se connaître et à fortifier leur lien, mais toi et Clay… c'est comme si le lien avait toujours été là, tant il est solide et authentique. (La clairvoyante secoua la tête et entra dans la cuisine.) Votre relation est celle d'un couple qui a déjà plusieurs décennies d'existence.

Un mélange de surprise et de panique assécha la bouche de Talin. Faith s'exprimait comme si elle voyait leur lien ; dans ce cas, cela signifiait que Talin et Clay s'étaient réellement unis. Mais elle ne poserait cette question qu'à Clay.

— Bon, dit-elle, étouffant son anxiété, qu'est-ce qu'on va faire ce soir ?

Elle devait trouver à s'occuper si elle ne voulait pas devenir folle.

Tamsyn lui lança un regard malicieux.

— Comme on savait que tu as dû évacuer ton appartement en vitesse et que tu n'as probablement pas eu le temps d'emporter beaucoup d'affaires, on a fait quelques emplettes pour toi.

— Sauf que Sascha s'est perdue au rayon lingerie, ajouta Faith avec un sourire.

Tamsyn éclata de rire.

— Ne t'inquiète pas, on t'a pris au moins deux articles décents. Dont ceci. (Elle brandit un magnifique pull vert, celui qu'elle avait commencé à tricoter la nuit où Talin avait échangé des remarques acerbes avec Faith.) Il a toujours été pour toi.

Talin tombait des nues.

— Pourquoi ?

Elle n'avait pas d'amis ; il n'y avait qu'avec Clay qu'elle savait s'ouvrir.

— Parce que tu es l'une des nôtres, dit Sascha derrière elle. Et DarkRiver prend soin des siens.

Clay devinait que si cet enfoiré de Larsen envisageait de s'en prendre à Talin, il partirait soit du dernier endroit où on l'avait vue, soit de la chambre d'hôpital de Max. Lui et Dorian éliminèrent cette deuxième option en obtenant l'autorisation de sortie de Max.

Le policier les en remercia.

— J'ai cru que je ne sortirais jamais, dit-il tandis qu'ils l'accompagnaient à la voiture. (Il fut moins ravi lorsqu'ils le conduisirent à un petit hôpital changeling très privé qui n'accueillait normalement que les loups et les félins.) C'est quoi ce bordel ?

— Tally t'aime bien, lui dit Clay. Ferme-la et guéris pour qu'elle ne s'inquiète pas.

Max grimaça.

— Combien de temps je vais rester coincé ici ?

— Le doc a dit que tu serais dehors d'ici la fin de la semaine si tu fais ce que tu dois faire.

Max retrouva un peu d'entrain.

— Je serai un vrai enfant de chœur. Bonne traque.

Clay ne demanda pas à l'homme comment il savait qu'ils étaient en chasse.

— Merci. On te tiendra informé.

— Au moins, j'ai eu un de ces fumiers.

En bâillant, Max prit congé.

Cette tâche accomplie, les deux félins s'installèrent dans la voiture et contactèrent Lucas, occupé à surveiller l'appartement de Talin.

— Aucun signe de vie, leur dit Lucas. Rina est déjà repartie. Son imitation de Talin était plutôt convaincante. Elle est entrée, a allumé et éteint les lumières, ouvert et fermé les placards, a joué cet enregistrement que tu as fait de Talin qui marmonne, puis elle est sortie en douce par-derrière. Ah ouais, et elle a pris l'initiative de faire semblant de se doucher aussi.

Clay espérait que ça suffirait à appâter les kidnappeurs ; plus tôt ce jour-là, pendant que Talin s'occupait de Jonquil et de Noor, il était passé et avait eu la confirmation que l'appartement était placé sous surveillance. Il y avait au moins dix mouchards à l'intérieur.

Lui et Dorian arrivèrent au point de rendez-vous en face de l'immeuble alors que l'horloge indiquait 1 heure. Ils n'étaient pas seuls.

— Vous pensez vraiment que ça va marcher ? demanda Judd dans l'ombre. Corrigez-moi si je me trompe, vous espérez que le meurtrier va se pointer simplement parce que son système de surveillance lui aura dit que Talin est revenue ?

— On se fie à notre instinct, dit Clay, peu surpris que le lieutenant SnowDancer ait accepté son invitation. (Judd se révélait être un atout précieux, même si Clay avait menacé de lui botter les fesses après la manière dont il s'était adressé à Talin.) Cet enfoiré doit bien commencer quelque part, et c'est ici que Tally a été vue pour la dernière fois. Grâce à Rina, on a peut-être même réussi à faire croire à Larsen qu'elle s'y est réinstallée.

Ils devinrent tous silencieux. Les minutes s'écoulèrent par dizaines sans que rien ne bouge.

— Si j'étais à sa place, dit Judd, je me rabattrais sur Max… c'est beaucoup plus simple de savoir où se trouve Talin en s'attaquant à lui.

— Max est hors de sa portée à présent, marmonna Dorian d'un air satisfait.

Judd n'ajouta rien pendant les dix minutes suivantes.

— Ce serait tout de même faire preuve d'une impardonnable stupidité que de venir ici. Il aurait plutôt intérêt à aller à Shine torturer Devraj Santos.

— Bon sang !

Le ton de Lucas était aussi explicite que sa grimace.

— La logique veut qu'il aille trouver ceux susceptibles de savoir où se trouve Talin, poursuivit Judd, imperturbable, pas de se précipiter ici alors qu'elle n'y est pas revenue depuis des jours. Il ne tombera pas dans le panneau de la mise en scène de Rina.

— Tu raisonnes avec l'esprit entraîné d'un soldat, dit Dorian. Larsen n'est pas un soldat, c'est un scientifique qui joue les meurtriers. Il était malin au début, je te l'accorde, mais ses derniers faux pas prouvent qu'on a affaire à un amateur qui a atteint ses limites : l'attaque manquée de Max, sa façon de se débarrasser des corps, et même le bazar que lui et ses acolytes ont laissé dans l'appartement de Talin.

— Guerre psychologique.

— Non. (Clay secoua la tête.) Je suis allé l'inspecter aujourd'hui. Ils l'ont saccagé, comme des brutes qui voudraient effrayer un enfant.

Perdre ces photos avait dû être douloureux pour Talin. Clay avait l'intention de les remplacer toutes jusqu'à la dernière.

— Cette opération n'avait pas de sens, ajouta Clay.

La colère de Lucas était tranchante comme une lame de couteau lorsqu'il prit la parole.

— Tu penses qu'on a sur les bras un sociopathe qui se sert de ces expériences comme d'un prétexte pour s'en prendre à des enfants ?

— Ouais.

C'était ce qui l'avait toujours perturbé – autant que Talin, certainement – à propos des photos de ces corps fragiles et brisés. Les victimes avaient été brutalisées avec trop de jubilation. Quelqu'un avait fait du mal à ces enfants simplement parce qu'il le pouvait.

— Pire, je crois qu'il est en roue libre… personne au sein du Conseil n'aurait approuvé qu'il ne détruise pas les corps. Larsen voulait qu'on les trouve parce qu'il avait envie d'être au centre de l'attention.

— Si c'est vrai, ajouta Dorian, ça veut dire que la situation est franchement instable sur le PsiNet.

— Parce qu'ils ont laissé s'enfuir trop de monstres dernièrement ? demanda Lucas.

— Quand on y pense, avant Enrique… (le ton de Dorian se fit cassant comme du givre lorsqu'il prononça le nom du meurtrier de sa sœur) il n'avait jamais été question de violence chez les Psis. Mais depuis, il y a eu ce tueur en série qui a pris Faith en chasse, et maintenant ça.

À l'époque où Faith avait été harcelée, Clay s'était trouvé si près de devenir un renégat qu'il avait suggéré que les Psis réparent seuls leurs erreurs. Il se moquait de tout. À présent, il tenait à Talin. Elle pouvait le rendre fou plus vite que n'importe qui, songea-t-il en souriant, mais lorsqu'elle fondait, elle était comme du miel.

— Il y a eu d'autres incidents. (Le commentaire de Judd interrompit ses pensées.) Des tueurs dont ils sont parvenus à étouffer les crimes, d'autres qui sont devenus plus actifs.

— Pourquoi tous ces signes de désintégration, soudain ? demanda Lucas. L'assassinat ne peut pas en être la cause… il vient de se produire.

— Les dissensions grandissent et commencent à avoir un effet multiplicateur. Le PsiNet est une construction psychique ; tout ce qui s'y produit se répercute sur les esprits de ceux qui y sont connectés.

— Tu veux dire que plus le PsiNet sera déstabilisé, plus il y aura de vermine ?

Dorian soupira, écœuré.

— Oui. Si l'on excepte ses propres tendances meurtrières, le Conseil a réussi – en association avec Silence – à contenir par la force la majorité des fous dangereux. (Il marqua une pause.) La liberté a toujours un prix.

Lucas lâcha un juron.

— Si le Conseil tombe, les humains et les changelings en subiront les répercussions autant que les Psis.

— La plus grande menace réside dans le démantèlement incontrôlé de Silence, répondit Judd. Dans le chaos, on risquerait de perdre des millions d'individus des trois espèces.

— Tu défends Silence ? demanda Dorian, ouvertement surpris.

Chapitre 42

— Ce n'est pas pour rien que Silence a été instauré. Sans lui, je serais mort à l'heure qu'il est. (Le ton de Judd était pragmatique.) Même si en définitive il s'est révélé être une imposture, on ne peut pas revenir à la situation d'avant le conditionnement : les meurtres, la folie.

Il serra les poings.

— À quel point ça va dégénérer ? demanda Clay.

— Des mesures ont été prises, dit Judd, mais les retombées seront… considérables. Il y aura non seulement des morts dues au choc psychique, mais aussi à l'éveil de milliers de désirs monstrueux que Silence avait étouffés. Comme pour ce scientifique ; avant que le Net ne se fissure, jamais il n'aurait suivi ses instincts.

Clay montra les dents.

— Ça veut dire que cet enfoiré de psychopathe n'a plus les idées claires.

Les Psis faisaient d'excellents tueurs en série car ils commettaient rarement des erreurs. Mais si celui-ci commençait à dérailler…

— Il va venir ici dans l'intention de s'en prendre à la femme qui l'a empêché de s'amuser, comprit-il.

— Et si lui et ses associés ne se montraient pas cette nuit ? demanda Judd. On revient demain ? Et le jour suivant ?

—Oui. (Clay regarda le Psi.) Ça te pose un problème ?

Judd sourit du sourire glacial de l'assassin qu'il était sans nul doute.

—Non. J'aime les enfants.

—Comment on va s'y prendre ? s'enquit Dorian. On demande à Judd de forcer l'esprit du meneur ?

—Non, dit Clay aussitôt. (La charge d'assurer la protection de Talin lui revenait.) On ne peut pas risquer que Judd se fasse prendre.

—Je suis très doué pour me cacher, répliqua celui-ci. Mais nous devons aussi tenir compte du fait que si je pénètre l'esprit de Larsen, il y a de fortes chances que je détruise tout ce qu'il sait. Je n'aurai pas le temps d'affiner mon intrusion.

La bête de Clay gronda en son for intérieur à ce rappel de l'aptitude des Psis à tuer en une seule frappe mentale ciblée.

—Un Psi ne peut pas nous attaquer s'il est inconscient, n'est-ce pas ?

—Exact. De toute façon, rectifia Judd, il faut qu'il soit assez fort à la base pour t'éliminer. Ce n'est pas le cas de tous les Psis. S'il est d'un rang inférieur à 5, tu survivrais.

—Le problème reste le même, fit remarquer Lucas. S'il perd connaissance, on perd la possibilité de lui extorquer des informations.

—J'ai installé plusieurs de nos propres mouchards dans l'appartement quand je suis allé l'inspecter, leur dit Clay. Réglez vos oreillettes sur la fréquence deux.

—Et moi qui pensais que tu ne m'écoutais pas quand je parlais de trucs techniques. (Malgré son ton léger, la stupéfaction de Dorian était évidente.) Bon, on va écouter et laisser Larsen et ses potes nous dire ce qu'on a besoin de savoir. Ça pourrait marcher, à moins qu'ils décident de communiquer par télépathie. Bon sang, des Tp… Judd, ils pourraient réussir à nous détecter ?

—Je ne pense pas que ce Larsen soit assez malin pour lancer un scan télépathique. Mais dans le cas contraire, on ne risque rien tant qu'on ne se trouve pas trop près. La plupart des Psis ne sont capables de scanner qu'à quelques mètres à la ronde.

—Il faut qu'on soit assez près pour intervenir quand ce sera nécessaire. (Clay balaya les environs avec l'esprit posé d'un prédateur.) L'un de nous peut couvrir l'arrière du bâtiment, un autre l'avant, et deux les côtés.

—Dorian… c'est toi le sniper, dit Lucas. Installe-toi en hauteur, prépare ton fusil et vise la fenêtre de l'appartement de Talin. Si on a besoin que tu tires, on te le fera savoir.

Dorian s'activait déjà.

Lucas porta la main à son oreillette quelques minutes plus tard.

—Il a un angle de vue sur la fenêtre.

Tous trois s'avancèrent vers l'immeuble, un Psi assassin et deux léopards qui savaient se fondre parmi les ombres.

—Je suis en place.

La voix calme de Lucas.

—Moi aussi.

Judd.

—Bien reçu.

L'esprit de Clay s'était mis à travailler avec une efficacité presque Psi, contenant ses émotions jusqu'à ce qu'il ait besoin de leur force violente. Il était certain que ce serait le cas cette nuit-là.

Car il ne doutait pas un seul instant que le monstre allait venir.

Son animal avait détecté quelque chose dans le vent et dans les ecchymoses de Jonquil. L'homme qui s'en était pris au garçon n'avait sûrement plus les idées nettes à présent. Il allait vouloir récupérer son joujou. Et le moyen le plus simple d'atteindre Jonquil était de passer par la seule personne en qui il avait confiance.

Talin.

Larsen prévoyait sûrement de la torturer, de la briser. Mais Clay songea avec une bouffée de fierté que le mal ne comprenait pas le bien. Talin préférerait mourir plutôt que de trahir ceux dont elle avait la charge. Tout comme vingt ans plus tôt, elle avait choisi le mutisme plutôt que de le trahir lui.

« Ne me tue pas ! Je te promets de ne plus la toucher ! »

Au premier coup de griffe du léopard de Clay, Orrin l'avait supplié de l'épargner et avait promis de se livrer à la police. Ça n'avait pas empêché Clay de l'exécuter. Pour la souffrance qu'il avait mise dans les yeux de Talin, pour l'enfance qu'il lui avait volée, Orrin Henderson avait mérité de mourir. Mais, pour les autorités, les paroles d'Orrin auraient fait passer l'acte de Clay du statut de meurtre pour défendre une enfant à celui d'une vengeance de sang-froid.

Elles auraient eu tort.

Les pensées de Clay avaient cessé d'être cohérentes à la seconde où il avait entendu le premier faible cri de Talin ; le désespoir absolu qu'il contenait dénonçait le viol. Lorsque Orrin l'avait brisée, Clay avait senti quelque chose se briser aussi à l'intérieur de lui-même. Il n'aurait pas davantage pu s'empêcher de tuer Orrin qu'il n'aurait pu laisser Talin endurer cette souffrance. Une part de lui-même se demandait si, au fond, elle lui en voulait encore. Son cœur de léopard gardait les profondes cicatrices de son échec.

Sans crier gare, une vague de chaleur l'inonda et un murmure silencieux lui dit que le passé était révolu. Seul importait ce qu'ils étaient devenus. Il accepta ce murmure, comprenant que c'était Talin qui lui parlait, même si elle ne le savait peut-être pas encore. Il voyait bien qu'elle pensait qu'ils n'étaient pas réellement unis. Il n'avait rien fait pour la détromper ; avec l'ombre de la maladie qui planait au-dessus d'elle, elle ne voulait pas se lier à lui de façon aussi irréversible et être un poids pour lui.

Pour une femme intelligente, Talin pouvait se montrer très stupide parfois.

Elle était sa vie, son âme. Sans elle, il n'aurait pas tardé à devenir un renégat. Faith lui avait dit une fois qu'il se tenait tout au bord de l'abîme et que son heure allait sonner. À présent, Clay se sentait vibrer d'une fureur sanguinaire qui le poussait à mutiler, déchiqueter, annihiler cette créature qui avait osé menacer Talin… et il sut que la prédiction de Faith s'était réalisée. Ce jour allait décider de son futur, lui apprendre s'il pouvait être le compagnon que Talin méritait.

— Ils approchent. (La voix de Dorian.) Je n'arrive pas à confirmer que l'homme est celui qu'a décrit Jon. La femme est blonde, elle pourrait correspondre à la description de l'assistante d'Ashaya.

Clay enfouit ses émotions, conscient que cette nuit-là il ne devait pas se conduire en bête déchaînée mais en homme. La seconde suivante, ses narines se dilatèrent alors que la brise nocturne lui apportait la puanteur métallique du Psi. Cette odeur n'était pas caractéristique de toute leur espèce ; d'après la théorie de Vaughn, elle n'était présente que chez ceux qui se soumettaient à Silence sur tous les plans. Ceux qui conservaient une étincelle d'humanité avaient une odeur humaine, normale.

Clay sentait aussi la femme, mais il ne parvenait pas à déterminer si cette odeur envahissante était la sienne ou un simple écho de celle de l'homme. Son léopard n'aimait pas trop s'attaquer aux femmes, mais il était impliqué dans cette guerre froide contre les Psis depuis assez longtemps pour savoir que le cœur des femmes pouvait renfermer autant de malignité que celui des hommes : Nikita Duncan, la mère de Sascha, n'aurait pas hésité à ordonner l'exécution de sa propre fille si elle avait cru pouvoir le faire sans risque pour elle-même. L'idée ne le mettait pas moins mal à l'aise pour autant.

— Je les vois dans la chambre de Tally. Pas de lumière.

Dorian de nouveau.

Clay fronça les sourcils.

— Pour toi c'est Talin, p'tit génie.

Dorian émit un grondement sourd.

— Un bain d'eau glacée !

Ils se turent lorsque leurs oreillettes captèrent le bruit du plancher qui grinçait. Aucun des intrus n'avait encore parlé. S'ils gardaient le silence, l'interrogatoire se transformerait peut-être en simple exécution, songea Clay avec une froide logique. Une fois son identité confirmée, Larsen devrait mourir ; il n'y aurait pas de « si » ni de « mais ».

— Je tire les rideaux de cette fenêtre ? demanda une voix féminine.

Bon sang ! Clay se maudit de ne pas avoir décroché ces rideaux. S'ils les fermaient, Dorian perdrait sa ligne de mire.

— Laisse, dit l'homme. On ne peut pas courir le risque d'attirer les soupçons d'un voisin fouineur.

— C'est juste. Que dois-je chercher ?

— Tu ne sais donc prendre aucune initiative ?

La voix de l'homme était on ne peut plus Psi, mais il y perçait un accent hideux que l'animal de Clay ne reconnaissait que trop bien. Protégé derrière le bouclier de Silence, ce monstre prenait plaisir à persécuter et à abuser des plus faibles que lui.

— Cherche des indices sur l'endroit où Talin McKade aurait pu se rendre après avoir quitté cet appartement. Elle était ici il y a quelques heures… il devrait y avoir des traces de son passage.

— Cette tâche me paraît illogique, insista la femme. Avez-vous consulté les comptes-rendus du détective ?

— Pourquoi crois-tu que nous avons perdu du temps à aller à ce motel de Sacramento ? Il avait indiqué que c'était là qu'elle résidait.

Bien joué, Max, songea Clay avec un sourire carnassier.

Il y eut un craquement et il comprit que l'un des deux Psis avait marché sur les morceaux de cadres holographiques éparpillés dans le salon de Talin.

— Attention, siffla l'homme. Il ne faudrait pas que quelqu'un appelle la Sécurité.

— Je croyais que vous aviez le soutien du Conseiller Ming LeBon. Il pourrait certainement enrayer une action de la Sécurité.

Un silence.

— Il semblerait qu'Ashaya ait profité de mon absence pour le convaincre que mes résultats sont sans valeur. J'ai besoin de Jonquil Duchslaya pour lui prouver qu'elle se trompe… et Talin McKade sait forcément où il se trouve à l'heure actuelle. L'humaine me fournira en plus un nouvel accès aux bases de données de Shine.

— Vous pensez que le Conseiller LeBon vous autorisera à poursuivre vos expériences ?

— Oui, bien entendu, dès que je pourrai rentrer et lui montrer les vrais résultats.

— Pourquoi continuer ?

— Tu remets en cause mon jugement ?

— Vos découvertes ne laissent aucun doute sur le fait que les cerveaux des Oubliés sont différents des nôtres. Ils ne nous sont d'aucune utilité en tant que cobayes.

— Il ne s'agit pas de se servir d'eux comme cobayes. (L'homme s'exprimait sur un ton de supériorité, comme s'il daignait partager un secret.) Il s'agit de savoir ce qu'ils sont devenus et d'éliminer la menace potentielle qu'ils représentent pour les Psis.

— C'est un argument illogique, dit la femme. Ils ne constituent pas une menace, leurs pouvoirs ont muté, se sont affaiblis…

— Ils ont certes muté, mais ne se sont pas nécessairement affaiblis. (Il y eut un froissement que Clay reconnut être celui du papier.) Où se cache-t-elle ? D'après nos recherches, elle n'est pas retournée dans sa famille adoptive et n'a pas d'amis proches.

— Votre approche n'a pas beaucoup de sens.

La femme restait sur ses positions, ce qui jouait en sa faveur ; si elle était réellement loyale à Ashaya, sa vie serait épargnée.

— Talin McKade n'est pas assez haut placée dans la hiérarchie de Shine pour nous livrer les informations dont nous avons besoin, continua-t-elle.

— Elle a accès à leurs ordinateurs. C'est tout ce dont nous avons besoin. Une fois que nous aurons forcé ses boucliers naturels et implanté un lien de contrôle dans son cerveau, nous pourrons orienter ses recherches à notre guise. Cette manœuvre épuisera davantage tes pouvoirs que si elle était un sujet consentant, mais ça marchera.

— Mes pouvoirs ?

— Les expériences exigent que je sois totalement opérationnel.

Il y eut un silence, puis la femme se résigna enfin à fouiller la pièce. Dix minutes plus tard, le couple quittait l'appartement.

— Dorian ?

— Je les vois, dit celui-ci d'une voix calme et posée. Ils viennent de passer devant la fenêtre du septième étage, ils ont pris l'escalier.

— Tu m'étonnes, murmura Lucas. Ils ne veulent pas être repérés par le dispositif de surveillance de l'ascenseur.

Tout en parlant, ils se mirent tous en position, prêts à intervenir.

— Luc, dit Clay, tu peux éloigner la fille de l'homme ?

— Dorian, sépare-les, ordonna Lucas.

— Ils sont à la sortie, nota ce dernier. Je tire une balle silencieuse.

Ils entendirent un bref cri de femme, suivi par des bruits de course-poursuite. Lucas avait pris la fille en chasse.

— Judd... on doit découvrir ce qu'elle sait, dit Clay alors que Larsen passait en courant devant la ruelle où il attendait, tapi dans l'ombre.

— Je m'en occupe.

Assuré que les deux hommes maîtriseraient la femme, Clay se lança aux trousses du monstre qui avait tué tant d'enfants. Dans une épreuve de force physique et de rapidité, un changeling l'emporterait systématiquement sur un Psi. Le fuyard perdit son avance en quelques secondes et Clay put se rapprocher d'assez près pour vérifier qu'il correspondait à la description de Jonquil.

—Judd… des risques qu'il se serve de sa télépathie ? demanda-t-il tandis qu'il suivait l'homme hors de la zone résidentielle vers un quartier d'entrepôts fermés pour la nuit.

Ses pieds disparurent dans la brume qui se levait, mais son léopard était doté d'unc vue excellente et d'un odorat exercé à traquer des proies.

—Avec un peu de chance, il est trop agité pour ça. Ça ne durera pas.

—Il a vu Lucas ?

—Non. (Judd semblait être en train de courir.) Je bloque la fille, mais elle est de toute façon trop épuisée pour essayer d'envoyer des ondes. On l'a presque rattrapée.

La communication se coupa.

Clay attendit. Si Larsen n'avait pas vu Lucas, il ne se doutait donc pas que des changelings étaient impliqués. Même s'il envoyait un message télépathique, il ne pourrait rien signaler de plus qu'une attaque. Son supérieur – Ming LeBon – conclurait sûrement que l'initiative venait de Shine. Le sang de Clay bouillonnait à la pensée de Ming, mais il savait que le Conseiller ne donnerait pas suite à ces ignobles agissements s'il détruisait l'homme qui les orchestrait.

Le Psi commençait à ralentir. Alors qu'il s'engageait dans une ruelle sombre, plié en deux et le souffle court, l'oreillette de Clay s'activa. C'était Lucas.

—On l'a eue… on lui a bandé les yeux. Elle ne peut ni ne souhaite nous identifier. Elle dit faire partie de l'équipe d'Ashaya Aleine et correspond à la description de la blonde que Jon a vue avec Ashaya. Elle confirme que le Psi que tu poursuis est Larsen Brandell, le cerveau des expériences. Un rang 7.

Un Psi de cette puissance pouvait forcer assez d'énergie dans l'esprit d'un changeling pour causer sa mort immédiate. Aussi Clay ne laissa-t-il pas à Larsen le temps de réagir. Il sortit les griffes et trancha la jugulaire de l'homme d'un seul coup.

Une gerbe de sang gicla, teintant le sol et le mur à côté du Psi. Puis il y eut un gargouillis. Larsen était mort avant d'avoir touché l'asphalte.

C'était une exécution. Et que Clay n'en éprouve ni pitié ni culpabilité aurait dû faire de lui un monstre. C'était peut-être le cas ; mais alors que l'odeur puissante et métallique du sang emplissait l'air, il se demanda s'il ne fallait pas un monstre pour tuer un monstre.

Chapitre 43

Vêtu d'un simple pantalon noir et ample, le corps couvert de sueur, le Conseiller Kaleb Krychek s'avança sur son balcon et se pencha au-dessus du précipice qui s'ouvrait à un centimètre de ses pieds. Mais il ne prêta pas attention à cette dangereuse perspective, tout au problème que lui posaient Shoshanna et Henry Scott. Nikita, Tatiana et Ming étaient certes des adversaires redoutables, mais les Scott lui donnaient d'autant plus de fil à retordre qu'ils fonctionnaient comme une unité. Même si aucun des deux ne détenait la puissance d'un cardinal, ensemble ils constituaient une véritable menace.

Après le décès de Marshall, Shoshanna avait commencé à jouer des coudes pour obtenir le contrôle du Conseil. Kaleb avait beau avoir remporté la première manche, il ne se faisait pas d'illusions ; la bataille ne serait pas facile à gagner. Il jeta un coup d'œil à la marque tatouée sur son avant-bras, une forme à l'apparence trompeuse qui avait modifié le cours de sa vie à jamais. C'était un rappel de ce qu'il était, et de ce qu'il était prêt à faire.

Quelque chose effleura alors son esprit, une noirceur huileuse qui venait chercher du réconfort auprès de lui. C'était le jumeau privé de parole du Gardien du Net, l'entité intelligente qui maintenait l'ordre sur le PsiNet. Le Gardien Noir, à l'inverse, représentait le chaos. Très peu de personnes connaissaient son existence. Et une seule d'entre elles pouvait exercer un semblant de contrôle sur lui.

En tant que Tk cardinal, Kaleb avait naturellement des affinités avec les deux Gardiens. Il tendit une main psychique et toucha le Gardien Noir.

— *Dors*, dit-il. *Dors.*

Le Gardien Noir était fatigué ce jour-là ; il dormit donc. Kaleb savait que le répit serait, au mieux, de courte durée. Le Gardien Noir portait en lui toute la haine et la douleur, la rage et la folie que les Psis rejetaient. Il n'avait pas de voix, mais il s'exprimait par les actes de violence qu'il commettait en se servant de Psis à l'esprit faible. En un sens, c'était un enfant perdu. C'était aussi le mal incarné.

Kaleb lui avait parlé pour la première fois à l'âge de sept ans.

Assuré que le Gardien Noir n'engendrerait plus de chaos durant les prochaines heures, il revint au problème qui le préoccupait. Si l'un des Scott découvrait ce que cachait la marque qu'il portait, ils auraient l'arme qu'il leur fallait pour l'empêcher de concrétiser son projet méticuleusement planifié de s'emparer du Conseil. Il ne pouvait pas laisser une telle chose se produire.

Il regarda sa montre. Alors que le soleil brillait sur Moscou, il était 3 heures à San Francisco. Mais cette conversation ne pouvait pas attendre. Il alla chercher un téléphone raccordé à une ligne sécurisée et composa un numéro.

— Passez-moi Anthony Kyriakus. Du clan Psi NightStar.

Chapitre 44

— Dis-moi, demanda Talin à Clay quelques heures plus tard.

Il lui était revenu une heure avant l'aube, après que lui et les autres avaient effacé les preuves incriminantes et enterré le corps si loin dans la forêt que personne ne le retrouverait jamais. Larsen Brandell avait pour ainsi dire disparu sans laisser de trace.

Judd n'avait pas altéré l'esprit de la femme. Il n'y aurait rien à tirer d'elle, en dehors du fait que deux inconnus l'avaient interrogée et que ces hommes lui avaient pris son agenda électronique avant de la relâcher.

DarkRiver et les SnowDancer ne voyaient pas d'inconvénient à affronter les Psis, mais il valait parfois mieux œuvrer dans l'ombre jusqu'à devenir plus puissant que ce que l'ennemi aurait pu imaginer. Ils avaient désormais de nouvelles preuves de l'échec de Silence, et Clay avait le pressentiment que celles-ci serviraient la révolution qui se préparait sur le Net.

— Clay, insista Talin alors qu'ils étaient couchés face à face dans le lit. Parle-moi, chéri. Dis-moi d'où te vient ce regard.

Et parce que c'était Tally, la seule personne à qui il n'avait jamais pu mentir, il lui raconta tout.

— Je suis content qu'il soit mort, dit-il, se délectant de sa vue tandis qu'elle s'appuyait sur le coude et le regardait, sa magnifique crinière cascadant sur l'une de ses épaules. Ça devait être fait.

— C'était comme avant ?

— Non. (Sa réponse l'étonna lui-même.) Avant, c'était de la rage. De la rage, un besoin de protéger et de l'impuissance. Mais ce n'était pas non plus comme pour le soldat, quand on a sauvé Jon et Noor… ça, c'était dans le feu de l'action. Cette fois-ci, c'était une exécution de sang-froid.

Il refusait de maquiller la vérité. Talin devait l'accepter tel qu'il était, sa brutalité animale comprise. Si elle n'y arrivait pas… Son cœur de prédateur en serait déchiré, mais il ne la libérerait pas pour autant. Jamais il ne la laisserait partir.

— Je lui ai tranché la gorge.

Au lieu de manifester du dégoût, elle posa la main sur son cœur.

— Pourquoi tu l'as tué ?

— Si je ne l'avais pas fait, il aurait trouvé le moyen de continuer à tuer des enfants.

Les projets de Larsen – listés dans l'agenda électronique qu'ils avaient trouvé dans sa poche – avaient fourni de nombreuses preuves de ses tendances meurtrières.

Talin pencha la tête jusqu'à ce que leurs fronts se touchent, et ses cheveux les enveloppèrent d'un rideau scintillant.

— Si cet enfoiré se trouvait ici en ce moment, je lui plongerais un couteau dans le cœur sans hésiter.

Il posa les mains sur ses hanches.

— Vraiment ?

— Oui. (Elle effleura ses lèvres des siennes.) Il a fait du mal à mes enfants. Demande à n'importe quelle femme de ta meute, elle te répondra la même chose. Tu penses que parce que je l'admets, je suis un monstre ?

— Non.

— En ce cas, comment pourrais-tu en être un ?

La boule dans le ventre de Clay se desserra et il se détendit tandis qu'elle l'embrassait avec une douceur toute féminine, comme si elle le savourait.

— Tu m'adores toujours ? dit-il d'une voix rauque contre ses lèvres.

Un murmure entre amants, entre âmes sœurs, entre un homme et la seule femme qu'il avait jamais voulue.

— Trop, répondit-elle. Je ne me sens entière que lorsque je suis avec toi. Est-ce que je suis faible ?

Son félin s'étira lorsqu'elle déposa des baisers le long de sa mâchoire puis sur son cou.

— Si tu es faible, je le suis aussi.

Il pouvait fonctionner sans elle, mais à la manière d'une machine. Il lui avait donné son cœur et son âme depuis longtemps. Les cheveux de Talin le caressèrent alors qu'elle l'embrassait de plus en plus bas.

— Tally…

— Chut.

Elle posa de nouveau la main sur son cœur et le regarda ; à la tendresse qu'il lut dans ses yeux, il se sentit comme prisonnier. Mais sa geôlière était si douce qu'il se laissait envoûter.

— Laisse-moi t'aimer cette nuit, lui souffla-t-elle.

— Juste cette nuit ? la taquina-t-il en passant une main dans ses cheveux.

Le sourire de Talin illumina toute la pièce.

— Je recommencerai peut-être… si tu es sage. (Elle baissa la tête et couvrit sa peau de nouveaux baisers délicats.) Tu es sensible, là ?

Elle passa la langue sur l'un de ses tétons.

Clay inspira une bouffée d'air et lorsqu'elle se mit à rire, il la sentit plus qu'il ne l'entendit. Puis elle souffla sur sa peau humide et il gémit. Ce fut le moment qu'elle choisit pour se servir de ses dents. Elle ne s'arrêta pas lorsque le félin de Clay gronda. Ce n'était pas ce qu'il souhaitait ; le léopard aimait tout en elle : ses dents, ses griffes, son odeur.

Son odeur ? Pendant une seconde, un détail parut lui revenir, mais Talin se rapprochait de l'autre côté de son torse et il éprouvait des difficultés à détourner ses pensées de ses courbes douces. Sous ses mains, il sentit du satin et de la dentelle.

— Qu'est-ce que c'est ?

— Ce sont les femmes me l'ont donné. Mmm. (Le son vibra dans son corps alors qu'elle attrapait l'élastique du pantalon de survêtement qu'il portait pour dormir.) Pourquoi tu t'es habillé ?

Son abdomen devint dur comme du marbre lorsqu'il banda les muscles pour tenter de contenir ses instincts dominateurs.

— Je croyais que tu étais fatiguée.

Elle fit courir sa langue sur l'élastique, dangereusement près de son sexe.

— Tu n'es pas fatigué, toi.

Elle leva la tête et tendit la main pour l'empoigner à travers le tissu.

Il s'arc-bouta.

— Tally.

C'était à la fois un avertissement et une supplique.

Elle lui montra les dents.

— Tu veux que je morde ?

Son sexe tressauta.

— Je croyais que tu m'aimais bien.

Elle éclata d'un rire sensuel. Le relâchant, elle s'agenouilla et agrippa à deux mains son pantalon de survêtement. Il la laissa le lui retirer, fasciné par le spectacle qu'elle offrait dans cette petite chose en satin rose et dentelle blanche qu'elle avait revêtue. Sa lingerie avait de fines bretelles et était à peu près aussi couvrante que de la barbe à papa.

— Tu ressembles à une glace à la fraise, parvint-il à dire alors qu'elle le débarrassait de ses vêtements et, à genoux, revenait se placer entre ses cuisses.

— Tu aimes la glace à la fraise ?

Elle frissonna et l'une de ses bretelles glissa, révélant la courbe de son sein.

Il crispa les mains sur le lit et maudit les taches de rousseur qui dessinaient un chemin si appétissant sur sa peau crémeuse.

— Oh que oui ! J'aime la manger à coups de langue.

Il en eut l'eau à la bouche.

— Non, non. (Elle agita un doigt en guise d'avertissement.) Aujourd'hui, c'est moi qui lèche.

L'autre bretelle tomba et la dentelle s'accrocha sur la pointe de son téton.

— Mince, Tally. (Son regard était rivé sur le vallon d'ombre entre ses seins.) Depuis quand tu es aussi méchante ?

Provocante, elle fit courir un doigt dans son décolleté.

— Tu n'as encore rien vu.

Talin… s'amusait. C'était une sensation des plus étranges, elle pour qui le sexe n'avait rien d'amusant.

Avec Clay, c'était merveilleux, excitant et plaisant au-delà de tout ce qu'elle aurait pu imaginer, mais elle ne se serait jamais attendue à ça. Ça lui donnait envie de rire et de couvrir son visage de baisers.

— Enlève la nuisette, dit-il d'une voix rauque. S'il te plaît.

Elle préféra le prendre dans son poing, ravie du juron qu'il étouffa et de cette façon qu'il avait de rester immobile et de la laisser jouer. Aimer cet homme était si facile que c'en était presque terrifiant. Presque.

— À quoi j'ai droit en échange ?

— À ma fichue queue qui t'amène à l'orgasme.

Elle resserra la main. Il siffla entre ses dents, mais voyant qu'il semblait apprécier, elle continua.

— Eh bien, c'est très tentant. (Elle le caressa de haut en bas.) Mais quelque chose me dit que je vais y avoir droit de toute façon.

Les yeux de Clay devinrent deux fentes, luisant comme ceux d'un chat dans la lumière tamisée de la pièce. Encore un autre détail : Clay ne l'obligeait jamais à rester dans le noir et ne la rabaissait pas à cause de sa peur enfantine. Il avait simplement réglé les lumières afin qu'aucune pièce ne soit jamais tout à fait plongée dans l'obscurité. Comment aurait-elle pu ne pas être folle de lui ?

— Tu veux quelque chose, l'accusa-t-il.

Elle sourit et se pencha pour titiller de la langue le bout de son érection. Il manqua de tomber du lit et le juron qu'il lâcha cette fois-là était beaucoup plus vulgaire.

— Sympa, murmura-t-elle en se léchant les lèvres, à quelques centimètres de son sexe dressé.

— Qu'est-ce que tu veux ?

Il respirait fort. Elle crut entendre un bruit de tissu qui se déchirait et se demanda s'il avait lacéré les draps avec ses griffes. Alors qu'elle s'attendait à un brusque accès de peur, elle fut assaillie par une nouvelle vague d'humidité. Son corps avait appris que pour elle, la force de Clay n'était synonyme que de plaisir. Elle aimait qu'il puisse la soulever et lui faire toutes sortes de choses coquines… quand ce n'était pas elle qui contrôlait la situation, bien entendu.

— Je te veux, dit-elle. Nu.

Les narines de Clay se dilatèrent comme s'il savourait le parfum de son excitation.

— Tally, chérie, je ne peux pas être plus nu que ça. C'est avec ma queue que tu es en train de jouer.

Elle l'érafla du bout des dents pour le punir de cette remarque. Il jura de nouveau mais ne tenta pas de prendre le contrôle.

— Je te veux, dit-elle, nu et sur le ventre.

— Pourquoi ?

Il gronda, méfiant.

— Pour que je puisse te caresser. Te cajoler. T'aimer. (Elle fit courir ses ongles à l'intérieur de sa cuisse et le sentit frissonner.) Au moins une demi-heure.

Se penchant de nouveau, elle referma la bouche sans prévenir sur le bout de son érection.

Cette fois-ci, quelque chose se déchira bel et bien.

— Merde !

Elle le relâcha.

— Oui ?

— Oui ! Bon sang, oui ! Maintenant suce-moi ou je vais te plaquer sur le dos si vite, que tu…

Sa menace s'acheva sur un rugissement lorsqu'elle prit autant de son sexe qu'elle pouvait dans sa bouche.

Elle en conclut que Clay avait bon goût. Très bon goût. Elle aimait lui donner ce plaisir, mais appréciait d'autant plus qu'il lui laisse voir toute l'étendue de sa réaction, sans la moindre retenue. Aussi put-elle l'aimer, le découvrir, le goûter. Et lorsqu'il lui tira les cheveux pour qu'elle lâche prise, elle résista. Mais Clay avait épuisé sa patience.

Il la prit par les épaules pour la renverser sur le dos. La seconde suivante, il lui arrachait sa culotte et la pénétrait d'un seul coup de reins. Elle cria.

Il se figea.

— Tally ?

Elle agrippa ses épaules.

— Bouge !

Il obtempéra et elle en eut le souffle coupé. Elle enroula ses jambes autour de lui et le pressa de continuer, vaguement consciente qu'il avait coupé les bretelles de sa petite nuisette vaporeuse et que l'étoffe comprimée entre eux ajoutait un surplus de sensualité. Mais rien n'égalait en érotisme sa main posée sur son sein ni sa virilité qui allait et venait en elle.

Puis il lécha l'une après l'autre les taches de rousseur qui mouchetaient ses seins.

— J'ai envie de te manger toute crue.

Il referma les dents sur son téton.

Le vide se fit dans l'esprit de Talin.

— Cette histoire de caresses, lui demanda Clay un peu plus tard, le torse contre son dos. Quand est-ce que tu avais prévu de faire ça ?

Elle se blottit dans ses bras.

— Quand j'en aurais envie. Alors tiens-toi prêt.

Il passa les doigts dans la toison entre ses cuisses et tira.

— Peste.

— Brute. (Cet échange familier lui donna soudain la réponse à la question qu'elle n'avait pas encore posée.) On est en couple, n'est-ce pas ?

Il ramena la main sur son abdomen.

— Oui.

— Pour combien de temps ?

— Pour toujours.

Elle ne pouvait pas le contester ; à vrai dire, elle était née pour Clay.

— Je suis malade…

— Ça n'a pas d'importance.

— Si, murmura-t-elle. Les léopards ne s'unissent qu'une fois.

— Tu me quitterais si j'étais malade ?

— Ce n'est pas juste.

— Bien sûr que non. (Il l'entoura de ses bras.) On est coincés ensemble, toi et moi. Il n'y aurait jamais eu personne d'autre pour aucun de nous deux.

Clay s'attendait à ce qu'elle proteste, mais elle n'en fit rien. Son léopard cessa de faire les cent pas et se détendit. Rassuré de constater qu'elle avait accepté la vérité, il tira sur la nuisette qu'elle avait toujours à la taille.

— Tu veux que j'arrache ça ?

Elle lui assena une tape sur la main.

— N'y pense même pas. Déjà que je vais devoir recoudre les bretelles.

— Désolé.

Il se blottit dans son cou.

— Non, tu ne l'es pas.

Non, il ne l'était pas. Souriant dans son dos, il ravala un grondement lorsqu'elle se mit à gigoter jusqu'à réussir à faire glisser la nuisette en bas de ses jambes et à s'en débarrasser d'un coup de pied. Elle était entièrement nue, sa magnifique peau dorée et ses jolies taches de rousseur offertes à ses caresses.

— Le privilège du contact rapproché, murmura-t-il, la main sur sa hanche.

Talin sourit. Une part d'elle-même – celle qui n'avait jamais totalement cru que Clay l'abandonnerait de nouveau un jour – avait trouvé la paix. Leur union était définitive. Mais une part bien plus grande s'alarmait. Qu'allait-il devenir si elle mourait ? Elle devait s'assurer qu'il ne basculerait pas de nouveau du côté des ténèbres.

— Promets-moi une chose.

— Non. (Son ton indiquait qu'il savait ce qu'elle allait dire.) Ne t'avise pas de me demander ça, Tally.

Elle passa outre à l'ordre qu'il avait grondé.

— J'ai besoin de savoir que tu seras là pour Noor et Jon.

C'était le manipuler que d'amener le sujet des enfants, mais elle était prête à tout pour protéger Clay, y compris à renoncer à sa fierté et à son âme.

— Non.

— Promets-le-moi.

Il la relâcha, roula hors du lit et se leva.

— Tu ne vas pas mourir, cette conversation n'a donc pas lieu d'être.

Elle s'assit, au bord des larmes.

— Nier la vérité ne la rendra pas moins vraie, espèce de léopard arrogant !

Il se métamorphosa dans une pluie d'étincelles multicolores.

Sa surprise fut telle qu'elle en perdit la voix. Le plus beau des léopards se retrouvait soudain dans cette pièce avec elle, une sublime créature au regard méfiant.

— Ce n'est pas juste, murmura-t-elle.

Elle rejeta la couverture, s'avança jusqu'au bord du lit et se laissa glisser au sol.

Il vint auprès d'elle et posa la tête sur sa cuisse. Elle aurait dû lui en vouloir d'avoir choisi de clore leur dispute de cette manière, mais au lieu de cela elle le caressa.

— Tu es beau, chuchota-t-elle, plongeant ses doigts dans la fourrure noir et or. Magnifique.

Des paroles affectueuses car même s'il était grand et fort, il était sien aussi pour qu'elle l'aime, pour qu'elle l'adore.

Une lueur de fierté dans ses yeux verts, il soutint son regard.

— Vaniteux, ajouta-t-elle.

Il gronda et montra les crocs. Pourtant, elle continuait à le caresser. Son âme sœur. Sa raison de vivre.

CHAPITRE 45

Tard le lendemain matin, assise sur les marches derrière la maison de Tamsyn et de Nate, Talin se noyait toujours dans une mer de bonheur et de peur. Si elle n'était pas venue plus tôt, c'était uniquement parce qu'elle avait passé la matinée au téléphone avec Rangi. Ayant enfin repris ses fonctions, le tuteur avait accueilli sans ciller la nouvelle de la mort du meurtrier de Iain.

— Bien, avait-il répondu. Merci de t'être occupée de mes enfants.

Elle lui avait communiqué les détails nécessaires avant de rentrer, déchargée de toutes ses responsabilités envers Shine. Elle avait déjà tapé sa lettre de démission et il ne lui restait plus qu'à l'envoyer. Elle n'osait plus prendre le sort d'innocents entre ses mains alors que son esprit menaçait de dérailler à tout instant. Son regard se posa sur Noor et Jonquil.

Ils jouaient dans la cour avec les jumeaux sous la surveillance de Dorian. Dieu merci, Clay s'assurerait qu'elle ne nuise pas à ces précieux enfants. Il était justement au téléphone à l'intérieur de la maison, occupé à constituer une équipe de chantier pour le repaire.

— Bonjour.

Elle leva les yeux.

— Sascha ? Qu'est-ce que tu fais là ?

— Je suis venue vérifier que Jon et Noor se portent bien. (Il n'y avait pas d'étoiles dans les yeux de l'empathe, mais elle était souriante.) Je peux me joindre à toi ? J'ai du café.

Talin accepta volontiers la tasse que Sascha lui tendait et se poussa pour permettre à l'autre femme de s'asseoir à côté d'elle.

— Où est Lucas ?

— Il discute avec Nate des modifications à apporter au quadrillage de protection que l'on effectue sur notre territoire. Comme des Psis ont essayé de franchir la frontière, on renforce la sécurité. Mais vu la tournure que prennent les événements, le Conseil risque d'être trop occupé à régler des problèmes internes pour se soucier de nous pendant un petit moment.

Talin sirota son café.

— Les choses sont en train de changer, n'est-ce pas ?

— Oui. (Sascha tenait sa tasse à deux mains, les avant-bras serrés sur ses cuisses.) Et bien plus vite que je ne m'y serais attendue. Judd pense que ma désertion a joué un rôle de catalyseur.

Talin perçut le scepticisme dans la voix de la cardinale.

— Tu n'es pas de cet avis ?

— On me considérait comme une Psi faible, une extension inutile de la Conseillère Nikita Duncan. (Cette déclaration était empreinte de douleur, mais aussi de colère.) J'ai du mal à croire que ma désertion ait pu avoir de telles répercussions.

Talin médita ses dires tandis qu'elles regardaient Jonquil se laisser plaquer au sol par les petits garçons de Tamsyn et Noor s'emparer de la balle avant de s'enfuir.

— Il se peut que ce soit ton apparente faiblesse qui a eu l'effet d'un catalyseur.

Sascha inclina légèrement la tête de côté.

—Comment ça?

—Tu étais perçue comme faible, mais tu t'es échappée. Peut-être que d'autres qui ne se seraient jamais imaginé pouvoir vaincre le Conseil Psi… peut-être qu'ils s'en sentent capables à présent, eux aussi.

—Je n'avais jamais envisagé cette « tare » sous un angle positif.

Talin haussa les épaules.

—Je ne suis pas une experte…

—Mais tu es très douée pour repérer et décrypter les nuances d'émotions, l'interrompit Sascha. Qui sait, tu as peut-être un empathe dans ton arbre généalogique.

Talin secoua la tête.

—Je suis humaine, et ça me convient.

—Tu as raison, dit Sascha, dont les yeux s'emplissaient de nouveau d'étoiles. S'il n'y avait pas les humains, les Psis et les changelings se seraient détruits les uns les autres il y a des lustres, avec ou sans Silence.

—C'est ce que Clay m'a dit.

Malgré la peur qui lui nouait le ventre, elle sourit au souvenir de la tendresse du changeling. Un sifflement aigu lui fit lever les yeux et elle vit Dorian lui envoyer un baiser. Elle fronça les sourcils, mais elle était sous le charme.

—Cet homme est trop canon, ça finira par lui jouer des tours, affirma Talin.

—Il est différent quand tu es là, tu sais.

—Je ne comprends pas.

—Il flirte avec toi.

Talin rougit.

—Il flirte avec toi aussi.

—Je suis la compagne de son chef. Je ne suis pas encore bien sûre de ce que ça signifie pour les hommes célibataires, mais sur le plan affectif, ça m'octroie un statut unique par rapport à ce qu'ils attendent de moi et ce qu'ils acceptent en retour.

— Il ne semble pas réfractaire au toucher, hasarda Talin, qui avait appris à quel point le contact physique comptait pour les changelings.

Autant que pour elle. À sa grande surprise, elle en redemandait; comme si elle était un félin elle aussi, elle pouvait rester là à paresser et laisser Clay la caresser toute la journée. À cette vision, elle se sentit fondre.

— Non, mais c'est la première fois que je le vois se comporter comme il le fait avec toi… il traite Brenna comme une sœur, Rina aussi.

— Et Mercy et Tammy?

— Mercy n'est pas une femme, dit Sascha, avant d'éclater de rire à l'expression de Talin. Pas pour Lucas et les autres, en tout cas. Elle est une sentinelle avant tout et serait la première à te le rappeler. Quant à Tammy, Dorian la connaît depuis l'enfance, mais toi, il te traite comme une femme. Cet étalage de charme… (Elle secoua la tête.) Je ne me doutais pas qu'il pouvait être comme ça.

— Il sait que je suis avec Clay, se sentit obligée de lui faire remarquer Talin. Ce n'est rien de…

— Oh! Non, ce n'est pas ce que je voulais dire, l'interrompit Sascha. Dorian ne courtiserait jamais la compagne d'un autre, et si quelqu'un s'avisait d'essayer, il se chargerait de le mettre en pièces pour Clay sans attendre de remerciements de sa part.

Talin sourit au ton malicieux de la cardinale.

— C'est bien ce que je pensais. Tu découvres peut-être simplement une facette de lui que tu ne connaissais pas?

— Tu dois avoir raison. (Sascha posa sa tasse.) Je suis arrivée dans sa vie à une époque où il n'était que colère…

juste après la perte de sa sœur. Je ne l'ai jamais connu tel qu'il était avant. Peut-être qu'une partie de ce Dorian-là est en train de revenir.

—Il est toujours en colère.

Talin regarda la chevelure dorée de Dorian alors qu'il se penchait pour soulever l'un des jumeaux et le jeter sur son épaule.

—Oui.

La voix de Sascha était chargée d'une profonde tristesse, au point que Talin ressentait presque sa douleur dans son propre cœur.

—Mais assez parlé de Dorian, dit Sascha. Il nous montrerait sûrement les dents pour avoir osé nous soucier de lui. (Elle esquissa un petit sourire.) Si tu me disais ce qui te préoccupe ?

La perspicacité de l'autre femme n'étonna pas Talin.

—Je suis unie à Clay.

—Je sais.

—Comment ça a pu se produire ? demanda-t-elle, paniquée. Je suis malade et… (Et elle s'était montrée égoïste.) Je voulais qu'il m'aime, mais je n'ai jamais eu l'intention de le détruire.

—Quand il y a eu la danse nuptiale avec Lucas, dit Sascha, lui transmettant sa compassion dans chaque syllabe, Tammy m'a dit que le processus diffère pour chaque couple. La constante en revanche, c'est que la femme doit accepter le lien d'une manière ou d'une autre pour qu'il puisse exister.

—Mais je n'ai rien accepté ! Je ne l'aurais jamais volontairement mis en danger de cette manière !

—Euh, Talin, c'est un peu personnel, mais Lucas dit que tu sens l'odeur de Clay.

Talin rougit et posa son café.

— Et après ? On a des relations intimes, mais ce n'est de toute évidence pas qu'une question de sexe.

— Eh bien…

— Dis-moi la vérité. Je promets de ne pas te sauter à la gorge et t'accuser de t'immiscer dans ma vie privée cette fois.

Elle commençait à comprendre que Sascha ne pouvait pas tout bloquer ; parce qu'elle avait son don dans la peau, dans le sang, dans son moindre souffle.

— Ce n'est pas qu'une question de sexe, sauf que dans ton cas le sexe est indissociable de ton moi profond. Je devine qu'on s'en est servi pour te faire du mal… c'est un fil conducteur qui t'a endommagée, mais qui t'a aussi accompagnée toute ta vie.

— Tu veux dire qu'en couchant avec Clay, je lui ai donné mon accord ?

— Ce n'était pas que du sexe, pas vrai ? Je ne sais pas ce qui s'est passé, mais le lien l'a en tout cas interprété comme un « oui » retentissant.

Talin repensa à la première fois où elle et Clay avaient fait l'amour – oui, fait l'amour, pas couché ensemble –, à cet instant où elle avait ressenti une inexplicable vibration dans son âme. Cette nuit-là, elle avait livré à Clay jusqu'à la moindre parcelle de son être. Elle lui avait confié son âme… mais jamais elle n'avait projeté de lui voler la sienne.

— Oh, mon Dieu, murmura-t-elle. Ça l'anéantira si je meurs.

— Alors bats-toi pour vivre.

Talin avait déjà pris cette décision.

— On a pris rendez-vous avec les spécialistes que nous a recommandés Tammy.

Elle allait essayer de se battre, mais elle savait aussi que guérir un cerveau mourant n'était pas chose aisée.

Au mieux, les médecins parviendraient peut-être à lui accorder un sursis.

— Tu peux faire quelque chose ? demanda-t-elle à Sascha. Je te laisserai entrer dans mon esprit si tu veux.

Elle préférait mettre sa fierté de côté que de laisser filer la chance qu'elle avait de passer sa vie avec Clay.

Sascha secoua la tête, son inquiétude évidente.

— Tes boucliers sont impénétrables, et si instinctifs qu'il est impossible de les manipuler. Je crois qu'il te faudra des années avant de réussir à baisser ta garde avec d'autres que Clay.

— Ça ne coûtait rien de demander.

Ravalant ses larmes, elle regarda les enfants et s'imagina Clay et les bébés qu'elle aurait eus de lui. Une boule d'émotions obstruait sa gorge ; même si ce n'était rien de mortel cette fois, ça n'en restait pas moins douloureux.

— Ce n'est pas pour autant que je vais arrêter de chercher des solutions pour t'aider, dit Sascha, l'air déterminé. Tu appartiens à la meute et DarkRiver n'abandonne jamais les siens.

Alors que Talin avait envié à Clay ce sentiment d'acceptation totale, elle ne savait plus trop quoi en penser.

— Je ne suis pas vraiment douée pour tous ces trucs de famille.

Sascha éclata d'un rire enjoué et communicatif.

— Bienvenue au club.

— Je suis une idiote.

Elle esquissa un sourire, la peur dans l'âme. Si elle mourait, Clay n'y survivrait pas. Elle le savait. Ni l'un ni l'autre ne pouvait y changer quoi que ce soit, et ce n'était pas une question de courage. Leur lien était simplement trop profond. Si l'un d'eux succombait, l'autre suivrait.

C'était tellement injuste qu'elle avait envie de hurler ; elle et son beau léopard n'avaient déjà que trop souffert, ils ne méritaient pas cela.

— Comment tu as fait ? demanda-t-elle à Sascha. Comment as-tu appris à vivre en famille ?

Elle devait apprendre, elle aussi. La meute comptait pour Clay, et quel que soit le temps qu'il leur restait à vivre ensemble, elle voulait qu'il soit heureux.

— Ces félins ne nous laissent pas tellement le choix, répondit Sascha. Ils ont une façon de t'accepter à laquelle il est bien difficile de résister.

Quelque chose mordit l'orteil de Talin. Elle poussa un cri et baissa les yeux.

— Comme tu es adorable !

Elle se baissa et souleva le petit léopard.

Sascha se pencha pour l'embrasser sur la truffe.

— Bonjour, Roman.

Le petit frotta sa tête contre Sascha, mais parut se satisfaire de rester dans les bras de Talin. Elle caressa sa fourrure et l'entendit ronronner alors qu'il restait là, étendu. Elle songea que leur enfant à elle et à Clay aurait été capable de se métamorphoser, aurait eu une fourrure aussi douce. L'émotion qui la traversa était si vive qu'elle lui fit mal.

— Tu es fatigué, bébé ?

Il hocha la tête.

Émerveillée par la beauté de la créature qu'elle tenait contre elle, elle leva les yeux et croisa le regard de Sascha.

— Comme je le disais, murmura la cardinale, c'est vraiment difficile de ne pas se sentir en famille, avec eux.

Chapitre 46

Une heure plus tard, après en avoir débattu avec Clay, Talin obtenait que Jonquil assiste à la conférence téléphonique qu'ils allaient avoir avec Devraj. Noor, qui n'avait pas tardé à se lier d'amitié avec Julian et Roman, était absorbée par un jeu de société à l'étage. Dorian s'était porté volontaire pour continuer à jouer les baby-sitters. Il semblait avoir un faible pour cette petite fille timide.

Bien, songea-t-elle avec un pragmatisme douloureux. Ça voulait dire que Noor serait aimée quoi qu'il arrive. Quant à Jonquil… ça irait pour lui. Il n'accordait pas aussi facilement sa confiance que Noor, mais il avait la bravoure et l'âme d'un guerrier ; chose que Talin savait qu'il ignorait. Mais elle s'en rendait compte… car Clay avait été pareil que lui au même âge. Sur cette pensée, elle tendit la main pour ébouriffer les cheveux de Jonquil. Ils avaient été coupés court et une teinture noire dissimulait leur incroyable couleur blond et or.

Il s'était assis par terre, adossé au fauteuil dans lequel elle était installée. Clay se tenait derrière elle, les bras appuyés sur le dossier. Elle sourit. À cet instant-là, elle était heureuse, et elle savoura cette sensation. Tous ceux à qui elle tenait – même Max – étaient sains et saufs.

— Tu as des questions ? demanda-t-elle à Jonquil.

Il s'appuya contre sa jambe.

— Ça fait bizarre de se dire qu'on a du sang Psi. On est des bâtards, quoi.

Elle se mit à rire.

— Hé, attention à qui tu traites de bâtard.

En souriant, il passa un bras autour de sa jambe. Clay tira sur la queue-de-cheval de Talin, et lorsqu'elle inclina la tête il se pencha pour l'embrasser. Ce simple contact lui ouvrit la porte de son âme, de son cœur le plus secret et le plus enfoui.

— Je t'aime, dit-elle tout bas.

Il répondit en lui mordillant la lèvre inférieure, une promesse de ce qu'il lui réservait pour le moment où ils se retrouveraient seuls. Alors qu'un nouvel élan de bonheur prenait racine dans son cœur, elle baissa les yeux… et s'aperçut que Jonquil les observait avec indifférence, elle et Clay, de ses incroyables yeux violets.

— Il te faudra des lentilles de contact, dit-elle. Pour un temps au moins.

Ses yeux étaient trop uniques.

L'expression de Jonquil ne changea pas.

— D'accord.

Comprenant qu'il dressait ses murs protecteurs, et devinant pour quelle raison – il redoutait qu'elle l'abandonne pour Clay, pour DarkRiver –, elle adoucit le ton de sa voix. Parce que Jonquil n'avait jamais eu personne pour le soutenir, il ne comprenait pas pourquoi il avait, lui aussi, rejoint la meute.

— En parlant de bâtards, dit-elle, je n'ai jamais connu mes parents. Maintenant au moins, j'en sais un peu plus sur ma généalogie.

Même si la fondation n'était pas parvenue à retrouver la trace de son père, les registres de Shine mentionnaient le nom de sa mère. Talin n'avait aucune intention d'entrer en contact avec cette femme. Elle n'éprouvait aucun besoin de quémander son amour alors qu'elle avait un prédateur qui l'adorait et serait prêt à en découdre avec le monde entier pour elle. Mais…

— Je pense que c'est mieux de savoir, tu ne crois pas ?

— Même si c'est pour apprendre des choses qu'on n'a pas envie de savoir ?

— Tu ne t'es jamais demandé d'où te viennent tes aptitudes ?

Jonquil haussa les épaules.

— Je ne sais faire que de la merde.

— Surveille ton langage, dit Clay d'une voix calme mais ferme.

Il connaissait les adolescents ; il leur fallait la douceur de personnes comme Talin, mais aussi de la discipline.

Jonquil se tint bien droit.

— Sinon tu vas me mettre à la porte ?

Clay retrouvait des échos de lui-même dans cette fierté rageuse.

— Non, ici c'est comme dans la Mafia. Une fois que tu y es entré, tu ne peux plus en sortir. Essaie donc pour voir.

Le garçon ouvrit de grands yeux avant de se tourner vers Talin.

— Il plaisante ?

— Ça m'étonnerait, chuchota-t-elle. Ils sont un peu possessifs. (Ses mots s'adressaient à Jonquil, mais Clay savait que son ton espiègle lui était destiné.) Tu serais prêt à abandonner Noor ?

Le garçon secoua la tête.

— Pourquoi vous voulez de moi ? demanda-t-il à Clay de but en blanc. Je ne suis qu'une mer… (Il se reprit au grondement de Clay.) Un bon à rien, je veux dire.

— C'était mon cas aussi, dit Clay. J'ai rejoint la meute à dix-huit ans.

— Mais tu es une sentinelle.

— Ça n'a rien d'héréditaire. Si tu mérites ta place, personne ne te la refusera.

Il lui avait fallu passer huit mois au sein de DarkRiver avant d'accepter son nouveau mode de vie. Ce jour-là, il avait marché aux côtés de Lucas, Nate, Vaughn et plusieurs autres pour détruire une meute sanguinaire, les ShadowWalker. Personne n'avait établi que sa reconnaissance dépendait du sang qu'il verserait. Cette décision était venue de son léopard ; c'était sa nouvelle famille, et il serait prêt à tout pour la protéger.

— Et si… (Jonquil s'interrompit.) Kit m'a expliqué la hiérarchie de la meute. Je ne peux pas me métamorphoser en animal… je parie que ça veut dire que je n'occuperai jamais un poste élevé, hein ?

Clay haussa un sourcil.

— Demande à Dorian.

— Il ne peut pas changer de forme ?

— Non.

— Mais c'est une sentinelle, lui aussi !

— Exact.

Il laissa l'enfant digérer la nouvelle.

Consciente de l'importance de cette discussion, Talin n'était pas intervenue. Lorsque Jonquil hocha la tête et reprit sa position initiale, appuyé contre son genou, elle se détendit.

Ce fut alors que Sascha et Lucas entrèrent dans la pièce. La présence du couple dominant avait été jugée nécessaire ; en acceptant Jonquil et Noor au sein de la meute, ils s'alliaient par défaut à Shine.

Clay s'agita derrière Talin et glissa une main dans son cou, un geste à la fois protecteur et possessif. Elle déglutit et referma la main sur son poignet. Clay fit courir ses doigts sur sa peau.

— J'ai déjà tapé le code, dit-il à Lucas.

Hochant la tête, ce dernier appuya sur la touche « Entrée » et prit place dans l'autre fauteuil. Sascha se percha sur l'accoudoir pour s'appuyer contre son compagnon, qui passa un bras autour de sa taille et posa la main sur sa hanche. C'était une posture naturelle, celle de deux personnes en couple depuis assez longtemps pour avoir inventé leurs propres habitudes, leur propre langage secret.

Talin songea que c'était ce qu'elle voulait avec Clay et qu'elle mettrait tout en œuvre pour l'obtenir. Elle détacha sa main de son cou et déposa un baiser sur sa paume. Il se pencha jusqu'à ce que ses lèvres frôlent son oreille.

— Sois sage, Tally. À moins que tu ne renonces déjà à ta récompense ?

Ce rappel sensuel la fit sourire. Elle lâcha sa main et soupira de plaisir lorsqu'il repoussa le col en V de son pull pour étreindre son épaule nue. L'écran de communication s'éclaira alors et révéla le visage de Devraj.

— Désolé du retard. J'ai eu un problème de dernière minute à régler dans le Kansas.

Une vague de colère submergea Talin.

— Pas un autre enlèvement j'espère ?

— Non. (Il regarda par-dessus sa tête.) Je crois que ce problème-là a été définitivement réglé.

— Non, rectifia Clay. On doit prendre le mal à la racine : le Conseil. Tant qu'il sera au pouvoir, des civils mourront.

Talin sentit Sascha sursauter, mais la cardinale hocha la tête.

— Oui, nous devons les arrêter.

— Ce n'est pas moi qui vais vous contredire. (Devraj se passa une main dans les cheveux et jeta un coup d'œil à Jonquil.) Je t'ai obtenu une place dans l'un de nos lycées privés. Tu as plus de sang Psi que la plupart des enfants… tu dois en apprendre davantage sur la part Psi de ta lignée.

Voyant que Jonquil restait muré dans le silence, Talin prit l'initiative.

— Envoie-moi les informations et on regardera ça. (Lorsque Devraj acquiesça, elle prit une profonde inspiration et emplit ses poumons de l'odeur de Clay.) Et maintenant, dis-nous tout ce que nous ignorons au sujet des Oubliés.

Le visage élégant de Devraj s'assombrit.

— C'est une sacrée requête.

— Mais elle est nécessaire, dit Clay derrière Talin.

— Oui. (Il marqua une pause comme pour rassembler ses pensées.) En résumé, lorsque Silence a été voté il y a cent ans environ, ceux qui s'y opposaient se sont mis à chercher une issue de secours. Comme les dissidents commençaient déjà à disparaître, ils furent obligés d'agir dans la clandestinité.

Voyant que personne ne l'interrompait, il poursuivit.

— Au final, les rebelles ne virent pas d'autre solution que de se déconnecter en masse et de tenter de se relier les uns aux autres dans les quelques secondes qui précèdent la mort psychique. Ils espéraient que ce pari aboutirait à la création spontanée d'un nouveau réseau. Dans le cas contraire, les déserteurs étaient prêts à mourir. (Le visage sévère de Devraj s'illumina de l'intérieur.) Mais ils ne moururent pas… et ainsi naquit le Net de l'Ombre.

— C'est extraordinaire, dit Sascha. J'étais fille de Conseillère et j'ignorais tout des Oubliés et de leur Net de l'Ombre.

— Ce n'est pas surprenant. Le Conseil aimerait nous éradiquer de la surface de la planète.

— Vous accueillez toujours des renégats ? demanda Sascha, et Talin comprit l'importance de la réponse pour ceux qui demeuraient sous la férule de Silence.

Devraj secoua la tête.

— Ça a été possible pour la génération de l'après-désertion. Certains ont attendu avant de se déconnecter. La plupart avaient des enfants qu'ils avaient refusé d'abandonner plus tôt.

Sascha hocha lentement la tête, et serra la main de Lucas si fort dans la sienne que sa peau couleur d'or sombre blanchit.

— Et maintenant ?

— Tous ceux qui sont sur le Net de l'Ombre sont fortement métissés. Au fil du temps, nos canaux psychiques se sont modifiés de façon unique, au point qu'il est probablement devenu impossible d'intégrer des Psis plus « purs », et vice-versa.

— Le Conseil s'est-il rendu compte de ce qu'il advenait des déserteurs ? demanda Talin, qui s'efforçait de saisir ce qu'impliquaient les révélations de Devraj.

— Oui. Mais comme le Net de l'Ombre était minuscule et qu'ils étaient occupés à gérer les retombées de Silence, il n'y prêtèrent pas grande attention. Ils se sont dit que les déserteurs épouseraient des membres d'autres espèces et que leur sang Psi finirait par se diluer.

— Ce n'est pas ce qui s'est produit ?

— Oui et non. (Il se cala dans sa chaise ; sa peau brillait de nuances de bronze sous le soleil qui filtrait par la fenêtre derrière lui.) De temps à autre, deux descendants des Oubliés donnent naissance à un enfant doté de pouvoirs Psis remarquables. Ce genre de naissance est extrêmement rare, mais comme Jon, de nombreux enfants des Oubliés détiennent des pouvoirs actifs ou latents. Et le Conseil n'apprécie pas que des individus à l'extérieur du PsiNet aient le potentiel de les défier sur le plan psychique.

Talin repensa à l'une de leurs conversations précédentes.

— Tu disais que le Conseil s'était mis à vous traquer il y a plusieurs générations. C'est à cause de ça ?

Il répondit par un bref hochement de tête.

— Les meurtres ont commencé dès que l'emprise de Silence s'est affirmée. On a donné l'ordre aux descendants qui n'avaient pas besoin de se connecter au Net de l'Ombre – ce n'est pas le cas de tous les enfants – de se disperser et de rester isolés.

— Mais le Net était trop petit pour permettre à ceux qui avaient besoin d'énergie psychique de s'en éloigner…, devina Sascha.

— Oui. Ils encouraient le risque d'un dépérissement psychique. Shine a été créé par ceux qui sont restés dans le Net de l'Ombre. Ce n'est que ces dernières années que nous sommes devenus assez puissants pour pouvoir nous hasarder à retrouver la trace des autres. Nous avons concentré nos efforts sur les enfants marginalisés, ceux qui ont le plus besoin de nous.

— Pourquoi ? (Le ton de Jonquil frisait l'insolence.) Vous avez fait de nous des cibles.

Devraj pinça les lèvres.

— Si nous menons cette recherche, c'est parce que notre aide est nécessaire à certains d'entre vous. Tous ne sont pas « doués ». Certains sont maudits… nous avons retrouvé une enfant qui se mourait faute d'être connectée au Net de l'Ombre, mais dont le cerveau avait perdu la faculté de le retrouver instinctivement. (Il crispa les mâchoires, les yeux noirs de fureur.) Un autre encore, un adolescent, a été diagnostiqué schizophrène parce qu'il entend sans arrêt des voix, alors que c'est un télépathe de rang moyen… d'après son arbre généalogique, il est humain à cent pour cent. Ceux qui se sont dispersés ont si bien réussi à effacer leur passé qu'il arrive que leurs propres descendants ignorent qui ils sont.

C'était trop d'informations à digérer, mais Talin avait une autre question à poser.

— Et les enfants nés de Psis et de changelings ? Pourquoi Shine ne les aide pas ?

Devraj lança un regard moqueur à Lucas.

— Les meutes sont si bien parvenues à fermer leurs rangs et à faire disparaître les familles Psis connues que l'on n'a aucun espoir de les retrouver. Ce souci de garder le secret leur a probablement sauvé la vie… à l'époque et encore maintenant. (Sa voix vibrait de colère.) Ce que nous étions et ce que nous sommes devenus n'a rien de comparable à ce que sont les Psis. Nous ne souhaitons pas nous emparer de leur pouvoir, mais le Conseil Psi ne sait voir que le mal car il est lui-même mauvais.

Chapitre 47

Quelques heures plus tard, Clay serrait Talin contre lui, tous deux allongés sur le futon qu'ils avaient installé au premier niveau. Le lit était occupé ; ils avaient ramené Jonquil et Noor avec eux. Même s'il n'avait rien dit, le garçon souhaitait de toute évidence rester près de Talin. Et Noor suivait Jonquil partout où il allait.

— Ils dorment, dit Clay.

Talin posa un bras sur le sien.

— Tu les entends d'ici ?

— Ouais.

La petite Noor était pelotonnée sur un matelas au deuxième niveau, tandis que Jonquil avait hérité de la chambre en dépit de ses protestations.

— Ça n'avait pas l'air de déranger Noor de dormir seule. (Talin caressa son mollet du pied, un geste affectueux qui le fit ronronner.) Je me suis dit qu'elle aurait peur… c'est pour ça que je ne voulais pas qu'elle soit au sommet du repaire.

— Je pense que c'est parce qu'elle est au milieu, dit-il. On peut difficilement l'atteindre.

— Tu as sûrement raison. Jon se montre déjà si protecteur vis-à-vis d'elle.

— Mmm. (Il déposa un baiser dans son cou.) Tant qu'on garde un œil sur eux, ils ne risquent rien.

Regarde-nous, la taquina-t-il, on a tout fait pour gâcher quelque chose de merveilleux, et pourtant on s'en est sortis.

Elle manifesta son approbation, mais n'ajouta rien de plus.

Le léopard de Clay sentit sa détresse muette.

— Bébé, je ne sais pas lire dans tes pensées. Mais je sais que tu es triste.

— Si seulement… si seulement je t'avais attendu, dit-elle soudain. (Son angoisse était si vive qu'elle le percuta avec la force d'une marée.) Je sais que tout va bien maintenant, mais j'aimerais pouvoir effacer le passé. J'aimerais qu'Orrin ne m'ait pas salie avant même qu'on se soit rencontrés.

— Arrête, dit-il d'une voix dure alors qu'il voulait lui donner de la tendresse. Ne te fais pas du mal comme ça. Et ne t'avise pas de te juger moins que parfaite.

Seigneur, elle était lumineuse et belle, un vrai rayon de soleil. Comment pouvait-elle s'imaginer qu'il la voyait autrement ?

— Tu es la plus belle chose que j'aie jamais osé toucher, lui dit-il.

Elle serra le poing contre sa main.

— Et ce que j'ai fait, alors ? Ça doit t'arriver d'y penser, insista-t-elle, des larmes qu'elle refusait de verser dans la voix. Tu dois bien te mettre en colère parfois.

— C'était le cas, avant. (Il s'était conduit comme un imbécile incapable de voir la vérité.) Avant que je comprenne que tu es à moi et que tu le seras toujours. Rien ni personne ne peut nous séparer.

Pas même la mort. Si elle partait, il la suivrait.

— Comment peux-tu oublier ? demanda-t-elle avec sa détermination et son entêtement habituels, à l'image de l'amour qu'elle lui portait. Tu étais si fâché…

— Ça n'a pas été facile, reconnut-il. Mais je ne suis pas idiot. J'ai fini par comprendre que ce que tu as fait, cette vie que tu as menée, c'est ce qui t'a ramenée à moi. Si tu étais devenue une gentille petite Larkspur, tu serais sûrement mariée à un fermier à l'heure qu'il est.

Elle hoqueta, visiblement horrifiée.

— Sûrement pas.

— Non, dit-il sur un ton devenu sérieux. Parce que tu es à moi. Tu l'as toujours été.

— Tu n'es plus fâché ? se hasarda-t-elle à lui demander.

— Comment pourrais-je être fâché avec l'autre moitié de mon âme ? demanda-t-il avec une telle tendresse qu'elle en eut le cœur chamboulé. J'ai un sale caractère, bébé, et je sais que je suis doué pour ruminer. Mais même quand je suis sur les nerfs, même quand je montre les dents, ça ne veut pas dire que je t'aime moins. Ton âme est brillante, Tally, et je suis sacrément heureux qu'elle brille pour moi.

À sa déclaration vibrante de sincérité, elle sentit une larme rouler sur sa joue. D'une façon ou d'une autre, il avait accompli l'impossible ; elle se sentait jeune, innocente au plus profond de son âme.

— Tu dis de jolies choses quand tu veux, dit-elle d'une voix rauque. Je suis si contente que tu sois à moi… je sais que tu seras toujours là pour moi et que si je t'appelle, tu viendras.

Il resserra ses bras autour d'elle et elle sut qu'il avait compris. Jamais plus elle ne se demanderait s'il l'abandonnerait un jour. Sa dévotion était pour elle une leçon d'humilité, et elle résolut de l'aimer jusqu'à ce que ses cicatrices à lui ne soient plus que de lointains souvenirs. Son cœur se brisa lorsqu'il ajouta :

— Pour toujours, Tally.

— Clay, et si…

— Ne dis rien. (Il lui serra la main.) On en parlera après avoir vu les spécialistes. Le premier rendez-vous est demain.

Elle lui mordit le bras en guise de réprimande, percevant la douleur qu'il taisait dans son obstination à ne pas aborder le sujet.

— Ne t'avise pas de te métamorphoser de nouveau, lui ordonna-t-elle.

Elle se demanda si une vie entière, peu importe sa durée, lui suffirait pour aimer Clay de toutes les manières dont elle voulait l'aimer.

— On ne peut pas se cacher que je suis malade.

— Je ne trouve pas que tu aies l'odeur d'une malade, lâcha-t-il sèchement.

Ils ne dirent rien pendant une seconde, puis tous deux se mirent à parler en même temps.

— Vraiment ?

— Qu'est-ce que... ?

Elle se tortilla dans ses bras.

— Laisse-moi me retourner.

Il desserra son étreinte pour lui permettre de se placer face à lui.

— Tu disais que j'avais une odeur anormale, avant.

— C'était vrai.

Il fronça les sourcils et se blottit contre elle, cette fois-ci pour confirmer sa découverte. Il sortit la langue et goûta son pouls.

— Elle n'est plus là. Il n'y a rien, même sous la peau.

Lorsqu'il croisa de nouveau son regard, Talin avait ouvert des yeux immenses.

— Une rémission ?

— Non, c'est plus profond. (Sa bête en était convaincue et inspira de nouveau son odeur pour s'en assurer.) Il n'y a plus de putréfaction.

— Comme si je me rétablissais ? (Elle serra les mains sur ses épaules.) Non, ce genre de maladie ne disparaît pas comme ça. C'est une pathologie dégénérative.

La bête de Clay rugissait sa frustration, le pressait de se rappeler.

— Me rappeler quoi ? marmonna-t-il.

— Clay ?

Il était trop concentré pour lui répondre. Il avait entendu quelque chose, un détail important que le félin avait compris, même si l'homme…

— Bon sang !

Sans prévenir, il se redressa en sursaut.

Talin étouffa un cri de surprise, se détacha de lui et tomba brusquement en arrière.

— Désolé, marmonna-t-il en attrapant son jean pour l'enfiler.

Elle se leva derrière lui, vêtue de la nuisette couleur glace à la fraise qui le rendait à moitié fou.

— Tu vas quelque part ?

— Juste là.

Il lui lança le peignoir en dentelle assorti à son ensemble.

Elle la passa rapidement, le regard méfiant.

— Tout va bien, chéri ? Tu as bu un coup de trop avec les garçons, peut-être ?

Il lui assena une petite tape sur les fesses.

— Petite maligne.

— Tu ferais bien de ne pas l'oublier. (Le sourire de Talin avait le pouvoir de lui arracher le cœur.) Pourquoi on s'habille ?

S'apercevant qu'il caressait les courbes qu'il avait fessées, il retroussa la nuisette pour pouvoir toucher sa peau nue. Douce. Chaude. Sienne.

—Je n'ai pas envie que Luc te voie nue.

—Arrête ça, souffla-t-elle lorsque ses doigts s'aventurèrent en elle. Ou pas, je ne suis pas difficile.

Il l'embrassa avec fougue avant de réajuster sa nuisette et de fermer son peignoir.

—Sois sage.

Seigneur, il avait envie de jouer avec elle comme ça pendant des dizaines d'années. Elle lui ferait perdre la tête et il savourerait chaque minute.

—Pourquoi ?

Elle étrécit les yeux, perplexe, jusqu'à ce qu'il s'arrête devant le tableau de communication.

—On va appeler quelqu'un ? (Au même moment, elle attrapa le tee-shirt dont il s'était débarrassé plus tôt cette nuit-là.) Mets ça.

—Rassure-toi, je ne suis pas si beau gosse que ça.

Mais il l'enfila tout de même avant de composer le numéro.

—S'il n'y a pas quelqu'un qui perd du sang, je ne veux rien savoir, gronda Lucas, en mode audio seulement.

—Sascha est là ? demanda Clay en enlaçant Talin et en la plaquant dos contre lui. Ou est-ce qu'elle a enfin eu le bon sens de te larguer ?

—Clay, tu es cinglé ? chuchota Talin en lui lançant un regard noir.

Mais Lucas activa l'écran. Il avait les cheveux ébouriffés, son tee-shirt avait été enfilé à la va-vite comme celui de Clay, et il n'avait de toute évidence pas été occupé à dormir.

— Il vaudrait mieux pour toi que ce soit valable. Tu sais ce que je m'apprêtais à goû…

Une main de femme se plaqua sur sa bouche, puis se retira lorsque Sascha regarda par-dessus son épaule, ses cheveux bouclés encadrant son visage.

— Clay ?

— Ce soir, Dev Santos a parlé d'une fille qui dépérissait parce qu'il lui manquait l'énergie psychique nécessaire à la partie Psi de son cerveau. (L'espoir perçait avec force dans la voix de Clay.) Elle ne savait pas comment se connecter à un réseau psychique, quelque chose dans ce genre.

Sascha hochait la tête avant même qu'il ait terminé ; en un éclair, ses yeux de firmament avaient viré au noir d'obsidienne.

— Tu penses que…

— Ouais, coupa-t-il. Elle n'a pas l'odeur d'une malade. Luc ?

Les cicatrices de Lucas se détachèrent sur son visage lorsqu'il fronça les sourcils, perdu dans ses pensées.

— Tu as raison. J'ai senti cette odeur-là la nuit de notre première rencontre, mais rien n'a alerté ma bête aujourd'hui.

Figée dans les bras de Clay, Talin essayait de ne pas nourrir de faux espoirs. Si elle n'espérait rien, elle ne risquait pas d'être anéantie en cas de déception. Mais ses tentatives furent vaines.

— Tu peux vérifier ?

— Je ne sais pas, dit Sascha. Je ne peux pas entrer dans ton esprit, mais je vais essayer sur la Toile céleste… c'est le réseau qui connecte toutes les sentinelles et leurs compagnes à Lucas. Je vais également contacter Faith. Elle ne s'est pas encore bien familiarisée avec la Toile, mais elle a l'expérience des situations inhabituelles.

Elle ferma les yeux et parut se fondre en Lucas, ses bras nus passés autour du chef de la meute.

Talin se retourna et cacha à demi son visage contre le torse de Clay.

— Ce n'est pas possible. Mon ADN Psi est ridicule. Trois pour cent, tu te rappelles ?

— Shine n'a pas réussi à retrouver la trace de ton père, dit-il, ce qui la troubla un instant, mais imagine si tes deux parents étaient des descendants éloignés des Oubliés… S'ils étaient chacun porteurs de gènes dormants qui se sont combinés en un seul chez toi ? Ce gène-là pourrait bien constituer les trois pour cent.

— Il y a une chance sur un million.

— Pas forcément, dit-il. Silence n'existe que depuis guère plus de cent ans. Avant, tout était possible. Beaucoup d'humains et de changelings avaient de la famille Psi avant Silence… on ne retrouve pas de gènes dormants uniquement chez les descendants des Oubliés.

— Pourtant, les spécialistes ont procédé à des tests génétiques, dit-elle, se faisant l'avocat du diable pour tempérer ses espoirs, et ils n'ont rien trouvé de concluant.

— Parce qu'ils ne cherchaient pas ce qu'il fallait, dit-il, indémontable. Rappelle-toi ce que Santos a dit au sujet de la famille de ce gosse qui le croyait entièrement humain, et qu'à cause de ça personne n'a cherché une cause Psi à son problème ?

Il se battait pour elle, de toutes ses forces.

— Je t'aime, chuchota-t-elle.

Il lui caressa le dos.

— Exact.

— Tu es censé me répondre la même chose, dit-elle, feignant d'être offusquée pour refouler sa peur et son espoir.

— Pourquoi ? (Il fronça les sourcils.) Tu sais que mon cœur bat pour toi.

À ses paroles franches, elle perdit ses moyens. Elle se dressa sur la pointe des pieds et l'embrassa, sans se soucier que l'autre couple puisse les voir. Mais lorsqu'ils se séparèrent et qu'elle consulta l'écran, elle s'aperçut que Sascha avait toujours les yeux fermés et que Lucas concentrait son attention sur elle.

— Je me demande ce qu'elle voit.

— Faith me l'a dit une fois… nos esprits sont comme des étoiles, toutes connectées à Lucas. C'est pour ça que Sascha appelle ça une toile.

— Et je l'ai rejointe grâce à mon lien avec toi. (Le dire à voix haute l'apaisa.) Je suis heureuse qu'on soit en couple, dit-elle, énonçant cette vérité pour la première fois. Je sais que c'est égoïste, mais je suis heureuse.

— Tant mieux, parce que c'est définitif.

Sascha ouvrit alors les yeux. Talin fut surprise de voir son regard noir se parer de mille couleurs. Émerveillée par un tel miracle, elle voulut dans son ravissement tendre la main pour toucher l'écran.

Mais ce que Sascha avait à dire éclipsa jusqu'à ses yeux magnifiques.

— Clay avait raison.

Les jambes de Talin se seraient dérobées sous elle si Clay n'avait pas été là pour la soutenir.

— Hein ? (Sa voix était rauque à cause de l'émotion.) Tu as vu quelque chose ?

— Ça n'a pas été facile, dit Sascha, se fendant d'un immense sourire. Ton esprit est différent… on a pensé que c'était parce que tu es humaine, et on avait raison pour l'essentiel, mais cette opinion préconçue nous a empêchés de voir toute la vérité. Tu n'aspires pas l'énergie psychique de la même manière qu'un Psi. Les flux ne sont pas marqués. C'est comme si… (Elle interrompit le flot haché de ses explications.) Comme si tu n'avais besoin que d'une bruine, alors qu'à nous il faut une averse. Tu vois ce que je veux dire ?

Talin était si abasourdie qu'elle avait du mal à trouver les mots.

— Pas assez pour mourir aussitôt si j'en suis privée, mais je ne suis pas au mieux de ma forme si je n'en ai pas ?

— Oui ! (L'excitation de Sascha illuminait son visage.) On a remarqué que tu te contentais d'une très faible quantité d'énergie psychique. Ton cerveau prend ce dont il a besoin par le biais de ton lien avec Clay, et par extension de ton lien avec la Toile.

Elle plissa les yeux.

— Tu te sens beaucoup mieux ? lui demanda-t-elle.

Talin n'eut pas besoin de réfléchir à cette question.

— Oui. J'ai les idées très claires. Depuis… (Le sang quitta son visage.) Depuis la migraine de Clay.

— Ça explique tout, dit Sascha, toujours aussi souriante. Tu as dû aspirer une grande quantité d'énergie à un certain point, car si l'on se fie à tes symptômes, ton cerveau dépérissait depuis un moment. Je n'ai pas remarqué de changement sur la Toile qui m'aurait mis la puce à l'oreille, mais c'est parce que tu t'es ressourcée directement auprès de Clay.

La terreur s'instilla dans les veines de Talin.

— Je lui ai fait du mal ?

— Non, non, c'est comme un don de sang, l'assura Sascha. Si tu lui avais pris autant d'énergie en continu, c'est là que tu lui aurais nui.

— Ça peut tuer ? demanda Talin, la bouche sèche.

Le regard de Sascha devint solennel.

— Pour ceux qui sont nés sur le PsiNet, oui. Mais tes besoins ne sont pas aussi importants que les leurs. Tu aurais simplement beaucoup fatigué Clay. En l'occurrence, tu t'es contentée de prendre une seule grosse bouchée, dit-elle en souriant, et il a eu le temps de récupérer. Depuis que votre lien t'a intégrée à la Toile, tu te nourris du surplus d'énergie produit par moi ou Faith, par exemple. Ça ne fait de mal à personne.

— D'accord.

Rassurée quant au sort de Clay, elle ne parvint pas à ajouter un mot de plus ; son cerveau était engourdi.

— Clay, dit Lucas, si on reprenait cette discussion demain ? (Il avait les yeux rivés sur Talin.) Je pense que ta Tally a besoin de temps pour se remettre, et ma Sascha chérie doit évacuer un peu de son excitation.

Quelqu'un hoqueta et laissa échapper un gloussement, mais Talin n'y prêta qu'une vague attention. De même qu'elle s'aperçut à peine que Clay raccrochait, la débarrassait de son peignoir et le laissait tomber au sol avec ses propres vêtements. Mais lorsqu'il l'embrassa, ce fut comme s'il avait activé un levier et elle revint à la vie, plus pétulante que jamais. Elle éclata de rire et ils jouèrent ensemble ; lorsqu'ils eurent fini, elle resta la tête posée sur son cœur et pensa à l'éternité.

Chapitre 48

Sur le PsiNet, le Conseil Psi tenait une séance d'urgence pour la troisième fois.

— *On ne peut pas laisser se répéter ce qui s'est produit l'année dernière avec Enrique*, dit Shoshanna, se référant au Conseiller dont la mort avait permis l'ascension de Kaleb. *Nous devons trouver un nouveau Conseiller avant que quelqu'un commence à s'interroger sur les circonstances réelles de la mort de Marshall.*

— *Oui*, approuva Tatiana. *Même si le peuple semble très bien accepter l'explication de la mort accidentelle.*

— *Il y a une dernière chose dont nous devons discuter*, intervint Ming. *Il se peut que nous ayons un problème avec Ashaya Aleine.*

— *Elle est sous contrôle*, dit Kaleb, balayant la question d'un revers de main. *Nous détenons son fils, n'est-ce pas ?*

— *Oui. J'ignore en revanche combien de temps ça va la retenir.*

— *C'est le cas pour l'instant*, répondit Nikita. *Shoshanna a raison… il nous faut un nouveau Conseiller, et vite.*

— *Je suis d'accord*, répliqua Ming. *Mais la situation ne se présente pas comme avec Kaleb… personne n'est prêt à endosser ce rôle. Nous avions envisagé Gia Khan la dernière fois, mais elle s'est depuis révélée faible et incapable de mettre un terme aux émeutes dans sa localité.*

Il y eut un silence tendu.

— *J'ai une suggestion*, dit Kaleb. *Il a été candidat au Conseil, est aujourd'hui assez puissant pour nous défier, et de taille à assumer les responsabilités de Marshall.*

— *Tu parles d'Anthony Kyriakus*, dit Shoshanna. *Cet homme nous met des bâtons dans les roues, mais tu as peut-être raison. S'il rejoignait le Conseil, nous aurions accès à ses ressources considérables ainsi qu'à son réseau d'affaires.*

— *Il a déjà décliné notre offre de siéger au Conseil*, leur rappela Nikita. *Il pourrait nous opposer un refus cette fois encore.*

Kaleb soupesa avec soin les paroles qu'il s'apprêtait à prononcer.

— *Après que la mort de Marshall a été confirmée, j'ai eu une discussion avec Anthony.*

— *Sans l'autorisation du Conseil ?*

— *Fais-moi un peu confiance, Ming*, répliqua Kaleb. *Il existe des moyens de sonder l'intérêt d'une personne sans lui révéler quoi que ce soit.*

— *Tes conclusions ?* demanda Tatiana.

— *Il n'est pas impossible qu'il accepte.*

L'étoile mentale de Shoshanna se mit à tourbillonner au rythme de ses pensées.

— *Il entretient des contacts considérables avec les changelings… il sous-traite toujours du travail à sa fille, Faith.*

— *Ce pourrait être un avantage de plus*, dit Nikita. *Il a dû en apprendre beaucoup sur les félins.*

— *C'est un bon point*, reconnut Ming. *Je n'ai pas de réserves à émettre sur ce candidat.*

— *J'en ai une*, dit Henry. *Comme Nikita, il a une fille qui s'est déconnectée du Net. Ça ne risque pas d'affaiblir l'image du Conseil ?*

— *À mon avis, non*, répondit Kaleb. *Il s'est déjà montré capable de nous tenir à distance. Il bénéficie de l'appui de plus d'entreprises que n'importe lequel d'entre nous.*

— *Exact*, dit Shoshanna. *Je vote oui.*

L'un après l'autre, ils donnèrent leur accord.

Le jour suivant, Anthony Kyriakus, meneur de l'influent groupe NightStar et père de la plus puissante C-Psi du monde, accepta leur offre.

Au même moment, Ashaya Aleine récupérait une simple note écrite au stylo bille, dissimulée dans l'arrivage de matériel dont elle avait fait la demande. Pour sa prochaine visite programmée, Keenan prendrait l'avion, mais pour celle d'après il viendrait en voiture.

Elle espérait pouvoir se fier à la parole de l'homme qui avait pointé un fusil sur elle la nuit où elle avait libéré Jonquil Duchslaya et Noor Hassan. Car ils n'auraient droit qu'à une seule chance. Ming la surveillait ; elle était allée trop loin, et le Conseil était à deux doigts de la contraindre à l'obéissance par la plus cruelle des violations mentales.

Épilogue

Deux jours après la nuit qui lui avait offert l'éternité, Talin était allée voir les spécialistes de Shine pour passer une série d'examens rigoureux qui confirmèrent l'intuition de Clay et le diagnostic de Sascha.

— Tes besoins en énergie psychique sont si faibles, s'exclama le docteur Herriford, qu'ils n'ont pas été relevés lors des examens initiaux auxquels nous soumettons tous les enfants de Shine. (Il se passa une main dans les cheveux, ce qui eut pour résultat de hérisser ses mèches orange vif.) On va devoir les refaire. Si tu es passée à travers les mailles du filet, ça se produira pour d'autres.

Il ne cachait pas son désarroi.

— Il nous faudra également procéder à des rappels périodiques quand les élèves grandiront, au lieu de nous arrêter aux scans d'admission, ajouta-t-il.

Talin avait bien l'intention de contribuer au remaniement du système, mais elle voulait d'abord des réponses fermes et définitives.

— Je n'ai donc plus à m'inquiéter d'aucun des symptômes ?

Elle n'aurait plus d'amnésies, ne serait plus privée de son libre arbitre. Elle serra la main de Clay dans la sienne et s'y accrocha.

— Tout ce dont tu m'as parlé, dit le docteur en consultant son petit bloc-notes électronique, tes amnésies, tes souvenirs effacés, et même cette mystérieuse réaction allergique, ce sont des symptômes du Processus de dégénérescence.

— Doc, dit Clay, allant droit au but, elle va s'en sortir ?

Herriford rayonnait.

— Quoi que vous ayez fait pour résoudre le problème de l'énergie psychique – et d'ailleurs, si jamais les changelings se décidaient à partager leur savoir, tenez-m'en informé…

Clay se mit à gronder.

— Bon. (Imperturbable, le docteur souriait toujours.) Je suis heureux de dire que mademoiselle McKade est en parfaite santé. Aucune de ces bizarreries d'Oubliés dans son cas… vous n'imagineriez pas les choses qu'il m'est arrivé de voir.

D'un bond, Talin descendit de la table d'auscultation.

— Merci, docteur Herriford.

Ils échangèrent une poignée de main ferme et chaleureuse.

— Au fait, est-ce que Dev a pu t'informer de tout ?

Talin secoua la tête.

— On a eu la version abrégée. Pourquoi ?

— Eh bien, peu de gens sont au courant, dit Herriford, mais Dev m'a dit d'être honnête avec toi. Tu as entendu parler des écarts de pouvoir ?

Elle hocha la tête.

— Quelques rares descendants en détiennent une quantité massive.

— Ouais, mais ce n'est pas ça qui est intéressant. (Le docteur avait les yeux brillants.) Ces gosses ne naissent pas avec des aptitudes Psis amoindries, mais avec de toutes nouvelles aptitudes.

— Comment c'est possible ? (Elle jeta un coup d'œil à Clay et eut soudain sa réponse.) Le métissage. Le mélange des gènes crée quelque chose de nouveau.

Quelque chose de beau.

Le docteur hocha la tête.

— Il y a eu des cas où de telles aptitudes spontanées sont apparues sur le PsiNet d'avant Silence… notre théorie, c'est que ces changements ont cessé parce que le Conseil tenait à éliminer toute mutation du patrimoine génétique.

— Mais ce n'est pas ce qui se passe avec les Oubliés.

— Non. (Le sourire du docteur s'élargit.) On observe aujourd'hui les résultats d'une mutation génétique sur le long terme. Dans certains cas, les gènes Psis semblent se manifester en renforçant les talents d'origine humaine des porteurs.

Il lança à Clay un regard suppliant.

— Vous êtes certain de ne pas pouvoir me trouver un changeling…

— J'ai dit non.

Le docteur soupira.

— Comme je le disais… ces aptitudes nouvelles ne sont ni Psis ni humaines mais un mélange des deux, peut-être même des trois lorsque l'individu a aussi du sang changeling. (Nouveau coup d'œil plein d'espoir à Clay… en vain.) C'est très, très excitant.

Talin fit la moue.

— Et moi, j'ai écopé de ce stupide besoin en énergie psychique.

Le docteur grimaça.

— Je compatis. Techniquement, je suis Psi à vingt pour cent. Mais si l'on considère mes aptitudes physiques et mentales, je suis cent pour cent humain. C'est ça qui est bien avec Shine… on ne fait pas de discrimination entre les descendants. Beaucoup d'enfants en majeure partie humains sont accueillis ici.

Au moins, Talin savait enfin pourquoi elle avait été choisie.

— Tant mieux. Mais je pense quand même que je devrais avoir des pouvoirs magiques pour compenser.

Une fois assez calmée pour pouvoir méditer ce que Sascha lui avait appris, son besoin en énergie psychique lui avait donné l'impression d'être une sorte de vampire ou de succube.

Elle s'en était lamentée auprès de Clay… et cet idiot s'était mis à rire si fort qu'il n'arrivait plus à parler. Il lui avait acheté une paire « d'authentiques canines de vampire » ce jour-là. Elle était en train de sourire à ce souvenir lorsque Clay passa un bras autour de son cou.

— De quoi tu parles, Tally ? Tu en as, des pouvoirs.

— Vraiment ?

— Ouais, tu as le pouvoir de me mettre à genoux.

Elle avait rougi. Puis elle l'avait embrassé.

— Isla, dit-elle cette nuit-là.

— Hein ?

— C'est comme ça que je veux appeler notre enfant si c'est une fille.

Il y eut une seconde de silence.

— Et pourquoi pas Pinocchio pour un garçon ?

— Non, dit-elle en fronçant les sourcils, même si elle savait que par ce commentaire, il la remerciait à sa manière.

Isla avait été une femme brisée, mais elle avait aimé son fils et Clay le lui avait bien rendu. C'était une chose que Talin comptait honorer.

— Tu n'as pas le droit de choisir si c'est pour condamner notre pauvre enfant à une vie entière d'humiliation, lui dit-elle.

— Peste.

— Brute. (En souriant, elle frotta ses lèvres contre les siennes lorsqu'il vint se placer au-dessus d'elle, son corps semblable à un mur protecteur.) Que dis-tu de Fabien ?

— C'est un nom de fillette. Même moi je peux trouver mieux.

— Alors ?

— Joshua.

Elle sourit.

— Ça me plaît. Joshua et Isla.

— Combien on va avoir d'enfants, déjà ? demanda-t-il.

— Plein.

— J'imagine que je peux toujours ajouter d'autres chambres au repaire. (Il effleura brièvement ses lèvres.) Tout ce que tu veux.

— Dans ce cas, je te veux toi.

Elle fondait dans la chaleur possessive de son baiser, la magie de son amour. C'était bon d'appartenir à un léopard qui ne l'abandonnerait jamais, songea-t-elle alors que sa raison cédait à ses émotions. C'était la perfection.

Quelques heures plus tard, Sascha s'éveillait avec la conscience que quelque chose se passait sur la Toile Céleste. Blottie contre le corps chaud de Lucas, elle ouvrit son esprit et observa les fils de lumière qui constituaient la Toile. Il lui fallut plusieurs minutes pour se rendre compte que les liens s'étaient renforcés de façon exponentielle, et que la quantité d'énergie psychique qui en découlait dépassait de loin ses prévisions. Déroutée, elle s'évertua à chercher l'explication de ce phénomène, mais rien n'avait changé à l'exception de la présence de Talin, vibrante et très humaine.

Ce fut alors qu'elle comprit.

La Toile Céleste était alimentée par les pensées et les rêves des trois espèces. Leur monde reposait sur un triumvirat, et pour la première fois depuis cent ans, il se retrouvait au complet sur le plan psychique. Sascha ignorait ce que ça signifiait, mais elle savait que c'était une bonne chose.

Elle se laissa de nouveau glisser dans le sommeil, le sourire aux lèvres.

EN AVANT-PREMIÈRE

Découvrez un extrait
du tome 5 de **Psi-changeling**

(version non corrigée)

Traduit de l'anglais (Nouvelle-Zélande) par Benoît Robert

Choix

Dans une tentative désespérée de préserver leur peuple des fléaux jumeaux du meurtre et de la folie, les Psis avaient décidé d'embrasser le protocole Silence et d'éliminer les émotions de leurs vies ; cette décision n'avait rien eu de facile. Du sang avait été versé. Tant des innocents que des coupables avaient trouvé la mort. Des cœurs avaient été brisés et la souffrance qui en avait résulté avait scindé le PsiNet en deux.

Mais l'aspect le plus cruel de Silence avait peut-être été de forcer les gens à *choisir*. Accepter ou se rebeller, parent ou amant, sœur ou enfant. Il n'y avait pas de juste milieu. Ceux qui resteraient à l'intérieur du Net ne tendraient plus jamais la main vers ceux qui partiraient. Et les exilés vivraient à jamais le cœur brisé de savoir qu'on enseignait à ceux qu'ils aimaient de dévaluer l'amour lui-même.

C'était douloureux.

Comme une cicatrice qui ne guérirait pas, battant au rythme de la souffrance du souvenir et de la perte.

À présent, en l'an 2080, la douleur s'est atténuée, les choix ont été faits et les individus présents sur le PsiNet mènent une vie de Silence glacial. L'amour est devenu un concept qu'ils ne peuvent comprendre, et encore moins désirer. Car aimer signifie être déficient.

Et les Psis ne laissent pas vivre ceux qui sont déficients.

Chapitre premier

« Pour survivre, il faut devenir plus Silencieux que le Conseil, avoir le cœur glacé et l'esprit pareil à un prisme parfait. Mais ne jamais oublier qu'un prisme dévie la lumière, détourne ce qui est connu, génère des fêlures de beauté. Au final, un prisme crée sa propre vérité. »

Extrait d'une lettre manuscrite signée « Iliana »,
vers juin 2069

Le retrait s'était révélé on ne peut plus simple. On avait fourni au sniper les coordonnées précises du trajet de la voiture le long de cette route de campagne endormie, et il connaissait le nombre exact de personnes présentes dans le véhicule, ainsi que la place occupée par l'enfant. Selon ses informations, ce dernier avait un bandeau sur les yeux, mais le sniper n'appréciait pas pour autant devoir opérer avec un innocent à bord.

Cependant, laissé aux mains de ses ravisseurs, cet enfant deviendrait l'instrument involontaire du mal absolu. Puis il mourrait. Le sniper ne tuait pas à la légère, mais pour sauver un enfant, il ferait bien pire.

— On y va, ordonna-t-il dans son oreillette à ceux qui se trouvaient en contrebas.

Un camion, qui venait à faible allure en sens inverse, s'écarta brusquement de sa trajectoire et alla heurter adroitement le côté de la voiture cible pour lui faire quitter la route en s'efforçant de préserver les personnes à l'intérieur ; ils ne pouvaient se permettre de blesser l'enfant. En fait, il était hors de question qu'ils blessent l'enfant. Mais ce ne fut pas lui que le sniper eut dans sa ligne de mire une fois le véhicule à l'arrêt.

Un seul tir précis et le pare-brise vola en éclats.

Le conducteur et le passager à l'avant moururent dans les deux secondes qui suivirent, un impact de balle précis au milieu du front. Les balles étaient conçues pour ne pas ressortir, minimisant ainsi le danger pour les passagers à l'arrière.

Un instant plus tard, les portières latérales coulissèrent et deux hommes bondirent à l'extérieur ; l'un d'eux leva directement le regard sur l'endroit où était embusqué le sniper dans les branches allongées d'un vieux pin. Celui-ci sentit une force brute lui effleurer l'esprit mais le garde avait attendu trop longtemps pour porter son attaque télépathique. Une balle se logea dans sa gorge avec une précision mortelle au moment où il concentrait son énergie. Ayant échoué à localiser le complice du sniper, le quatrième homme s'effondra également, la poitrine traversée d'un projectile silencieux.

Le fusil à la main, le sniper se déplaçait déjà lorsque le dernier corps toucha le sol. Il n'abandonna derrière lui aucune trace pouvant révéler son identité et lorsqu'il parvint à la voiture, il ne toucha à rien.

— Est-ce qu'ils ont lancé une alerte psychique ? demanda-t-il au guetteur invisible.

— Sans doute. La voie est encore libre, mais nous devons partir rapidement : si le Conseil a sous la main des Tk-Psis capables de se téléporter, les renforts seront là d'ici quelques minutes.

Le sniper regarda par les portières ouvertes et aperçut le dernier passager. Un petit garçon, âgé d'à peine quatre ans et demi. Il n'avait pas seulement les yeux bandés. On lui avait aussi bouché les oreilles et attaché les mains dans le dos. Une privation quasi totale de sensations.

Le sniper grogna et redevint un homme nommé Dorian, relâchant son contrôle glacial pour exposer la nature profondément protectrice de sa bête. Il était peut-être né sans la capacité changeling de prendre une forme animale mais il portait le léopard en lui. Et ce léopard était furieux de constater le traitement impitoyable que l'on avait infligé à cet enfant sans défense. Il s'avança pour se saisir de ce corps rigide de peur, avec des gestes étonnamment doux.

— Je l'ai.

Un autre véhicule apparut, sorti de nulle part. Profilé, gris métallisé, il n'avait rien de comparable avec le camion désormais abandonné, mais le conducteur était le même.

— Allons-y, dit Clay.

Dorian s'installa à l'arrière, puis arracha le masque de son visage et rangea son fusil avant de trancher les liens du garçon à l'aide du couteau de poche qu'il portait en permanence sur lui. Ses doigts se retrouvèrent soudain poisseux de sang et il eut un mouvement de recul si brusque qu'il s'entailla légèrement la main. Mais à mieux y regarder, il s'aperçut que ce n'était pas lui qui avait blessé accidentellement l'enfant : celui-ci avait lutté contre ses liens pendant des heures peut-être. Il avait les poignets à vif.

Dorian se mordit les lèvres pour retenir un juron, puis rangea le couteau dans son jean et retira les bouchons d'oreille de l'enfant avant de lui enlever son bandeau. Des yeux d'un bleu gris inattendu croisèrent son regard, une couleur surprenante au milieu de ce visage au teint basané d'or vieilli qui brillait presque.

— Keenan.

Le garçon ne dit rien, un calme surnaturel émanait de son visage. À son âge si précoce, il s'était déjà engagé sur la voie de Silence, il avait déjà commencé à supprimer ses émotions et à devenir un bon Psi robotique. Mais en dehors de son visage serein, il était trop jeune pour dissimuler la terreur qui lui glaçait le cœur devant ce changeling qui le dévisageait, et la morsure aiguë de cette peur constituait une insulte aux sens de Dorian. Les enfants n'étaient pas destinés à être attachés et utilisés comme des pions. C'était un combat déloyal.

La voiture s'arrêta. La portière passager opposée à Dorian s'ouvrit et Judd se glissa à l'intérieur, le fusil en bandoulière dans le dos.

— Nous devons agir sans tarder, sinon ils parviendront à le retrouver via le PsiNet, déclara le Psi rebelle.

Il enleva son masque, il avait le regard brun et froid, mais c'est avec prévenance qu'il toucha le visage du garçon.

— Keenan, nous devons t'affranchir du Net.

Le garçon se raidit et se blottit contre Dorian.

— Non, gémit-il.

Dorian plaça un bras autour de ce corps fragile et vulnérable.

— Sois courageux. Ta maman veut que tu sois en sécurité.

Keenan leva ses yeux étonnants sur le changeling.

— Est-ce que vous allez me tuer ?

Dorian regarda Judd.

— Ça va faire mal ?

Un léger hochement de tête.

Dorian prit la main de Keenan, le sang du garçon se mêla au sien à l'endroit où il s'était ouvert la paume.

— Ça fera un mal de chien, mais ensuite tout ira bien.

Keenan écarquilla les yeux devant une telle vulgarité, tout comme Dorian l'avait prévu. Profitant de ce moment de distraction, Judd ferma les yeux. Dorian savait que le Psi œuvrait furieusement pour déverrouiller les boucliers de l'enfant afin de s'introduire dans son esprit ; il pourrait alors briser le lien entre Keenan et le PsiNet, le réseau psychique auquel tous les Psis de la planète étaient connectés, à l'exception des renégats. Après à peine quelques secondes, le garçon hurla, et ce cri révélait une souffrance si intense que Dorian aurait pu tuer Judd pour cela. Le cri cessa aussi soudainement qu'il était venu et Keenan s'effondra dans les bras de Dorian, inconscient.

— Seigneur, dit Clay depuis l'avant, tout en insérant le véhicule dans le trafic dense d'une autoroute. Le gamin va bien ? Tally va me tuer si on l'égratigne.

Dorian repoussa vers l'arrière les cheveux du garçon. Ils étaient raides, contrastant avec ceux de sa mère. Il avait deviné qu'elle avait les cheveux bouclés, même s'ils avaient été noués en tresse la seule fois où il l'avait aperçue… à travers la lunette de son fusil.

— Il respire, annonça Dorian.

— Eh bien… (Judd marqua une pause, la bouche crispée) voilà qui était inattendu.

— Quoi ?

Dorian retira son blouson pour le mettre sur Keenan afin de le réchauffer.

— J'étais censé l'entraîner sur notre réseau familial. (Le Psi se frotta distraitement la tempe, le regard rivé sur Keenan.) Mais il est parti… ailleurs. Comme il n'est pas mort, j'imagine qu'il s'est connecté au réseau secret de

DarkRiver, celui dont je ne suis pas supposé connaître l'existence.

Dorian secoua la tête.

— Impossible.

Tout le monde savait que les cerveaux des Psis étaient différents de ceux des changelings ou des humains : les Psis avaient besoin de l'énergie fournie par un réseau psychique. En cas de disparition de ce lien, la mort s'ensuivait quasi immédiatement, ce qui expliquait la rareté des désertions du PsiNet. Les membres de la famille de Judd ne s'en étaient sortis qu'en se connectant entre eux pour former le minuscule LaurenNet. Leurs dons psychiques leur permettaient de le manipuler et d'accepter de nouveaux membres. Mais le réseau de DarkRiver, la Toile céleste, était différent.

— Il n'avait aucun moyen de se connecter à notre toile, reprit Dorian la mine renfrognée. C'est une construction changeling.

Basée sur la loyauté, et non sur le besoin, elle n'accueillait que de rares élus : les sentinelles léopards qui avaient prêté serment à Lucas, le chef de meute de DarkRiver, et leurs compagnes et compagnons.

Judd haussa les épaules et s'affala contre le siège.

— Peut-être que le gamin a du sang changeling.

— Il devrait alors en avoir pas mal, et il pourrait changer de forme, souligna Clay. D'ailleurs, ma bête ne sent pas d'animal en lui. Il est Psi.

— Je sais seulement qu'à l'instant où il est sorti du PsiNet, sa conscience m'a quitté pour filer vers Dorian. Je ne peux pas distinguer votre réseau, mais à mon avis, il est relié à toi (Judd hocha la tête vers Dorian) et à travers toi, à votre toile. Je pourrais tenter de couper ce lien, poursuivit-il manifestement réticent, et le forcer à rejoindre notre réseau familial, mais je ne ferais que le traumatiser une nouvelle fois.

Dorian baissa les yeux sur le garçon et sentit le léopard piégé en lui adopter une attitude protectrice.

— Alors je suppose qu'il reste avec nous. Bienvenue à DarkRiver, Keenan Aleine.

À des kilomètres de là, dans un labo situé dans les entrailles de la terre, Ashaya Aleine vacilla sous l'effet d'un coup mental dévastateur. Une rupture soudaine et il avait disparu… son fils, le lien qu'elle avait eu sans le savoir.

Soit Keenan était mort, soit…

Elle se remémora le premier des deux messages qu'elle avait fait sortir par le vide-ordures du labo la semaine précédente, un message que les personnes fidèles à Ashaya plutôt qu'au tyrannique Conseil en place avaient dû transmettre à une humaine du nom de Talin McKade.

« J'utilise ma reconnaissance de dette. »

Dans le meilleur des cas, Talin McKade et ses amis avaient réussi. Les pensées d'Ashaya revinrent à cette nuit, deux mois auparavant, où elle avait risqué sa vie pour soustraire un adolescent et une petite fille au danger mortel présent dans le labo ; avant qu'ils deviennent les nouvelles victimes d'une série d'expérimentations génocidaires menées par un autre scientifique.

C'était alors qu'elle retournait vers le labo qu'il l'avait repérée, ce sniper anonyme à la voix aussi froide qu'un assassin Psi.

« J'ai un fusil dirigé sur votre tempe. Je ne rate jamais mon coup.

— J'ai sauvé deux vies innocentes. Vous ne me tuerez pas.

Le soupçon d'un rire, mais elle ne pouvait en être sûre.

— Qu'est-ce que vous voulez en échange ?

— Vous êtes un homme. Vous n'êtes donc pas Talin McKade.

— Je suis son ami. Elle en a d'autres. Et nous honorons nos dettes.

— Si vous voulez rembourser votre dette, alors kidnappez mon fils. »

Par son message, elle avait déclenché cette opération. Elle avait ensuite réclamé toutes les faveurs qu'on lui devait et placé des garde-fous psychiques afin d'empêcher que Keenan soit repris à travers le PsiNet. Mais Keenan avait à présent disparu, elle en était persuadée. Et aucun Psi ne pouvait survivre en dehors du Net.

Pourtant, elle se souvenait aussi que la meute léopard de DarkRiver comptait deux membres Psis qui avaient survécu sans problème. Se pouvait-il que les amis de Talin McKade soient des félins ? Cette supposition n'était que pure conjecture de sa part car elle ne disposait d'aucun élément avec lequel étayer sa théorie ou vérifier ses conclusions. Elle se trouvait soumise à un black-out psychique et électronique : elle n'avait pas accès à Internet et des télépathes aux ordres du Conseiller Ming LeBon surveillaient son utilisation des immenses ressources du PsiNet. Dès lors, elle qui ne faisait confiance à personne, devait se fier à ce sniper et espérer que Keenan était hors de danger.

La tête encore bourdonnante après que ce lien inexplicable lui eut été arraché, elle resta assise, totalement immobile, pendant dix longues minutes, afin de reprendre le contrôle de son corps. Personne ne devait apprendre qu'elle avait ressenti le contrecoup, qu'elle savait que son fils n'était plus sur le PsiNet. *Je n'aurais pas dû le ressentir.* Chaque Psi était une entité autonome. Même dans les ténèbres fluides du Net, où chaque esprit existait sous la forme d'une brillante étoile psychique débarrassée de limitations physiques, les Psis se cloisonnaient derrière de multiples boucliers et vivaient séparés les uns des autres.

Aucune frontière floue, aucun fil reliant une conscience à une autre. Cela n'avait pas toujours été ainsi : selon les enregistrements cachés qu'elle avait dénichés durant ses études, le PsiNet avait autrefois reflété les enchevêtrements émotionnels des individus. Silence avait sevré ces liens d'affection, familiaux, jusqu'à ce que les Psis ne soient plus qu'isolement... du moins selon l'opinion admise. Ashaya avait toujours su que c'était un mensonge.

À cause d'Amara.

Et désormais, à cause de Keenan.

Keenan et Amara. Ses déficiences jumelles, l'épée à double tranchant suspendue au-dessus d'elle chaque seconde de chaque jour. Une erreur, une seule, suffirait pour que cette épée s'abatte sur elle.

Une porte s'ouvrit dans son dos.

— Oui ? dit-elle avec aplomb, même si son esprit débordait de souvenirs habituellement contenus derrière des murs impénétrables.

— Le Conseiller LeBon est en ligne.

Ashaya lança un regard à la blonde élancée qui avait parlé.

— Merci.

Ekaterina hocha la tête et partit. Ils savaient éviter les paroles compromettantes entre ces murs. Trop d'yeux. Trop d'oreilles. Basculant l'écran vide de son ordinateur sur le mode communication, elle accepta l'appel. Elle ne pouvait plus contacter l'extérieur. On avait ordonné la mise en quarantaine du labo après l'évasion des enfants, même si officiellement, Jonquil Duchslaya et Noor Hassan étaient décédés ; tués par Ashaya.

Achevé d'imprimer en mai 2012
Par CPI Brodard & Taupin - La Flèche (France)
N° d'impression : 68877
Dépôt légal : juin 2012
Imprimé en France
81120754-1